모든 게
착각이었다

모든 게
착각이었다

과앤 장편소설

2

블라썸

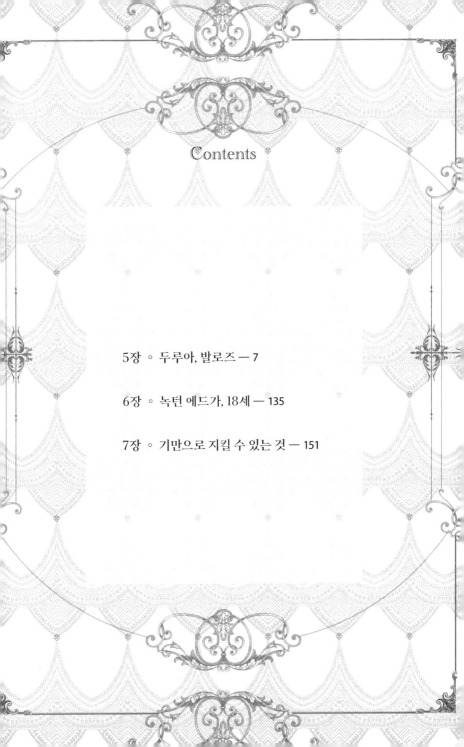

Contents

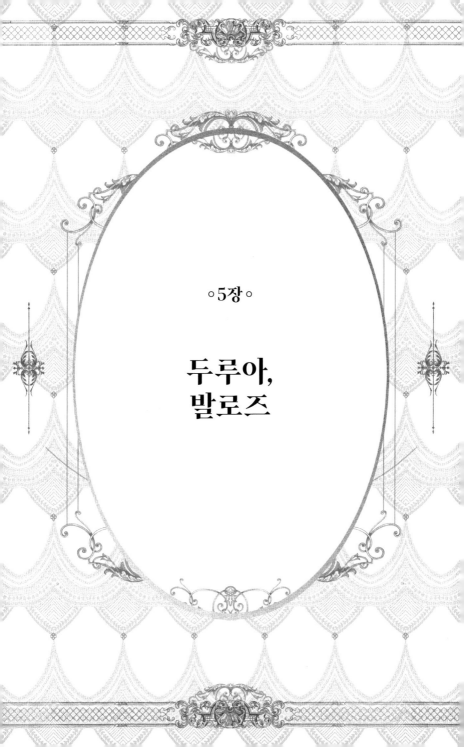

○5장○

두루아, 발로즈

테라스로 다가온 사람은 다름 아닌 애런이었다. 내가 안도로 가슴을 쓸어내리는 동안, 그는 조금 당혹스러운 이야기를 꺼냈다.

"폐하의 병세가 급격히 악화하는 바람에, 무도회는 중단됐습니다."

어쩐지, 황족들이 너무 늦더라니.

나는 펑펑 우느라, 앨리스는 나를 달래느라, 정신이 없어 바깥 사정은 전혀 몰랐다. 그럼 몰골 걱정은 덜 해도 되겠다.

그제야 나는 내 얼굴을 힐금거리며 고민 중인 애런을 배려할 수 있게 되었다. 차라리 대놓고 물어보든가.

"부끄럽지만 운 거 맞아요. 그런데 표정이 왜 그렇게 처참해요. 내 얼굴, 그렇게 엉망이에요?"

"그냥 예상하지 못했을 뿐입니다. ······에드가 공작과 무슨 일이 있던 건지, 물어도 되겠습니까?"

"딱히 폭력을 쓰거나 협박을 하거나 험담을 퍼부은 건 아니에요. 그냥 제 감정이 복받쳐서 저 혼자……. 이 얘기 그만하면 안 되나요?"

"실례했습니다."

앨리스가 쿡쿡 웃는 소리가 들려 옆 눈으로 노려봤지만, 그녀의 얼굴에 서린 웃음기는 조금도 가시지 않았다. 언제 이렇게 강해진 거람.

"내가 테라스에 있는 건 어떻게 알았어요?"

"소란이 일었을 때부터 봤습니다. 죄송하게도 바로 올 수는 없었지만."

"안 와 줘서 고마워요. 그 상황에 애런마저 있었으면 2차 응접실 사건이 터져 버렸을 거예요. 무도회가 중지된 덕에 눈물을 흘린 건 창피해도 수습할 수 있지만, 피를 흘리면 방법이 없거든요."

"두루아, 제발……."

"자책감을 덜어드리려 말했을 뿐이니 신경 쓰지 마세요."

애런은 한숨을 내쉬었지만 제법 익숙한 상황이기에 크게 당황하지는 않았다. 그는 곧 표정을 갈무리하고는 앨리스의 눈치를 살폈다. 내게 따로 할 말이 있는 모양이다.

과연 곧이어.

"할 이야기가 있습니다, 두루아. 오늘 중에 끝내기로 한 그 건에 대한 일입니다."

"파혼 이야기요. 앨리스도 알고 있으니 눈치 보지 않아도 돼요. 당신과 상의하지 않고 말한 건 미안해요."

"죄송해요, 클레이모어 경. 경과 무슨 일이 있던 것 같아, 제가 먼저 두루아에게 물어봤어요."

"……괜찮습니다만, 다음부터는 좀 순서대로 이야기해 주시길 바랍니다. 제 심장이 남아나지 않을 것 같아서."

"겸사겸사 심장도 단련하는 거죠. 그래서 하실 말씀이 뭔데요?"

애런의 얼굴에서 곤혹스러운 빛이 지워졌다. 그가 진지하게 말했다.

"파혼은 조금 미루는 게 좋겠습니다, 두루아."

예상치 못한 갑작스러운 말이었다. 그가 내게 파혼하자고 말했던 때처럼. 선불리 답하지 못하고 나는 얼마 전의 일을 떠올렸다.

응접실에서 난리가 난 지 2주가량이 지났을 무렵, 애런이 나를 찾아왔다. 그러고는 대뜸.

"파혼이요? 그러니까 잠시…… 파혼이요?"

나는 앵무새처럼 들은 말을 반복했다. 파혼을 하자고, 갑자기? 당혹감을 추스르려고 나는 괜히 머리를 쓸어 넘기고 흐트러진 곳을 정리했다.

내가 뭘 잘못했나? 그의 감정을 상하게 한 일이 있었나? 요즘 좀 가까워진 것 같아서 많이 놀리긴 했는데……. 머릿속을 더듬으니 얼마 전, 내가 애런을 놀려먹던 기억이 떠올랐다.

"그 애는 녹턴의 신부가 될지도 몰라요."

얼마 지나지도 않아 에드가와 리모란드의 약혼이 무산됐다는 소식이 퍼졌지. 이후 애런을 만났을 때의 표정이 아직도 생생했다. 기껏 오두막집에 숨어 숨을 죽이는데 집주인과 사냥꾼이 한패임을 알게 된 토끼 같은 표정이었다. 한참을 웃었는데, 다시 생각하니 지금도…… 아차, 이럴 때가 아니지.

"앨리스와 녹턴의 약혼이 무산됐다는 말을 전하지 않아서 그래요? 화 많이 났어요?"

"제가 그렇게 속이 좁은 사람으로 보였다니, 충격적이군요."

"아니, 그러면 갑자기 파혼을 왜……."

나는 반사적으로 반발하다가 뒤늦게 내 처지가 바뀌었다는 사실을 깨달았다. 참, 이제는 봐주기로 했지. 녹턴과는 어떤 식으로든 거리를 두게 되었고, 애런으로 녹턴을 막겠다는 계획은 죄책감 때문에도, 자존심 때문에도 글렀으니 이제는 앨리스와 애런을 돕겠다고 결심했었다. 갑자기 파혼 얘기가 나온대도 놀랄 일은 아니지.

되돌아온 여유를 반기며 나는 어깨를 으쓱였다.

"뭐, 못 할 이유도 없지만."

"확실히 그것 때문은 아닙니다. 앞서 말했듯, 리모란드 영애는 제가 말한 '앨리스'와 상관도 없으니까요."

"아, 그러시구나."

"성의껏 믿는 척이라도 부탁드립니다."

"이게 내 한계예요. 허세를 부릴 때 말고는 연기를 못 하거든요."

애런이 길게 한숨을 내쉬었다. 이 사람도 갈수록 한숨이 는다.

"돌이켜 생각해 보면, 제 말이 얼마나 허술한 변명이었는지 느낍니다. 혼담이 그렇게까지 진행되는 줄도 몰랐다는 말, 그때는 저도 진심인 줄 알았으나 사실 핑계였죠."

"그때는 경도 정신없던 상황이잖아요. 묘비를 보고 왔고—."

"아니요, 단호해야 했습니다."

내 말을 강단 있게 끊어내고, 그가 옅은 한숨을 내쉬었다.

"성혼하지 않겠노라 말은 했어도, 강경한 반대에 부딪혀서 위축되고 후계의 책임을 지라는 말이 논리적으로도 타당하니 입은 다물고. 나는 이미 의사를 밝혔으니 시간이 지나면 받아들여 주시겠지, 어리광을 부리고 회피한 거죠."

애런이 이런 말을 할 줄 몰랐는데.

뜻밖의 자기 성찰에 나는 이렇다 말을 덧붙이는 대신 가만히 그의 말을 들었다.

"저는 이제 떳떳해지고 싶습니다. 어른들의 눈을 가리는 속임수도 필요 없습니다. 처음부터 제 의견을 관철해야 했지만, 지금이라도 바로잡고 싶습니다."

"그래도 받아들여 주지 않으시면요."

"필요하다면 클레이모어의 후계 자리도 내려놓을 생각입니다."

"그게 파혼의 이유인가요."

나는 애런을 물끄러미 바라보았다. 그의 눈빛은 맑고 표정은 진지한 한편으로 긴장한 기색이 어렸다. 사람의 의지란 얼마나 아름다운지, 붉은 눈이 전에 없이 빛나 보였다.

나를 물끄러미 보는 사내를 향해 나는 입꼬리를 올려 웃었다.

"당신을 응원해요, 애런."

사내의 얼굴에 긴장한 빛이 녹아내리고, 곧 그도 마주 웃었다.

"감사합니다. 하지만 두루아, 당신이 안전할 때까지 지켜드리겠다는 말은 여전합니다."

"오…… 제 안위를 기도해 주신다는 말이시겠죠?"

"약혼자가 아닌 친구라도 곁에 있는 사람을 지킬 수 있습니다."

그야 물리적으로는 가능한 일이었지만…….

"관련해서 드리고 싶은 제안이 있습니다. 파혼한 뒤로도, 에드가 각하로부터 안전하다는 확신이 들 때까지는 저를 파트너로 삼아 주십시오."

"그건 좀 힘들죠. 파혼 후에도 애런을 대동하고 다닌다면 별말이 다 나올 거예요. 미련이 남은 게 아닌가, 저럴 거면 왜 파혼을 했나 같은……."

"왜 타인의 시선을 그토록 신경 쓰는 겁니까?"

"네?"

"당신을 비판하고 싶은 건 아닙니다. 다만 전부터 당신이 필요 이상으로 구설을 신경 쓴다고 생각했습니다. 이따금 지쳐 보일 만큼."

"제가요? 뭐, 구설 정도는 남들도……."

무심코 입을 열어 반문하다가, 나는 말끝을 흐렸다.

그랬나, 생각해 보면 틀린 말은 아니었다. 타인의 시선, 구설, 가십. 그런 것들을 계속 의식했으니까. 막상 앞에서 마주한 채로 말한다면 비꼬든 조롱하든 무슨 짓을 해도 화가 나는 걸로 끝날 것이다.

그러나 대응할 수도 없이 뒤에서 하는 말들에는 이따금 숨이 막혔다. 누구에게나 해당하는 이야기겠지만 나는 좀 더 유별스러웠던 것 같다. 어린 날에도 시끄러운 것을 좋아하진 않았으나, 자라면서는 선호하지 않는 정도를 넘어 두려움을 느꼈다. 타인의 시선을 끊임없이 의식하고 해묵은 피로를 느끼면서도, 그들의 입에 오르내릴 게 무서워 당당한 척 어깨를 펴고 허리를 세울 만큼.

몰랐던 두려움을 자각하는 순간, 원인을 파악하는 것은 어렵지 않았다.

"틀린 얘기는 아니군요. 왜 그리 신경 쓰냐고요? 생각해 볼 원인은 하나밖에 없네요. 간접 경험으로도 사람은 위축되잖아요."

"그 말은……."

"녹턴 에드가요."

쓴웃음이 올라와 나는 잠시 시선을 내리깔았다.

"어릴 때부터 말이 많았어요. 남일 때는 상관없었지만, 녹턴과 가까워지고는 그 애를 향한 험담들이 제게 하는 말처럼 신경 쓰였어요."

녹턴이 상처받을까 걱정되는 정도를 넘어서, 왜 그 애와 어울리냐는 말에는 공격받은 것처럼 가슴이 철렁했다.

"정작 그 애는 속마음은 어떨지 몰라도, 겉으로 티내지는 않았는데 저는 갈수록 사람들이 말하는 걸 신경 쓰게 돼서……."

녹턴이 걱정되면서도 어느 날은 그 칼날들이 이유도 없이 다 제게로 쏟아질 것만 같았다. 그의 바로 옆에서 너무 오래 있던 탓일까.

그를 험담하는 말에는 논리가 없었다. 직접 본 것도 아니면서 에드가 공작의 불륜을 전제로, 녹턴에 대해 많은 말들을 떠들었다. 아무리 뒷말이 돈다고 한들 그는 에드가였음에도, 저열한 이야기가 아무렇지도 않게 쏟아졌다. 그게 화가 났지만, 그게 무서웠다.

그들이 녹턴을 미워하는 데는 이유가 없었으니까, 나도 언제든지 저렇게 될 수 있지 않을까. 그래도 녹턴이 자리를 잡고는 뒷말들이 줄어들어서, 정작 그에게 매달린다는 내 험담을 들을 때는 심장이 벌렁거릴 정도로 아픈 건 아니어서. 이제는 지나간 일로 치부하고 신경 쓰지 않았는데, 그때의 흔적이 흉터로 남아 있던 모양이다. 사실 그때 느낀 감정이 공포였다는 것을 이제야 알아차렸으면서도.

"처음에는 공감하는 정도였는데, 정도가 지나치다 보니 그렇게 되더라고요."

"소중한 친구였군요."

"그 정도까지는 아니었어요. 당신한테 녹턴 얘기를 제대로 하는 건 처음 같지만, 사이가 틀어지기 전에도 좋은 애는 아니었거든요."

나를 친구인 듯 대하면서 계속 시험하고 떠보고, 일부러 싫어하는 일을 하고 좋아하는 물건을 망치곤 했다.

"조금 정이 들려고 해도, 감정은 금세 얕아지고 거리는 멀어졌죠."

그럼에도 깔끔히 정리할 수는 없어서, 우리는 친구도 남도 아닌 채로 그저 붙어 있기만 했다. 앨리스의 예지몽을 발단 삼아 드디어는 남이 될 준비를 마쳤지만, 결코 바라던 방식은 아니었다.

복잡해지는 마음을 갈무리하며, 나는 길게 한숨을 내쉬었다.

"최근 일이 없었더라도, 그 애와 저는 친구조차 아니었을지 몰라요. 본심 깊은 곳에서는 녹턴이 나를 친구로 여기지 않는다고 생각했거든요."

"두루아, 당신은요."

가만히 듣던 애런이 내게 말을 붙였다.

"당신은 각하를 친구로 여겼나요?"

"그게 중요한가요?"

"친구로 여기지 않았다면, 정말로 소중하지 않은 사람이라면 아예 남이 되도록 도울 생각입니다."

"상대가 나를 소중히 여기지 않는데 내 감정이 무슨 의미가 있어요."

"오히려 상대의 감정은 조금도 중요하지 않죠. 중요한 건 당신의 감정입니다. 제게 중요한 것도 각하가 아닌, 친구의 마음이고요."

"오, 방금은 조금 설렐 뻔했어요. 형제애 같은 느낌으로. 언니 같은 느낌으로."

"언니……?"

"신경 쓰지 말아요, 칭찬이니까. 제가 어떤 감정이었냐면…… 그것도 모르겠네. 너무 많은 기분이 섞여 있어서, 그걸 뭐라고 정의해야 좋을지 모르겠어요."

나는 입을 꾹 눌러 다물었다. 이상하게 머릿속에 떠오르는 녹턴의 얼굴이 흐려 보였다.

"모르겠어요, 애런. 나는 녹턴을 뭐라고 생각했던 걸까요."

"두루아?"

나를 부르는 말에 놀라 상념이 흩어졌다. 애런이 나를 보고 있었다.

"아, 미안해요. 잠시 다른 생각을 하느라."

대화 중에 정신이 팔린 것이 떳떳한 일은 아닌 터라 나는 큼큼 헛기침을 했다.

"아무튼, 파혼을 미루자는 이유를 들어보고 싶은데 설마 '이유는 말할 수 없지만.'이라고 말할 셈은 아니죠?"

"이유는 말할 수 없지만?"

"애런의 말버릇이야. 의미심장하게 말해 놓고, 물어보기 전에 선수 치듯 잘라 내거든."

이유를 말씀드릴 수는 없어 죄송합니다.

자세히 물으셔도 대답할 수는 없지만. 그건 아닙니다.

사정을 세세히 말할 수는 없지만요.

"아하하, 그거 뭐야. 그거 꼭……."

애런의 말투를 흉내 내는 말에 앨리스가 웃음을 터뜨리다가 그녀의 표정이 굳었다. 급변한 반응이 이상하여 나는 혹 누가 나타났는지 이상한 소리가 났는지 주위를 살폈지만 달라진 건 없었다.

"앨리스?"

"아니야. 그냥 좀 말버릇이 비슷한 사람이 생각나서."

"이제 그런 말은 안 할 테니 좀 잊어 주십시오."

"아. 이번에는 '오늘은 말하려고.' 판인가요."

"두루아……."

애런이 한숨처럼 내 이름을 불렀다.

뭐, 내가 뭐. 다 본인 입으로 말한 거잖아.

내가 조금도 위축된 기색이 없이 뻔뻔하게 버티자 그도 체념한 듯 본론을 꺼냈다.

"방금 에드가 각하를 만나고 왔습니다."

관망하듯 상황을 지켜보던 앨리스도, 애런을 놀리느라 신났던 나도 일제히 표정을 굳혔다.

누구를 만났다고?

"그러니까, 무도회장에서 지나가는 걸 봤다, 혹은 인사를 나누었다, 그런 이야기죠?"

"아니요, 제가 시비를 걸었습니다."

"저번 일로 수련을 많이 하셨…… 음, 혹시 큰 깨달음이라도 있으셨나요? 검한 번 휘둘러서 산을 가를 수 있게 됐다거나."

"나름의 계산이 있어 한 일이니, 그렇게 미치광이 보듯 보진 말아 주십시오."

나한테 너무 과한 걸 바라는데.

"별일이 있던 건 아닙니다. 각하에 대해 시험하고 싶은 게 있었고, 다소 희망적인 가능성을 얻었습니다. 그래도 아직 말씀드릴 단계는 아니라서, 자세한 이야기는 결론이 나고야 말씀드릴 수 있겠지만."

"그러니까, 언젠가는 말한다고 해도 결국 지금 당장은 '이유를 말할 수 없지만.'인 거죠?"

"……죄송합니다."

"거봐, 하나도 안 변했어. 믿은 내가 바보지."

크게 한숨을 내쉬자 애런이 다소 어색하게 웃어 보였다. 그럼에도 입이 더 열리지는 않는 것이 나를 놀리려는 게 아니라 정말 말할 생각이 없는 모양이다.

녹턴에게 시험하고 싶은 게 있다니, 듣는 것만으로 위험하게 들린다. 아무렴 나보다는 훨씬 낫겠지만, 앨리스의 말과 응접실에서의 사건을 고려하면 1초 만에 살해당할지 2초 만에 살해당할지 정도의 차이라는 느낌이다.

솔직히는 말리고 싶다. 이런 내 생각을 짐작하기 때문에 자세히 얘기해 주지 않는 거겠지. 애런 클레이모어가 엄청난 고집쟁이라는 것은 모르려야 모를 수 없는 사실이었다. 말린다고 들을 리 없었다.

"그 문제가 파혼과는 무슨 관계가 있는데요."

"약혼을 유지하는 채여야 좀 더 효과적인 결과를 얻을 수 있을 것 같습니다."

왜 저 말이 녹턴의 인내심을 한계까지 시험해 보겠다는 말로 들리지. 이러다 시체가 돼서 돌아오는 게 아닐까.

말리고 싶은 마음이 한결 강해졌지만, 아무렴 애런도 생각이 있을 것이다. 직접 기세 싸움을 한 사람은 당사자이니 나름대로 죽지 않을 자신 정도는 있……겠지?

"뭔지는 모르겠지만, 오늘 일을 후회하지는 않게 해 줘요."

"명심하겠습니다."

"그리고 몇 번을 말해도 모자라겠지만 몸조심하고요. 어쩌면 응접실에서……."

당신은 살해당했을 수도 있으니까.

나는 한숨과 함께 뒷말을 삼켰다. 그렇게 생각하는 근거가 무어냐고 묻는다면, 답할 말이 궁색했다. '예지몽에서 보니까 당신이 살해당했더라고요.' 그런 정신 나간 소릴 할 순 없잖아.

애런이 의아한 기색을 내비쳤으나 나는 말없이 고개를 저었다. 그러자 앨리스가 그를 흘금 보고는 내게 다가와 속삭였다.

"말해야 하지 않을까, 두루아?"

"뭘? 설마 응접실, 티파티에서 일어나려던 일을?"

"그게 아니고 에드가 각하가……."

그녀는 다른 손으로 입가를 가리고 입 모양만 움직여 말했다.

흑마법.

단어를 읽어 내고 나도 고개를 끄덕였다. 그래, 그 정도는 괜찮겠지. 알고 있는 편이 경계하는 데도 좋을 것이다. 흑마법사란 걸 어떻게 알았냐고 하면 그 또한 마땅히 답해 줄 말은 없긴 했지만……. 아 모르겠다. 이유에 대해 침묵할 수 있는 게 애런뿐인 건 아니잖아.

"당신이 녹턴 에드가에 대해 확인하고 싶다면, 그 전에 알아 둘 게 있어요, 애런."

"말씀해 주십시오."

"녹턴은 흑마법사예요."

다행히도, 애런은 이유를 캐묻지 않고 고개를 끄덕였다. 답해 주지 않을 걸 알았던 건지.

그 뒤 할 일이 남은 애런과 헤어지고, 나와 앨리스는 저택으로 향했다. 중간까지는 같은 방향이었고 할 이야기도 남았기에 내가 리모란드의 마차에 탔다. 말을 나눌 주제는 허무하게 깨져 버린 백수정이었다.

"개인적으로 구할 수 있는 성물 중에는 그게 최선이었어. 그 이상은 대부분 대신전에서 보관하고 있으니까. 성수라도 구해 봐야 할까."

"음, 성수 말이지."

"각하가 성수 한 잔을 마시고 피를 토했다며. 그 정도면 가능하지 않을까?"

"정작 왜 성수를 마셨는지는 여전히 이해할 수 없지만 말이야."

녹턴은 독이 안 든 걸 확인시켜 준다는 듯이 말했지만, 그 말을 마냥 믿을 수도 없는 노릇이었다.

"아무튼 너무 조급하게 생각하지는 마. 그래도 별일 없었잖아. 그냥 조금…… 다퉜을 뿐이지. 물론 애런이 피를 토하긴 했으니, 마냥 별일 아닌 건 아니지만."

"위로해 줘서 고맙지만 두루아, 그건 네가 꿈을 보지 못해서 할 수 있는 말이야. 나는 하루라도 빨리 대책을 찾고 싶어. 허망하게 살해당하고 싶지는 않아."

앨리스는 노골적으로 초조해하고 있었다. 테라스에서는 미처 눈치채지 못했으나 수정이 깨진 일에 심한 충격을 받은 모양이다.

하기야, 나와는 입장 자체가 다를 수밖에. 이제는 나도 녹턴 에드가의 결백을 주장할 생각이 없었지만 생명의 위협을 직접적으로 느껴 본 적은 없었다. 두려워하고 가끔은 살해당하는 것이 아닐까 상상하면서도 선명한 현실감은 없었다. 이유야 모를 일이지만 그는 내게 집착하면서도 손끝 하나 대지 않았다. 오히려 테라스의 난간이 무너졌을 때는 크게 다칠 뻔했음에도 그가 날 구해 주기도 했다.

그러나 앨리스는 다를 것이다. 비록 꿈이었다 한들, 본인이 살해당하는 광경을 직접 목격했으니 내가 막연히 그리는 것보다 수십 수백 배는 두려울 것이다.

애초에 앨리스는 왜 살해당한 걸까. 원작대로라면, 녹턴은 오히려 앨리스를 살려 둬야 할 텐데.

메모리아의 실타래를 마신 이래로, 온전한 원작을 알게 되었지만 혼란은 가시지 않았다. 많은 것이 어긋나고 있었다. 녹턴은 앨리스와의 약혼을 무산시켰고 딱히 권력에 관심을 보이는 것 같지도 않았다. 예상치도 못하게 내게 집착하고 있을 뿐.

그렇다면 녹턴이 꿈에서나마 앨리스를 살해한 것은, 결국 나 때문일까. 만약 앨리스가 나와 엮이지 않았다면 이런 일을 겪지 않아도 됐을까. 살해당할 공포에 떨지 않아도 됐을까.

과한 추측이라고 자신을 달래고 싶었지만, 입 밖에 나온 말은 다른 말이었다.

"미안."

"응? 아, 아니야. 두루아 네가 이 일을 가볍게 본 게 아니라 나를 위로해 주려고 한 말인 거 알아. 내가 조금 예민해서 그랬어, 미안해."

"그것 때문에 한 말이 아니야. 그냥……."

이 모든 일이 나 때문에 벌어졌다는 생각이 든다. 생각뿐만이 아니라, 실제로 애런은 나 때문에 다쳤다. 응접실에서의 일이 변형된 티파티라고 생각하면 앨리스가 살해당한 것도 마찬가지의 이유였을 것이다.

생각은 자꾸 우울해졌지만 감정의 변화를 직접 입 밖에 내고 싶지는 않았다. 나는 나를 의아하게 보는 앨리스를 향해 말없이 고개를 저었다. 잠시간의 정적, 앨리스가 한숨을 내쉬었다.

"요즘처럼 꿈을 간절히 기다린 적은 없어."

그녀는 마차의 벽면에 몸을 기대고 어깨를 늘어뜨렸다. 이따금 덜컹거리는 마차를 따라 앨리스의 몸이 흔들렸다.

"예지몽이 그 사람의 약점을 보여 주면 좋을 텐데. 딱 한 번만 그런 꿈을 꾼다면, 전부 괜찮아질 텐데."

"뭐, 그러면 좋겠네. 운이 좋아야 가능하겠지만."

"여태까지는 그랬어. 필요한 게 있으면, 내가 피해야 할 위험이 있으면 꼭 꿈에 나왔단 말이야. 그러니 이번에도 나올 거야. 어서 꿈을 꾸고 싶어."

"꿈이 아니라도, 좋은 방법을 찾아낼 수 있을 거야."

어쩌면 아무 일도 일어나지 않을 수 있고.

조금 전에 말했다가 앨리스에게 반박당한 말이었기에 나는 입 안으로만 뒷말을 중얼거렸다. 사실 내가 생각하기에도 아무 일도 없을 거란 생각은 들지 않았다. 녹턴이 『그와 앨리스』의 악당인 이상, 그가 내게 집착하는 이상, 앨리스가 내 친구인 이상. 내 직감은 잘 맞지 않는 편이니, 이번에도 틀리면 좋겠지만.

그 애는 그 애대로 나는 나대로, 각기 생각에 잠겨 우리는 잠시 정적 속에 있었다. 바깥을 보니 마차는 거의 갈림길에 다다른 것 같았다.

슬슬 발로즈의 마차로 갈아타야 할 시간이다. 그렇게 생각하며 옷을 여미는 차에, 앨리스가 나를 불렀다.

"두루아, 너는 기사를 많이 봤지?"

"응? 기사?"

"나는 아무래도 수도에 온 지 1년도 채 되지 않아서 좀 생소한데, 기사들 말투란 게 원래…… 그러니까 클레이모어 경처럼 딱딱한가?"

"애런? 비슷하긴 한데 애런은 좀 더 정중하다고 할지, 각이 있는 편이지. 그런데 그건 왜?"

갑자기 애런에 대해 왜 묻는 거지? 혹시나 하는 기대에 고개를 들었지만 앨리스의 표정은 평소와 다를 바가 없었다. 고개를 약간 기울였을 뿐 가벼운 호기심으로 물은 말처럼 보였다.

"아니, 어찌 됐건 너와는 약혼한 사이고 제법 친근해 보이는데도 말투가 그래서. 리모란드의 기사들 보면, 가까운 사람에게는 편하게 이야기하는데 신기하잖아."

"뭐, 나고 자라나길 클레이모어의 사람이니까 할 수 없지."

"그런가. 맞다, 두루아. 보르나인 후작 영애가 주최한 티파티, 안 가는 거 맞지?"

앨리스의 말에 나는 잠시 잊고 있던 일정을 떠올렸다. 오늘의 무도회가 열리기 얼마 전, 셰릴 보르나인으로부터 티파티 초대장이 왔다. 녹턴과 앨리스의 약혼이 무산되었다는 소식이 퍼지자마자 날아온 초대장이었기에, 속내가 훤히 보여 답장도 하지 않았다. 그 사람도 그냥 내 속을 긁으려고 초대장을 보냈을 뿐 내가 올 거라고 진심으로 기대한 건 아니었을 것이다. 하지만.

"원래는 안 갈 생각이었는데 가려고."

"뭐? 나 이미 거절했는데?"

"너는 안 가는 게 맞지. 이러니저러니 해도 소문의 당사잔데, 굳이 갈 필요가 뭐 있어."

"그건 두루아도 마찬가지……."

"셰릴 보르나인 말이야, 녹턴에게 세뇌당해 있었대."

앨리스가 말을 멈추고 놀란 눈으로 나를 봤다.

그래, 진작 했어야 할 이야긴데 다른 일에 정신이 팔려 잊고 있었다. 녹턴 에드가가 사람의 정신을 건드리는 것은 이미 알고 있으니, 셰릴 보르나인이란 피해자가 하나 더 나왔대도 뭐 그리 놀랍겠냐만. 긴 세월을 다투고, 녹턴에게 혼담을 거절당한 일로 조롱한 적이 있는 나로서는 가볍게 넘길 수만도 없었다.

"녹턴 에드가한테 직접 들었어. 신경 쓰여서 가 봐야 할 것 같아."

쓰게 웃으며 하는 말에, 앨리스가 말없이 내 어깨를 두드려 주었다.

이튿날, 녹턴으로부터 선물 하나가 도착했다. 상자 안에는 커다란 백수정이 들어 있었다. 앨리스가 내게 건넸던 것보다도 크고, 순도 높은 성력이 담긴 성물이. 내용물을 보고는 놀랐지만, 이걸 보낸 이유가 뭘까 추측하면서는 마음이 가라앉았다.

내게는 그 백수정이 자신감의 표명으로 보였다. 네가 어떤 성물을 준비하더라도 내게는 통하지 않을 거라는 녹턴 에드가의 자신감. 덧붙이자면, 나를 향한 녹턴의 집착도 끝나지 않은 거겠지.

두렵지는 않았다. 그에게 공포를 직접적으로 고백하고 나니 오히려 마음은 차분해졌다. 이제는, 그의 얼굴을 떠올리는 것만으로 심장이 두근거리지도, 손이 떨리지도 않았다. 어쩌면 그렇게까지 그의 속을 긁어냈는데도 오히려 그에게 구해진 일로 내 안위를 보장받았다고 느끼는지도 모르겠다.

나는 여전히 녹턴을 이해할 수 없었다. 왜 내게 집착하는지, 어째서 지금에야 나를 특별하다고 말하는지. 앨리스에게는 왜 접근했으며 약혼은 왜 그리도 쉽게 무산된 건지. 무엇을 계획하며 어떤 미래를 그리고 있는지.

지겨울 정도로 늘어선 의문은 여전히 해결되지 않았다. 어쩌면 그 매듭이 시원하게 풀릴 날은, 영원히 오지 않을지도 모른다.

그럼에도 나는 더는 그런 것들이 궁금하지도 않았다. 그가 애런을 죽이려 했음을 인정한 순간, 앨리스의 꿈에는 더할 나위 없는 권위가 부여됐고 추억인지 미련인지가 덕지덕지 붙었던 우정은 저 밑으로 추락했다.

나는 성물을 물끄러미 바라보다가 새디를 불렀다.

"새디."

"네, 아가씨."

"이거 전부 치워 줘."

티파티 다음 날에 그가 가져왔던 성수, 방금 온 성물, 그리고 이전까지 그에게 받았던 혹은 내가 가져왔던 몇 안 되는 물건들은 전부 커다란 상자에 담기고 보이지 않는 곳으로 치워졌다. 아마, 다시는 그 의미 없는 물건들을 열어 볼 날은 없을 것이다.

수도에서 황성 다음으로 커다란 저택, 거대하고 고풍스러운 에드가 공작저 앞에 소리 없이 마차가 멈추었다. 가문의 문양이 새겨져 있지 않고 특징적인 부분도 없었으나 상당한 고급 마차였다.

문이 열리고 장신의 사내가 내렸다. 그는, 흐린 눈으로 정면을 응시하는 경비병들에게 다가갔다.

"애런 클레이모어다. 에드가 공작 각하와 약속을 하고 왔으니 문을 열어라."

"확인해 보겠습니다."

애런은 얼마 전의 일을 떠올리며 심호흡을 했다.

취소된 황성 무도회에서의 일, 테라스에서 나간 녹턴 에드가를 뒤따라갔을 때의 일이다. 제 안위를 들먹이며 협박하는 에드가 공작에게 애런은 할 수 있으면 해 보라고 말했다. 그러자 그는.

"할 수 있으면 해 보라고……?"

어지간히도 기가 막혔는지 에드가 공작이 들은 말을 반복했다. 손끝이 저릴 정도로 긴장됐으나 최근 수련에 집중한 덕에 애런은 태연한 척 굴 수 있었다. 애런 클레이모어도 제가 위험한 일을 저지른다는 자각은 있었다. 한 달간 수련에 집중했다고 한들 실력의 차이는 겨우 그 시간으로 메울 수준이 아니었으니까. 다만 그는 위험을 감수하더라도 공작을 시험해 보고 싶었다.

응접실에서 저가 기세에 밀려 피를 토했을 때 두루아가 무사했던 것이 정말로 공작이 의도한 바였는지, 그렇다면 녹턴 에드가는 진실로 두루아를 어떻게 생각하고 있는지. 당시에도 그가 두루아에게 집착한다는 건 눈으로 확인할 수 있었지만, 그게 사람으로서의 소중함인지 소유적인 의미로의 집착인지는 분명히 해야 했다. 녹턴 에드가에 대해 이야기할 때의 두루아 발로즈, 제 친구의 표정이 너무 쓸쓸해 보였으니까.

"뭘 믿고 이러는지 이해가 안 되는데. 영웅 소설에서나 나올 법한 기연이라도 얻으셨나 봐요."

"검을 믿는 게 아닙니다. 두루아를 믿습니다."

도발적으로 한 말에 공작의 얼굴이 싸하게 가라앉았다. 안 그래도 좋은 표정은 아니었는데, 저기서 더 살벌해질 수 있다니 그것도 재주다. 긴장을 느슨히

하기 위해 애런은 일부러 가볍게 생각했다. 그럼에도 그의 손끝은 알게 모르게 검을 찾아 움찔거렸다.

그는 공작의 인내심이 기어이 닳아 버리기 전에 재차 입을 열었다.

"만약의 이야기지만, 제가 여기서 살해당해 시신으로 발견된다면 두루아는 누구를 범인으로 의심할 것 같습니까?"

"……."

"발로즈 후작저에서 마주쳤던 날, 각하께서 저를 위협하셨을 살의까지 품었다는 건 알고 있습니다."

그리고 아마도 모종의 일로 피를 토하지 않았더라면, 기어이 제 목숨을 끊어 놨을지도 모른다.

"작정하고 벌인 일은 아니셨겠죠. 이후로 저를 죽일 기회가 있었음에도 저는 아직 살아 있으니까. 두루아의 말에 자극을 받아 충동적으로 행동하셨던 게 아닙니까."

"믿는 구석이 그건가요? 내가 발로즈의 눈치를 살피느라, 당신의 솜털 하나도 건들지 않을 거라고 생각해서?"

물끄러미 저를 들여다보던 눈동자가 아래로 향했다. 시선이 바닥을 향한 탓에 눈동자의 절반이 새카만 속눈썹에 가려졌다.

녹턴 에드가는 무언가 고민하는 것처럼 보였다. 애런에게 남의 마음을 들여다볼 능력이 있는 것은 아니겠지만, 저 흐린 빛의 눈동자 속에 담긴 고민이 퍽 흉흉할 것은 분명했다. 애런의 목울대가 조용히 오르내렸다.

"유쾌하지는 않지만 추측은 그럴싸하게 했군요. 하나 그렇더라도, 경처럼 약점이 드러난 사람이라면 몸을 사리는 게 맞지 않습니까."

"리모란드 공작 영애께도 손댈 수 없는 건 마찬가지잖습니까."

"이제는 그 이름을 숨길 생각도 없나 보군요."

"제게 아무 일도 벌일 수 없다면 공작 영애께도 마찬가지일 겁니다. 아니, 오히려 그분께는 손대기가 더 힘들겠죠."

"글쎄요, 경이 그렇게 믿고 싶은 게 아닙니까?"

긴장하지 않은 척, 덤덤한 척하는 애런을 비웃듯 공작이 입매를 비틀었다.

"그 말대로 응접실에서의 일은 실수였습니다. 그러나 경이 특별하다거나 발로즈와 약혼했기에 살려 둔 건 아닙니다. 나는 여태 아무도 죽이지 않았고, 앞으로도 그럴 예정이니까."

"듣던 중 반가운 소리로군요."

"하지만 클레이모어 경, 죽음보다 더한 수단은 얼마든지 있습니다. 부디 안심하지 말아요. 불행의 종류는 끝도 없이 많으니까."

그리 말하고 에드가 공작이 몸을 물렸다. 말은 살벌했고, 눈빛도 흉흉했으나 응접실에서와 달리 아무런 일도 일어나지 않았다. 그토록 도발하고 속을 긁어 댔음에도, 녹턴 에드가는 싸늘하게 입을 놀린 것이 전부였다. 애런은 손끝 하나 다치지 않았다.

코앞이 무도회장이라서? 무도회장에 많은 귀족이 몰려 있어서? 곧 황족들이 입장할 예정이라서? 상식적으로 생각하면 정답은 그중에 있겠지만, 애런 클레이모어는 공작이 몸을 사리는 이유가 다른 데 있다고 확신했다.

두루아 발로즈, 답은 그녀에게 있었다. 두루아를 소유물로 아꼈다면, 애런 본인은 어떤 식으로라도 공작의 속을 긁은 책임을 지게 됐을 것이다. 그러나 아무 일도 일어나지 않았다.

명백히도, 녹턴 에드가는 두루아의 눈치를 보고 있었다. 그걸 다행이라고 말해야 할지는, 아직 모르겠지만.

"조만간 에드가 공작저로 찾아뵙겠습니다."

"눈보라가 치는 밤이 좋겠군요. 경이 공작저의 앞에서 동사하는 정도는 허락하겠습니다."

"저와 두루아가 약혼한 게 마음에 들지 않으시다면 문을 열어 주시는 게 좋을 겁니다. 저—."

"네깟 게 무슨 주제로 그 애와의 약혼을 입에 올려."

애런이 소리 없는 비명을 지르며 쓰러졌다. 맨눈으로 보기에는 아무런 문제가 없어 보였으나 오른손에 불타는 통증이 느껴졌다. 삽시간에 식은땀으로 온몸이 젖었다.

그러나 생각조차 멎게 했던 고통은 한순간이었다. 목에 걸린 수정에서 청량한 힘이 나와 애런의 오른손으로 몰려들었다. 하얀 마법은 검은 통증을 삼키고 애런의 정신을 지옥에서 현실로 되돌렸다. 희게 멈추었던 머릿속에서 드문드문, 생각이 다시 이어졌다.

'이건 저주인가……? 목걸이가 마법을 몰아낸 것 같은데, 앨리스가 준 목걸이는 대체…….'

겨우 숨을 고르며 애런이 신음하는 동안 녹턴 에드가가 가까이 다가왔다.

"착각하지 마세요, 클레이모어 경. 당신한테는 선택권이 없으니까."

그는 망설임도 없이 구둣발로 애런의 오른손을 짓밟았다. 손뼈가 부러질 정도는 아니라도 멍이 들 정도는 되었다. 살갗이 쓸리는 느낌에 애런의 얼굴이 일그러졌다.

"두, 루아가 왜 저와 약혼한 건지 압니까?"

애런은 이를 악물고 왼손으로 공작의 발목을 잡아 밀쳤다. 생각보다는 순순히 물러나며 청년이 눈가를 가늘게 떴다.

알 수 없는 수정 덕분에 고통은 사그라졌지만, 지옥 같은 고통은 한순간이라한들 너무 강렬했다. 애런의 몸에는 여전히 떨림이 남아 있었다. 그 때문에, 그는 다소 힘겹게 몸을 일으켰다.

"무슨 특별한 이유라도 있는 듯이 말하는데, 적당히 조건이 맞았기 때문이란 걸 내가—."

"각하 때문입니다."

그러고는 곧바로, 공작의 얼굴로 주먹을 휘둘렀다. 구둣발에 짓밟혔던 주먹이 창백한 턱을 후리자 청년의 고개가 돌아갔다.

입가에 피를 내비친 채로 공작이 헛웃음을 지었다.

"그래……. 그 목걸이가 있었지, 참."

녹턴 에드가가 혼잣말을 하는 동안, 애런은 한 걸음 물러서며 경계했다. 곧바로 다시 공격해 올 줄 알았는데 그는 손등으로 피를 닦아 낼 뿐 오히려 조금 전보다 차분해 보였다. 고통에 민감하게 굴진 않는 건가. 애런은 저린 손을 털며 재차 입을 열었다.

"자세한 이야기는 공작저에서 하겠습니다."

"들여보내 줄 거라고 누가 말하던가요."

"한 가지 먼저 말씀드리자면, 두루아도 저와의 약혼에 미련이 있는 건 아닙니다. 파혼하자고 말하면 응할 겁니다. 물론 상처받지 않은 채로."

당장 오늘을 마지막으로 파혼을 발표할 예정이었으나 애런은 뻔뻔하게도 두루아의 속내를 꿰뚫고 있는 것처럼 말했다. 실제로 별다른 반발 없이 파혼하자는 말에 동의해 주었으니 아예 거짓말인 것도 아니었다.

공작은 눈썹을 살짝 기울어뜨리고는 무언가 불만스러운 듯이 애런의 목에 걸린 백수정을 노려보았다. 잠시간의 대치 후, 그가 한숨처럼 짧게 숨을 내뱉었다. 승낙의 의미였다.

"알겠습니다."

겨우 한 걸음은 떼었군.

애런이 그렇게 생각하는 차에 공작이 그에게로 다가왔다. 금세 말을 바꿀 사람은 아닌 것 같았고 좀 전까지의 살벌하던 기색도 없었기에 애런은 눈가를 조금 찡그린 채로 그 모습을 바라만 봤다.

그러고는 한 걸음 차이로 거리가 좁혀졌을 무렵, 난데없이 공작이 애런의 배를 걷어찼다. 컥, 배를 움켜쥐고 애런이 허리를 수그렸다.

"이게 무, 슨⋯⋯."

"기분이 안 좋아서."

겨우 한 대 얻어맞았을 뿐이면서.

맞은 게 고통스럽다기보다는 어이가 없어 애런이 고개를 쳐들었지만, 공작은 이미 그에게서 관심을 잃고 몸을 돌린 뒤였다.

애런에게 형제는 없었지만 뭐라고 할까, 그 순간만큼은 녹턴 에드가가 철없는 동생처럼 보였다. 그렇게 무서운 동생은 없는 편이 낫겠지만. 그래도 그런 인간적인 면모를 본 탓에, 지금의 긴장이 조금은 덜 했다.

그가 상념을 정리하며 긴 한숨을 내쉴 무렵, 안으로 들어갔던 경비병이 밖으로 나왔다.

"각하께서 허락하셨습니다."

곧 저택의 문이 열렸다.

제국 동부의 공작령, 파우스트.

제국에서 가장 풍요로운 땅은 건국 당시부터 에드가의 것이었다. 그만큼 오래된 땅이었고, 그 위에 세워진 공작 성도 긴 세월을 지냈다.

많은 주인을 거쳐 간 성이면 으레 그렇듯, 파우스트의 공작 성에도 많은 비밀 공간이 있었다. 개중 하나에 집무실을 마련한 패트시아 에드가는 함께 영지로 내려온 집사장, 유시스로부터 보고를 받고 있었다.

"브리만이 당했다고."

"미처 알아차리는 것이 늦었습니다. 죄송합니다, 패트시아 님."

"어차피 들킬 거라는 건 자네도 알지 않았나. 오히려 이때까지 버틴 게 신기한 거지. 테롭스 안단테는 여전히 행방이 묘연한가?"

"예, 백작저를 나선 뒤 감쪽같이 사라졌습니다."

"그렇다면 역시 그 애가 움켜쥐고 있겠구나. 뭐라도 알아낼 수 있을까 싶어서."

패트시아 에드가가 끅끅거리며 웃음을 토했다. 유쾌해서 참을 수가 없었다. 제 눈으로 직접 확인하지는 않았으나 일이 제 뜻대로 돌아간다는 확신에 절로 희열이 일었다.

"사람이 제일 멍청한 순간이 언제인지 아나, 유시스."

질문을 던져 놓고는, 그녀는 그의 말을 듣는 시늉도 없이 답을 이었다.

"덜 자랐을 때야. 스스로 다 자랐다고 생각해서, 세상만사가 우스워 보일 때. 덫이 덫인 줄도 모르고, 그걸 찾아낸 것만으로 남의 계략을 다 간파했다고 생각할 때."

그래 봐야 남들이 보기에는 풋내 나는 애송이인데도.

자칫 징그러울 만큼 입매를 늘이고 그녀는 책상 위의 컵을 쥐었다. 희뿌연 알갱이가 떠 있는 물이 컵을 기울이는 대로 흔들거렸다. 한 모금 삼키며, 패트시아가 손짓했다. 보고를 계속하라는 신호였다.

"말씀하신 준비는 끝났고, 수도로 이동할 준비도 마쳤습니다. 이제 공자님들의 세뇌만 풀면 바로—."

"프렐류드와 단차? 굳이 벌써부터 풀어 줄 필요가 있나. 데려가 봐야 걸리적거리기만 할 테지. 내버려 둬."

"……알겠습니다."

냉정하다 못해, 잔인하게까지 들리는 말이었으나 유시스는 별말 없이 고개를 숙였다. 그에게 관심을 잃고, 패트시아는 녹턴 에드가에 대해 생각하기 시작했다.

흑마법을 들켰을 때는 벼랑 끝에 몰린 양 벌벌 떨더니 곧 돌변해서는 저택 모두의 정신을 잡아먹은 지금의 공작. 성수를 건네려다가 최면에 당한 이후로 패트시아는 세뇌에서 헤어 나올 수 없었다. 사사로이 부리던 흑마법사가 그녀를 돕지 않았다면 영영 이성을 되찾을 수 없었을 것이다.

하나 세뇌가 깨진 뒤라도 그녀 외의 대부분이 세뇌당한 상태였기에 반격하는 것은 무리였다. 패트시아로서는 여전히 세뇌에 당한 척하다가 녹턴이 에드가의 직계들을 파우스트로 보낸다고 결정 내린 순간, 영지에서 향후의 일을 모색하는 것이 최선이었다.

컵을 기울이며, 패트시아가 혼잣말을 중얼거렸다.

"이제는 때가 됐지."

이미 전적이 있기에 무력으로는 현 공작을 압도할 수 없다는 걸 알았다. 때문에 패트시아는 좀 더 확실한 방법을 준비하고 있었다.

그래, 이를테면 녹턴 에드가의 역린인 두루아 발로즈를 인질 삼는다거나. 발로즈의 차녀가 아니라면 좋았을 텐데, 퍽 귀여워하던 아이의 얼굴을 떠올리며 그녀가 짧게 혀를 찼다.

발로즈는 결코 쉬운 가문은 아니었다. 에드가만큼은 아니라도 오래도록 자리한 권력자였고, 재상을 낸 적도 두 번이나 있었다. 녹턴 에드가가 뭐라고 속살거렸는지, 아이가 저택을 나설 때면 붙는 비밀 호위만 수십이다. 적어도 지금, 패트시아는 발로즈의 딸을 훔쳐 올 수 없었다.

그나마 다행스럽게도, 그는 지금 그녀를 감시하고 있지는 않았다. 이제 와서 소중하지 않은 척을 하려는지 어떤 건지, 제 보물이면 품에 넣고 지켜야 할 텐데도 존중 같은 게 무어 중요하다고 어린 공작은 겁에 질려 벌벌 떨고만 있었다. 그러니 조금 까다롭기는 해도, 패트시아가 전혀 손쓸 수 없는 일은 아니었다.

"다아즈가 전하는 말은 없었나."

"따로 하는 말은 없었습니다. 언제나처럼 곧 태양이 저물 거라는 말만 했습니다."

태양이라니, 무력한 허수아비한테는 과분하기 짝이 없는 말이다. 그럼에도 지금처럼 기분이 좋은 때라면 껍데기뿐인 말에도 얼마든지 웃어 줄 수 있었다. 그녀는 손장난을 치던 컵을 샴페인처럼 높이 쳐들었다.

"황제 폐하의 무탈한 죽음과 에드가의 영광을 위하여."

패트시아 에드가가 유쾌하게 미소 지었다. 그럼에도 그녀의 눈에서 불타는 감정은 즐거움도, 기쁨도 아닌 증오였다.

티파티에 가는 게 얼마 만이더라. 녹턴에게 초대를 받은 이후로는 티파티라는 말만으로 소름이 돋아 생각도 않았는데.

내가 티파티에 다시 온 일에 자신도 놀랐지만 내 앞에는 당사자보다도 더 두루아 발로즈의 등장을 놀라워하는 사람이 있었다. 셰릴 보르나인이었다. 객을 맞이하는 주최자라기보다는, 동냥하러 온 거지를 맞는 주인처럼 보르나인 후작 영애가 떨떠름한 얼굴로 나를 반겼다.

"설마 정말 올 거라고는 생각 못 했네요. 발로즈 후작 영애는 생각이란 게 없나요? 아니, 너무 큰 충격을 받아서 머리가 고장 나신 걸까."

"그렇게까지 반겨 주실 줄은 몰랐어요. 정말 감사하네요, 보르나인 후작 영애. 오, 물론 티파티에 초대해 주신 것도요."

"혹시 제국어를 잊어버리셨나요?"

"제 머리는 무사해요. 안위까지 걱정해 주시다니, 참으로 다정하시기도 해라."

기가 막혀하는 보르나인에게 무감한 얼굴로 어깨를 으쓱이고 나는 내 이름이 적힌 테이블로 향했다. 참석하겠다는 답신을 보내기는 했지만, 다소 급하게 보냈고 또 정말 올 거라고는 생각도 못 한 탓인지 내 자리 배치는 별로 성의껏 되어 있지 않았다. 대화를 나눠 본 적도 없는 자작 영애(고개를 바싹 숙인 모습이 이 영애도 지금의 배치를 달갑게 여기지는 않는 것 같았다)와 엘포드 백작 영식, 그리고……

"보르나인 후작 영애가 제 옆자리였군요."

"무슨 꿍꿍이로 나타난 거예요."

내 옆자리에 앉으며 셰릴 보르나인이 불만스럽게 물었다.

"몸은 좀 괜찮아지셨나요?"

"그래, 무도회장의 한가운데에서 쓰러진 제 치부를 비웃으러 온 거였군요."

"보르나인 후작 영애. 영애의 성격이 못 봐주게 꼬인 건 알지만 과하지 않나요. 영애를 비웃으면 누가 돈을 주는 것도 아닌데, 제가 남의 티파티까지 와서 뭘 한다고요? 세상을 좀 곱게 보세요."

"정말 품격 없이 말씀하시는군요. 제가 발로즈 후작 영애를 어떻게 곱게 보겠어요."

"제가 녹턴과 가까이 있던 이유로? 아직 녹턴을 좋아해요?"

"발로즈 후작 영―"

발끈한 셰릴 보르나인이 자리에서 일어나려는 찰나, 맑은 종소리가 울렸다.

초대된 이들이 모두 도착했음을 알리는 종소리였다. 다시 말하면, 주최자가 티파티를 시작할 시간이었다. 개최사니 뭐니 조그만 티파티에 거창한 절차가 필요하지는 않았지만.

셰릴 보르나인은 분노한 표정을 싹 감추고 일어났다. 참석해 준 모든 이들에게 감사 인사를 표하고 파티에 내온 차를 소개하고, 사용인들을 시켜 다과를 마련했다. 그러는 과정이 퍽 능숙해 보였다. 그러고 보면 티파티를 가장 많이 여는 귀족 중 하나였지.

내가 쿠키를 집어 먹는 동안, 할 일을 다 마친 보르나인이 도로 자리에 앉았다. 중간에 일어나 인사를 한 과정이 없는 것처럼 좀 전에 나누던 말이 자연스럽게 이어졌다.

"공작 각하께서 대놓고 편을 들어주시니 아주 당당해지셨군요."

"내가 당당한 건 그 사람 때문이 아니에요. 오히려, 나는 그 자리에서 다른 말을 하려고 했으니까."

"다른 말?"

"축하해요. 난 이제 녹턴 에드가의 친구가 아니거든요."

"……각하께서 혼담을 넣으셨나요?"

하마터면 마시던 차를 뿜어 낼 뻔했다.

"오 제발. 그 소리 좀 그만하면 안 돼요? 말 그대로의 의미로. 이제는 녹턴 에드가와 연을 정리하겠다는 말이에요!"

"여전히 각하의 이름은 부르는 채로 말이죠."

"좋은 지적이네요. 되도록 다른 사람 앞에서는 존칭을 썼는데, 헷갈려서 칼같이 구분하지는 못했거든요. 앞으로 에드가 공작 각하라고 통일하면 헷갈릴 일은 없겠죠."

"진심으로 하는 헛소리예요?"

"진심이라고 물을 거면 헛소리라는 말은 좀 빼든가."

"그럼 그날, 각하께선 아무런 관계도 없는 남을 위해 나서 주셨다는 건가요?"

"사소한 사정을 말하지 않은 탓에 영애께 혼란을 안겨드렸군요. 정확히 말하자면 연을 정리하기로 한 건 제 입장이고 그쪽 생각은 다를지도 몰라요. 아직은."

길어지는 대화에 숨이 차서, 나는 잠시 말을 끊었다. 그러고는 세릴 보르나인이 비꼬는 말을 하기 전에 서둘러 본론을 이었다.

"그래도 얼마나 가겠어요, 보르나인 후작 영애가 누구이 말씀하시던 대로 그 사람한테 이 관계는 그다지 귀하지도 않은데."

쉼 없이 치고받은 끝에 잠시 정적이 돌았다. 세릴 보르나인은 흡사 내 속내를 꿰뚫어 보기라도 하려는 듯 눈을 가늘게 떴다. 탐정이라도 된 표정이었다.

나는 조금도 거리낄 것이 없었기에 어깨를 으쓱이고는 보란 듯이 찻잔을 기울였다.

홍차 한번 진하게 우렸네, 나도 진한 건 별론데.

"클레이모어 경이 도화선이 된 거로군요."

"애런과는 상관없어요. 애런도 뭐……. 이 얘긴 됐고 다시 물을게요, 보르나인 후작 영애. 녹턴…… 에드가 공작 각하를 좋아해요?"

"호칭 참 별스럽게 길어지네요."

호칭을 실수하려던 걸 바로잡았을 뿐인데 너무하네.

보르나인은 눈가를 찡그리며 답을 고심하다가, 문득 고개를 들었다.

"제가 그걸 왜 발로즈 영애한테 말씀드려야 하죠?"

"눈치채셨군요! 놀랍도록 정확한 지적이에요."

"그리고 이쪽 세계에서, 누굴 좋아하고 좋아하지 않는 게 뭐 중요하다고 그런 걸 묻는지 모르겠네요."

"제 말이 그 말이에요. 저와 자주 말을 나누는 어떤 분은 그렇게 생각하지 않으시는 줄 알았는데……."

"조롱하지 말아요!"

세릴 보르나인이 울컥한 듯 소리쳤지만, 마음을 다친 표정은 아니었다.

보르나인과는 이따금 마주칠 때마다 말다툼하듯 언성을 높였을 뿐이지만 그 마음만은 확실히 보였다. 녹턴을 화제 삼아, 나를 주제도 모른다고 긁어내리고 공격할 거리가 있으면 물어뜯으면서, 정작 내가 녹턴을 이용해 반격하면 지나칠 만큼 분노하고 괴로워했다. 소설, 연극에서나 볼 법한 강렬하고 분명한 사랑이었다. 그런데 그 사랑이란 것이…….

"정확히 말하면 나를 사랑해 보라고 말했지."

녹턴이 말한 이야기가 떠올랐다. 세뇌를 거두어 갔다는 말도.

그래, 정말로 세릴 보르나인의 사랑은 마법에 의해 만들어진 거였구나. 마법으로 사람의 마음마저 좌우할 수 있었구나.

어째서 한때는 흑마법을 익히는 것만으로 처벌당했는지, 그 이유를 알 것도 같았다.

"이제는 마음이 없군요."

"같은 말 반복하게 하지 말아요."

"각하께 다가갈 때는 마음이 있었나요?"

"이봐요, 발로즈 후작 영애."

"얼굴은 아름다운데 다가가는 사람 하나 없이 쓸쓸해 보이니, 조금 잘해 주면 가지고 놀 수 있겠다. 그렇게 말했잖아요."

"그게 언제 일인데……! 누가 말한 거죠? 케이티? 에버란스? 설마 로직스는 아니겠죠?"

"말한 건 당신이죠, 보르나인 영애. 나는 그저 테라스에서 쉬고 있다가, 생각 지도 못하게 무서운 말을 주워들었을 뿐이고."

"테라스라니……. 그래. 어렸을 때라 주위를 살피지 못했군요. 각하께…… 말씀드렸나요?"

말하지 않았어도 알고 있는 모양이지만.

굳이 그 이야기까지 덧붙일 필요는 없어서 나는 고개를 저었다. 안 그래도 그녀의 얼굴은 희게 질려 있었다.

"그래요. 잘했어요. 그건 그냥…… 어린 날의 치기였어요. 철없이 한 소리였 다고요. 누구나 그러잖아요. 부도덕한 말을 하면서 허세 삼아……. 실제로 실 행에 옮길 생각도 없었고……."

횡설수설 말을 늘어놓으며, 보르나인의 목소리가 점점 높아져 갔다. 같은 테 이블에 앉은 이들에게도 소리가 들리지 않도록 속삭이며 말하고 있었기에 곤 란한 일이었다.

나는 슬그머니 테이블의 다른 두 사람, 자작 영애와 엘포드 백작 영식을 눈 짓하여 셰릴 보르나인의 주위를 환기했다. 아차, 싶었는지 그녀가 잠시 숨을 들이켰다.

"그럼 그 사람과 가까워진 것도, 그 때문이었나요?"

"작정하고 접근한 게 아니에요! 여행을 다녀오는 길에, 어머니께서 일 때문 에 공작저로 가셔서 어쩔 수 없이 따라갔어요. 그 무렵부터 이상하게 그분이 좋아져서……."

셰릴 보르나인이 녹턴을 좋아했다는 말은 조금도 새삼스러울 것이 없었으 나, 그녀는 몹시 분한 사실을 인정하는 것처럼 입술을 깨물었다.

"그래요, 좋아해요, 정확히는 좋아했어요. 그럴 수 있잖아요. 외모도, 조건도 나쁘지 않고. 지금 좋아한다는 이야기는 아니지만요, 정말로요."

"아무 말도 안 했어요."

"영애께 내가 우습게 보일 건 알고 있어요. 하지만 이제는 정말 안 좋아해요. 뭔가, 한때 그렇게 좋았던 게 거짓말처럼 마음이 다 사라져서는 오히려······."

보르나인이 입을 꾹 다물었다. 희게 질린 얼굴에는 설핏 두려움이 떠올라 있었다. 두려움으로 물든 표정이 익숙하게 느껴졌다. 앨리스에게서, 내게서 보던 얼굴이다.

녹턴 에드가가 퍼뜨린 공포, 두려움, 불안. 그 얼굴을 보며 나는 동질감을 느꼈고, 희한하게도 죄책감을 느꼈다. 그가 한 일은 나와 상관이 없고, 알지도 못했지만, 그 시기에 그리고 최근까지도 가까이 지내며 그를 친구로 마음에 담고 있었다는 것이 미묘한 죄책감을 불러일으켰다. 녹턴과 함께한 시간이 긴 탓일지도 모른다. 녹턴을 향한 험담이 내 공포가 되었던 것처럼 그의 죄에 내 몫도 있다고 착각하는 걸지도.

이성적으로는 그렇게 생각하면서도 부풀어 오른 죄의식을 누르지 못하고 나는 입을 벌렸다.

"미안해요."

"뭐가요."

"······보르나인 영애를 추궁하고, 마음을 캐물으려 해서요."

"발로즈 후작 영애는 사람을 이상하게 만드는 재주가 있으시네요. 나도 영애를 추궁하고 몰아붙였지만, 그걸 잘못했다고 생각하지 않아요. 괜히 내게 죄의식 심어 놓으려 하지 말아요."

"그런 생각 안 했어요."

"그게 아니면 그따위 화법으로 말하지도 말고요. 하던 대로 해요. 받아치고 비꼬고, 그렇게 갑자기 연약해진 양 굴지 말고."

세릴 보르나인은 불편한 얼굴로 나를 노려봤다. 굳이 신경 쓰이게 할 생각은 아니었기에, 나는 일부러 목소리의 톤을 조금 높였다.

"연약한 척이 아니라 화해를 청하려는 거예요. 우리가 사이가 나빴던 건 한 사람 때문이잖아요."

그러고는 가져온 상자를 꺼내 그녀에게 건넸다.

"이제는 영애도 그 사람을 좋아하지 않고, 저도 연을 정리할 생각이고. 뭐, 친구가 되자는 소리는 아니니 그렇게 질색할 건 없어요."

선물 삼아 가져온 물건은 로볼트에서 만드는 유명한 쿠키였다. 만드는 수량이 많지 않고 보관법도 까다로워서 직접 로볼트로 가지 않는 한 맛보기 힘든 과자였다. 내 입에는 짜서 별로 좋아하진 않았지만.

내가 내민 상자를 보고 세릴 보르나인은 눈썹을 들썩이다가 픽 웃었다.

"로볼트에는 매년 연말마다 가요. 이 쿠키가 물릴 정도로 자주 먹었는데. 선물이니 일단은 받겠지만요."

"네에, 받아 주신다니 영광이네요. 그런데 매년 연말이요? 영애께서 각하를 떠들어댔던 파티는 1월 초였잖아요."

"무슨 소리예요? 알페이 백작 부인의 생일 파티잖아요. 12월 중순이었어요."

"……로든 자작의 재혼 축하 파티로 기억하는데요."

"기억력하고는. 에드가 소공작이 자작의 재혼 축하 파티에 가겠어요?"

"그 자리에 공작 각하가 있었다고요?"

"아무럼, 제가 자리에도 없는 사람을 조롱하니 마니, 떠들었을 리가요. 그 파티부터 각하와 붙어 지내던 사람이 무슨 헛소리람."

녹턴과 처음 말을 나눈 파티는 12월, 보르나인의 험담을 들은 파티는 1월에 열렸다. 최근 메모리아의 실타래를 마셨으니 기억은 확실하다.

그런데 보르나인의 말대로라면, 내가 녹턴에게 말을 건 날 그녀가 녹턴을 험담했다는 말이 된다. 그러면 나는 녹턴에게 접근한 직후, 셰릴 보르나인의 뒷말을 듣고 '내 친구를 욕하다니.' 하며 화를 내고 '하지만 나와 사고방식이 똑같잖아.' 하며 죄책감을 느꼈다는 건가.

단 몇 시간 만에 그 정도의 정이 쌓였다고?

"아무튼 나는 테이블을 좀 돌아야겠어요. 티파티 주최자로서 당신과 말다툼이나 하는 건, 영 품위 없는 짓이니까."

내가 혼란에 빠져 있는 동안, 셰릴 보르나인이 자리에서 일어났다.

이 사람이 뭔가 착각한 거겠지. 그해에만 여행을 조금 늦게 갔다거나…….

뭔가 석연찮았지만 대단한 일도 아니라서 나는 그냥 고개만 끄덕였다.

그녀가 자리를 뜨자마자 누군가 바로 테이블을 두드렸다. 푸른 빛 머리칼의 비쩍 마른 장신, 보르나인의 영원한 충견인 로직스 엘포드였다. 아까부터 참견하고 싶어 안달 난 기색으로 이쪽을 힐금거렸으니 그가 이럴 것은 예상한 일이었다.

"보르나인 후작 영애와 무슨 말을 한 겁니까?"

"이제는 '셰릴 님'이라고 안 부르네요."

"말장난하지 마십시오."

침착한 척 말을 잘라 내면서도 그의 얼굴에는 불긋불긋한 열기가 올라왔다. 부끄럼을 타는지 화가 난 건지, 통 모를 얼굴이다.

둘 다려나.

나는 로직스 엘포드를 약 올릴 심산으로 물끄러미 그 얼굴을 바라보았다. 녹턴이니 애런이니 알로이니(묘한 말이지만, 알로이는 예쁘다는 말보다 잘생겼다는 말이 어울렸다), 워낙 잘생긴 얼굴들에 익숙해 별 감흥은 없었지만 외모는 괜찮았다. 상당한 미인인 셰릴 보르나인의 옆에 붙여 둬도 어울릴 정도는 될 만큼. 더러운 성격이 잘 맞아서 보르나인과 친하게 어울리는 줄 알았다(사실 별로 진지하게 생각해 본 적도 없지만). 그러나 그녀가 쓰러졌을 때도 그렇고 지금도 그렇고 털을 바짝 세운 강아지처럼 구는 게 마냥 순수한 우정은 아닌 모양이다.

"제가 보르나인 후작 영애와 무슨 말을 했는지는 엘포드 영식께 말씀드릴 일은 아닌 것 같고 그것보다요."

"뭡니까."

"당신, 좋아하죠. 보르나인 후작 영애―."

로직스 엘포드가 막 건져 올린 잉어처럼 퍼덕거렸다. 용케 찻잔을 엎지는 않았지만 잔에 담겨 있던 찻물이 사방으로 튀었다. 반응, 되게 재밌다.

옆에 앉아서 입 한 번 열지 않던 자작 영애가 때는 이때다 싶었는지, 시녀를 불러오겠다고 외치며 자리에서 일어났다. 어지간히도 이 자리를 벗어나고 싶던 모양이다.

"―가 준비해 준 홍차요. 뭘 그렇게 놀라요."

"익……!"

"와, 그러면서 녹턴 일로 보르나인 후작 영애가 질투하는 걸 도와 준 건가. 호구라고 해야 해, 성자라고 해야 해."

"발로즈 후작 영애!"

"혼잣말이에요, 혼잣말."

"정말 아닙니다, 진짜……! 사람이 말을 하면 좀 들으십시오!"

말을 하면 들으라니, 그게 본인이 할 소린가. 녹턴을 좋아하지 않는다고 입이 닳도록 말했을 때, 본인이 뭐라고 했는지 로직스 엘포드는 좀 성찰할 필요가 있다.

입가에 나는 비웃음을 참지 않고 나는 혼잣말을 하듯 중얼거렸다.

"자기는."

"발로즈 후작 영애!"

셰릴 보르나인의 티파티에 참석한 것은 복잡한 감정 때문이었다. 오랫동안 세뇌에 시달렸으니 그녀에게 심한 후유증이라도 남은 건 아닐까? 신경 쓰이기도 하고, 정말 녹턴 에드가가 말한 대로인지 확인하고 싶기도 했다.

그 결과 그의 말은 사실이었고 그녀는 무사해 보였다. 마음도 남지 않은 것 같고 녹턴을 좀 두려워하는 것처럼 보이니, 더 접근하려 들지도 않을 것이다.

그러니 보르나인의 안위는 걱정하지 않아도 괜찮겠지. 내가 왜 이런 걱정을 하는지는 모르겠지만. 셰릴 보르나인과 가까운 것도 아니고, 내가 그녀를 세뇌하라고 부추긴 것도 아니고 녹턴 에드가와도 이제는 연을 정리할 생각인데.

생각을 떨쳐 내려 고개를 두어 번 휘젓는데 나를 물끄러미 보는 시선이 느껴졌다. 알로이었다.

"듣고 있어, 두두?"

"아, 뭐 듣고 있지, 알로이. 그래서 테롭스 안단테를 화형에 처하기로 했다고?"

"심정적으로는 그러고 싶지만, 법적으로 성사된 건 파혼뿐이야. 유감스럽게도, 입으로 하는 말은 못 듣고 내 마음으로 하는 이야기만 듣고 있었구나."

"뭐라도 듣기만 하면 됐지. 그럼 이제 새로운 약혼자 후보를 물색해야 하나?"

"정말 놀랍게도, 그것도 좀 전에 이야기했단다. 엘포드 백작가의 차남 말이야, 로직스 엘포드."

"아, 로직스 엘포드."

아무튼, 백작가의 차남 엄청나게 좋아하네.

나는 성의 없이 고개를 끄덕이며 숟가락으로 수프를 떴다.

잠깐만, 근데 뭐?

"로직스 엘포드?"

"응, 뭐 이번에도 그렇게 취향인 건 아니지만 테롭스보다야 나은 편이지. 최소한 외모 면에서는 그럭저럭 예쁘잖아. 상대로서는 내 외모가 어떨진 모르겠지만."

"잠시만 진심으로? 로직스 엘포드와 약혼한다고? 내가 걔랑 가족이 돼야 한다고?"

"혹시 너와 그 남자 사이에 어떤 기류가 흐른 적이 있어? 연애라도 했다거나……."

"농담 마!"

끔찍한 농담에 비명처럼 외치다가 사레가 들려서, 나는 옆에 있던 잔을 황급히 움켰다. 그러나 잔에 든 것은 샴페인이었다. 목이 따가워서 사레가 한층 심해졌다.

고통스러운 건 둘째 치고, 로직스 엘포드 이야기를 하면서 샴페인을 마시다니 치욕적이야.

혀를 차며 알로이가 내게 잔을 넘겨 주었다. 나는 무심코 그걸 또 마시려다가, 안에 든 것이 좀 전에 마신 것과 같다(샴페인)는 걸 확인하고는 알로이의 발을 세게 짓밟았다.

"윽, 오늘도 건강하네."

"알로이, 지뢰 수집하는 게 취미야? 약혼자를 물색하면서, 이번에는 어떤 결점이 있을까 두근두근 설레?"

"이번에는 뒷조사를 해 봤지만 별건 안 나오던데."

"별건 안 나온다고? 그럴 리가? 로직스 엘포드는……!"

나는 기세 좋게 주어를 외치고는 줄줄이 그의 험담을 늘어놓을 생각이었으나, 마땅히 생각나는 게 없었다. 말투가 험하고 셰릴 보르나인을 따라 잘 알지도 못하는 이들을 조롱하고 비꼬고 가십을 아무렇지 않게 떠들어대고. 뭔가, 인격적인 결함이 많긴 한데 결정적인 이야기는 나오지 않는다. 이를테면 테롭스 안단테가 저질렀던 것처럼, 바람을 피운다거나 다른 여자를 밝힌다거나…….

아, 여자 좋다, 여자.

"엘포드 백작 영식은 다른 사람 좋아해. 다른 여자 좋아하는 남자랑 결혼할 셈이야?"

"뭐…… 두루아 네 입에서 그 이야기가 나올 줄은 몰랐네."

그녀가 어깨를 으쓱이며 하는 말에 나는 몸을 움찔 떨었다.

그 문제로는 나도 할 말이 없긴 하지. 애런도 다른 여자를 좋아하니까. 그런데 나는 결혼 전에 파혼을 무를 생각이고, 지금도 파혼 예정인데 조금 미루어졌을 뿐이란 거 알면서……. 그리고 알로이는 애런이 다른 사람 좋아하는 거 모르지 않나?

알로이가 듣지도 못할 변명이 마음속으로 줄줄이 흘러갔다.

"너는 그런 걸 신경 쓰지 않아도 되지만 나는 신경 써야지. 엘포드면 그럭저럭 괜찮아."

"괜찮다고? 대체 무슨 기준이야."

"딱히 욕심이 많은 가문도 아니고, 소백작도 현명한 사람이니까. 상대가 직접 거절하는 게 아니라면, 누굴 좋아하든 관심 없어. 결혼하고도 만난다면 문제가 되겠지만."

자손을 만들 능력이 남아 있기만 하다면야, 아무래도 괜찮거든.

천연덕스러운 농담에 나는 조금도 웃을 수 없었다.

"하지만 알로이!"

"그 남자가 네게 못된 말을 많이 했다는 정도는 알아."

"안다니……."

"사실 그래서 그 사람을 유력 후보에 올리기도 했지."

알로이가 다정하게 웃었다. 이상하게 어두워 보이는 웃음이었다.

"걱정하지 마, 잘 교육할 테니까."

교육이란 말이 약혼자에게 잘 어울리는 말인지는 차치하고서도, 적어도 그 말은 알로이의 미소와는 한 쌍인 것처럼 잘 어울렸다.

애런은 에드가의 집사가 안내하는 곳으로 향했다. 본관의 응접실로 향해 갈 줄 알았으나, 발걸음이 향하는 쪽은 별관 깊은 곳이었다. 저택의 다른 장소와 마찬가지로 깔끔하고 고풍스러웠으나 갈수록 분위기는 음산하고 스산해졌다.

걸으면서, 그는 허리춤에 있는 검을 만지작거렸다. 애런은 녹턴 에드가를 온전히 믿지 않았으나 그의 저택에 왔다. 공작의 본심을 확실히 알고, 두루아와 공작의 사이를 중재하기 위해서. 두루아 본인은 아니라고 부정해도 공작에게 감정이 남은 게 분명했다.

단순한 정보다도 깊은 마음일 것이다. 그렇지 않았다면 그토록 두려워하면서도 얼굴을 보며 이야기하고, 피를 토하는 걸 보고 다가가 안위를 살피고, 테라스에서 이야기를 나눈 뒤 눈가가 짓무르도록 울진 않았을 것이다. 공작을 향한 두루아의 가장 강렬한 감정이 공포여도, 그 외의 것들을 무시할 수는 없다.

그래서는 안 됐다.

"모르겠어요, 애런. 나는 녹턴을 뭐라고 생각했던 걸까요."

애런이 파혼을 제의한 날, 그녀는 제 마음을 모르겠다고 말했지만 애런은 그 속을 조금이나마 엿볼 수 있었다. 녹턴 에드가가 그저 악인인 줄 알았을 때는 두루아가 막연히 안타까울 뿐이었지만 그가 정말로 그녀를 소중히 한다면, 방식이 거칠고 서투를 뿐이라면 되돌릴 방법은 있을 것이다.

오지랖이란 걸 알면서도 애런은 그렇게 생각했다. 왜냐하면 그는 그녀를 위해 뭐라도 해야겠다는, 마음의 빚이 있었으니까. 그의 머릿속에 누군가의 모습이 떠올랐다.

앨리스 리모란드. 두루아 발로즈의 친구인 동시에…….

"에드, 내가 누군지 알지? 알 거야, 눈치챘겠지."

"앨리스, 저는."

"하지만 모르는 척해. 나는 네가 누군지 모르는데 너만 나를 아는 건 불공평하잖아. 그렇게 해 줘, 그럴 수 없다면 난 이제 널 만날 수 없어."

애런이 사랑하는 사람의 모습이.

"할 수 있다면 기사의 맹세라도."

에른하르트에서 나눈 말을 떠올리며 애런이 쓰게 웃었다.

그때 한 맹세를 후회했다. 수백 수천 번을 후회했다.

그러나 시간을 되돌린대도, 그 자리에서 애런은 같은 선택을 할 수밖에 없을 것이다. 그날, 그 순간의 앨리스를 본다면. 앨리스 모멘텀의 얼굴에 떠오른 지독한 감정들을 본다면.

그렇기에 수도로 올라와서 앨리스를 발견하고도 그는 말을 건네기보다 침묵했고, 제 존재를 알리지 않고 피했으며, 혼담을 넣지도 않고 참아 왔다. 평생토록 그리할 생각이었다.

그러나 두루아 발로즈는 어떻게 알았는지 그의 말실수 한 번에, 모든 사정을 눈치채고 앨리스를 가까이할 것을 종용하고 있었다. 애런은 강렬한 유혹을 참아 냈으나, 두루아와 어울리는 과정에서는 별수 없이 앨리스와 말 몇 마디씩을 섞게 돼서 점점 유혹은 강해져 갔다. 그런 자신에게 자괴감을 느끼고 앨리스에게 죄책감을 느꼈지만, 실은 그보다는 욕심이, 사랑이 컸다.

그럴수록 두루아를 향한 빚이 쌓여 갔다. 두루아가 아니었다면, 어쩌면 평생토록 마주 보지도 못했을 그의 사랑과 가까이서 인사를 하고 말을 나누고 있었으니까.

그렇기에 두루아 발로즈를 위해 나서고는 있지만, 실상 애런은 본인을 위해 행동하는 것이나 다름없었다. 제 죄책감과 부채감을 덜기 위해, 마치 이렇게 하면 앨리스에게 다가가도 되는 명분을 얻는 것처럼. 자신의 비겁함과 졸렬함을 깨달았지만, 그것이 새삼스럽지도 않았다.

그는 다시 검집을 만지작거리며 쓰게 웃었다. 그러다가 문득, 공작저의 사용인들이 제 검에 별다른 관심을 보이지 않는다는 것을 깨달았다. 거슬리고 불쾌하게 생각하기는커녕 그게 뭐가 문제가 되냐는 듯 쳐다보지도 않았다.

이상한 점은 그뿐만이 아니었다. 행동하고 말하는 것은 자연스러웠으나, 마주치는 이마다 눈빛이 흐리고 표정이 없었다. 조금 전까지는 태연하게 보았던 광경에서 이상을 눈치챈 순간, 그 기괴함에 소름이 올랐다.

대체 이 저택은 뭐지. 녹턴 에드가는 여기서 무슨 짓을 벌인 건가.

마음속의 의혹이 점점 커질 무렵 마침내 집사가 걸음을 멈추었다. 문을 몇 개나 지나온 건지 알 수 없었지만, 바야흐로 마지막 문이 열리고 그 안에는 저택의 주인이 서 있었다.

애런이 오고 있던 걸 알았던지, 에드가 공작은 일말의 동요도 없이 그를 보았다.

"마침 나쁠 때 왔군요."

검은 머리칼과 창백한 피부는 어두운 곳에서 그 대비가 한층 선명하게 보였다. 이 방에 이르면서 봐 온 사람들 탓일까, 녹턴 에드가의 얼굴은 유독 안개처럼 흐리게 보였다.

애런은 옅은 색의 눈동자를 마주 보다가, 곧 공작의 뒤로 다른 사람이 있다는 것을 발견했다. 방은 어두웠지만 불이 없지는 않아서 형체를 확인하기란 어렵지 않았다.

저택의 사용인들과 마찬가지로 흐린 표정, 안개 같은 눈빛으로 누군가 의자에 앉아 있었다. 손발이 결박되어 있지도 않고, 앞에 선 사람은 녹턴 에드가 한 사람뿐인데도 마치 의자에 묶인 사람처럼 꼿꼿한 자세였다. 경직된 형태와 흐리멍덩한 표정의 괴리감에 애런은 마른침을 넘겼다. 그 모양새를 에드가 공작은 물끄러미 보고 있었다.

"이 사람은 뭡니까?"

"테롭스 안단테입니다. 지금은 안단테가에서도 제명당할 위기에 처한, 가여운 차남이지요."

"발로즈 소후작의 전 약혼자군요."

"대략은 알고 있나 보군요. 이 남자가 파혼당한 이유는 행실 때문입니다."

공작의 목소리는 바싹 마른 가지처럼 건조했다.

"여자 욕심이 많은 남자입니다. 소후작과 약혼해 놓고, 발로즈의 외모가 마음에 들었는지 욕심을 품었죠. 다른 여자도 있었습니다. 결국, 소후작에게 들켜서 약혼은 끝나고 가문에서도 쫓겨났지만."

"그래서 그게 지금 상황이랑—."

"이런 건 표면적인 이유고, 사실 테롭스 안단테가 진짜로 저지른 일은 발로 즈를 마음에 품은 게 답니다. 그보다 옛날에는 몇 명의 인생을 건들긴 했으나 증거를 남기진 않았죠."

"예?"

"욕심이 많은 만큼 겁도 많아서 발로즈를 탐내면서도 실행에 옮기지는 못할 성격이에요."

공작은 마치 이 이야기를 하는 게 의무라도 되는 양 무감한 목소리로 말을 이어 갔다.

"속내는 더러워도 겉으로는 티를 내지 않았습니다. 발로즈 쪽으로는 눈길도 두지 않았고 더없이 선량하고 성실한 사람인 양 굽실거리며 살았죠."

그러다가 처음으로, 녹턴 에드가가 고개를 들었다.

"그럼에도 이 남자가 그런 짓을 할 수 있던 이유가 뭔지 압니까?"

자세히 보지 않으면 눈치채지 못할 정도로 희미하게, 공작의 눈이 가늘어졌다. 그는 제 눈 색만큼이나 엷게 미소 지었다.

"최면에 걸렸기 때문입니다."

"녹턴은 흑마법사예요."

애런은 저도 모르게, 떠오른 말을 중얼거렸다.

"흑마법……."

"잘 아는군요. 발로즈에게 들었습니까?"

"각하께서 하신 겁니까?"

"글쎄요, 보통 이런 상황이면 누구나 그렇게 생각하지 않겠습니까."

"대놓고 그렇게 생각하듯 유도하는 건 이상한 일이지요. 그리고 흑마법에 대해 자세히 아는 것은 아니지만, 그게 각하만의 마법은 아니지 않습니까? 그다지 편견은 없습니다."

"새로운 대답이기는 하지만, 경에게 편견이 있든 말든 상관없어요."

"두루아에게 편견이 있을지는 걱정하셨군요."

그의 고아하게 뻗은 눈썹이 슬쩍 기울어졌다. 안개같이 흐리던 얼굴에 사람의 표정이 덧씌워졌다. 표정의 변화는 크지 않았으나 분위기는 달라져서 애런으로서는 한결 긴장감이 덜어졌다.

그러나 긴장이 풀린 것은 아주 잠깐이었다.

"내가 한 말을 착각하고 있네요, 클레이모어 경. 저치를 그렇게 행동하게 한 사람은 내가 맞아요."

"……왜 그러신 겁니까."

"필요하기 때문에."

사내의 손이 재차 검집을 더듬는 걸 내려다보며, 에드가 공작이 입꼬리를 말았다. 비웃음이었다.

"겁이 난다면 검을 꺼내도 좋아요. 그 쇠붙이가 도움이 될 거라고는 장담할 수 없겠지만."

"제 방문을 허락한 건, 저를 살해하기 위해서입니까?"

"어떻게 하면 그렇게까지 자의식이 비대해지는지 모르겠군요. 경을 불러들인 것도 같은 이유입니다. 필요하니까."

"약혼 때문에…… 방문을 허락한 게 아니란 말씀입니까?"

"굳이 경이어야 할 필요는 없었지만. 덕분에 사람을 구할 수고는 덜었군요. 최면 없이도 자발적으로 나서 줄 사람을 찾는 게 좀 성가셔서."

영문 모를 말을 하며 그는 도로 테롭스 안단테에게로 눈을 돌렸다.

"약혼이 이미 끝났다는 건 알고 있었습니다. 버릴 패를 들고 협상 테이블에 앉다니 우스운 일이지."

두루아와의 약혼을 입에 담았을 때 진심으로 화가 난 것처럼 보였는데. 전부 착각이었나?

애런은 의심스레 앞에 선 사내를 바라보았으나, 표정만으로 알아낼 수 있는 것은 아무것도 없었다.

"테롭스 안단테는 겉만 보면 그럭저럭 멀쩡한 인사입니다. 본성 같은 게 무슨 상관이겠어요. 행동하지만 않으면 속이 얼마나 썩어 가든, 새까만 타인으로서는 알아줄 필요도 없는데."

숨을 고르듯 혹은 감정을 다스리듯, 공작이 느리게 눈을 감았다 떴다.

"그러나 소후작과 혼인하고는 일을 벌였을 겁니다."

"내가 최면을 걸기 전에도, 이자는 이미 세뇌당한 상태였으니까요. 흑마법이 아니라 마법 물약에 당했다는 차이는 있지만."

"뭘…… 하려고 했던 겁니까."

"글쎄, 증거는 하나 없고 내 추측뿐이지만 듣고 싶다면 말해 주겠습니다. 물론 그러기 위해서는 내 일을 돕겠다는 맹세를 듣고 당신이 쓸 만할지도 확인해야겠네요."

"맹세는 그렇다 치고, 뭘 확인하겠다는 말입니까."

애런 클레이모어 경.

녹턴 에드가가 손을 뻗었다. 어둠 속에 유독 희게 보이는 그 손가락은, 아무런 저항도 없이 앉은 사내의, 테롭스 안단테의 목으로 향했다.

턱의 바로 아래쪽 살갗이 우묵하게 들어간다. 지금은 단지 피부를 누르고 있을 뿐이지만, 손아귀에 힘이 들어간다면 목의 뼈가 바로 부스러질 것이 분명했다.

입이 말라 애런은 침을 삼켰다. 그런 그를 보지도 않은 채, 공작이 나직한 목소리로 물었다.

"경은 사람을 죽일 수 있습니까?"

무게감이 실린 말이었다.

애런의 목울대가 느릿하게 오르내렸다.

"제게 살인 청부를 하기 위해 부르신 겁니까?"

"그럴 거면 전문적인 사람을 썼겠죠. 간접 살인을 할 생각은 아닙니다. 죽일 수 없다는 제약을 걸고 마주하기는 곤란한 상대라서, 유사시를 대비해 필요할 뿐이에요."

"사람을 죽일 수 있는 겁이요."

"싫다면 돌아가면 됩니다. 오늘 있던 일은 말하지 않는 게 신상에 좋겠지만."

"죽일 수 있습니다. 기사란 게 그럴싸하게 말해도 결국 칼잡이니까."

하지만.

"각하를 믿을 수는 없습니다. 제게 맹세를 시키고 싶다면, 부가적인 설명이 필요합니다."

"유감이지만 믿을 수 없는 건 이쪽도 마찬가지입니다. 더 말할 건 없어요."

애런이 눈가를 찡그리고 공작을 노려봤으나, 정적이 무겁게 흘러갈 뿐 녹턴 에드가는 아무런 말도 덧붙이지 않았다. 그는 테롭스 안단테, 물약에 세뇌당했다는 사내와 공작을 번갈아 보고는 길게 한숨을 내쉬었다. 그저 공작의 본의를 알아보러 왔을 뿐이지만 생각지도 못한 일에 발이 묶였다. 저자를 세뇌한 사람이 발로즈 후작가를 노렸다고 하니, 두루아가 관련이 없기는 힘들 것이다.

"두루아의 안위와 관련된 일입니까?"

"더 말하지 않겠다고 말했을 텐데요. 그리고 파혼할 마당에, 그 애의 이름은 왜 자꾸 들먹거리나요."

"각하께서는 제가 왜 여기에 왔다고 생각하십니까?"

"앨리스 리모란드의 안위 때문이겠죠. 내가 흑마법사인 걸 듣고 난 뒤로 내게서 뭔가 캐낼 수 있을까 싶어서. 하고 싶으면 얼마든지 뒤지고 다녀요, 단 맹세를 마친 후에."

"다시 말하지만, 각하께서 리모란드 영애를 건들 수 없다는 건 알고 있습니다."

말하면서, 애런은 어지간히도 남을 믿지 않는 사람이라고 생각했다.

"제가 여기에 온 건 각하의 약점을 잡기 위해서가 아니라 순전히 두루아 때문입니다. 확인하고 싶은 것이 있어서요."

"확인?"

"두루아를 사랑하십니까?"

내내 무감하던 얼굴이 처음으로 변했다. 불쾌한 기색을 담아 일그러진 표정이, 한층 인간다웠다.

"내가 그 애를 어떻게 생각하든, 경에게 토로할 이유는 없어요."

"제겐 말할 이유가 없지만, 두루아에게는 토로할 용기가 없으시겠죠. 각하께서 진심이시라면, 두 사람의 사이를 중재하려 합니다."

"중재? 뭘 어떻게 중재한다는 건가요. 그 애가 나를 사랑할 수 있도록 설득하고 달래면, 마음이 달라지기라도 한답니까?"

공작이 차가운 목소리로 그를 비웃었다.

"건방 떨지 마세요, 경. 말 몇 마디로 되돌릴 수 있는 가벼운 다툼이 아닙니다."

"그럼 이대로 포기하실 수 있습니까? 두루아도, 두루아와의 관계도."

"계속 그 애 핑계를 대는데 솔직해지지 그래요. 진심은 발로즈 때문도 아니잖아요."

이번에는 애런의 눈이 크게 흔들렸다.

공작이 테롭스 안단테를 등지고 애런에게로 다가왔다.

"발로즈를 위한답시고, 그 애에게 접근해서 앨리스 리모란드의 주위를 알랑거리며 마음 한 조각이라도 얻을 수 있을까 꼬리를 흔들고 있잖아, 뭐 그리 거창하게 말해요."

녹턴 에드가가 움직였다. 이렇다 반응하기도 전에 뻗어진 손이, 애런의 목에 걸린 백수정 목걸이를 뜯어냈다. 애런은 당황하면서도 그 손길을 쳐내려 했지만, 어찌 된 일인지 순간적으로 몸을 움직일 수가 없었다. 공작이 제가 뜯어 낸 목걸이의 백수정을 내려다봤다.

"같은 목걸이일 텐데, 만질 수가 있군."

그제야 몸을 움직일 수 있게 되어, 애런이 얼굴을 잔뜩 일그러뜨렸다.

"이게 무슨 짓입니까, 돌려주십시오!"

"뺏을 생각은 없으니 성가시게 굴지 마세요. 당신 감정이 느껴지지 않는 게 거슬렸을 뿐이니까."

"감정이라니 그게 무슨."

"경은 정말, 발로즈를 친구로 생각하긴 합니까?"

난데없이 목걸이를 빼앗더니, 조금 전에 나누던 주제가 도로 끄집어졌다. 두루아를 친구로 생각하냐고?

반사적으로 애런은 장밋빛 머리칼의 여성을 떠올렸다. 두루아 발로즈. 제 친구이며, 제 사랑의 친구. 마음의 빚으로 인해 저를 이 자리에 있게 만든 이의 얼굴이.

그러나 생각은 찰나였고, 애런의 정신은 금세 현실로 돌아왔다. 대답해야겠다는 생각도 들지 않아서 그는 무거운 시선으로 남의 손에 쥐어진 목걸이를 노려보기만 했다. 저걸 되찾아 와야겠다는 생각뿐이었다.

곧, 공작의 눈이 웃는 듯 가늘어졌다.

"추한 마음이네요. 그래도 의외로 거짓말을 하진 않았고."

무슨 말인지 묻기도 전에, 청년이 흥미를 잃은 기색으로 애런에게 목걸이를 내던졌다. 혹 상하기라도 할까, 그가 다급히 목걸이를 받아 쥐었다. 공작의 입매가 비틀리는 걸 보자 불쾌함이 마음의 겉면을 그슬었다.

"아무것도 대답하지 않았습니다만."

"말로 지껄이는 건 오히려 믿을 수 없지요. 그 애를 기만할 마음은 없는 듯하니 그래, 답해 드리죠. 발로즈의 안위가 걸려 있긴 합니다."

"정말 두루아를 노리고 저자를 저택에 들여보내려 했단 말입니까?"

"말이 길어질 테니 그건 나중으로 미루겠습니다. 경, 내가 경의 추가 질문에 친절히 답해 주었으니 경도 답을 내놓아야지요."

녹턴 에드가 손끝을 튕겼다. 동시에 애런의 목 주위로 검은 사슬 같은 형상이 떠올랐다.

처음 보는 마법이었으나 사슬에서 느껴지는 마나만으로도 불길하기 짝이 없어서, 애런은 보는 즉시 그것이 저주임을 깨달았다.

그런 애런을 바라보며, 녹턴이 서늘하게 입매를 늘였다.

"나를 돕겠다고 맹세를 하겠습니까, 아니면 저주에 걸려 침묵하겠습니까?"

◦──◦❀❀❀◦──◦

황실 무도회가 취소되고 3주가량이 지났다. 의욕도 없고 기력도 없었지만, 나는 나름대로 바쁘게 살았다. 주로…… 알로이를 말리느라. 나는 로직스 엘포드가 가족이 된다는 그 자체만으로 싫었다.

시간이 갈수록 나는 결혼에서 멀어지고 있었다. 후계자가 아닌 미혼의 귀족은 특별한 직책이 없는 한 본가에 얹혀살기 때문에, 나또한 알로이의 후작가에 눌러앉을 가능성이 높아졌다. 그런데 같은 저택에 로직스 엘포드가 있다니 그 무슨 끔찍한 장래람.

하지만 알로이는 아무리 말해도 들어 먹을 생각을 안 했기에 나는 주로 보르나인이나 엘포드가 출몰한다는 티파티, 파티, 전시회 등을 쫓아다니며 두 사람을 열심히 찔렀다.

우리 알로이한테 로직스 붙이지 말고, 제발 끼리끼리 만나 줘!

성과는 미미했지만, 다른 분야의 결실을 얻어 내기는 했다.

"그래, 확실히 알겠네요. 발로즈 후작 영애는 에드가 각하를 쫓아다니지 않은 게 분명해요. 그저 공작 각하의 옆에 화초처럼 얌전히, 장식물처럼 조용히 곱게 있었을 뿐이죠. 당신이 정말 그분을 쫓아다녔다면 진작 고소를 당했든, 암살을 당했든 결판이 났을 거야. 그때 그렇게 말한 거 사과할게요. 그러니, 제발 얼굴 좀 그만 비춰요!"

셰릴 보르나인이 내게 사과할 줄이야, 정말 상상도 못 한 성과였다. 그러나 정작 원하던 부분에서는…….

"로직스? 로직스한테 그런 관심은 조금도 없으니, 당신이 갖든 발로즈 소후작이 갖든 알아서 해. 그런 일로 날 귀찮게 하지 말라고요!"

갖고 싶지 않아서 달라붙었을 뿐인데, 너무한 말이었다. 다행히 그 자리에 로직스 엘포드가 없긴 했지만, 역효과가 나는 것 같아서 나는 조금 얌전해지기로 했다.

그러고 나서야, 나는 애런은 물론이고 앨리스도 한동안 보지 못했다는 사실을 새삼스레 깨달았다. 서신을 보내면 답장이 오기는 했으나 간략한 안부만 전할 뿐이요, 제대로 이야기할 시간도 없었다. 티파티 등의 사교 행사에 모습을 드러냈다는 말도 없는 걸 보면 저택에 있는 모양인데 녹턴을 견제할 수단을 찾아보는 중일까. 슬슬 걱정이 많아지던 차.

"안녕, 두루아."

오늘에야 앨리스가 얼굴을 내비쳤다. 조금은 수척해 보이는 모습이었다.

"어떻게 된 거야, 앨리스."

"근신하고 있었어. 부끄러운 말이지만, 편지도 칸타나나 아르한의 검토를 받고서야 보낼 수 있었거든."

"검사, 아니 검토를 받았다고? 음, 리모란드의 사람들한테 내가 어떻게 보이는지 알 것 같다. 착한 우리 애를 꾀어내는 악의 무리 같은 느낌의⋯⋯."

"어떻게든 오해는 풀었어."

진짜였던 모양이군. 나는 조금 마음의 상처를 받았다. 눈매가 험하다고 성격도 험한 건 아닌데, 그리고 어릴 때만큼 인상이 나쁘지도 않은데!

"성수를 구하기는 했는데 조금뿐이야. 성물도 더 좋은 건 못 찾겠고, 어째야 하지 고민하다가 리모란드에 보물이 있다는 말을 들었어."

"공작가엔 별 게 다 있구나."

"혹시 도움이 될까, 구경해 보고 싶다고 칸타나를 졸랐는데 위험한 물건이 많다고 거절당했거든. 그래서⋯⋯ 몰래 들어갔었어."

"몰래? 어떻게?"

"마법 장치만 통과하면 경비는 없어. 금고에 고통을 덜어 주는 마법 물품도 있는데, 아이를 낳을 때면 쓰이나 봐. 그래서 신뢰받는 유모는 지나다닐 수 있다더라고. 아르한의 유모를 꾀어내려다가, 직계의 피가 흐르면 바로 통과가 된 다고 알게 돼서 그냥 들어갔지."

"신기한 시스템이네. 유모를 꾀어내려다가 나중에 들킨 거야?"

"정확해, 그런데 그게 일이 좀 커져서."

앨리스는 한숨을 내쉬고 목소리를 낮추어 말했다.

"거미 거울이 사라졌대."

"맙소사, 거미 거울이라고?"

나는 한껏 눈을 크게 뜨고 입을 벌렸다. 이보다 놀랄 수는 없다는 표정이었지 만, 앨리스는 보는 체도 않고 '놀라는 척하지 마.'라는 한 마디를 했을 뿐이다.

안 속네.

"그게 뭔데."

"나도 잘은 모르는데, 미래의 일을 예언하는 거미가 사는 거울이래."

"들어 본 적 없는 물건인데 지금 막 가장 탐나는 물건이 됐어."

"없어진 지는 좀 된 모양이라 의심받지는 않았지만, 위험한 데 함부로 들어 갔다고 근신 처분을 받았어."

"별일이네. 한 번도 혼난 적 없잖아, 앨리스."

"그건 악마의 보물이래. 사용한 사람이 다 불행해진다더라. 전해지는 말들이 정도가 좀 심각해서 많이 예민하신 모양이야."

미래를 보여주는 데 불행해지다니, 이해할 수 없는 말이었다. 그냥 처음부터 불행한 운명을 타고나서 그런가? 그렇게 생각하자 어쩐지 원작의 두루아 발로 즈가 생각났기 때문에 마음이 찝찝해졌다.

설마 결국 화형당하는 건 아니겠지?

불길한 생각을 떨치려 나는 크게 고개를 저었다.

"오래된 보물에는 괴담이 하나씩 껴 있잖아. 무슨 목걸이의 주인은 7년 내로 죽는다, 그런 거. 훔쳐 가지 말라고 만들어 낸 말이겠지."

"나도 그런 거라고 생각해. 아무튼 금고에도 도움될 물건은 없었어. 상징적인 물건뿐이라 괜히 혼만 났지. 그래서 말인데."

배시시 웃은 앨리스가 슬그머니 무언가를 가리켰다. 응접실에 들어오면서 그녀의 호위 기사가 들고 온 책 더미였다. 그중 맨 위에 놓인 책을 들어 그녀가 내게 내밀었다. 반 뼘 두께의 양장본, 제목에는 그렇게 적혀 있었다.

"『대현자 파르마냐의 마법 물약. 하편』……?"

"마법 물약에 신기한 게 많더라. 이걸로 흑마법에 대응할 수도 있지 않을까?"

"열의는 대단한데…… 이걸 왜 나한테?"

"근신 이후로, 저택 내에서도 자유롭지가 않아. 마법 얘기를 보기만 해도 수상한지 자꾸 불러낸단 말이야. 거미한테 홀린 거 아니냐고."

리모란드의 반응이 생각보다 진지하다. 아무래도 그 거미 거울이라는 게, 내가 생각하는 것만큼 가벼운 물건은 아닌 모양이었다.

"몰래몰래 책을 보고는 있는데, 그것도 한계가 있어서 그냥, 같이 찾으면 좀 더 효율적일 거 아니야."

"혹시 그 거미, 이 책에 숨어 있는 건 아니지? 연극 보면 이런 것도 복선이잖아."

"걱정 마, 한번 훑어보고 왔으니까. 그리고 겸사겸사……."

앨리스가 손끝으로, 물약서 밑에 있던 책들을 훑어 내렸다.

"내가 다 읽은 흑마법 책도 몇 권 가져왔어. 나는 미처 눈치채지 못했지만, 각하의 곁에 있던 너라면 뭔가 알아볼 수 있을지도 모르니까 가벼운 마음으로 읽어 봐."

물론 강요하는 건 아니야.

앨리스는 그렇게 말하면서 잔뜩 압박감이 들도록 미소 지었다.

나도 시간이 비는 동안 가문의 서재나 황실 도서관을 몇 번 가 봤지만 흑마법에 대한 유용한 서적은 보지 못했었다. 이걸 다 어떻게 구한 건지. 확실히 집요하기로는 앨리스가 나보다 앞서는 것 같았다. 모멘텀에서 제대로 배우지 못한 필수 학문도 반년 내로 숙련했다고 하니 원래부터 머리가 좋은 건 알고 있었지만.

나는 다소 떨떠름한 마음으로 책을 내려다보다가 한숨을 내쉬었다.

그래, 생각해 보면 이건 앨리스의 일을 돕는다는 개념의 문제는 아니었다. 앨리스가 성물을 나누어 준 적도 있는데 고맙다는 말만 하고 꿀꺽 삼킨 게 다였다. 내가 지나치게 안이하게 있던 거지, 아직 녹턴 에드가의 일은 완전히 마무리된 건 아니었는데도. 언제쯤 완벽히 해결되는지, 그게 가능하기나 한지도 의문이지만.

"그래, 뭐…… 에드가 공작의 일이라면 너만 엮여 있는 문제는 아니니까 나도 노력해야겠지."

"에드가 공작?"

"아, 티파티에 다녀온 후로 그렇게 부르기로 했어."

"너무 자극적이지 않을까? 그러니까…… 일부러 속을 긁는 것 같잖아."

"그렇게 대단하게 생각하지는 않을걸. 어차피 공적인 자리에서는 존댓말 썼어. 공대하는 상황이 좀 더 넓어진 거지."

"음, 네 선택이니 존중하겠지만 두루아, 그분이랑 최대한 마주칠 일이 없으면 좋겠다."

"나도 그렇게 생각해."

황제의 건강 상태가 안 좋아진 모양이니, 당분간 의무적으로 참석해야 하는 황실 행사가 열리지는 않을 것이다. 그러면 적어도 몇 달만이라도 안심할 수 있지 않을까. 그동안 녹턴 에드가가 나에 대한 집착인지 미련인지 모를 감정을 깔끔히 지워 내 버릴 수 있다면, 그게 가장 좋을 텐데.

"맞다, 잊고 있었는데 예지몽을 한 번 더 꿨어. 어쩌면, 각하께 세뇌당하지 않은 사람이 남아 있는 것 같아."

"그야…… 많지. 당장 너나 나만 하더라도 그렇잖아."

"그게 아니라 에드가 내부에서. 짧은 예지몽이었거든, 거기에…… 음, 이건 내가 잘못 알고 있는 걸 수도 있으니까 확인부터 할게. 두루아, '패트시아' 전대 공작 각하의 존함이 맞지? 검고 짧은 머리칼에, 녹색 눈. 목이 길고 좀 차가운 인상의 중년 여성."

앨리스가 묘사하는 걸 듣자마자, 나는 전대 공작의 얼굴을 선명히 떠올릴 수 있었다. 어린 날부터 에드가 공작저에 들락거렸기 때문에 자연스럽게 에드가에서 거주하는 다른 이들도 마주쳤다. 사용인들을 비롯하여 녹턴의 가족도.

개중 가장 어렵던 사람이 패트시아 에드가, 전대 공작이자 사생아를 낳았다는 논란에 휩싸인 녹턴의 모친이었다.

지금의 녹턴만큼은 아니라도 젊은 나이에 작위를 계승한 그녀는 대단한 야심가였으며 완벽 주의자였다. 지도력뿐 아니라 학문의 성취도 높았으며 기사 서임을 받기도 했다. 무얼 하더라도 남들보다 빠르면 빨랐지 늦은 적은 없었기에 사람들이 그녀의 오점에 그토록 열광한 것이다.

그녀는 항상 바빴는데, 그걸 감안하더라도 제 가족들에게 퍽 매정한 사람이었다. 말로는 '아가.', '내 사랑.' 등의 달콤한 호칭을 사용했지만 가족들을 보는 시선은 차가웠다. 그중, 그녀가 가장 서늘하게 보던 이가 녹턴 에드가였다. 녹턴은 아니라고 말했으나, 나는 그녀의 눈빛을 보면서 떠도는 이야기가 진실임을 직감했다.

그게 아니라도 꺼림칙한 사람이었다. 무표정한 얼굴로 도르륵 눈동자를 굴려 시선을 마주할 때, 가끔은 그녀의 녹빛 눈이 사람의 것이 아니라 파충류의 것처럼 보이기도 했다. 사람을 상대로는 과한 말이지만, 불길하고 껄끄러웠다. 무슨 영문인지 나를 마음에 들어 해서 어느 시기에는 나를 앞에 앉혀 놓고 몸소 차를 타 주기도 했지만(솔직히 맛은 정말 별로였다). 결국 조금도 편해지지 않은, 영원히 편해질 수 없는 사람. 나는 언제나 그렇게 생각하고 있었다.

"……맞아, 그 사람이 나왔어?"

"역시 그렇구나. 응, 전에도 잠깐 보긴 했는데 그때는 다른 사람들처럼 최면에 당한 것 같았단 말이야. 그런데 이번 꿈에서는 달랐어. 그런 말을 하더라고."

[어서 녹턴의 손에서 에드가를 구해야 할 텐데.]
[이대로 가다가는 그 애가 무슨 일을 벌일지.]
[준비한 일이 잘 마무리돼야 모든 것이 좋아질 텐데.]

"그분이 그런 말을 했다고? '녹턴'이라고 분명히 말했어?"

"응? 응, 어미 같은 건 좀 다를 수도 있지만. 뭐 이상한 거라도 있어?"

앨리스가 고개를 갸웃거리며 의문을 표했지만, 나는 말없이 고개를 저었다. 내가 착각한 걸 수도 있었으니까.

사실 크게 중요한 문제는 아니었다. 내가 알던 대로라면, 전대 공작이 한 번도 녹턴의 이름을 부른 적이 없다는 정도는. 그럼에도 어쩐지 찝찝한 마음은 남아 있었다.

그를 알 리가 없는 앨리스는 좀 의아한 기색을 내비치다가 곧 눈을 반짝였다.

"어쩌면 법적인 처벌은 무리라도, 에드가 내의 정권 교체 정도는 가능하지 않을까? 일단 그분에게서 에드가 공작의 권력만 떼어 놓아도 훨씬 나아질 테니까."

"그 사람을 도우려고?"

"그건…… 좀 곤란해. 일단 어른들을 설득할 자신도 없고 정말로 승산 있는 싸움일지도 모르니까. 일단은 계속 예지몽을 기다리려고."

"음, 언제 또 꿀 수 있을지는 모르잖아. 이렇게 말하긴 좀 조심스럽지만, 너무 꿈에 의존하지는 마."

"그렇지만 지금 돌파구를 줄 수 있는 건 내 꿈밖에 없는걸. 걱정 마, 내 꿈은 한 번도 거짓말을 한 적이 없어. 이번에도 상황을 해결해 줄 거야."

앨리스가 굳건한 믿음으로 하는 말이 다소 위험하게 들렸다. 나는 무어라 말을 할까 입술을 달싹였으나 곧 말을 삼켜 냈다.

확실히, 의심하기는 했어도 여태까지 예지몽이 틀린 적은 없었으니까. 적어도 나보다는 앨리스가 꿈에 대해 잘 알겠지.

여러모로 석연찮은 기분이 들었지만, 내가 할 수 있는 건 고개를 끄덕이는 정도뿐이었다.

⚜

간만에 얼굴을 비춘 앨리스가 돌아가고 나는 그 애가 주고 간 책들을 전부 내 방으로 옮겼다. 서재로 가져갔다가는 겉장도 넘기지 않을 것 같아서였다. 앨리스가 함께 봐 달라고 한 건 마법 물약서였지만 그건 너무 두꺼웠기 때문에 처음으로 열어 보고 싶은 책은 아니었다.

나는 얇고 읽을 만한 흑마법 책들을 손에 쥐고 적당히 읽어 나가기 시작했다. 개중에는 중요해 보이는 내용이 많았지만, 태반은 무슨 말인지도 이해가 되지 않아서 나는 막 글자를 배우기 시작한 어린아이가 된 것 같았다.

녹턴의 고서를 억지로 읽을 때 이런 기분이었는데.

오기 삼아 책을 완독하려고 꾸역꾸역 글자를 읽어 내려갔지만 눈은 점점 흐려져 갔다. 그도 그럴 것이.

인간의 정신 또한 마나로 이루어져 있다는 것이 밝혀진 해가 81년, 이제는 인간의 정신을 이루는 미세 마나에 간섭하여, 이로운 것이 없는 음의 배열을 해체하고 마땅히…… 로그밀리완의 8차 배열식에서 소개하는……

이런 글을 읽다 보면 대부분의 사람은 포기할 수밖에 없을 것이다. 나는 결국 읽던 책을 덮었다.

앨리스는 대체 이 책들을 어떻게 읽은 거지. 이해하면서 읽은 게 맞나? 그 애와 나 사이에 그 정도의 지능 차이가 있었나.

자괴감을 느끼며 다른 책들도 급히 살펴보았지만 태반이 마찬가지였다. 마지막으로 제일 아래에 깔려 있던 책을 펼치며 나는 다음에 앨리스를 보면 무어라 말해야 할까 고민했다. 그러나 다행스럽게도 그 한 권은 그럭저럭 읽을 만한 글자로 쓰여 있었다. 그렇다고 없던 흥미가 생겨난 것도 아니었지만.

나는 시큰둥하게 글자를 훑어 내리다가, 어느 순간부터는 허리를 곧추세우고 바짝 집중하기 시작했다. 책에 적힌 내용에서 무언가를 발견했기 때문이었다.

정신 계열 마법에는 다양한 종류가 있지만, 개중 최면의 시작은 호칭이다. 여타 마법과 달리 대상의 호응이 필요하기 때문이다. 특정 호칭을 부를 때, 그 호칭이 자신을 지칭한다는 것을 대상이 알지 못한 채로는 마법을 시작하기 어렵다.

……그렇기 때문에, 처음 마법을 걸 때 사용했던 호칭을 계속 사용

해야 마법을 유지할 수 있다. 호칭을 달리하면 마법은 깨질 확률이 높고, 한번 정신계열의 마법이 끝난 다음에는 상대에게 저항력이 생겨 이후로는 마법에 실패할 수도 있다. 본인의 마력에 자신이 있다면 불가능한 일은 아니지만, 대상의 정신을 망가뜨릴 수 있기에, 주의하여 사용하기를 권고하는 바이다.

호칭: 호칭을 계속 사용해야 마법을 유지할 수 있다. 호칭을 달리하면 마법은 깨질 확률이 높고……

빠르게 훑어본 글의 중간 부분으로, 다시 시선을 올리고 나는 몇 번이고 같은 구간을 읽어 내렸다.

"발로즈."

"발로즈."

"사실 나는, 발로즈를 별로 좋아하진 않아."

녹턴은 내 이름을 부르지 않는다. 그 거리감 있는 호칭을 바꿔 달라고 부탁해도, 그 정 없는 호칭을 고수했다.

"이제 '발로즈' 소리 좀 그만하면 안 돼?"

"글쎄, 그게 중요해?"

녹턴은 내게, 최면을 걸었다.

한때 머릿속을 스쳐 간 생각을 다시금 떠올렸다.

내가 녹턴을 찾아갔던 게, 상처받고 감정이 상하면서도 어떻게든 에드가 저택으로 향했던 게 정말 내 감정이 벌인 일일까. 원작의 두루아 발로즈와 지금의 두루아 발로즈는 얼마나 다를까. 그리고.

"또 와, 발로즈."

지금의 나는 과연 녹턴의 세뇌에서 자유로울까.

이제는 놀랄 것조차 남지 않았다고 생각했는데도 손이 떨리고 속이 울렁거렸다. 토악질이 올라와서 나는 손으로 입가를 눌러 덮고 잠시 숨을 골라야 했다.

화가 나지는 않았다. 공포가 일지도 않았으며 배신감을 느끼지도 않았다. 배신의 증거를 찾아냈으나, 그 감정들은 이미 한차례 나를 헤집고 사라진 뒤였으니까. 남은 감정이라곤 허무함뿐이었다.

이상하게도, 온몸이 떨리고 그 떨림을 내 뜻대로 제어할 수도 없는데 속에 든 감정이라곤 그게 다였다. 내 몸이 과잉반응을 하는 건지, 아니면 내 마음이 주인에게도 속내를 감추고 있는 건지.

메슥거리는 속이 통 진정되지 않았기에, 나는 식사를 거르고 방에 틀어박혔다. 아까 읽었던 흑마법 책을 다시 읽고, 알아보기 힘들다며 대충 훑고 치웠던 책들도 다시 폈다.

대단한 성과를 얻어 낼 수는 없었다. 책에 서술된 내용은 마법사를 위한 글이지 마법에 걸릴 대상을 위한 글은 아니었으니까. 현재 내가 세뇌에 당했는지 최면에 당한 적이 있는지 알아내는 간단한 방법조차 없었다. 그 많은 책을 일일이 뒤지더라도 그랬다.

혹시나 남아 있을지도 모를 그 마법을 풀려면 어떻게 해야 할까. 신전에 가서 축복을 받을까. 성수를 구해 마실까. 아니면 앨리스가 내게 주었던 것과 같은 성물을 온종일 몸에 지니고 있어야 할까.

나는 기계적으로, 생각난 해법들을 종이에 적어 내렸다. 그럴싸하게 보이는 방식들이었다.

그럼에도 나는 내가 방금 쓴 글자를 멍하니 내려다보기만 했다. 전부 당장 할 수 있는 방법들인데도, 아무런 의욕이 들지 않았다. 그저 속이 계속 울렁거렸다.

눈앞까지 어지러운 기분이 들어서 나는 눈을 질끈 감았다가 겨우 눈꺼풀을 들어 올렸다. 그때, 내 눈에 다른 책이 들어왔다. 내게 진실을 드러낸 흑마법 도서와 함께 앨리스가 주고 간 마법 물약서.

앨리스가 저걸 봐 달라고 했지.

나는 마땅히 지금 취해야 할 행동들을 저버리고 아무런 생각도 없이 손을 뻗었다. 그리고 겉장을 넘기려는 순간, 노크도 없이 벌컥 문이 열렸다.

문을 연 사람은 막 근신에서 벗어난 노집사 뒤벨이었다. 새파랗게 질린 낯이 심상치 않아 보였다. 좀 전까지 무력함에 젖어 있던 마음이 불안과 당혹감으로 물들고 나는 천천히 몸을 일으켰다.

"무슨 일이야, 뒤벨."

"큰일 났습니다, 작은 아가씨. 황제 폐하께서 서거하셨다는 소식입니다."

또다시, 예상치 못한 소식이었다.

황제의 죽음은 갑작스러웠으나 장례식에 참석한 이들의 얼굴은 대개 담담했다. 꾸준히 신관을 불러 치료를 받아도 78세란 나이는 노령이었고, 그에게는 젊은 날 황위 다툼 중 받은 저주도 남아 있었다. 대부분의 귀족은 곧 황위가 교체될 거라 짐작했나 보다. 그러니까 나만을 제하고는 대부분.

검은 베일 아래로 나는 죽은 이를 애도하듯 고개를 숙였으나, 실제로는 당혹감에 어찌할 바를 모르고 입술을 짓씹었다.

어째서 황제는 벌써 죽음을 맞았는가. 원작『그와 앨리스』를 기준으로 한다면 현 황제는 아직 죽을 운명이 아니었다.『그와 앨리스』의 '두루아 발로즈'가 화형당하는 시기는 봄이 지난 뒤, 앨리스 리모란드가 수도에 올라오고 1년이 지난 뒤였다. 두루아 발로즈를 화형에 처하게 한 최종적인 목적이 리모란드 공작을 치우고 황제를 꼭두각시로 부리기 위함이었으니, 그때도 당연히 황제는 살아 있었다.

메모리아의 실타래를 삼킨 뒤 시간이 좀 지나기는 했어도 아직은 기억이 또렷하다. 그러니 틀릴 리가 없을 텐데도, 지금은 아직 봄 냄새도 나지 않는 겨울이었다.

왜 달라진 걸까. 무엇 때문에 틀어진 걸까.

어쩌면 이번에도…… 녹턴 에드가의 짓일까.

내 머릿속 복잡해지는 동안에도 장례 절차는 착실히 이루어졌다. 교황의 손에서 뿜어진 축복이 죽은 이의 시신을 휘감고 곧 관에도 뚜껑이 덮였다. 우는 사람은 아무도 없는 조용한 장례식이었다.

"무슨 생각을 그렇게 합니까."

속삭이듯 조그만 소리에 고개를 들자, 애런이 가까이 다가와 있었다. 온통 새카만 옷을 입은 사람들뿐일 텐데 어떻게 알아본 거람.

오래간만에 보는 얼굴이 반가워 웃다가 미소 짓는 것마저 힘겹다고 느껴졌다. 나도 좀 지쳤던 걸까. 다행히 베일에 표정이 가려진 탓에 애런은 내 이상을 눈치채지 못한 것 같았다.

"아까부터 다른 생각을 하던 것 같습니다만, 두루아."

"저야 서거하신 황제 폐하께서 무사히 신의 품으로 돌아가길 기도했죠. 그 외에 무슨 생각이 필요하겠어요."

"정말로 무슨 일이 있던 건 아닙니까?"

"무슨 일이 있긴 했지만, 저한테 있던 건 아니죠. 그냥 전에 본 책이 생각나서요. 별거 아니에요."

"책이요?"

정신 마법의 호칭에 관한 책도, 원작인 『그와 앨리스』도 모두 책이긴 했고, 둘 다 나를 혼란스럽게 하긴 했다. 무게감은 좀 달랐지만.

적당히 말을 흘려버리고 싶었지만, 간만에 봐서 그런지 애런의 눈빛은 다소 집요하기까지 해서 답하기 전에는 넘어갈 생각이 없는 듯 보였다.

뭐, 말해 주지 못할 건 없지.

나는 별 성의 없이, 거짓말은 아니면서 그의 흥미가 떨어질 정도로만 이야기했다.

"소설이거든요. 연애 소설이요. 그런 거 관심 없죠?"

"저도 그 정도는 읽습니다. 지금은 아니지만, 어릴 때는 좋아하던 소설도 있었습니다. 당시 그건 누구나 좋아하는 이야기지만, 나름대로 얻을 것도 있었죠."

"네……? 얻는다고요? 맙소사, 연애 소설로 연애를 공부하시는 건 아니죠?"

"그런 건 아닙니다! 그저 작명이라든가, 그런 류로요."

"음, 미래에 태어날지도 모를 경의 아이들을 위해서요."

"……아니요, 가명입니다. 가명을 만드는 데는 도움이 되더군요."

별생각 없이 말을 주고받던 중에 정신이 깨는 기분이 들었다.

가명이라고? 어떨 때 쓰는 가명? 혹시 『그와 앨리스』에서 사용한 '에드'를 말하는 건가?

하기야, 좀 흔한 이름이긴 했다. 아무 소설책을 펴면 한 권쯤에는 적혀 있을 것 같은 정도로. 묻고 싶어 입술이 간질거렸으나 어떻게도 캐낼 수 없는 말이었기에 나는 아랫입술을 긁어내렸다.

"뭐…… 기사라면 필요할 수도 있겠네요. 이를테면…… 잠입 임무라든가."

아무렇게나 내뱉은 말에, 애런이 어색하게 웃었다.

장례를 치른 뒤에도 애도의 시간은 이어졌다. 신의 품으로 돌아간 전 황제를 위해, 대신전에서는 앞으로 수십 일간 기도를 이어 갈 예정이었다.

그러나 죽은 이를 향한 애도와는 별개로 황좌는 비어 있을 수 없다. 전의 주인이 죽음으로 자리를 내어놓은 순간, 빈 의자에는 새로운 주인이 생겼다. 반전은 없이 황태자였다.

황제가 변했다고 대단한 변화가 일지는 않았다. 새로운 황제는 황좌 자체에는 욕심을 품고 있었으나, 그뿐이었다. 보수적이고 소극적인 천성 탓에 커다란 개혁을 시도할 사람은 아니었다.

제국에는 새 황제가 즉위할 때 치르는 의식이 있어 황실에서는 수십 년 만에 거창한 준비를 했다. 사냥대회를 개최하고, 대회에서 잡힌 가장 거대한 사냥감을 신에게 바치는 제사였다. 대회에서 잡히는 사냥감이 그럴싸할수록 황제의 치세를 기대할 만하다는 말이 있었기에, 대가 내려올수록 숲에서 잡히는 사냥감은 화려해졌다. 새로운 황제의 위상을 드높이기 위해 외국에서 신기한 동물을 수입해 오는 일이 많아졌으니까.

때문에, 나는 별로 즐기지도 않는 사냥대회에 참석해야 했다. 당분간 저택에서 죽은 듯 지낼 예정이었는데 뜻대로 되는 일이라고는 없다.

나는 애런의 에스코트를 받으며 숲의 도입부로 다다랐다.

"이번 대의 제물은 뭐가 될까요?"

"지난 세대에는 은빛 사자였다고 했습니다. 이번에도 적당히 신성해 보이는 짐승일 겁니다."

"헷갈려서 마수를 풀어놓지만 않으면 좋겠네요."

"그럴 일은 없겠지만 설사 그렇더라도 괜찮을 겁니다. 준비된 신관들이 저렇게 많으니까요."

드물게도 냉소적인 어투로 말하고는 애런이 어깨를 으쓱였다.

그의 말대로, 여섯 명의 대신관을 필두로 백 명에 가까운 수십의 사제들이 도착해 있었다. 신관에 들인 기부금이 얼마일지 상상만으로 입이 벌어질 지경이다. 숲에 발을 들일 수 있는 이들은 악단과 사용인을 제하자면 모두가 고위 귀족이니, 혹시 다치는 이들이 생길까 우려한 건지.

신관들이 모여 있는 중앙의 빈터에는, 대회에 참석하지 않고 대기할 이들을 위한 자리가 마련된 채였다. 개중에도 가운데에는 황제가 앉을 황금 의자가 준비됐고 그 바로 옆에는 거의 높이 차이가 없는 검은 의자가 웅장한 기세를 떨쳤다.

에드가 공작의 자리일 것이 뻔하다. 아직 주인이 없는 자리였지만 보는 것만으로 마음이 불편하여 나는 도로 애런에게로 고개를 돌렸다.

잠깐 시선을 돌렸을 뿐이지만, 그의 기세는 막 도착했을 때와 달라져 있었다. 눈매는 평소 이상으로 차가웠고, 분위기마저 어딘가 날이 섰다. 그래도 대회를 앞두고 있어 긴장한 건지, 아니면 제대로 검을 잡을 때는 원래 그런 건지.

검의 명문에서 자라, 클레이모어에서도 보기 드문 천재로 이름을 날리는 사람이 내 약혼자(곧 파혼할 예정이었지만)였으나, 정작 그가 검을 만지는 걸 본 적은 없었다. 기사 서임을 받고도 기사단 입단을 미루는 상태였고, 손님으로 올 때는 예의가 아니라고 검조차 차고 오지 않았으니까.

생소한 기세가 어색해서 괜히 마른침을 삼키다가, 분위기를 환기하기로 했다. 돌연 놀란 듯이 눈을 동그랗게 뜨며 나는 어느 한 곳을 가리켰다.

"어, 저기 앨리스가 있어요……!"

"거짓말하지 마세요, 두루아."

"진짠데요. 오, 이쪽으로 온다."

"속지 않습니다. 리모란드 영애는 그쪽이 아니라 저쪽에 있으니까."

아 정말? 애런의 말에 반사적으로 고개를 틀었지만, 그가 가리킨 자리에는 토끼 하나만 귀를 쫑긋거리다 도망칠 뿐이었다.

나는 잠시 할 말을 잃고 입을 벌렸다.

"세상에, 애런한테 속을 줄이야."

"그러니 리모란드 영애를 미끼로 놓는 일은 그만 좀 하세요."

"하지만 애런이 약속을 안 지킨 탓이잖아요. 내 친구한테 잘해 주기로 약속한 게 거의 두 달이 다 되어 가는데 아직도 피해 다니고, 인사나 겨우 하고."

"그건…… 제가 낯을 가리기 때문입니다."

"이젠 거짓말까지 하고!"

"두루―."

곤란한 얼굴로 내 이름을 부르다가, 애런의 시선이 한곳에 고정되었다. 새파랗게 날이 섰던 분위기가 한순간에 녹아내리고 그의 눈이 잘게 흔들렸다. 그런 반응으로 보아 애런의 시선 끝에 누가 있을지는 뻔했다.

과연, 저 멀리서 앨리스가 보였다. 리모란드 공작 일가와 함께 온 듯, 마차에서 내린 그녀는 공작 부부의 양 뺨에 각각 키스한 뒤 손을 흔들고 있었다.

체면과 형평성 차원에서, 작위가 있거나 나이 서른이 넘는 이들은 대회에 참석할 수 없었다. 그렇기에, 공작 부부는 딸을 내려 두고 상석으로 올라가야 했다. 나는 리모란드 공작 부부가 발로즈 일가의 옆에 앉는 것을 보고는 다소 공교로운 모양새라고 생각했다.

내 시선을 눈치챈 듯 알로이가 장난스럽게 손을 흔드는 걸 무시하고 나는 다시 앨리스에게 고개를 돌렸다. 때마침 앨리스도 우리를 발견한 듯 환하게 웃었다.

그리고 그 순간, 다가오는 걸 미처 몰랐던 마차가 그 애의 바로 앞에 멈추어 섰다. 크고 새카만 마차는 화려하지는 않으나 고풍스럽고 우아하게 장식되었으며, 익숙하고 불길한 문양이 새겨져 있었다.

그쯤에서 나는 애런에게 함께 가자는 말도 없이 잰걸음을 놀리기 시작했다. 서둘러 앨리스에게 다가가는 동안에 마차를 끌던 말은 온전히 걸음을 멈추고 그 문이 열렸다.

"앨리스!"

그것이 불행의 신호라도 되는 양, 나는 그 애의 이름을 부르며 조금 달렸다.

마차에서 내린 이는 녹턴 에드가였다.

나는 다소 멍한 표정으로 굳어 있는 앨리스의 팔을 잡아당기고 그 앞을 가로막았다. 이곳은 고위 귀족들이 많은 사냥대회였고, 즉위 후 의식이 이루어지는 신성한 장소였다. 녹턴 에드가가 이런 곳에서 일을 벌일 리 없다.

그를 알면서도 나는 앨리스의 앞을 가로막을 수밖에 없었다. 어떻게 안 그럴 수 있겠는가, 이미 그가 애런을 죽이려 했다는 사실을 확인받아 버렸는데. 그가 내게 세뇌를 걸고 있음을 알아 버렸는데.

"두, 두루아."

당황한 앨리스가 나를 만류하듯, 혹은 에드가 공작을 자극하지 말라는 듯 내 소매를 당겼다. 그러나 나는 그 애 쪽으로 시선도 돌리지 않았다.

땅에 발을 디딘 녹턴의 눈동자가 느리게 굴러 나와 눈을 마주했다. 놀란 표정은 아니었으나, 지금 상황 자체가 마음에 들지 않는 듯 표정은 밝지 않았다. 한때는 아름답게만 보였던 연보랏빛 눈동자가 서늘한 냉기를 품고 앨리스에게로 향해 갔다.

내 체구도 그리 크지 않았지만, 그럼에도 나는 앨리스를 한 걸음 밀어 내고 좀 더 단단히 그 시선을 틀어막았다. 녹턴의 입매가 뒤틀렸다.

"그렇게 막지 않아도 아무 짓도 안 해."

"글쎄, 앨리스가 반가워서 인사를 나누러 왔을 뿐이에요."

"아직 보는 눈이 많지는 않은 것 같은데."

"그렇더라도 공대해야죠. 생각해 보니 제가 그간 말을 경솔히 했더라고요. 직위도 없는 일개 귀족 영애가, 공식적인 행사에서 각하께 말을 놓을 수는 없잖아요."

녹턴의 눈가가 찡그려지고 그의 입이 벌어질 무렵, 요란한 소리가 그의 말소리를 가로막았다.

여러 마리의 말발굽 소리와 요란한 트럼펫 소리. 고개를 돌리니 1 기사단, 2 기사단, 3 기사단의 단장이 모두 말을 끌고 황금빛 마차를 인도하고 있었다.

선명한 태양 무늬가 새겨진 황가의 마차에서 누군가가 발을 내렸다. 황태자로서는 여러 번, 황제로서는 즉위식에 한 번 얼굴을 내비쳤을 뿐인 새로운 황제. 새로운 제국의 주인이었다. 이번에는 타이밍이 좋다고 말할 수밖에 없었다. 녹턴 에드가 제대로 된 말을 한 마디도 뱉기 전에 말을 끊어 줬으니까.

숲에 모인 모든 귀족이 고개를 숙여 제국의 주인에게 경애를 표했으나, 한 사람 녹턴 에드가만은 그러지 않았다. 나 역시 고개를 숙인 탓에 그의 표정이 보이지는 않았으나, 허리도 목도 조금도 굽혀지지 않았다는 것은 고개를 숙인 채로도 알 수 있었다. 확인할 수는 없었지만, 수그린 내 고개 위로 무거운 시선이 쏟아지는 것만 같았다.

얼마나 그러고 있었을까, 그제야 그의 걸음이 느리게 움직였다.

악단의 노래가 끝나고 귀족들의 머리가 다시금 제자리로 돌아왔다. 어느새 뒤따라온 애런이 가까이 다가와 안부를 묻기에 고개를 끄덕였다.

"앨리스, 넌 괜찮아?"

"응, 한 마디도 안 했으니까. 그리고 존댓말은 결국 썼구나."

"거리를 두기 가장 확실한 방법이잖아. 그리고 원래 공식 석상에서는 공대했다니까."

"두루아는 괜찮아? 그러니까…… 많이 무서워했잖아."

한층 소리를 낮춘 말에 나는 괜히 마음에 잔물결이 이는 기분이 들었다. 그러나 공포라고 할 정도로 강렬한 마음은 아니었다. 좀 전에 느꼈던 기분을 느리게 되감아 보았으나, 확실히 이전과는 마음이 아주 달랐다. 당혹감과 경계심으로 가득했을 뿐. 이미 몇 주 전부터 깨달았지만, 더는 공포도 분노도 슬픔도 일지 않았다.

어쩌면 황실 무도회에서의 일이 내 안의 무언가를 바꿔 버린 걸까.

나는 나를 염려하는 앨리스를 보며 말을 고르다가, 그냥 심정대로 담담히 말했다.

"그러게. 별생각이 안 드네."

그 외에 할 수 있는 말은 없었으니까.

우리가 속닥거리는 동안 상석에 도착한 황제는 짐짓 위엄 있는 자세를 취하며 인사말을 건네고 의식의 시작을 알렸다.

황제의 바로 옆에는 녹턴이 앉아 옅게 미소 짓고 있었다. 웃고 있음에도 기분이 좋아 보이지는 않았지만. 녹턴뿐 아니라 작위가 있는 귀족들도 어느새 전부 도착해서는 황제의 말을 귀 기울여 듣고 있었다.

준비된 자리에 앉지 않은 이들은 대회에 나설 조건을 갖춘 이들뿐이다. 작위가 없는 30세 미만의 청년들. 무력적으로 단련되지 않은 이도 많았으니 모두가 참석하지는 않겠지만. 나 또한 무력적으로는 전혀 힘이 없고 딱히 짐승을 사냥하는 데에 관심이 있는 것도 아니라 그저 자리를 지키고 서 있을 생각이었다.

그러나 황제의 인사 도중부터 내게로 꽂힌 녹턴 에드가의 시선 때문에, 별수 없이 생각이 바뀌었다. 계속 여기에 있다가는 아무래도 말을 걸어올 것 같았다. 마음에서 공포심을 도려낸 것처럼 허전해졌다고는 해도, 그와 말을 나누는 것이 부담스럽지 않다는 얘기는 아니었다. 오히려 멀리하고 싶은 마음은 더 강해졌다.

이대로 평생 마주치지 않는다고 해도, 조금도 그립지 않을 텐데.

"애런, 내가 같이 가면 폐가 될까요?"

"대회에 참석한다는 말입니까?"

"역시 곤란하겠죠. 그냥 여기 있으면 어떤 식으로든 저 사람과 말을 나누게 될 것 같아서요."

"그건…… 그렇겠지요."

"아무튼 별 기대 없이 한 말이니 신경 쓰지 말아요. 사람 많은 곳에 있으면 별일이 나지도 않을 테니까."

"아니요, 아직 곤란하다는 말은 하지 않았습니다. 사냥대회라고 해 봐야, 위험한 마수를 풀어놓은 건 아니니까요. 다만 그런 이유라면……."

애런은 조금 망설이듯 말을 끌다가, 눈을 돌렸다.

그 끝에는 앨리스가 있었다.

"리모란드 영애도 함께 가시겠습니까?"

대회는 금세 시작되었고, 내가 예상한 것보다 많은 이들이 참여했다. 알기로, 무력적인 능력이 전혀 없는 이들도 기사의 곁에 붙어 숲으로 들어왔다. 말을 나누는 걸 보면 진귀한 짐승들을 구경하려는 모양인데, 이 의식이란 것이 내가 상상한 것보다 훨씬 안전한 모양이었다.

해 본 적이 있어야 알지. 하기야, 제물의 크기가 치세를 결정한다고는 해도 숲에는 순수한 짐승뿐일 테니까. 마나가 없는 순수한 짐승은 마나를 다루는 이에게 위협이 되지 않는다. 지켜야 할 대상을 동반하더라도 괜찮겠지.

"저거 박쥐야? 날개가 새처럼 생겼네."

"저건 유니콘이라고 데려온 건가. 뿔이 좀 왼쪽으로 치우쳐 있는데."

"안와의 뼈가 변이된 걸 겁니다."

"와, 공작이다. 공작은 책에서만 봤는데, 별 동물을 다 데려오네."

"공작이 빨간색이네. 내가 아는 공작은 검은색이나 파란색이나 금색인데."

"……동물 공작 이야기하는 거 맞지, 두루아? 에드가, 블루팜, 리모란드의 얘기 아니지?"

수도 가까이에 있고 마수의 서식지와도 멀어 이 숲에는 전에도 와 본 적이 있었지만, 온갖 신기한 동물들이 원주민을 밀어 내고 자리를 차지하고 있었다. 신기한 마음에 한 마디씩 감상을 뱉어 내고 있으니 대회보다는 여행 같은 기분이 들었다. 먼저 데려와 달라고 청했으면서도 알게 모르게 긴장하던 나는 슬그머니 어깨에 힘을 풀었다.

"애런, 그런데 이렇게 아무것도 안 잡아도 돼요?"

"괜찮습니다. 끝날 즈음에 적당한 짐승이나 주워 가죠. 어차피 제일 큰 짐승을 누가 잡을지는 결정되어 있거든요."

"내정자가 있다고요?"

오, 이런 대회에까지 그런 게 있어?

신기한 감정을 공유하려 앨리스를 돌아봤지만, 그녀는 무언가 아는 양 묘한 표정을 짓고 있었다.

"즉위 의식에서는 어떤 짐승이 잡히는지도 중요하지만, 그 제물을 누가 잡았는지도 황제의 체면에는 중요하니까요."

"그도 그렇네요. 누군지도 알고 계시나요?"

"그건—."

"칸타나야."

칸타나 리모란드?

애런의 말을 가로채고 앨리스가 답한 말에 나는 조금 놀랐다. 칸타나 리모란드는 리모란드의 후계자 중 하나였다. 칸타나와 아르한은 쌍둥이로 태어나, 지닌 재능의 수준도 비슷해서 리모란드는 아직도 후계자 문제로 곤란해하는 중이라고 들었다. 그런데 칸타나 리모란드가 제물인 짐승을 잡을 예정이라면, 이제는 후계 경쟁이 끝난 걸까.

내 생각을 눈치챈 듯 앨리스가 고개를 끄덕였다.

"아르한은 오늘 참석하지 않았어. 당분간 행사에는 칸타나만 얼굴을 비출 거야."

"뭐, 비등한 후계자였으니까 그렇겠네. 어쨌거나 소공작이 잡은 제물쯤은 되어야 하는 거구나."

"응, 블루팜 소공작은 이미 서른이 넘었고, 에드가 각하는 이미 작위를 계승해 버려서 본의 아니게 이쪽 후계 결정이 좀 서둘러졌어. 그래서…… 사실 대회라고 말하기도 좀 부끄럽네."

우승자가 결정된 대회라니 말이 나올 수 있는 문제였다. 다름 아닌 황제의 즉위 제사이니 어쩔 수 없긴 했지만. 나야 우승을 노리지도 않고 관심도 없어 몰랐으나, 숲에 발을 들일 수 있는 모든 이들이 고위 귀족인 만큼 유력 인사들은 나름대로 언질을 받았을 것이다. 기분 상하지 말라는 이유든, 이미 우승자가 정해져 있으니 쓸데없이 대단한 사냥감을 잡아 오지 말라는 이유든.

그럼에도 조금은 신경이 쓰이는지 앨리스는 애런의 눈치를 살피듯 슬그머니 그를 보았다. 그는 입을 달싹이다가 다소 힘겹게 말을 꺼냈다.

"신경 쓰지 마십시오, 리모란드 공작 영애. 어차피 이 정도 일을 명예라고 생각지는 않습니다."

"솔직한 건 좋은데 애런, 우승 내정자가 앨리스의 언니라는 것도 기억해 주세요."

"아, 폄하할 의도는 아니었습니다. 저는 그냥……!"

"클레이모어 경을 놀리지 마, 두루아. 이 일을 달갑게 여기지 않은 건 칸타나도 마찬가지였으니까."

애런이 허둥대는 모습은 꽤 보기 즐거웠으나, 앨리스의 담담한 말로 금세 끝나 버렸다. 딱히 놀리려고 한 말도 아니었지만. 어쨌거나 황실의 위신은 말이 아니게 됐다. 나는 앨리스와 나를 번갈아 보는 애런을 향해 그저 어깨를 으쓱여 주었다.

"아, 비가……."

그때, 앨리스가 제 코를 매만지며 고개를 들었다. 어느샌가 하늘 위로 새까만 먹구름이 뒤덮여 있었다.

아까까지만 해도 맑았던 것 같은데 착각이었나.

어둑해진 숲을 보며 나는 인상을 찌푸리다가, 문득 이상한 냄새를 맡았다. 냄새 자체는 희미했지만 무언가가 썩는 것처럼 불쾌한 냄새가 났다.

"일단 비를 좀 피해야겠네요. 숲의 가운데에 지금은 안 쓰는 신전이 있는 걸로 알아요."

"거기까지 가기는 좀 힘들 것 같습니다. 일단 가까운 곳으로 피하는 게 좋겠습니다."

애런의 굳은 얼굴에 나는 조금 당황하며 고개를 끄덕였다. 단순히 비가 내려 당황하는 정도를 넘어 그의 표정이 지나치게 무거웠다.

내가 모르는, 무슨 일이 생기기라도 한 걸까? 덩달아 긴장해서 나는 애런이 인도하는 곳으로 향했다.

다행히 가까운 곳에 조그만 동굴이 있었다. 입구에서도 안쪽이 다 들여다보일 정도로 얕은 굴이었으나, 나뭇잎과 수풀에 가려져 잘 보이지는 않았고 세 명 정도가 들어가기에 무리 없는 크기였다.

"일이 생긴 것 같습니다. 두 분은 잠시 여기에 있어 주십시오."

"갑자기요? 그럼 당신은요!"

"저는 잠시 가 봐야 할 것 같습니다. 다행스럽게도 근방에 있는 마수는―."

말끝을 흐린 애런이 허리춤으로 손을 가져갔다. 그 불길한 동작에 이어, 옆쪽의 덤불에서 거대한 무언가가 튀어나왔다. 2미터는 훌쩍 넘는 크기의 검은 형체는 전갈처럼 보였다.

그러나 그 괴이한 생김새를 제대로 알아보기도 전에 새파란 칼날이 붉은 선을 그었다. 마수의 목으로 추정되는 것이 떨어져 내리며 사방에 핏물이 튀었다.

물에 젖어 눅눅해진 애런의 백금발로 붉은 액체가 덧씌워졌다. 빗줄기를 따라 얼굴로 흘러내리는 붉은 물이 섬뜩하게 보여, 나는 조금 숨을 들이켰다. 차갑게 날이 선 사내의 표정은 확실히 처음 보는 얼굴이었다.

애런은 검을 털어 핏물을 대충 흘려내고, 멈추었던 말을 이어 갔다.

"이것뿐이니까 괜찮을 겁니다. 마수가 날뛰고 있어 다른 짐승들은 나오지 않을 거고, 혹시 나오더라도 입구가 수풀에 덮여 있으니 두 분을 발견하지는 못할 겁니다."

"마수라고요? 클레이모어 경, 그게 무슨 말이시죠? 이 숲에 마수가 나타났다는 말이에요?"

"누군가가 일을 꾸민 것 같습니다. 유감이지만 오래 설명할 시간은 없습니다. 금방 올 테니, 조금만 기다려 주십시오."

그는 말을 덧붙이지 않고, 주위의 덩굴을 끌어다 굴의 앞을 좀 더 가렸다. 그러고는 곧바로 몸을 돌려 뛰쳐나갔다. 몹시도 다급해 보이는 모양새에 나는 차마 그를 잡을 생각조차 할 수 없었다.

기괴한 짐승뿐이던 숲에 갑자기 마수가 나타났다. 더욱이 애런의 말로 짐작해 볼 때, 한두 마리만 나온 것 같지도 않았다.

일을 꾸민 것 같다니, 누가? 현 황제의 정적인가, 아니면 다른 음모를 지닌 이인가.

빗줄기는 점점 거세어졌다. 천둥이 치지는 않았지만, 나뭇잎과 빗방울이 부딪는 소리는 귀가 먹먹하도록 컸다. 해가 가장 빛날 시간임에도 숲은 몹시 어두워져서, 숲 전체에 거대한 그림자가 진 것 같았다.

원래도 겨울이라 날이 추웠는데, 폭포처럼 비가 쏟아지니 딱 붙은 이가 가만 있지 못하고 떨렸다. 게다가 아까부터 나던 불쾌한 악취는 점점 거세어져서, 감이 나쁜 사람이라도 지금 상황이 불길하다는 걸 알 수 있었다. 여러모로 최악이었다.

나는 몹시 불안했지만, 앨리스는 그보다도 훨씬 초조해 보였다. 어찌할 바를 모르고 손을 떨었고 눈도 끊임없이 흔들렸다. 그러다가 결국엔.

"미안해, 두루아. 나 잠시 나갔다 올게."

앨리스의 눈빛에 단호한 의지가 섰다.

"무슨 말을 하는 거야?"

"칸타나가 숲에 있어. 우린 클레이모어와 달라, 칸타나는 기사 서임도 받지 않은 일반인이야."

"황제가 비밀 호위 정도는 붙여놨을 거야. 그리고 네 언니는 평 기사 수준으로 검을 다룰 수 있다고 전에─."

"그런 불확실한 추측에 기댈 순 없어!"

"하지만─."

"흑마법을 찾아보면서 마수에 대해서도 조금 알게 됐지만, 방금 그 마수는 평 기사가 상대할 수 있는 하급이 아니었어. 그런 게 수두룩하다면 칸타나가 위험해."

"네가 가면 뭐가 달라지는데!"

되도록 침착하게 앨리스를 달래려 했으나 나도 예민한 상태였기에 언성은 금세 높아졌다. 물음에 답하는 대신 앨리스는 겉옷을 열고 품에 있는 것을 보여 주었다. 백수정 목걸이를 비롯하여 그 안에는 수십 장의 마법 스크롤이 붙어 있었다. 내가 본 적 있는 종류도 있었다. 상대를 불태우는 공격 마법도, 저주를 반사하는 방어 마법도. 그 자체만으로 저택 한 채는 살 수 있을 만한 막대한 양에 내가 입을 벌리자, 앨리스는 차가운 목소리로 말했다.

"마수는 나한테 손도 댈 수 없어."

"……앨리스. 너."

"미안해, 두루아. 이걸 두고 갈게. 상급 마수 밑으로는 널 볼 수도 없을 거야. 흑마법의 마나를 사용하는 생명체에게 기척을 숨겨 주는 물건이니까."

앨리스가 제 팔목에 걸린 것을 풀어 주었다. 푸른빛의 보석이 달린 팔찌였다. 이 애의 말대로라면 아티팩트일 것이 분명한.

"너무 걱정하지는 마, 칸타나가 무사한 걸 확인하면 바로 올게."

"앨리스!"

나는 뒤늦게 비명처럼 그 애의 이름을 불렀으나, 앨리스는 이미 빗길을 달려 나갔다. 옷자락이 펄럭이는 뒷모습에 나는 그녀가 내게 남긴 팔찌를 힘주어 쥐 는 수밖에 없었다.

쿠릉, 마침내는 천둥이 치기 시작했다.

'칸타나, 칸타나!'

동굴을 뛰쳐나온 앨리스의 머릿속은 온통 한 사람의 이름자로 가득했다.

칸타나 리모란드. 수도로 올라온 첫날부터 우물쭈물하던 앨리스를 이끌어 준 그녀의 가족, 에른하르트에서는 몰랐던 정을 알려준 진정한 가족.

더없이 다정한 내 사랑, 앨리스 모멘텀을 지워 주었던 사랑하는 내 모든 것. 그녀를 위기로부터 구할 수만 있다면, 여태껏 모아 온 이런 마법 도구들은 어 떻게 되더라도 상관없었다. 전부 써 버려도, 전부 불타서 녹턴 에드가의 앞에 무방비한 모습으로 나서게 되더라도 상관없었다. 그녀가 무사할 수만 있다면.

이런 와중에 다행스럽게도, 앨리스는 칸타나가 어디에 있을지 알고 있었다. 제사의 극적인 효과를 위해 그녀는 숲의 가운데에 있는 조그만 신전에서 짐승 을 잡을 예정이라고 했다.

비록 처음 와 본 숲인 데다가 비까지 쏟아져서 위치를 정확히 가늠하기란 어 려운 일이었다. 그러나 숲이 그리 크지는 않으니 가장 가운데로, 가장 안쪽으 로 들어가면 어떻게든 그녀를 찾을 수 있을 것이다. 비합리적인 생각에 매몰되 어 앨리스는 쉼 없이 발을 놀렸다.

숲의 안쪽으로 향할수록 마수는 점점 많아졌으나, 두루아에게 주고 온 은신 아티팩트와 비슷한 물건이 더 있었기에 그들의 눈에 띄지는 않았다. 하나 이따금 돌부리에 걸려 진흙에 얼굴을 처박고, 나뭇가지에 얻어맞는 통에 살갗에는 붉은 생채기가 늘어갔다. 그럼에도 앨리스는 뭐에 홀리기라도 한 사람처럼, 제 숨이 받은 걸 무시하고 끝없이 달렸다.

길은 몰랐어도 감이 좋았는지 혹은 운이 좋았던 건지, 마침내 앨리스는 가운데에 있다던 조그만 신전에 도착했다. 고대 신을 모시던 성소라고 들었다. 흰 나무로 만들어진 건물은 오랫동안 관리가 되지 않은 탓에 이끼가 끼고 덩굴이 엉겨 붙어 있었다. 비가 내리는 숲속에 지어진 탓에 스산해 보이기도 했다. 조금은 두려운 광경이었지만 앨리스는 신전에 눈길을 빼앗기는 대신에 열심히 주위를 살폈다.

'이 근방에, 분명 이쪽 어딘가에 있을 텐데.'

두근거리는 심장을 부여잡고, 소리 높여 칸타나의 이름을 불러 봤으나 거센 빗소리에 핏대를 세운 외침은 금세 묻혀 버렸다.

앨리스는 외침을 멈추고 주위의 소리를 들으려 숨을 죽였다. 그러나 그것도 의미가 없이, 들리는 거라고는 제 숨소리와 빗소리, 그리고 발걸음을 따라 나뭇가지가 부러지고 나뭇잎이 잘게 바스러지는 소리뿐이었다. 인기척이라고는 조금도 느껴지지 않았다.

'칸타나는 어디에 있지? 숨어 있나? 안전한 곳으로 이동한 걸까? 아니면, 두루아의 말대로 황제가 호위 기사를 붙여 둬서 이미…….'

팽팽하게 당겨졌던 긴장의 끈이 느슨해지고 동요가 가라앉을 무렵, 앨리스의 시야에 이상한 것이 잡혔다. 낡은 신전의 뒤쪽으로 무언가가 보였다.

보랏빛의 아지랑이 같았다. 이렇게 비가 쏟아지는 와중이니 아지랑이일 리는 없었지만.

저게 뭘까.

척 보기에도 수상한 연기에 앨리스는 저도 모르게 다가가 손을 뻗었다. 그녀의 손끝이 연기에 닿기 직전.

"앨리스!"

누군가 앨리스의 팔을 낚아채어 당겼다.

그녀의 몸이 뒤로 당겨지고 단단한 사내의 품으로 들어갔다. 다소 멍하게 흐려졌던 정신이 단박에 깨어났다.

'내가 왜 저걸 만지려고 했지?'

조금 전까지의 제 행동이 당혹스러워 눈을 깜박이다가, 한순간 늦게 앨리스는 저가 누군지 모를 남자의 품에 있다는 것을 깨달았고 동시에 원인 모를 기시감을 느꼈다.

앨리스의 눈이 동그랗게 커졌다. 그녀는 비슷한 상황에 부닥친 적이 있었다.

"괜찮습니까?"

수도에 올라오기 전, 에른하르트에 있었을 무렵의 일이다. 뒤쪽 산등성이에 올라 경치를 구경하다 무심코 몸을 더 빼내어 앞의 광경을 자세히 보려던 때, 하마터면 넘어질 뻔했는데 누군가 팔을 잡아 품에 넣어 주었다.

코끝에 스친 누군가의 체향과 단단한 몸이, 다급하면서도 다정하던 손길이 너무 선명해서, 앨리스는 그 순간을 못으로 고정한 것처럼 생생히 그려 낼 수 있었다.

어쩌면 별거 아닐 수 있던 일이 그리도 생생한 것은, 앨리스의 팔을 잡아준 이가, 그녀를 구해 준 이가 앨리스의 첫사랑인 탓이다. 그녀의 입 안에서 누군가의 이름자가 혀 위를 굴렀다.

'에드?'

그러나 그 익숙한 이름을 입 밖으로 꺼내기 전에, 앨리스의 몸이 휙 돌아갔다. 그녀를 구해 준 사내가 그녀의 어깨를 단단히 붙잡고 있었다.

가까운 곳에 붉은 눈동자가 보였다. 비가 내리는 숲, 스산하고 적적한 분위기에서도 조금도 눅눅해지지 않은 선명한 붉은 색. 그 아름다운 색에는 절실한 감정이 섞여 있는 것만 같았다.

"정신 차리세요, 홀리면 안 됩니다!"

"……클레이모어 경?"

"맞습니다, 리모란드 영애."

길게 한숨을 내쉰 애런 클레이모어가 앨리스를 놓아주었다. 그녀는 눈을 깜박이며 천천히 고개를 들었다.

앨리스 리모란드가 에드에 대해 명확히 아는 것은 없었다. 인식 방지 마도구로 인해 앨리스는 그의 인상도, 목소리도, 체격이 얼마만큼 되는지도 알 수 없었으니까. 다만 너무도 기사다운 말투는, 에른하르트에서 보기 드문 그 딱딱한 말투만은 선명히 기억하고 있었다. 그렇기 때문에 두루아에게도 물어본 적이 있었다.

"기사들 말투란 게 원래…… 그러니까 클레이모어 경처럼 딱딱한가?"

에른하르트에 있었을 때 모든 기사의 말투가 그러할 거라고 짐작한 것과 달리, 수도에 와 보니 정작 그런 말투가 흔하지는 않았기 때문에.

"리모란드 공작 영애? 어디 안 좋습니까?"

"아, 아니에요. 이게 대체 어떻게 된 일이에요? 저 보라색 연기는…….”

"아마도 갑작스레 튀어나온 마수의 근원지 같습니다. 누군가가 마수의 서식지와 연결된 게이트를 열어 놓았더군요."

앨리스는 어깨를 크게 떨어 놀라며 아지랑이를 바라봤다. 그녀가 마법사인 것은 아니었지만, 마법을 공부했기에 게이트에 대해서는 조금이나마 알고 있었다. 만약 앨리스가 저 아지랑이를 건드렸다면 그녀는 그대로 마수의 서식지로 빨려 들어갔을 것이다.

어쩐지 갑자기 몸을 낚아채더라니.

등골이 오싹해지는 기분에 앨리스가 몸을 부르르 떨었다.

그러나 저게 마수의 서식지와 연결된 게이트라면 내버려 두면 안 되는 게 아닐까? 잘못하면 사람들이 있는 곳으로까지…….

"어?"

"점점 작아지는 것 같아요!"

"예, 인위적으로 공간을 연결해 둔 게이트니 오래갈 수는 없을 겁니다. 저 정도 크기면 마수가 더 나오지도 않고 30분 내로 사라지겠죠."

앨리스의 말에 답하고, 클레이모어가 깊게 한숨을 내쉬었다. 게이트가 사라지는 모습에 안도한 것 같았다. 그러고는, 그가 앨리스에게로 시선을 돌렸다.

"그보다 리모란드 영애께서는 왜 여기에 계신 겁니까."

언성이 높아지지는 않았지만, 그는 명백히 화를 참고 있었다. 애런 클레이모어가 대놓고 화를 낸대도 할 말이 없었기에 앨리스는 조금 어깨를 움츠렸다.

"칸타나……를 찾으려고요. 칸타나가 숲의 가운데에서 제물을 잡을 거라고 이야기해서……."

"리모란드 소공작이라면 조금 전에 봤습니다. 황실 기사들의 인도하에 무사히 안전한 곳으로 돌아갔습니다."

"아……."

"하지만 리모란드 영애, 설사 리모란드 소공작이 이 자리에 있었어도 마찬가지입니다. 대체 무슨 생각으로 여기에 온 겁니까."

"칸타나를 혼자 둘 수 없었어요."

"무력도 없는 일반인이 이 자리에 온다고 도움이 되는 건 아닙니다! 오히려—."

"저도 그 정도는 알아요! 그냥 아무 생각 없이…… 온 것도 아니고요."

철없는 어린애를 탓하는 말투에 앨리스는 겉옷을 열어 스크롤을 보여 주었다. 두루아를 설득(이라고 하기에는 막무가내였지만, 앨리스는 그렇게 생각했다)시킨 마법 용품들이었다. 그러나 그를 확인하고도 사내의 표정은 조금도 밝아지지 않았다.

"그걸로 뭘 한다는 겁니까."

"네? 마수들은 전부—."

"스크롤을 찢을 시간도 없으면요. 몸싸움하다가 아티팩트를 흘리면요."

"마수들이 인식할 수 없게 만드는 아티팩트도 있으니, 그럴 걱정은 없어요."

"그 아티팩트를 잃어버리면 의미가 없잖습니까."

"그렇게 이야기하면 끝도 없어요. 어쨌거나 저는 절실해서 이 자리에 왔고, 나름의 대비책도 있었어요."

"이 숲엔 마수만 있는 것도 아닙니다."

그의 말에 앨리스의 눈이 동그랗게 커졌다. 마수가 있다는 생각에 사로잡혀 짐승에 대해서는 까맣게 잊고 있던 것이 사실이었다.

표정을 통해 드러나는 앨리스의 심경에, 답답함을 참지 못하겠다는 듯이 애런 클레이모어가 한 걸음 다가왔다.

"마나를 모르는 인간이라면, 그 살갗 정도는 아무렇지도 않게 찢고 집어삼킬 수 있는 짐승들도 많다는 말입니다."

혼이 나는 어린아이가 된 것처럼, 앨리스가 시선을 땅으로 내리깔았다.

"아까는 박쥐나, 말처럼 온순한 짐승밖에 못 보셔서 모르시겠지만 곰도, 사자도, 늑대도 있습니다. 마수를 피해 도망갔다고 하더라도 분명히 남은 짐승들이 있습니다. 스크롤을 찢을 시간도 없이, 영애를 덮칠 수 있는 맹수들이."

"아, 그게⋯⋯."

"경솔한 행동입니다. 그런 종이 쪼가리를 믿고, 겨우 그런⋯⋯."

사내는 이를 악물고 가늘게 숨을 몰아쉬었다. 화를 참는 표정이었다.

약혼녀의 친구에게 하는 말치고는 지나친 감이 있었으나, 앨리스는 반발이 일기보다는 다른 기분이 들었다. 미안함이 들었고, 알 수 없는 그리움이 느껴졌으며 또.

'나를 걱정하는 것 같아.'

아마도 착각이겠지만, 애런 클레이모어가 저를 몹시도 걱정하는 듯이 느껴졌다. 기사가 약자를 보호하는 정도의 수준을 넘어서, 호감을 품은 것도 넘어, 아주 특별한 정도로.

앨리스가 멍하니 그의 얼굴을 바라보는 새에 감정을 가라앉히려는 듯, 클레이모어는 두어 번 마른세수했다.

"일단, 게이트에서 마수가 더 나올 수는 없을 것 같으니 돌아가는 게 좋겠습니다."

"⋯⋯미안해요, 걱정시켜서."

몸을 돌리는 모습에 앨리스는 저도 모르게 내뱉었으나, 막상 입 밖으로 말하고는 어깨를 흠칫 떨었다. 저와 몇 번 말도 안 해 본 이에게 할 말은 아니었다. 자의식이 지나치다고 생각할 것이 분명하다. 얼굴이 빨개지는 기분에 앨리스가 입술 안쪽의 살을 깨물었다.

그러나 애런 클레이모어는 앨리스의 말을 너무도 자연스럽게 받아들였다.

"아닙니다, 저야말로⋯⋯ 화를 내서 죄송합니다."

화가 사그라진 얼굴로, 오히려 미안한 기색을 내비치는 모습에 앨리스의 눈이 잘게 떨렸다. 그의 어색함이 제게로 전염되는 듯 손끝이 움찔거렸다. 그 간질거리는 기분을 견디지 못하고 그녀는 서둘러 입을 열었다.

"저는 정말 짐승에 대해서는 생각도…….."

어색한 분위기를 환기하려 입을 열었다가, 뒤늦게 앨리스의 눈이 확 커졌다.

잠시만, 짐승이라고?

"두루아! 두루아한테 가야 해요!"

천둥소리가 요란하기도 하다. 혹시 금방이라도 앨리스가 돌아오지 않을까, 그녀가 사라진 자리를 몇 번이고 힐금거렸지만 의미 없는 짓이었다. 결국 제 풀에 지쳐 나는 동굴 바닥에 앉아 몸을 웅크렸다.

그래, 괜찮겠지. 아무 일도 없을 거야. 그렇게 스크롤이 많았으니 일이 있기도 힘들 것이다. 오히려 마수들이 안위를 걱정해야겠지.

그렇게 생각하며 스스로를 달래려 해도 영 마음이 차분해지지 않았다. 녹턴 에드가가 내게 주었던 백수정이 생각났다. 앨리스가 준비해 준 것보다도 크던 백수정. 그걸 가져왔다면 도움이 됐을까.

잠깐 그런 생각이 들었지만, 곧 고개를 가로저었다. 물건을 준 사람도 못 믿는데 물건은 어떻게 믿는단 말인가. 설사 어디선가 검증을 받아 온다 한들 껄끄러워서라도 쓰지 못할 것이다. 그러니 지금 믿을 수 있는 건 이것뿐.

나는 앨리스가 주고 간 팔찌를 만지작거리며 한숨을 내쉬었다.

체온이 점점 떨어지고 있었다. 제국 날씨는 사계절이 있더라도 비교적 따뜻한 편이었지만, 그렇더라도 지금은 한겨울이었다. 더군다나 이곳은 숲이고 비까지 쏟아지고 있었다. 털이 북슬북슬 붙은 겉옷은 비에 젖어 벗은 지가 한참이었고 야생에서 불을 피울 재주도 없었다. 정작 마수는 나타나지도 않는데 이러다가는 저체온증으로 위험해질 것 같았다. 그걸 알더라도 할 수 있는 건 아무것도 없었지만.

살갗에 돋은 소름을 쓸며 한껏 몸을 웅크릴 때, 이상한 소리가 들렸다. 크르르, 낮게 울부짖는 듯한 소리.

심장이 쿵쿵 뛰기 시작했다.

마수가 근처에 있나.

나는 소리 없이 몸을 물리며 눈동자를 굴렸다. 동굴의 입구는 애런이 덤불로 가려 놓았고, 빗소리에 묻혀 내 숨소리도 들리지 않을 것이다. 아까부터 이상한 냄새도 심하게 났으니 후각으로도 알아채지 못하겠지. 더군다나 앨리스의 말에 의하면, 이 팔찌를 들고 있는 것만으로 마수는 나를 눈치채지 못할 것이 분명했다. 나는 지금 안전하다는 확신을 얻기 위해 머릿속으로 여러 가지 생각을 떠올렸다.

그럼에도 낮은 울음소리가 나는 동안은 온전히 안심할 수 없어서 심장 소리는 갈수록 거세지기만 했다. 바로 앞에서 움직이고 있는지 부스럭거리는 소리가 났다. 주위를 경계하고 있는지 속도는 제법 느렸지만, 그래도 기척은 천천히나마 멀어지고 있었다.

얼마간을 기다렸을까, 두려운 기척이 완전히 사라졌다.

갔나.

안심하는 찰나, 무언가가 날아왔다. 동굴 입구의 덩굴을 가르고 들이닥친 물체가 얕은 굴의 벽면을 때리고 바닥으로 굴러떨어졌다. 비에 젖어 축축해진 돌맹이였다.

저게 왜 날아온 걸까, 의심할 여유는 없었다. 탁, 데구르르. 울려 퍼지는 소리가 컸다. 그득한 빗소리를 비집고 존재감을 과시할 만큼.

마른침을 넘기고 숨을 죽이며, 천천히 고개를 들었다.

동굴 앞을 가로막은 덤불이 휙 걷혔다. 덤불에 매달렸던 빗방울 몇 개가 내 얼굴로 튀고 빗소리가 크게 울렸다. 바로 앞으로 새카만 그림자가 졌다.

곰이었다. 외부에서 데려온 진귀한 짐승임을 증명하듯 이마에는 세 번째 눈이 달려 있었으나, 분명히 마수는 아니었다.

반사적으로 몸을 일으켰으나 도망갈 곳은 어디에도 없었다. 어깨에서 피를 흘리는 짐승은 겁을 먹은 건지 화가 난 건지 몹시 흉포해 보였다. 사납게 빛나는 눈동자에 내 모습이 정확하게 비추어졌다.

"상급 마수 밑으로는 널 볼 수도 없을 거야. 흑마법의 마나를 사용하는 생명체에게 기척을 숨겨 주는 물건이니까."

간과하고 있었다. 앨리스가 말한, 나를 볼 수 없는 생명체는 마수뿐이었고 눈앞의 짐승은, 이 아무런 마나도 없는 짐승은 나를 위험에 빠뜨릴 수 있었다.

기가 막혔다. 녹턴 에드가와 이야기를 나누는 게 싫다고 들어온 숲인데, 여기서 곰에 찢겨 죽는 것이 내 결말이라고? 그걸 화형보다 낫다고 말할 수 있어?

공포보다도 앞서 억울한 마음이 고개를 쳐들었지만 적어도 앞에 있는 곰은 내 하소연을 들어줄 생각은 없는 모양이었다.

곰이 커다란 앞발을 들어 올렸다. 비에 젖은 동글동글한 발바닥.

이상하게 현실감이 들지 않아, 나는 눈도 감지 않고 그 모습을 멍하니 바라보고만 있었다.

그때.

"눈 감아."

나직한 소리가 들리고 무언가가 내 눈을 가렸다.

느껴지는 감촉으로 보아 아마도 손일 것이다. 비에 젖어 차가운 손가락.

동시에 무언가 갈라지는 것처럼 이상한 소리가 나고, 울부짖는 소리가 나고, 커다란 꽹음이 나고……. 내 눈을 가린 손은 미동도 없었지만, 범상치 않은 소리가 이어지는 것은 내 마음을 한층 초조하게 했다.

불안함을 견디지 못하고 나는 손을 들어 내 눈을 가린 손가락을 더듬거렸다. 그 차가운 손가락이 잠깐, 움찔거린 것 같기도 했다.

"……녹턴?"

"보려고 하지 마."

눈을 가린 손에 한층 힘이 들어갔다. 그러고는 뭔가 흐르는 듯 질퍽한 소리가 났다. 그 무겁고 불쾌한 소리가 빗소리에 감추어 사라지고야 녹턴이 손을 떼어 주었다.

눈앞에는 아무것도 없었다. 거칠고 둥근 발바닥도, 곰도, 곰의 사체도 그 무엇도. 마치 잠깐 나쁜 꿈을 꾸기라도 한 것처럼 앨리스를 기다리던 때와 완전히 같은 풍경이었다.

그러나 내 앞에, 녹턴 에드가는 있었다. 비를 가릴 만한 것을 들고 오지 않았는지, 곱슬한 머리칼은 이마에 달라붙고 창백한 피부는 한결 차게 보였다. 겉옷을 벗고 왔기에 안에 입은 셔츠도 고스란히 살갗에 달라붙어 있었다. 그리고 몹시도 이상한 일이지만, 심지어 그는 검을 들고 있었다.

검을 쥐는 것도 몇 번 본 적이 없는데, 대회에 참석할 생각도 없으면서 저걸 왜 가져온 거지?

의아함에 녹턴을 살피던 중에, 나는 뒤늦게 그의 시선이 내가 쥔 것으로 향해 있는 것을 확인했다. 앨리스가 두고 간 팔찌였다. 시선의 방향을 눈치채자마자 찬물을 뒤집어쓴 것처럼 정신이 들었다.

그래. 내 앞에 있는 사람은 다름 아닌, 녹턴 에드가였다.

"바로 알 수 없더라니, 또 이상한 걸 듣고 있네. 여긴 대체 왜 들어온 거야."

"묻는 건…… 내가 할 일이야. 대체 뭐야. 마수들은 왜 여기에 있는 거고 너는 어떻게 여기에 온 거야. 그 검은 또 뭐고."

"이제 그 기분 나쁜 존댓말은 그만뒀네."

"지금 그딴 게 중요한 게 아니잖아!"

순간 치솟은 짜증에 소리쳤다가, 나는 반사적으로 한 걸음 물러섰다. 새삼 그가 두려워진 탓은 아니었다. 무도회에서의 일 이후로 그에게 공포를 느끼지는 않게 됐으니까.

그저 몸에 익은 습관일 뿐이었다. 녹턴의 실체를 의심하게 되고 그를 두려워할 때의 습관. 그럼에도 내가 외치고 나서, 겁먹은 듯 물러나는 모양새가 퍽 우습게 보이긴 했다. 녹턴은 조금도 웃지 않았지만.

나는 안도인지 자조인지 모를 한숨을 내쉬었다. 비를 너무 맞은 탓일까, 상황이 지나치게 복잡해서일까, 그도 아니면 녹턴 에드가를 앞에 둔 탓일까. 머리가 지끈거리기 시작했다. 이마의 안쪽을 두드리는 것처럼 차가운 두통이었다.

"너한테 구해 줘서 고맙다고 말하기 전에, 한 가지만 확인하게 해 줘. 이번 일도 네가 한 거야?"

"그래, 오면서도 네가 날 의심할 거라고 생각했지. 요즘의 너는 세상 모든 나쁜 일은 다 나 때문에 벌어진 줄 아는 모양이니까."

"그럼 대회에 참석하지도 않는 네가, 내가 위험해진 순간에 맞춰 나온 걸 뭐라고 생각해야 해."

"마수가 등장한 건 숲 바깥에도 모르는 사람이 드물걸. 이미 그쪽도 난리가 났거든. 타이밍은 아슬아슬하게 맞았을 뿐이야."

그는 부당하다고 생각할지 모르겠지만 바로바로 나오는 답이 오히려 의심을

95

자극했다.

"외려 물어보고 싶은데, 발로즈. 내가 굳이 이 의식에서, 이 제사에서 사냥터에 마수를 풀어놓으면 무슨 이득을 얻을 것 같아?"

"네가 알 수 없는 행동을 한 건 이번만은 아니지."

솔직히는 그의 행동 중에 이해할 수 있는 것보다 그럴 수 없는 것들이 많았으니까.

"내가 아플 때 성수를 가져온 것도, 셰릴 보르나인에게 세뇌를 건 것도, 앨리스를 감시한 것도, 애런을 죽이려 한 것도 모두. 마냥 이득을 얻기 위해 한 짓은 아니잖아?"

이 많은 물음 사이에 실은 나를 세뇌하지 않았느냐는 말도 끼워 넣고 싶었으나, 일을 더 벌이고 싶지는 않았기에 그만두었다. 어차피 캐묻는다 한들 제대로 된 답은 들을 수 없다. 그건 지난 몇 번의 언쟁에서 알아낸 답이었다. 그럼에도 지금 내가 하는 일 또한 캐묻는 것과 별반 다를 바 없었지만.

무슨 생각을 했는지, 녹턴이 입매를 가늘게 비틀었다. 불쾌하다는 건지 유쾌하다는 건지. 감정의 방향조차 제대로 알기가 어려웠다.

"그리 이상치는 않은걸. 친구의 병문안을 갈 때 성수를 가져가는 건 조금 과하지만, 쾌차를 바라는 차원에서 그럴 수도 있잖아."

"그 앞에서 굳이 성수 한 잔을 마셔 보고 독이 들지 않았다고 확인시키는 건 이상한 일이지. 그것도 주체가 흑마법사라면, 성수는 닿는 것만으로도 독이 되잖아?"

"나를 하도 의심하기에 미리 의심할 거리를 없애 줬을 뿐이야. 셰릴 보르나인을 상대로는 간단한 시험을 하고 싶었고. 피차 상대를 이용하려던 건 마찬가지니, 적격인 상대였지."

녹턴은 잠시 말을 끊어 내어 숨을 고르고, 느릿하게 남은 말을 이어 갔다.

"감시는…… 글쎄, 세력가 중에 다른 가문의 동태를 신경 쓰지 않는 가문이 더 드물어. 네가 그토록 귀애하는 알로이 발로즈도, 너희 부모님도 여러 군데에 눈을 두고 있는데."

"녹턴 에드가."

"모욕하려는 건 아니야. 하지만 너는 귀족 사회에서도 유난히 화초처럼 자랐으니까 모르는 게 많은 것도 사실이잖아. 이제 뭐가 남았지, 애런 클레이모어? ……그래, 확실히 화가 났고 죽일 마음도 들었어."

오래도록 부정해 온 시간이 무색하게도 깔끔한 인정이었다. 그러나 그것이 사실임을 인정받은 시기는 지금보다 전이었다. 녹턴은 무던히 말했고, 나는 조금도 놀라지 않았다. 심지어는 녹턴이 누군가를 죽이려 했다고 말하는 게, 몹시 자연스럽다는 생각이 들기도 했다. 어쩌면 그는 아무도 죽이지 않았을 수도 있는데. 앨리스는 내게 그렇게 말했는데도 말이다.

"하지만 죽이지 않았어, 발로즈."

"네 의사로 멈춘 게 아니잖아."

"내 몸 상태를 그렇게 만든 성수는 내 의사로 마신 거지. 뭐가 다른데."

"형편없는 논리네."

"내 논리를 비웃는 건 상관없지만, 너도 마냥 이득을 좇아서만 살아오지 않았잖아."

갑작스레 돌아온 화살에 눈가를 찡그리자 녹턴이 한 걸음 다가왔다. 겨우 한 걸음이었지만, 어렴풋하게나마 그의 몸을 빛내던 빛은 온전히 동굴 그림자에 삼켜졌다. 검게 그늘이 진 와중에 연보랏빛 눈동자만 기이하게 빛났다. 얼굴을 일그러뜨린 것도 아닌데, 이상하게 그가 흥분한 것처럼 보였다.

"앨리스 리모란드와 어린 날부터 친구였지? 왜 그 여자와 친구가 됐어. 그걸 왜 나한테 숨겨 온 거야. 애런 클레이모어와 파혼하기로 했으면서, 굳이 파혼을 미루기로 한 이유는 뭐고. 애당초 그자와 약혼한 이유는 또 뭐야.”

“……네가 파혼 얘기를 어떻게 알아.”

“1년도 되지 않아 파혼하기로 했다면 감정이 깊지 않을 건 분명하네. 겨우 그 정도의 감정만 쌓인 남자인데…….”

내 물음에는 답할 생각도 없이, 녹턴이 계속해서 말을 이었다.

“죽인 것도 아니고, 죽일 뻔했던 것뿐인데도 왜 그렇게 화를 내. 왜 그렇게 무서워해. 내가 너를 해치려 한 것도 아닌데 왜 날 버리려고 해.”

“버리다니, 무슨.”

너무도 터무니없는 소리에 반발하려다가도 나는 말을 멈추었다. 그의 눈빛이 이상했다.

나는 주춤 물러났고, 그러기가 무섭게 녹턴이 한 걸음을 쫓아 들어왔다. 애당초 동굴은 깊지 않아서 물러날 곳은 많지 않았다. 녹턴의 한 걸음은 내 한 걸음보다 넓었기에 우리는 한층 가까이서 시선을 마주해야 했다.

“발로즈 일가까지는 그러려니 했어. 앨리스 리모란드도, 오랜 시간을 쌓아 왔으니까 그럴 수 있다고 억지로 이해했어.”

녹턴의 눈이 번들거리며 빛났다. 그의 말을 이해할 수는 없었으나 기세에 압도되어 나는 마른침을 삼켰다.

“그런데 애런 클레이모어는 아니잖아. 너한테 진실하지도 않았고 너를 사랑하지도 않는, 금세 파혼하면 남이 돼 버릴 사람이잖아. 그런데 그자가 뭐라고 그토록 귀하게 여기는 거야.”

“그 얘기가 갑자기 왜 나와. 지금 일과 전혀 상관없잖아.”

“그래, 내가 하고 싶은 말이 그거야. 전혀, 상관없지. 내가 무슨 짓을 했냐고?”

나를 몰아붙이기로 작정한 듯, 보폭이 넓은 걸음이 가까이 따라붙었다. 나는 도로 거리를 벌리기 위해 뒷걸음질을 치다가 동굴 밑에 튀어나온 돌부리에 발이 걸렸다. 하마터면 넘어질 뻔했으나, 무릎이 꺾이기 전에 동굴의 벽면을 짚을 수 있었다. 그러나 안도는 찰나였다.

그는 벽을 짚은 내 팔을 붙잡아 일으켜 주며 더욱 가까이 다가왔다. 이제는 얼굴과 얼굴 사이에 겨우 한 뼘의 틈이 있을 뿐이었다.

"아무 짓도 안 했어."

속삭이듯 조그만 목소리가 동굴의 정적을 먹이 삼아 어둡게 울렸다. 짐승이 내는 울음보다 한결 솜털을 곤두세우는 소리였다.

그는 느리게 내 몸을 세우며 재차 말했다. 차가운 숨결이 살갗에 닿아 소름이 올랐다.

"아무 짓도 안 했다고, 발로즈."

발로즈. 그 호칭에 정신이 들었다. 내가 긴장하고 있다는 것도 그제야 알았다.

물속에 처박혀 있다가 갑자기 얼굴을 꺼낸 것처럼 먹먹하게 뭉개졌던 빗소리가 또렷해졌다. 비가 잎을 타고 땅에 처박히는 소리, 물방울에 맞은 나뭇잎들이 서로 몸을 부딪는 소리, 앞에 있는 이의 숨소리. 한결 희미해진 묘한 악취와 비 냄새, 젖은 흙냄새.

바로 앞에 있는 엷은 색의 눈동자.

"아무 짓도 안 한 건 아니지, '발로즈'한테는."

조금도 시선을 틀지 않고 그를 마주 보며 나는 혼잣말을 하듯 중얼거렸다. 빗소리가 거세고 조그맣게 말했음에도, 거리가 가까웠으니 분명히 들었을 것이다.

녹턴의 눈썹이 조금 기울어졌다. 그러나 나는 그걸 보면서도 이제 그의 표정 변화조차 그다지 신경 쓰이지 않았다. 남은 감정이라곤, 뭐라고 할까 그냥 지겨웠다.

"너랑 언성을 높이는 게 벌써 몇 번째지?"

긴장에 흐려진 감각들이 선명해지자 두통마저 한결 또렷해졌다. 지끈지끈 울리는 통증이 심해져 나는 잠시 고개를 젖히고 동굴 벽면에 얼굴을 기댔다. 뺨을 타고 차가운 냉기가 스미는 것이 기분이 좋았다.

두통만 느껴졌는데, 열이 나는 모양이다. 어서 이야기하고 돌아가야지.

"행동으로 멀어지려고 했는데, 그러긴 힘들 것 같아."

"무슨…… 말이야."

"나한테 집착하는 이유가 뭐야, 녹턴."

녹턴에게 잡히지 않은 팔로 벽을 짚고 나는 기울어진 몸을 일으켰다. 그가 자연스럽게 팔을 놓아주었기 때문에 얼굴 사이의 거리는 도로 멀어졌다.

"이쯤 되면, 네가 반발 삼아 잠깐 그러는 게 아니란 건 알겠어."

"말했잖아, 네가 특별하다고."

"그리고 나도 말했지, 믿을 수 없다고."

"……잠깐만, 너 열이 나는 것 같은데."

말을 끊고 녹턴이 내게로 손을 내밀었다. 이마를 짚어 보려는 듯 뻗어진 손이 성가시게 느껴져 나는 그의 손을 쳐냈다. 녹턴의 눈이 희미하게 떨렸다.

그는 물러나려 했으나, 외려 나는 옷깃을 붙들고 멀어지지 못하도록 당겼다.

두통은 심하고 머리는 멍하고 몸은 추웠지만, 지겹고 지쳤다. 이렇게 언성을 높이면서 감정을 쏟아 내는 일도 이제는 그만하고 싶다. 온갖 말을 다 내뱉어 버린 탓에 이제 마음에 남은 것도 별로 없는데. 허무하게 비어 버린 자리에 무슨 미련이 있다고, 자꾸 말을 나누게 되는 걸까.

녹턴과 어떤 말을 나누더라도, 희망적인 결론을 끌어낼 수 없다는 건 이제 분명히 알았다. 그럼에도 나는 또다시 그에게 물었다. 이번 일도 네가 한 짓이냐고.

녹턴이 무어라고 답해도 믿을 수 없으면서 구태여 그걸 물었다. 그가 벌인 짓이라고 의심하면서도, 그가 벌인 짓이 아니라는 말을 듣고 싶어서. 지긋지긋하다고, 이제 힘들다고 말하면서, 그 힘든 진창을 내가 다시 끌어냈다.

결국은, 내게도 미련이 있다는 소리였다. 이런 상황까지 와서도 떨쳐내기 힘든 어떤 감정이. 그러니까 제대로 마무리 짓지 않고는, 완전한 끝을 이야기하지 않고는 결코 자유로워질 수 없는 것이다. 이 지긋지긋한 미련에서, 날 괴롭게 하는 '어쩌면.'에서, 녹턴 에드가에게서.

"사람을 죽이니 마니 하는 얘기까지 나온 마당에 열 좀 나는 게 대수겠어. 대체 저한테 왜 이러세요, 에드가 공작 각하."

"……쓸데없이 호칭으로 장난하는 건 그만해, 발로즈."

"그래, 발로즈. 발로즈잖아. 그러면 발로즈에는 에드가 맞잖아."

무슨 말을 하는 거람.

정신이 좀 몽롱한 탓인지 말이 정돈되어 나오지 않았다.

"아니, 내가 지금 유치하게 복수나 하자고 호칭 가지고 이러는 건 아닌데. 그냥 전에 일이 생각나서 말이야. 내가 널 에드가라고 부르는 걸 싫어했지, 너는 날 성씨로 부르는 걸 고집하면서."

녹턴이 뭔가 말하려고 하기에, 나는 그냥 손으로 그의 입을 틀어막아 버렸다. 안 그래도 머릿속이 지끈거렸기 때문에, 상대의 이야기를 들으면서 내 말을 펼칠 자신이 없었다. 행동하고서야 이젠 정말로 녹턴 에드가를 두려워하지 않는구나, 체감했지만 지금 상황에서 대단치는 않은 일이었다.

"들어. 넌 좀 듣기만 할 필요가 있어."

머릿속이 어질어질하다.

그의 입을 틀어막은 손을 떼어 내고 나는 찬 공기를 한껏 들이마셨다가 내뱉었다. 바람 빠진 풍선이 쪼그라드는 것처럼, 폐부를 꽉 쥐어짜듯이 힘껏. 그러자 느슨해진 머리에도 한결 힘이 생겼다.

"그런데 그 이유를 공교롭게도, 아주 공교롭게도 며칠 전에야 알았어. 녹턴. 녹턴?"

"……왜."

"날 '두루아'라고 불러 봐."

녹턴의 눈이 흔들렸다.

아니, 내 시야가 흔들려서 착각한 걸지도 모르겠다.

"이번에는 부탁하는 게 아니야. 친근하게 대해 달라는 말도 아니지. 이제 그럴 사이는 아니니까. 내가 책을 하나 읽었거든. 흑마법 도서는 따로 구하기도 힘들던데, 어떻게든 얻을 일이 있더라고."

"뭐?"

"아, 그래서인가. 구하기 힘드니까 내가 영영 모를 거라고 생각해서 그럴싸한 이유도 지어 내지 않고, '발로즈, 발로즈' 호칭을 고집한 거야?"

"너, 갑자기 무슨 말을—."

"정신 마법에서는 호칭이 그렇게 중요하다며."

녹턴은 별다른 반응을 보이지 않았지만, 느리게 오르내리던 그의 가슴팍이 멈추었다. 숨을 들이켜고 있는 것이 분명했다.

그의 간접적인 수긍에 나는 반대로 숨을 내뱉었다. 이제 끝내고 싶었다. 의심도, 불안도, 공포도, 미련도, 녹턴 에드가와 함께한 모든 시간과 친애와 내 모든 가정에 마침표를 찍고 싶었다.

"내 이름은 두루아 발로즈야, 녹턴. 발로즈가 아니라 두루아라고."

"네 이름을 부르면…… 모든 게 해결될 거라고 생각해?"

"글쎄, 그건 해 봐야 알겠지."

그는 금방이라도 내 이름자를 부를 듯 입술을 달싹였으나, 얼마를 기다려도 그 입에서는 '두루아.'라는 부르기 좋은 세 글자가 나오지 않았다.

역시 말하지 않는구나. 그럴 줄 알았어.

나는 허무하게 웃었고, 녹턴을 밀어냈다. 나보다 훌쩍 크고 두 배는 넓은 품은 너무도 쉽게 떠밀려 갔다.

이제 어쩌면 좋지. 여기에 가만히 있을 수는 없는데. 마수의 일이 아직 정리된 건지도 확인되지 않았는데 마냥 애런을 기다려야 하나. 녹턴이 언제까지 있을지도 모르는데, 그렇다고 나갈 수도 없고.

시야에 멍울이 진 것처럼 눈앞이 울렁였다. 체감하기에도 몸 상태가 빠르게 나빠지고 있었다. 이제는 눈앞에 곰이 나타나더라도 제대로 분간할 자신조차 없었다. 놀랄 기력도 안 남은 것 같은데.

나는 얼핏 바깥쪽을 보았다가 빗줄기로 흐려 뭉개진 것을 보고 다시 고개를 돌렸다. 아무리 녹턴 에드가와 동굴에 단둘이 있는 상황이 싫어도 저 빗길을 뚫고 나갈 자신은 없었다. 마수들이 전부 처리되었을 거라고도 장담할 수 없었고. 나는 의미 없이 발끝으로 바닥에 깔린 나뭇잎을 비비적거리다가, 무슨 소리를 들었다.

"······두루아."

개미가 기듯 조그만 소리였다. 그러나 그 물 흐르듯한 소리에 나는 조금 놀랐고 천천히 고개를 돌렸다.

녹턴 에드가, 길을 잃은 아이처럼 어찌할 바를 모르는 얼굴로 그는 나를 보고 있었다.

"두루아."

조금 전보다도 강렬해진 목소리로 그는 재차 나를 불렀다.

나를, 내 이름을 불렀다.

갑작스레 벌어진 일에 나는 놀라고 당황스러웠고, 이내 슬퍼졌다. 한때는 몹시도 듣고 싶은 말이었다. 내가 그를 친구로 여기고 좋아하고, 조금쯤, 아주 조금쯤 그에게서 특별한 감정을 느끼던 때는 내 이름자를 불러 주면 좋겠다는 정도의 바람을 가슴에 품고 있었다.

그러나 내가 너무 아픈 탓일까. 아니면 옛날 내 감정은 이미 저버리고 흙으로 돌아가 버렸기 때문일까. 이미 그를 향한 감정이 망가져 버린 탓일까. 내 이름자를 들었는데, 녹턴이 내 이름을 불렀는데도 내 안에서는 아무것도 달라지지 않았다. 특별한 기분이 들지도 않았고, 특별한 변화가 생기지도 않았다.

그런 걸 보면 나는 세뇌에 걸리지 않았는지도 모르겠다. 세릴 보르나인 때를 생각해 보면, 무언가에 충격을 받은 것처럼 갑자기 쓰러지던데 나는 아무렇지도 않은 걸 보면 세뇌는, 최면은……

"……두루아?"

그런데 그게 무슨 상관일까. 녹턴이 나를 세뇌하지 않았나 하는 가정이 떠올라도, 나는 정말 아무렇지 않았다. 조금도 기뻐지지 않았다.

녹턴 에드가와는 무엇으로든, 친구로서든, 지인으로서든, 그저 곁에 둔 사람으로서도 함께할 수 없겠구나.

그런 확신을 얻은 기분에 오히려 슬퍼졌다. 나는 여전히 녹턴을 믿을 수 없었다. 배신의 증거라고 생각했던 호칭이 정면에서 반박당했는데도, 신뢰는 돌아오지 않았다. 어쩌면 그렇기 때문에 신뢰가 돌아오지 않은 걸지도 모른다.

호칭에 그러한 이유도 없었다면, 내게 최면에 걸고 세뇌를 하려던 의도도 없었다면 그럼 왜 그는 그토록 오랜 시간 동안 내 이름자를 불러 주지 않나. 몰아붙이면, 이토록 쉽게 나올 이름인데도 왜 그리 오랫동안.

나는 이마를 짚고 가늘게 숨을 내쉬었다. 세 차례, 내 이름을 쏟아 낸 녹턴은 잠시 아무 말이 없었다. 내 안에 아무것도 달라지지 않은걸, 상황이 조금도 좋아지지 않은 걸 알았다는 듯이.

빗소리가 줄어들어 갔다. 귀를 먹먹하게 하던 소리는 이제는 귓가를 긁는 듯이 작아졌다. 천둥은 멈춘 지 제법 되었고 나뭇잎들도 요란한 춤을 멈추었다. 숲속이라 마냥 환하지는 않아도 그렇게 어둡지도 않던 그 빛이 돌아왔다.

그러나 내 유년은 돌아오지 않았다. 그래, 나는 힘겹게 말문을 떼었다.

"네가…… 정말로 그렇게 부를 거라고 생각하지는 않았어. 이걸 보니 나한테 세뇌를 걸지는 않았나 보네. 아니면, 이미 풀린 상태거나."

"너는 여전히 조금 전과 같구나."

"……녹턴."

"예전으로 돌아갈 생각이 없는 것도, 나를 멀리하려는 것도, 날 전혀 믿지 않는 것도. 그래, 이름 한 번 부른다고 전부 해결될 문제는 아니지. 실은 알고 있었어."

녹턴은 잠시 입을 다물었다가, 곧 다시 말을 이어 갔다.

"그런 게 다 의미 없는 집착이고 여태까지 남아 있을 리가 없다고…… 이미 진작 끝났다고. 하지만 그렇게 생각하면서도, 내 생각에 묶여서……."

그는 내가 이해하기 힘든 말을 하고 있었으나, 그를 캐묻고 싶지는 않았다. 나는 녹턴이 떨리는 목소리로 혼잣말을 하는 걸 마냥 보기만 했다. 보기 드문 모습임에도, 여전히 아무런 감정이 일지 않았고 그간 그와 나눈 감정을 전부 도려낸 것처럼 마음이 허전했다. 불현듯, 나는 입을 열었다.

"우리, 이제 정말 아무 사이도 아닌가 봐."

"……."

"방금 구해 준 건 고마웠어. 그런데."

이상한 기분에 나는 발끝으로 나뭇잎을 비비다가 그를 바라봤다.

녹턴의 얼굴에서 천천히 당혹감이 가시고 있었다. 곧, 그의 얼굴에서 표정이 온전히 사라졌다. 검은 속눈썹에 맺혔던 빗방울이 툭, 툭 떨어지는 게 이상하게 눈물처럼 보여서 나는 잠시 눈을 깜박였다. 그러나 그게 정말 눈물이라도 달라지는 건 없을 것이다.

"우리 이제는 보지 말자."

의도한 건 아닌데 목소리가 조그맣게 나왔다. 그럼에도 녹턴은 내 말을 들었을 것이다.

"전에 제대로 말하려고 했는데, 네가 피를 토하면서 난리가 났잖아. 그래서 흐지부지됐었지. 사실 황실 무도회 때도 제대로 말해야 했는데, 내가 그때는 말이야, 내가…… 그렇게 무서워하면서도 되돌릴 수 있을 거라고 생각했나 봐."

생각해 보면 그랬다.

"어쩌면 전부 착각이었다고, 전부 바로잡을 수 있는 상황이라고. 네가, 대단한 일도 일어나지 않았는데 애런을 죽이려고 할 리가 없다고."

녹턴이 정말 두려웠던 거라면, 정말 그가 나를 해칠까 공포에 떨었던 거라면 아픈 시늉을 해서라도 저택에 숨어 있을 수 있었다. 몸이 안 좋다는 핑계를 대고 발로즈의 후작령으로 도망칠 수 있었다. 참석할 의무가 있다 한들, 내가 아프다고 힘들다고 떼를 쓰면 부모님께선 받아 주셨을 것이고 내 철없는 행동을 어떻게든 수습해 주셨을 것이다.

그런데 나는 구태여 도망치지 않았고, 구태여 황실 무도회에 나서서, 이야기하자는 녹턴의 말에도 거절하지 않고 얼굴을 마주 봤다. 사교계에 평판이 떨어지는 것보다, 부모님을 곤란하게 하는 것보다는 그의 얼굴을 보는 게 나을 거라고 생각했으니까.

그렇게 두려움에 벌벌 떨면서도 녹턴이 나를 해치지 않을 거라는 기묘한 확신이 있었나 보다. 희망을 품고, 미련을 끌어안고. 그러나 애런을 죽이려 했다는 말을 듣고는, 그마저도 더는 지킬 수가 없었다.

"이렇게 말하니, 무슨 연인으로서 헤어지자는 말처럼 들리네. 내가 또 과하다고 생각하고 있지?"

나는 웃었으나 녹턴은 웃지 않았다. 짤막한 대답조차 없었고, 표정 하나 변한 곳이 없었다.

"뭐, 새삼스러운 것도 없다. 어차피 너도 나도 결혼하고 나면, 아무리 친구라도 이성끼리니, 전처럼 자주 보기도 눈치 보일 거 아니야."

친구…….

"우리, 친구는 맞았지? 친구였던 적이 있긴 하지? 정말로 나를 장난감처럼, 그냥 곁에 둔 낡은 인형처럼 생각한 건 아니지. 특별하다고, 그렇게 말한 적도 있잖아."

녹턴은 아무런 답도 없는데, 나는 동굴의 바닥을 보며 동굴 밖의 하늘을 보며 숲을 보며 이리저리 딴청을 피우며 혼잣말을 이어 갔다. 끝내야 한다고 생각한 건 나면서, 끝내고 싶지 않다는 듯.

그러다가 문득, 이러면 안 될 것 같았기 때문에 갑자기.

"하기야, 내가 뭐였든 이제는 의미 없구나."

하늘에 구멍이 뚫린 것처럼 쏟아지던 비가 온전히 그쳤다. 이상하던 악취도 더는 나지 않는다. 비에서 나던 냄새일까, 아니면 마수와 관련된 냄새일까. 이 상황에 의미도 없는 의문을 그리며 나는 느리게 발걸음을 떼었다.

첫걸음을 내디디니 다음은 쉬웠다. 한 걸음, 두 걸음, 그리고 녹턴을 지나쳐서 나는 굴을 나왔다. 그 순간.

"가지 마."

팔이 잡히고 몸이 뒤로 돌아갔다. 내 몸이 녹턴의 품에 들어갔다. 전에, 앨리스에게서 예지몽에 대해 들은 밤에 있던 일과 비슷했으나, 그때와 달리 이번에는 마주 보고 안긴 상태였다.

등허리를 단단히 붙든 팔이 느껴져서 나는 뒤늦게 놀랐으나 가만히 있었다. 뿌리치려면 그럴 수 있을 것 같았지만, 그냥 녹턴이 원하는 대로 따라 주었다. 마지막이었으니까.

"별거 아닌 적 없었어."

"녹턴."

"사라지는 건 생각만으로 끔찍했고 네가 특별했어. 시험했던 건 미안해. 내가 시험하려고 한 건 네가 아니었어, 네가 아니라 내……. 네가 자의로 곁에 있을 리 없다고 생각해서, 그래서……. 장난감이 아니야. 널 가지고 놀려던 거였으면, 감히 그런 거였다면 네 말대로, 그렇게 오랫동안 있어 달라고 했을 리 없잖아. 애런 클레이모어에게 그토록 화가 났을 리 없잖아."

"녹턴."

계속해서 그의 이름자를 불러도, 그는 답하지 않고 변명을 이어 갔다.

"아니야, 화가 나지 않았어. 다 거짓말이야. 그자도, 네 친구도 아무에게도. 네 주위 사람을 해치지 않아. 나는, 두루아. 나는…… 네 이름을 부르고 싶었어. 아주 오래전부터, 그러고 싶었어."

나를 끌어안은 손이 떨리고 있었다.

알 수 없는 일이었다. 그의 손이 필사적으로 나를 끌어안은 것이 마치 정말로 특별하다고 말하는 것처럼 느껴져서, 그만큼 절박하게 느껴져서. 그의 행동 하나하나가 녹턴답지 않았고, 동요 없는 내 마음은 이제는 내 것 같지도 않았다. 모든 게 고장 난 것처럼 위화감이 들었다.

"널…… 무섭게 하려던 게 아니야. 그러고 싶지 않았어. 네 시녀의 일도 잠깐이었어. 네가 흑마법에 대해 아는지 그것만 알고 싶어서, 그걸 알아야 뭐라도 할 것 같아서."

"좀 더 빨리 말해 주지 그랬어."

"난……."

"좀 놀랐어. 네가 그런 말을 할 수 있는 사람이었구나. 그렇게 속내를 드러낼 수 있는 사람이었구나. 그리고 그 와중에도 뭔가를 숨길 수 있는 사람이구나."

"두루아."

"이제는 돌이킬 수 없으니, 의미 없는 변명은 그만해."

내가 한 말이었음에도 남이 내 몸을 빌려 말하는 것 같다. 이미 마지막이 되었기에 그를 상처 입힐 마음은 없었으나, 입 밖을 나오는 말은 새파랗게 날이 섰다.

이질감에 나는 녹턴의 품에서 벗어나려고 했으나, 그는 외려 나를 끌어안은 팔에 힘을 주었다. 내가 뿌리칠 수 없도록. 몸이 빈틈없이 맞물린 탓에 그의 심장 박동이 고스란히 느껴졌다. 마음이 빈자리에 박동만이 흘러들었다.

"전부 말할게, 네게 할 말이 있어, 두루아."

"난 더 들을 말이 없어."

"어쩌면 이 모든 일이 다 오해에서 비롯됐을 수도 있잖아, 네 말대로 전부 착각일 수도 있잖아. 모든 게 전부…… 돌이킬 수 있는지도 모르잖아."

"그러고 싶지 않아."

내가 뱉은 말인데도 차갑게 느껴졌는데 녹턴이 듣기엔 어땠을까. 짐작하기는 어렵지 않았다.

단단히 나를 끌어안은 몸이 움찔 떨리더니 곧 그의 팔에서 스르르 힘이 풀렸다.

"……그래."

녹턴에게서 빠져나온 채로 나는 한 걸음 물러났다. 녹턴의 얼굴은 눈처럼 희게 질려 있었다. 원래도 창백하던 색이지만 이제는 색소가 아예 없는 것과 다름없었다.

"그래, 이제 말로 풀 수는 없겠지. 이제 와 어떤 달변을 늘어놓더라도 그럴 수 없겠지. 전부 들켜 버린 이상에 그게 다 무슨 의미가 있겠어. 이미 다 늦어 버렸는데. 아니, 처음부터 잘못됐지."

빠져나간 것은 혈색뿐이 아니요, 그의 분위기가 변했다. 어쩔 줄 모르는 소년처럼 당혹스러워 보이던 얼굴에 냉기가 서렸다. 그를 보자 솜털이 곤두섰다.

녹턴이 허탈한 듯 웃었다. 동굴의 습기를 머금은 목소리는 여전히도 낮게 울렸다.

"맞아, 네게도 세뇌를 걸었어. 처음 만났을 때부터 그렇게 했지. 지금은 사라진 모양이지만. 사라지지 않길 바랐어. 그래서 계속, 계속 '발로즈'를 불렀지."

"그렇구나."

"전혀 놀라지 않네. 정말 어지간히도 확신하고 있었구나."

"……."

"이제 되돌리는 건, 네게 용서받는 건 포기할게. 하지만 모든 걸 포기하겠다는 말은 아니야."

두루아, 두루아, 내 두루아.

녹턴이 내 얼굴로 손을 뻗었다. 미처 피할 새도 없이 기다란 손가락이 내 머리칼을 귀 뒤로 넘기고 뺨에 붙은 잔머리까지 스쳐 지나갔다.

"무슨…… 말이야."

녹턴의 기세가 좀 더 내가 의심하던 대로 변했지만, 그렇기에 나는 혼란스러웠다. 그의 얼굴은 차갑고 그의 눈은 뱀처럼 빛나고 있었지만 그의 손끝만은 여전히 덜덜 떨렸다. 보이는 것과 느껴지는 감각의 괴리가 너무 컸다. 그러나 굳이 손을 떠는 시늉을 할 이유는 없을 테니, 녹턴의 본심은 차가운 표정보다는 떨리는 손끝에 있을 것이었다.

그렇게 생각하자 문득, 전에 들은 말이 떠올랐다.

"혹시 각하께서 널…… 사랑하시는 게 아닐까?"

앨리스가 내게 했던 말, 너무도 터무니없는 생각이라 단칼에 잘라 버렸던 말. 나를 끌어안고 내게 미안하다고 말할 때도 생각나지 않던 그 말이 무심코 떠올랐다.

녹턴은 내게 집착하고 있다. 그는 내가 특별하다고 말했다. 그러나 나는 그 집착의 이유를, 특별함의 이유를 시간에서 찾고 있었다. 함께한 시간이 길었기 때문에, 그의 옆에서 가장 녹턴을 맞춰 준 사람이었기 때문에. 아니, 솔직히는 그에 대해 깊이 생각해 본 적도 없었지만. 어쩌면, 정말 어쩌면 녹턴 에드가가 말하는 특별함이라는 건, 그가 내게 느끼는 감정이란 건…….

좀 전까지 마음이 정적이었다는 것이 거짓말이라고 하듯, 마음속에서 요란한 파문이 일기 시작했다. 그런 내 정신을 일깨우려는 것처럼 녹턴이 입매를 비죽 뒤틀었다. 모골을 송연하게 하는 웃음이었다.

"용서받을 수도 없고, 그렇다고 아예 놔 버릴 수도 없다면 할 수 없잖아. 용서받기를 포기한다면 난 더 많은 걸 할 수 있거든."

"무슨 말이야. 내 주위 사람을 건든다면……!"

"그러지 않을 거야. 난 너와 약속한 건 지키니까. 하지만 내가 아닌 다른 누군가라면, 너와 내가 한 약속을 지킬 이유는 없겠지."

어떻게 듣더라도 협박이었다.

당황하여 입을 열려는데, 비가 멈춘 새 조용해진 숲속에 발소리가 났다. 뛰고 있는 듯 빠른 발소리와 진흙이 움푹 눌리고 풀이 부스러지는 소리가 나더니 곧, 두 사람이 모습을 드러냈다. 애런과 앨리스였다.

좀 전에 녹턴이 한 말 때문에 나는 반사적으로 그의 얼굴을 살폈으나, 그는 기척이 다가오는 걸 알고 있었는지 놀란 기색이 없었다. 더하여 그들을 위협하려는 기색도 없었다.

"두루아, 괜찮……."

다급히 내게 다가오던 앨리스가 멈추어 섰다. 그녀의 푸른 눈동자가 녹턴 에드가에게 고정되었다. 녹턴이 여기에 있을 줄 몰랐을 것이다. 작위가 있는 귀족이라면 애당초 이 숲에 들어올 일이 없었을 테니까. 난데없이 숲에서 마수가 튀어나오더라도, 상식적으로는 이곳으로 들어올 리가 없다. 그러니 수상히 여기는 것이 당연한 일이었다. 그를 경계하며 다가와, 앨리스가 내 앞을 가로막았다.

아까와 정반대인 상황이네, 몇 시간 전에는 내가 이 애의 앞을 가로막았는데.

웃음이 날 것 같았지만 입매는 딱딱해서 움직이지 않았다. 나는 앨리스의 손을 붙잡고 말없이 고개를 저었다.

녹턴의 시선은 앨리스를 향하는 듯하다가, 애런에게로 옮겨 갔다. 두 사람의 눈이 마주쳤다.

앨리스가 내 앞을 가로막을 게 아니라, 내가 애런의 앞을 가로막아야 하는 게 아닐까.

애런에 대해 녹턴이 예민하게 반응한 일이 떠올라 어깨가 굳었다. 그러나 의외로, 두 사람 사이에는 금방이라도 무언가 터져버릴 듯한 긴장감은 없었다.

애런의 얼굴이 좀 묘했다. 예상치 못한 녹턴의 등장에 당황했다고만 말하기에는 이상했고, 어딘가 녹턴의 눈치를 살피듯 보이는 것 같기도 했다.

착각인가?

눈을 가늘게 뜨며 좀 더 그를 자세히 살피려는 찰나, 녹턴의 입매가 길게 늘어졌다. 조롱 같지도 그렇다고 웃음 같지도 않은 표정이었다. 그는 다시 고개를 돌려 나를 보고는, 한결 입꼬리를 올렸다.

"협박이 아니라 조언이야. 조만간 만나러 갈게."

"녹턴⋯⋯."

"또 봐, 두루아."

그렇게 말한 뒤, 녹턴은 뒤돌아 걸었다.

'두루아'라고 들었는데도, 그만하자고 말했는데도, 내 감정을 모두 비워 내고 맞섰는데도 결과물은 이전과 같았다.

녹턴은 여전히도 내 말을 듣지 않았고, 달라진 것이라고는 '또 봐, 발로즈.'가 '또 봐, 두루아.'가 됐을 뿐이었다.

그것뿐이라고, 생각했다.

비는 그쳤으나, 비가 내렸던 흔적은 남았다. 내딛는 걸음마다 진흙으로 엉겨 붙어 꼭 제 마음처럼 느껴졌다.

'보지 말자고.'

두루아의 말대로, 친구 사이에 하기엔 미묘한 절연 선언이었으나 녹턴은 그를 과하다고 비웃을 수는 없었다. 의미는 달랐으나 결과적으로 말하자면 그녀의 말은 맞았다.

녹턴은 그녀를 친구로 생각하지 않았다. 아주 어린 날, 아주 잠깐 정도는 친구였을 수도 있겠지만, 외로움으로 가득한 마음에 사랑이 싹트자 감정은 온 마음을 같은 색으로 물들여 버렸다. 지금으로서는 두루아 발로즈를 순수한 친구로 여긴 날이 언제였는지, 정말로 존재하던 순간인지조차 확답할 수 없었다.

사랑에 몹시도 부정적이었던 소년이 왜 이렇게 자란 걸까. 어쩌면 피에 흐르기라도 하는 걸까. 사랑이, 집착이.

그는 짜증스럽게 한숨을 토해내고 걸음을 멈추었다. 오늘 중, 무엇인가 일이 벌어질 것은 짐작하고 있었다. 선대 황제가 급격히 상태가 악화됐을 때부터 예상한 일이었다. 병사한 것으로 알려졌으나, 선대 황제는 저주로 인해 살해당했다. 젊은 날 황위 다툼 중 받은 저주가 다시금 기승을 부린 탓이다.

패트시아 에드가의 수족인 흑마법사의 짓이었다. 어차피 병세가 깊던 사람이고 황제의 죽음으로 특별한 득을 본 사람도 없어 아무도 의심하지 않았지만, 흑마법에 예민한 녹턴만큼은 죽은 이의 관에서 그 흔적을 느낄 수 있었다. 그때부터 녹턴은 긴장할 수밖에 없었다.

제위 의식은 두루아의 비밀 호위가 따라붙을 수 없는 신성한 행사였고, 달리 말하면 그 애를 노리기는 참 좋은 날이었다. 두루아 한 사람을 노리기 위해 황제까지 살해한다는 추측이 과대망상으로 보일 수 있다는 건 안다. 그러나 패트시아 에드가는, 녹턴이 두루아에게 병적으로 집착한다는 걸 알고 있었다.

이미 에드가 전체를 빼앗긴 적이 있으니 무력으로 승부를 볼 수는 없다. 그러니 녹턴의 약점인 두루아를 타깃 삼는 건 어쩌면 당연한 일이었다. 패트시아를 비롯하여 그녀의 잔존세력을 모조리 걷어 내기 위해 파우스트로 보낸 순간부터 예상한 일이었으나, 그럼에도 순간순간 후회가 이는 것은 어쩔 수 없었다. 그날, 패트시아 에드가의 세뇌가 풀린 걸 모른 체하지 말고 숨을 끊었어야 했나 하고. 하나 시간을 되돌린대도, 녹턴은 같은 짓을 반복할 것이다.

사실, 녹턴이 더욱 신경 쓰는 쪽은 사생아의 즉위를 달갑지 않아 하는 패트시아의 가신 세력보다는 다른 쪽이었다. 생명을 죽이지 않겠다는 두루아와의 약속. 더군다나 상대는 그의 모친이다. 모친을 살해한다는 것이 일반적으로 어떻게 와닿는지, 녹턴은 분명히 알고 있었다. 실은 저를 악마 새끼라고 비하하는 패트시아의 말에 공감하면서도, 그는 두루아에게 그렇게 보이고 싶지는 않았다. 그러니 잔존 세력을 걷어 내야 한다는, 조금은 실속 있는 이유를 명분 삼아 패트시아의 처벌을 미룬 것이었다. 그리고 일이 터졌다.

녹턴은 종전의 일을 떠올렸다. 그가 두루아를 막 찾아냈을 시점, 곰이 동굴 앞으로 나타났다. 내버려 두면 아무 일도 없이 그대로 지나갔겠으나 불현듯 나타난 누군가가 동굴 안으로 돌을 던져 넣었다. 의도가 명백한 행위였다.

녹턴이 두루아의 앞을 막아서고 곰을 해치우는 사이, 돌을 던진 이는 빠르게 멀어졌다. 그림자에 추적 마법을 걸어 놨으니 찾기는 어렵지 않겠지만, 제가 붙잡을 무렵에는 이미 숨이 끊어졌을 확률이 높았다. 그러나 누가 저지른 일인지는 뻔했다.

패트시아 에드가.

'결국 준비가 끝났다는 거겠지.'

여태까지는 기회가 있어도 숨을 죽이고 몸을 웅크리던 사람이 행동을 개시했다. 녹턴에게서 에드가를 되찾을 준비를 마쳤다는 이야기다.

두루아가 위험에 처한 찰나는 간담이 서늘해졌지만, 어찌 보면 달가운 소식이었다. 드디어 패트시아와 그녀의 잔당을 깔끔히 정리할 수 있게 되었으니까. 이제는 준비를 마친 패트시아 에드가를 그저 정리하면 그만이었다. 끝이 되기까지는 두루아의 안전에 각별히 유의해야겠지만, 그녀와 사이가 틀어진 지금에는 오히려 쉬운 일이었다.

이제 두루아와 녹턴 사이의 신뢰는 사라졌다. 말로 설득해서 그녀를 지킬 기회는, 두 사람의 사이를 회복할 수 있는 순간은 모두 사라졌다.

그러니 이제부터는 사이가 틀어질 걱정 없이, 미움받을까 벌벌거릴 필요도 없이, 온전히 두루아의 안전에만 집중하면 그뿐이었다. 저가 모친을 처단했다는 그 부도덕한 일도, 그 애의 귀에 흘러 들어갈 일 없이 단단히 틀어막을 수 있었다. 그러니, 모든 것이 차라리 나았다.

입맛이 쓴 생각을 마무리하며 그는 마침내 숲을 나왔다.

"오, 에드가 공작 각하! 무사히 다녀오셨군요!"

숲의 앞에는 신관들이 잔뜩 모여 있었다. 대회가 시작되기 전에도 인사를 나눈 이들이지만, 분위기가 달랐다. 불안하고 긴장하듯 표정들이 굳어 있었다.

"마침 잘 와 주셨습니다. 아무래도 신께 제물을 바치는 의식인데, 마수가 끼어든 것이 불길해서 참여해 주신 모든 분께 축복을 내려드릴 생각이었거든요."

"나는 됐습니다."

"예……? 그, 하지만 마수와 마주치면 그달이 내내 불길하다는 속설도 있습니다만."

"신관이란 사람이 그런…… 잠시만."

신관이 지나치게 당황하는 모습이 이상하다.

녹턴은 눈을 가늘게 뜨고는 주위를 살폈다.

"여기 있는 귀족 중 나 외에 축복을 받은 사람이 있습니까?"

"그야 물론—."

"금방 들킬 거짓말을 하지는 않길 바라요."

"아니, 거짓말을 하려던 게 아닙니다! 축복을 내린다면 당연히 에드가 공작 각하를 최우선으로 해야 하지 않겠습니까? 제국에서는 황제 폐하 다음으로 고귀한 분이시잖습니까."

"그럼 폐하께서는."

녹턴의 고개가 꺾어졌다. 상석에 앉은 황제에게로 시선을 던지자 눈이 마주쳤다. 그의 얼굴이 당혹감으로 굳어졌다.

"축복을 받으셨습니까?"

"……아니, 나는 받지 않았네."

"몹시도 무엄한 이들이로군요. 감히 제국의 주인을 앞에 두고 한낱 신하 따위를 최우선시하다니. 아무리 신의 품에 있다고 한들, 황실의 명예를 모욕하는 건 도가 지나치지 않습니까."

"그, 그게…… 그런 게 아닙니다!"

"대신전의 제르벨로 제르벨라라고 합니다. 죄송하지만 실례하겠습니다, 에드가 공작 각하."

사색이 된 신관을 밀어 내고 다른 신관이 앞으로 나왔다. 의식을 치르기 위해 나온 6명의 대신관 중 한 사람으로, 드물게도 젊은 사람이었다. 서른도 되지 않은 곱상한 얼굴에는 굳은 의지가 서려 있었다.

"마수를 불러들이는 데 흑마법이 사용된 흔적을 찾았습니다. 지금은 게이트가 닫혔지만, 이곳에 계신 분 중 누군가 게이트를 열었을 가능성이 큽니다."

흑마법이라는 단어가 나왔지만, 녹턴은 눈썹 하나 까딱하지 않은 채로 가만히 말을 들었다.

"흑마법을 이용하여 제위 의식을 망치려던 겁니다. 그러니 신의 축복을 통해, 각하께서 흑마법사이신지 확인하고 싶습니다."

"그러니까 묻는 말입니다. 여기 있는 전원이 같은 확인을 받을 예정입니까? 내게만 그러자는 건 아니겠지요."

"솔직히 말씀드리자면, 각하께서 흑마법사이시며 의식에서 무슨 일을 벌이실 거라는 익명의 제보가 있었습니다."

익명의 제보라니, 예상치 못하게도 노골적이다. 흑마법의 흔적이 잡힐까 봐 마법은 최소한으로 쓰고 싶어하는 검을 잡았는데, 의미 없는 일이 되었다.

그럼에도 거부하려거든 그럴 수 있었다. 제국에서 에드가란 특별했다. 알려지기로는 개국 공신 가문으로 알려졌으나, 실상은 그보다 전부터 에드가는 이

땅에 자리 잡고 있었다. 건국 황제, 카란테이나가 이 땅에 자리하도록 허락해준 가문도 에드가였다. 그 덕에 에드가는 제국의 건국 당시 영원한 권위를 약속받았고 초대 황제의 혈통이 당대에까지 이어졌기에 맹약 또한 계속되었다. 대를 거듭하는 동안, 몇 번이나 황실의 주인이 바뀌려던 걸 수습해 주기도 했기에 에드가는 분명 이 땅에 가장 오래되고 단단한 권력자였다. 그러니 저런 무례한 시험에는 응할 필요도 없었다. 지금 이 자리에는 제가 마수를 불러왔노라 의심하는 이들도 없어 보였으니까.

"내가 이 자리에서 거절하더라도, 아무런 문제도 없을 걸 알고 있겠지요."

"그렇습니다. 하지만 의심을 지우기 위해서라면―."

"어느 누가 날 의심하더라도 별로 상관없습니다."

정작 의심받지 않길 원하는 사람으로부터는 잔뜩 의심받고 있으니, 어떻게든 의미 없는 일이었다. 하지만.

녹턴은 젊고 유능한 대신관을 잠시 훑어보았다. 느껴지는 기운이 제법 청결해서 쓸 만한 정도는 되어 보였다.

마침, 신관이 필요하던 때였는데 공교롭기도 하지.

그의 눈이 조금 가늘어졌다.

"한 가지 약속을 해 준다면, 당신의 축복을 받아 주겠습니다."

"저는 부당한 청탁은 받지 않습니다."

"그럼 증거도 내밀지 않고, 당신이 이 사태의 범인이냐고 의심하는 작태는 부당하지 않습니까?"

"익명의―."

"그건 신전 입장에서나 할 수 있는 말이죠. 어떻게 믿겠습니까. 익명의 제보자가 있었는지 없었는지. 혹, 누군가의 사주를 받고 나를 음해하려는 건 아닌지."

"……그렇게까지 말씀하신다면 알겠습니다. 원하시는 약속에 대해 말씀해 주십시오."

"별거 아닙니다. 당신의 축복을 받고도 아무 이상이 없다면, 에드가에 1년만 머무르세요."

신관이 막대한 후원을 받고 특정한 가문에 머무르는 것은 이상한 일이 아니었다. 다만 대신관급의 신관은 비상시, 황실에나 이따금 머무를 뿐이어서 모욕으로 받아들일 수도 있었다. 그러나 제르벨라는 제 의심에 상당히 확신하고 있는지 그저 고개를 끄덕였다.

그러고는 곧 그의 손에서 녹턴에게, 새하얀 빛이 쏟아져 내렸다. 녹턴의 입매가 비틀렸다. 신관들이 내리는 축복의 빛은 보통 녹색이었으나, 흰빛은 신성 계열 상위의 공격 마법이었다. 축복을 받는다면 설사 상대가 흑마법사라도 조금 속이 울렁거리는 정도에서 그치겠으나, 공격 마법은 달랐다. 일반인이 대상이라면 신성 마법에도 다칠 일은 없겠지만, 말이 바뀐 것은 확실히…… 깜찍한 일이었다.

"제, 제르벨라!"

다른 대신관들이 비명처럼 그의 이름을 부르는 소리가 났다. 녹턴은 엉망으로 뒤틀리는 속을 달래느라 느리게 심호흡을 했다. 성인이 되기 전에도 아무렇지 않은 얼굴로 성수를 마셨으니, 지금 상황에도 태연함을 가장하는 것은 어렵지 않았다. 제대로 상대하면 당하지도 않았을 마법인지라 짜증이 치솟기는 했지만. 제보를 받았을 뿐이라면서 마수 소행이 제 짓이라고 확신하고 있었는지, 신관의 얼굴이 보기 좋게 변했다.

"이럴 리가!"

"신관이 강직하고 일을 열심히 하려는 건 좋은 일이지만, 위아래는 봐야지."

답답한 걸 넘어 멍청하기까지 한 혼잣말에 녹턴은 넘어오는 핏물을 삼키고 한숨을 내쉬었다.

"어디서 이상한 말이라도 주워들은 모양인데, 설사 내가 흑마법사였대도 게이트를 연 사람이 나라는 게 증명되기 전에 공격해도 되나요."

"가, 각하, 이건……."

"그대의 무도한 착각과 공격적인 정직함이 신전에 어떤 변화를 가져올지, 벌써 기대되는군요."

"이건 황실의 명예를 위해 어쩔 수 없이 행한 절차입니다! 신전에 보복하시는 건—!"

"보복하겠다는 말은 하지 않았습니다. 다만, 신전에 들어가는 기부금도 순전한 내 호의였을 뿐이니, 거두어 간다고 보복이라 말하는 건 지나치겠지요."

"공작 각하!"

"별개로 약속은 지키기 바랍니다. 가지고 있는 것들이 소중하다면 말이에요."

녹턴은 얼굴이 파랗게 질린 다른 신관들을 지나쳐 걸었다. 벌어진 일을 되돌리려고 그를 붙잡으려는 손길이 있었으나, 사정없이 쳐냈다.

그는 황실의 시종들이 수건을 건네는 것마저 무시하고 제 마차로 다가갔다. 눈빛이 흐린 호위 기사가 녹턴에게로 수건을 내밀고야, 녹턴은 비에 젖은 물기를 대충 닦아 냈다. 그때 낯익은 말소리가 났다.

신관들과 언쟁을 벌이는 동안 돌아온 걸까, 두루아의 목소리였다. 예민한 청력에 집중하며, 그가 고개를 들었다.

앨리스 리모란드는 무슨 잘못이라도 했는지 계속 두루아의 눈치를 살피며 미안하다고 말하고 있었다. 그녀는 몇 번은 괜찮다고 말하다가 지쳤는지 갑자기 목소리를 바꾸었다.

"아니야, 정말 괜찮다니까 앨리스. 비록 곰한테 왼쪽의 여섯 번째 갈비뼈를 얻어맞긴 했지만."

"뭐! 다쳤다고? 세상에, 당장 치료를 받아야 해! 어딘데, 여기? 여기 말이야?"

"아, 착각이었네. 생각해 보니까 여섯 번째가 아니고 세 번짼가 봐."

"세, 세 번째 갈비뼈가 어디야? 어디예요, 클레이모어 경?"

"⋯⋯일단 이쪽이긴 합니다."

"그러면 여기? 여기가 아파, 두루아?"

"아니, 왼쪽이 아니라 오른쪽인가 봐."

"오른쪽? 그러면 여기라고?"

"세 번째도 아닌가?"

"⋯⋯두루아, 지금 나 놀리는 거지? 너 무사하잖아!"

"드디어 알아줬구나, 앨리스! 30분은 더 걸릴 줄 알았어!"

감격에 찬 척, 과장된 표정을 지으며 두루아가 리모란드를 끌어안았다. 그녀는 질색하며 두루아를 밀어 내려고 하다가 결국은 함께 소리 내어 웃음을 터뜨렸다. 몹시도 친근하고, 행복해 보이는 웃음이었다.

그 모습을 바라보며, 녹턴은 지나간 일을 떠올렸다.

"아니, 진짜 안 아프다니까. 감기 나은 지, 2주도 더 됐어!"

"누가 뭐래. 목이 쩍쩍 갈라져서 기괴하고 시끄러우니 조용히 해."

"와, 말 진짜 예쁘게 해. 아니, 그렇게 시큰둥한 척할 거면 이 차들 좀 치워. 아무리 감기에 좋다지만 이거 대체 몇 잔이야. 하나, 둘, 셋, 넷, 다섯. 차를 다섯 잔이나 마셨다가는 다른 병에 걸릴 거야."

"그게 다섯 잔인 걸 하나씩 세어 봐야 안다니, 여러모로 놀랍네. 아직 아픈 거 아니야?"

"비꼬지 좀⋯⋯ 아! 손이⋯⋯! 미끄러졌⋯⋯네."

"유감이네. 손이 미끄러진 척 차를 엎는 일에 실패해서."

"너 눈치 너무 빨라서 가끔 짜증 나."

"네 속이 훤히 보이는 거겠지. 됐으니까 차나 마셔."

"나 정말로 다 나았어. 목 보여줄까? 아…….."

"그 목구멍에 그대로 부어 달란 거야?"

"……마시면 되잖아, 나쁜 놈."

그렇게 말하고는 오기가 일었는지 찻물을 벌컥벌컥 마시다가 입천장을 데고 난리를 부렸었지.

이게 다 저 때문이라며 탓하는 목소리가 아직도 생생해서, 녹턴은 저도 모르게 웃었다.

그래, 그랬었다. 그랬던 순간이 있었다. 그럴 수 있던 순간들이 있었다.

그러나 이제는, 앞으로는 영영 없을 날들이었다.

녹턴은 물기를 닦는 척, 수건에 피를 뱉어 냈다.

어쩌면 그녀를 발로즈라고 부를 때가 그리울 거라고, 그는 생각했다.

"좀 드세요, 아가씨. 감기에 좋은 차예요."

"고마워, 새디."

새디가 내려놓은 찻물 위로 멍한 표정의 여자가 모습을 비추었다. 얼굴이 뜨겁고 눈이 풀린 게, 누가 보더라도 감기에 걸린 모양새다.

기사나 마법사만큼은 아니라도 나름대로 건강 체질이라고 생각했는데, 역시 겨울의 숲에서 비를 맞은 걸 버틸 수는 없구나. 갑자기 머리가 아프더니, 녹턴 에드가와 대화를 나누는 동안 이미 감기에 당한 모양이었다.

내 어깨 위로 두툼한 숄을 덮으며 새디가 한숨을 내쉬었다.

"정말, 왜 갑자기 비가 내린 걸까요."

그 말에 어깨가 움찔 떨릴 뻔한 것을 겨우 참아 냈다.

갑자기 나기 시작한 퀴퀴한 냄새는 의심했지만, 비는 의심하지 못했는데 비와 냄새 모두 인위적인 마법의 단서였다. 마수가 숲에 등장한 것은, 누군가 마수의 서식지와 숲을 연결하는 게이트를 만든 탓이라고 한다. 마수가 내는 특유의 악취가 있는데, 그걸 가리려고 마법으로 비를 내린 거라고. 누가 저지른 일인지, 목적이 무엇이었는지조차 전혀 밝혀지지 않았다.

그 때문에 황실은 몹시도 예민하게 굴고 있었다. 그래도 사전에, 대회에 문제가 생길지도 모른다는 제보가 왔었다고 한다. 덕분에 신관들을 잔뜩 배치해 둘 수 있었고 황실의 세 기사단도 모두 대동해서, 부상자는 있어도 사상자는 없었다. 신관이 많이 온 이유가, 새로운 황제가 소심해서 그런 줄 알았던 나로서는 반성할 수밖에 없었다.

죄송합니다, 폐하…….

뭐, 전부 앨리스에게 들은 이야기다. 다른 사람은 몰라도, 우승 예정자인 칸타나 리모란드에게는 내막을 이야기해야 했다. 그녀는 겨우 찾아낸 제 막냇동생에게는 위험한 게 아니라면 뭐든 알려주는 사람이었고, 그 덕에 나도 내막을 알 수 있었다. 다른 사람들은 그저 사고가 있어 마수가 튀어나왔다는 결과적인 말밖에 듣지 못했고, 그마저도 입단속을 단단히 당했다.

그래도 제사는 어찌어찌 수습되었다. 내정된 짐승이 날개 달린 백마인 탓에, 신성한 말이 마수들을 몰아내고 신의 품으로 돌아가려 스스로 제물이 되었다는 신화적인 결말이 됐지만. 좋은 게 좋은 거겠지.

"아무튼 감기에 걸리신 걸로 그쳐 다행이에요. 무서운 동물들이 그렇게 많다는데, 거길 들어가시다니."

"애런이 잘 지켜 줬어. 그리고 나만 들어간 것도 아니야. 검도 마법도 전혀 모르는 사람들도 구경 삼아 많이 갔는걸."

"그래서 다친 분들이 모두 그런 분들이잖아요."

그렇게 말하면 또 할 말이 없지.

"죄송해요. 주제넘게 잔소리를 하려던 건 아니에요. 하지만……."

"다음부터는 안 들어갈 테니까 걱정하지 마."

녹턴이 아니라 녹턴의 어머니와 대화를 나눌 상황이 오더라도, 이제 숲에 들어갈 생각은 없었다. 그제야 안색이 좀 밝아져서는 새디가 기쁘게 고개를 끄덕이고 방을 나섰다.

문이 닫히고, 난 새디가 주고 간 차를 내려다보았다. 감기에 좋다는 차였기에, 사실 녹턴이 가장 먼저 생각났다. 단순히 차만의 이야기는 아니었다. 오랜 시간을 함께한 부작용으로, 세상 대부분의 물건에는 녹턴과 얽힌 이야기가 있었다. 사방을 둘러보면 모두 그의 얼굴이 있다.

그렇기에 아프고 멍하더라도 이렇게 생각나는 거겠지.

찻물 위로, 녹턴의 얼굴이 비쳐 보이는 듯했다. 여러 가지 일들이 떠올랐다. 돌연 그가 발로즈 후작저에 와서 티파티의 초대장을 준 일, 응접실에서 애런과 부딪힌 일, 황실 무도회에서 나를 잡아 준 일, 그리고 사냥대회에서 일어난 일.

앨리스로부터 수상한 말을 들은 탓에 그를 의심하게 된 것은 작년 가을부터의 일이었지만, 실상 변화는 그전부터 일어나고 있었다. 언제라고 단호하게 잡아낼 수 없도록 오래전부터, 나는 녹턴을 멀리하자고 결심을 쌓아 가고 있었다.

가슴에 커다란 구멍이 난 것처럼 허망한 기분이 들었다. 확신할 수는 없었지만, 아마도 단기간에 메워지지는 않을 구멍이었다. 녹턴의 얼굴을 보지 않는다

면 좀 일찍 나으련만, 그가 마지막으로 남기고 간 말을 떠올리면 기대하기 힘
든 일이었다.

"또 봐, 두루야."

결국 뭐였던 걸까. 발로즈라는 호칭에는 세뇌가 걸려 있던 걸까.

녹턴은 나를 세뇌했었다고 인정했지만, 정작 마법이 풀릴 때 나타나는 이상
증세는 없었다. 그의 말대로 세뇌가 사라진 거라면 그건 언제란 말인가.

어쩌면, 내가 녹턴에게 멀어질 생각을 할 때쯤, 그쯤에 풀린 걸까. 그래서 그
제야 그에게서 멀어져야겠다는 생각이 든 걸까.

속이 답답해 찻잔을 기울이다가, 문득 생각난 것이 있어 고개를 돌렸다. 앨
리스가 주고 간 책들이 눈에 보였다.

그러고 보니 마법 물약서는 못 봤구나. 갑자기 전 황제가 죽어서 장례식이니
즉위식이니 사냥대회니 바쁘게 끌려다니는 바람에. 대체 황제는 왜 죽은 걸까.

내 감정에 매몰되어 원작에 대해서는 깊이 생각하지 않았는데, 원작과 현실
의 괴리는 의식하지 않는 중에도 점점 커졌다. 이제 와서 원작이 얼마나 재현
되었는지 같은 게 다 무슨 상관이겠느냐만.

눈앞이 어지러워서 나는 잠시 눈을 감았다. 시야가 새까맣게 덮이자 그런 생
각이 들었다. 이제는 정말로 도망쳐야 하지 않겠냐고.

후작령으로 내려갈까.

어차피 결혼 적령기를 지키기는 그른 것 같고, 상대도 없었다. 애런과는 파
혼만을 남겨 둔 상태였고, 솔직히 지금 기분으로는 결혼하고 싶지도 않았다.
나중에는 다시 수도로 올라오더라도, 다 잊고 영지로 내려가서 잠시라도 쉬고
싶었다. 충동적으로 떠올린 생각이었으나 정정할 이유도 없었기에 나는 부모

님이 돌아오시면 이야기를 꺼내 보기로 했다.

그리고 나니 딱히 할 일도 없어, 마법 물약서를 펼쳤다. 영지까지 이 지긋지긋한 녹턴 에드가 전용 도서들을 가져가고 싶진 않았다. 그렇다고 주고 간 앨리스의 성의가 있는데 다 보지 않을 수도 없었으니까.

『대현자 파르마냐의 마법 물약. 하편』 언제 봐도 무시무시한 두께였다. 다행히 흑마법 도서에 비해 이쪽은 읽기가 수월했다. 일단 그림이 많았고, 문장도 쉽고 간결한 덕이다.

전에 메모리아의 실타래를 구하면서도 느꼈지만, 마법 물약은 참 신기한 종류가 많았다. 어릴 때는 단순히 마법을 물약에 담아 놓은 거라 생각했는데, 마법으로 할 수 없는 일 중 물약으로 해결할 수 있는 일도 많았다.

그러고 보니 메모리아의 실타래도 여기 적혀 있을까.

페이지를 넘기며 생각하던 중에, 마침 익숙한 이름이 나왔다.

메모리아의 실타래.

그래, 유명한 물약이니까 있을 법도 하지.

나는 백색에 가까운 보랏빛 액체를 보고 괜히 반가워 웃다가 멈칫했다.

왜 이렇게 색이 연하지? 기억하기로는 녹턴의 눈보다 색이 짙었던 것 같은데, 제조 용법에 따라 차이가 있나. 아니면 그냥 색을 덜 칠했을 뿐일까.

무언가 석연찮은 기분에 나는 천천히 밑에 적힌 설명을 읽어 내렸다.

메모리아의 실타래. 기본적으로 하얀 액체. 희미하게 보랏빛 혹은
분홍빛이 돌 수 있지만, 색이 옅을수록 잘 만든 물약이며 층층이꽃
보다 색이 짙어지면 아무런 효과도 발휘하지 못한다. 물처럼 묽어

서 우유처럼 보이며, 꿀처럼 단맛이 나야 한다.

액체의 색도 색이었지만, 설명도 알던 것과 달랐다. 기억하기로 식감은 다소 끈끈했고, 아무런 맛도 나지 않았다. 끈적거리는 물을 마시는 것 같았는데 꿀 맛이 나는 우유 같다니.

단순히 잘못 만들어진 탓에 내용이 다를 수도 있었지만, '층층이꽃보다 색이 짙어지면 아무런 효과도 발휘하지 못한다.'라는 대목이 마음에 걸렸다. 정말로 내가 잘못 만들어진 메모리아의 실타래를 마셨을 뿐이라면, 아무런 효과도 없어야 하지 않나.

어떠한 직감이 떠올라, 나는 빠른 속도로 페이지를 넘기기 시작했다. 찾는 건 한 가지였다. 내가 마셨던 것과 같은 연보랏빛의 점성이 있는 액체.

과한 생각일 수도 있었으나 나는 확신에 사로잡혀 있었다. 그리고 마지막에서 세 번째 페이지를 넘긴 순간, 나는 원하던 내용을 발견할 수 있었다.

임페르펙티오. 제비꽃 같은 보랏빛 액체. 약한 점성이 있으며 아무런 냄새도, 맛도 나지 않는다.

눈은 빠르게 글자들을 읽어 내리고, 마침내 그 끝 페이지에 도달하는 순간 나는 침대의 옆에 있는 종을 울렸다.

"뒤벨을 불러와, 어서!"

……136년, 흑마법사 제로다이얼에 의해 개발되어 대륙 동부에 막대한 피해를 준 바 있다. 나라에서 금기시하는 비약이라 상세히 기록할 수는 없으나 기억을 조작하는 물약이므로, 엄중한 취급이 필

요하다.

"정말로 믿을 만한 사람입니다! 발로즈와 주기적으로 거래하는 상인인데, 물약이 바뀌치기 됐다니요! 분, 분명 아가씨께 드리기 전에 독극물 시험도 해 봤습니다. 그때도 아무 이상이 없었는데."

"엄밀히 말하자면 독은 아니고, 아직 확실한 이야기도 아니야. 그 사람 연락은 돼?"

"이번 상행을 마치면 고향으로 돌아간다고 했습니다. 다시 보기는 힘들 거라고 했어요."

"이상한 점은 없었어? 얼굴을 가렸다든가."

"얼굴은 분명히 확인했습니다만 목소리가…… 좀 거칠긴 했습니다. 감기 때문에 그렇다기에 그러려니 했는데……."

말을 하면서 본인도 이상한 점을 깨달았는지, 노집사의 얼굴이 파랗게 질렸다.

그래, 얼굴까지 바꾸고 나왔단 말이지. 그렇다면 뒤벨이 눈치채지 못한 걸 탓할 일도 아니었다. 오래도록 집사 일을 하면서 상당히 노련해졌지만 그래도 천성적으로 순진한 사람이었다. 독이 아니라는 걸 확인했으니 모든 게 안전하다고 생각했겠지. 사실 나도 마찬가지였다. 그저 비싼 돈을 들일 걱정이나 했지 내 손에 들어온 게 가짜일 거라고는 생각도 못 했다.

내가 마신 물약이 메모리아의 실타래가 아니라 임페르펙티오일 확률이 높아졌다. 기억을 조작하는 물약이라니, 영 와닿지 않았지만.

기억이 조작되었다면 어디부터 어디까지가 거짓이고, 그걸 바꿔치기한 사람은 누구란 말인가. 이번에도 녹턴의 짓일까? 그게 아니라면······.

머릿속이 엉망으로 엉켜 들었다.

"그럼 하루 만에 메모리아의 실타래를 구할 수 있던 것도, 운이 좋아서가 아니라······. 찾, 찾아보겠습니다! 어떻게든 그 사람을 찾아내서, 진실을 듣겠습니다!"

"그럴 거 없어, 뒤벨. 뒤벨과의 거래 장소에 나온 사람이 바꿔치기 당한 것 같은데 어떻게 찾겠어. 설사 찾는다고 해도 이미 도망쳤거나, 어쩌면 죽었겠지."

"믿어 주십시오, 작은 아가씨! 저는 절대로 일부러 그런 게 아닙니다. 제가, 제가 발로즈에 충성해 온 지 몇십 년인데 제가 그럴 리가 없잖습니까."

뒤벨은 얼굴이 새빨개져서는 목에 핏대가 서도록 절실하게 외쳤다.

"어떻게든 찾아오겠습니다. 죽었다면 그 시체라도 찾아오겠습니다, 아가씨."

나는 말없이 고개를 저었다. 찾을 수 있을 리가 없었고, 찾는다고 해도 의미가 없었다. 어차피 심부름꾼에 불과할 테니까.

"믿어, 뒤벨."

"작은 아가씨······."

"거짓말 아니고 진심이야. 뒤벨이 정말 고의로 물약을 바꿔치기한 거라면, 지금 여기에 있지도 않을 테니까."

딱히 그를 탓하고 싶지도 않았다. 메모리아의 실타래를 찾아 나서자마자 물약을 내어놓았을 정도면, 진작부터 물건은 준비되어 있었을 것이다.

내가 메모리아의 실타래를 찾지 않았다고 하더라도, 어떤 식으로든 내 입에 들어오게 됐겠지. 엄밀히는 독약도 아니라 검사를 통과하기 쉬우니 차에 타 놓는다거나.

물약을 바꿔치기하는 것보다 가능성은 좀 낮아졌겠지만, 암살이니 정적이니 혹시나 있을 위험을 대비해 본 적이 없는 나로서는 어떤 상황이라도 그리 조심성 있게 굴진 않았을 것이다. 그렇게 생각하니 스스로가 철없다는 생각이 잠시 들었지만, 감기로 인한 두통이 심해지는 바람에 더는 생각할 여유도 없었다.

지금은 정리하고 감기가 나은 다음에 좀 더 알아보자.

지끈거리는 머리를 짚고, 나는 사색이 된 뒤벨을 향해 말했다.

"일단 가족들에게는 비밀로 하고―."

"그럴, 그럴 순 없습니다!"

"뒤벨, 이거 가벼운 일 아니야. 잘못하면 해고당하는 선에서 끝나지도 않아. 이게 정말 임…… 다른 물약이면 어쩌면!"

"두루아 아가씨의 말씀대로입니다. 바꿔치기된 물약이 뭔지는 몰라도, 잘못되었으면 작은 아가씨께서 크게 상하실 수도 있었을 겁니다. 잘못하면 목숨……까지도."

나는 무어라 반박하려 했으나, 떨리는 손으로 제 얼굴을 감싸는 노인의 모습에 말을 잃었다.

"알로이 아가씨의 말씀이 맞았습니다. 저는, 집사로서 해서는 안 될 짓을 해 버렸습니다. 그런데도 처분이라고는 겨우 몇 달간의 근신뿐이었는데 잘못을 회피하다니요. 그럴 수 없습니다. 저는 책임을 져야 합니다."

"그러니까 그건 내 잘못도……!"

그 순간, 문을 두드리는 소리가 내 말을 잘랐다.

새디였다.

"새디, 미안한데 지금 중요한 얘기 중이라―."

"작은 아가씨. 에드가 공작 각하께서 기사들을 대동하고 오셨어요."

"이미 가문 간에 얘기가 끝났대요. 황제 폐하의 인가가 떨어져서 막, 공작 각하께서 아가씨와 약혼하셨다고…….”

“……무슨 소리야? 나는 아직 애런과 약혼 중이잖아.”

“클레이모어 경과는 이미 법적인 파혼이 끝났다고 전하라 하셨어요.”

갑작스러운 소식에 머리를 얻어맞고, 나는 벌떡 자리에서 일어났다.

녹턴이 왔다는 것도, 기사들을 데려온 것도, 약혼도, 파혼도 당최 무슨 소린지 알아들을 수 없었다. 꿈이라도 꾸는 것처럼 현실성 없는 소리다.

그러나 내 몸은 이미 갑작스럽고 당혹스러운 소식을 받아들이는 데 익숙해진 건지, 문으로 향하면서는 점점 몸이 떨리기 시작했다. 덜덜 떨리는 손으로 나는 다급히 문을 열었다.

새디가 있었다. 눈가가 빨개지고 눈물을 그렁그렁 매단 시녀가 어찌할 바를 모르겠다는 얼굴로 제 옷자락을 쥐어뜯고 있었다.

“아가씨를 데려가시겠대요. 무슨, 무슨 일인지 모르겠는데 분위기가 너무 험해요.”

“그게 대체 무슨 말이야. 나를 데려가겠다고, 파혼은 또…… 아니, 제대로 듣고 왔을 리가 없겠구나. 일단, 일단 내려갈게. 녹턴이 왔다고 응접실에?”

통 정신이 없어서 난 크게 고개를 젓고는 새디를 지나쳤다. 그러나 미처 한 걸음을 내딛기도 전에, 그녀에게 팔을 붙잡히고 앞길을 가로막혔다.

“안 돼요, 아가씨.”

“비켜, 새디. 무슨 상황인지는 알아야 하잖아. 무슨 일이 있을 리도 없어. 여기는 발로즈고, 설사 에드라고 하더라도 당장은……!”

“도망치셔야 해요.”

뭐?

“지금 가주님도 가모님도, 심지어 큰아가씨도 안 계세요. 에드가 각하께서 법적인 약혼을 들먹이시면, 발로즈의 기사들은 승계권이 없는 아가씨의 뜻대로 움직일 수 없어요."

"하지만 새디!"

"작은 아가씨의 말씀이 옳다는 걸 알아요. 하지만 세상이 언제나 옳은 대로 돌아가는 건 아니잖아요!"

새디의 절박한 외침에 나는 잠시 말을 잃었다. 그런 나를 달래듯, 그녀가 애타는 소리로 말을 이었다.

"자칫 아가씨께서 잘못될 수도 있으니 일단 도망치고 나중에, 나중에 돌아오세요. 가주님이든 가모님이든, 아가씨를 지켜 줄 수 있는 분이 계실 때."

"새디의 말대로 하시는 게 좋을 것 같습니다."

"뒤벨까지 무슨 말이야."

"저택의 비밀 통로는 전부 알고 있습니다. 아가씨 방에도 있으니 안내하겠습니다. 새디, 너는 내려가서 작은아가씨께서 자리를 비우셨다고 말하거라, 어서!"

이게 뭐야, 대체 무슨 일인데. 분명 평소대로의 하루였잖아, 이게 무슨.

행동은 물론이고 머릿속도 하얗게 질려, 생각도 버벅거리게 되었다. 응접실로 내려가야 할지, 뒤벨의 말을 따라야 할지도 가늠할 수가 없어 나는 그저 숨을 들이켜기만 했다.

"그러고 보니 가장 먼저 드려야 할 말씀을 놓쳤군요. 경솔한 행동으로 감히 위험한 물건을 드리게 되어 죄송합니다, 작은 아가씨. 다시 뵙는 날, 제대로 사과드리겠습니다."

노집사는 내가 반응할 새도 없이 내 팔을 잡아 방 안으로 당겼다. 이어 그는 새디의 등을 떠밀고 문을 닫으려 문고리를 쥐었다.

그러나 있는 힘껏 문을 당겨도 문고리는 당겨 오지 않았다.

"눈물겨운 충성이라고 해야 할지, 아니면."

뒤벨이 이를 악물고 문을 당겼으나, 문은 맥없이도 열려 버렸다. 새디가 부들부들 떨면서 내 앞을 가로막았으나, 그것이 의미 있어 보이지는 않았다.

"미련하다고 해야 할지."

"……녹턴."

"안녕, 두루아."

이번에는, 내가 그토록 불길하게 여기던 노크 소리조차 없었다.

"널 데리러 왔어."

그럼에도 불행은 갑작스럽게 다가와서는 나를 집어삼켰다.

녹턴 에드가가 하얗게 웃었다.

∘6장∘

녹턴 에드가,
18세

제국법을 기준으로, 18세부터는 성인으로 인정받는다. 약혼도, 혼인도 법적인 관계를 얼마든지 맺을 수 있는 나이.

　그리고 오늘, 녹턴 에드가는 18세가 되었다. 그는 성인이 되었으며 동시에 에드가 공작이 되었다.

　"기쁜 날이네요. 누구의 반대도 없이 작위를 계승하게 되다니, 심지어 형제가 위로 둘이나 더 있는데 말이에요."

　반대하는 이들은 없었다. 반대는커녕, 제 의사를 낼 수 있는 이들조차 저택에는 거의 남지 않았다. 녹턴의 눈앞에 있는 에드가의 직계들도 마찬가지였다.

　"유시스가 워낙 유능한 집사장이라 고민했지만, 저와는 일하는 방식이 달라서요. 파우스트로 함께 데려가 주세요."

　"배려해 줘서 고맙구나."

　"그 정도로요. 프렐류드도 단차도, 몇 살이나 어린 동생에게 아무런 저항 없이 작위를 양보해 줘서 고맙게 생각해."

"능력이 부족하니 할 수 없지."

"너라면 잘할 거야, 녹턴."

말하는 것만 들으면 따뜻한 가족이 따로 없다.

이 무슨 삼류 희극이란 말인가. 더는 참지 못하고 녹턴이 웃음을 터뜨렸다.

패트시아 에드가, 제라늄 에드가, 프렐류드 에드가, 단차 에드가. 그들 중 눈빛이 선명한 사람은 제라늄, 녹턴의 부친뿐이었다.

제라늄 에드가는 굳이 세뇌할 필요도 없었다. 그는 아주 오래전부터, 녹턴 에드가가 다음 대의 공작이 되길 희망해 온 사람이었다. 녹턴을 향한 여러 번의 암살 시도 와중에도 유일하게 녹턴을 지키려 애쓰던 사람이기도 했다. 이유는 온전히 사감 때문이지만.

녹턴은 제 법적인 부친을 향해 비죽 웃어 보였다.

"웃을 줄 알았는데, 그러지 않으시는군요."

"네가 공작이 된 건 아주 기쁘단다."

"아무렴요, 평생토록 바라던 숙원이실 텐데. 가끔은 파우스트를 들여다볼게요. 별로 갖고 싶지는 않았지만 이젠 제 영지고, 또…… 필요한 게 있으실 수도 있으니까."

젊은 공작의 눈길이 얼핏 패트시아 에드가를 스쳤다. 그녀의 표정은 한 점의 흔들림도 없었다. 정말로 최면에 걸린 사람처럼, 완벽한 연기였다.

'최면에서 풀려났다는 건 이미 아는데 말이지.'

죽일 수는 없더라도, 그녀를 묶어 둘 방법은 얼마든지 있다. 그럼에도 녹턴이 굳이 패트시아 에드가를 파우스트로 보내려는 것은 그녀의 세력을 한 번에 쳐내기 위함이었다.

수도는 별문제 없었다. 다른 귀족들은 어차피 '에드가 공작'에 관심이 있을 뿐이니, 작위를 빼앗긴 패트시아에게 손을 내밀 이유는 없었고 수도에는 제 눈이 있어 일을 치르려 해도 그전에 처리할 수 있었다. 저택의 사용인을 비롯하여 주요 수족들도 이미 세뇌를 마쳤기에 괜찮았다.

그러나 영지는 달랐다. 공작령, 파우스트에는 오랫동안 에드가를 섬겨 온 가신 가문이 많았고 그들 중 많은 이들이 사생아 출신으로 작위에 오른 녹턴을 달갑지 않게 여겼다. 그들 모두를 세뇌하기에는 머릿수가 너무 많았고, 수도에 거처를 둔 입장으로 그들의 세뇌를 관리하기도 까다로웠다.

'그러니 이참에 전부 삼켜야지.'

패트시아 에드가가 비밀리에 세력을 규합하면, 고생할 필요 없이 제 적이 누군지는 분명해질 것이다. 수뇌부를 잡아 손쓸 수 없게 만든다면 더는 신경 쓸 가치도 없었다. 녹턴 에드가는 이제 성인이 되었고 누군가의 암수에 당해 죽을 걱정은 없었다.

약점을 잃은 악마는 온정 넘치고 여유롭게 미소 지었다.

"그럼 모두, 가시는 길 조심하시길."

새로운 에드가 공작이 집무실에 들어왔다. 패트시아 에드가에게 부름을 받을 때도, 후계 교육을 받을 때도 몇 번이고 들어왔던 곳이지만 주인으로 들어오는 것과 객으로 들어오는 것은 확연히 달랐다. 집무실을 가득 메우던 지겹고 무겁고 고통스러운 분위기는 온전히 가셨다.

이제는 제 것이 된 책상에 앉아 녹턴은 잔뜩 쌓인 서류 더미를 바라보았다. 황실에서 공직을 맡은 것도 아니고, 후원하는 상단이나 영지도 문제없이 돌아가고 있었기에 이 무수한 서류는 공적인 일과는 관련이 없었다.

서류에 적힌 이야기는 전부 혼담뿐이었다. 녹턴 에드가가 저를 향해 쏟아지는 혼담부터, 두루아 발로즈를 먹잇감으로 노리는 귀족 영식들의 인적 사항까지. 저가 막 성인이 되었기에 1년가량이 지나면 두루아 발로즈 또한 성인이 되는 것은 자연스러운 일이었다. 그 1년 뒤를 노리고 기다리는 이들은 많았다. 그러니 아직은 혼담이 쏟아지기 전이라도, 준비는 사전부터 철저히 해야 했다.

"내 혼담은 전부 거절하고, 발로즈의 혼담을 막아."

녹턴을 따라 들어온 그의 보좌관은 조금도 의아한 기색 없이 고개를 끄덕였다. 의아함을 느낄 수도 없었겠지만. 고개를 끄덕인 보좌관이 서류 더미를 들고 가자 책상 위가 깨끗이 비었다.

그 위로 찻잔이 내려앉았다. 로메르 산 홍차였다. 차를 즐기지는 않아도, 이것만큼은 거의 날마다 마셨다. 익숙하게 찻잔을 기울이며 녹턴은 생각에 잠겼다.

그가 제 마음을 눈치챈 지는 제법 오래되었다. 발로즈는 어느새 특별해져 있었고, 특별하다란 누구도 대체할 수 없다는 말이었다.

그래도 자각한 초반에는, 나이가 어렸기 때문인지 마음이 퍽 순수했다. 타인을 기준으로도 순수한지는 모르겠지만, 성인이 된 녹턴 에드가를 기준점으로 잡는다면 그랬다. 계속 곁에 있기를 바라고, 떠나지 않기를 바라서, 제 세뇌가 아직도 유효한지조차 확신할 수 없었지만 끝도 없이 발로즈를 시험했다. 제 세뇌가 남아 있는지 확인하기 위해, 발로즈가 계속 제 곁에 있어 줄지 확신하기 위해.

이래도 네가 내 곁에 있을 거야?

아니, 겉보기로는 시험이었지만 실상은 여기에 있어 달라는 애걸이었다. 녹턴의 속내를 들여다볼 수 없는(설사 그 속내를 들여다본다고 한들, 그 일이 유쾌하지는 않겠지만) 발로즈는 불쾌해 보였으나, 짤막하게 화를 내고 나면 언제나 곁에 남아 주었다. 그것만으로 만족스러웠고, 그것만으로 좋았다.

그러나 시간이 지나면서는 욕심이 자라고 순수하던 마음에도 검은 물이 들어갔다. 녹턴은 그 감정을 무어라 칭해야 할지 몰랐으나, 발로즈의 곁에 누군가 다가오면 신경이 곤두섰고 상대가 그녀에게 성애적인 호감을 내비치면 숨통을 틀어막고 싶어졌다. 그러한 순간들이 많았기에 발로즈의 특별함이 그녀를 향한 사랑이란 걸 온전히 자각했을 때도, 녹턴은 그리 놀라지 않았다. 저가 누군가를 사랑한다는 것이, 아주 어린 날에는 몹시도 끔찍하고 괴이하게 느껴졌을 그 일이 나쁘지 않게 느껴졌다. 비록 마음은 날 선 감정들로 얼룩덜룩해졌지만.

그럼에도 녹턴은 그녀를 존중하려고 애썼다. 이런저런 일들로 상대를 시험하려는 이는 녹턴이었지만, 정작 마음이 휘둘리는 것도 그였으니까. 사랑하는 이에게 미움받고 싶은 사람은 없을 것이다. 있을지도 모르지만, 적어도 녹턴은 아니었다.

혼담을 틀어막는 이유는 단순했다. 다가오는 이가 아무도 없다면, 그녀는 결국 제 옆에 서게 될 테니까. 발로즈가 사랑하는 상대와 결혼하겠다는 낭만주의자라면 조금은 기대를 덜겠으나 그녀는 어릴 때부터 현실주의자였다.

"가문 맞고, 조건 맞고 인성 괜찮으면 누구라도 결혼할 거야. 고위 귀족의 딸로 태어나서, 후계 의무도 없이 태평하게 지냈으면 그 정도는 해야지. 내가 운명적인 사랑을 믿는 것도 아니고."

그러니 기대하게 되는 것이다. 에드가라면 어느 정도 가능성이 있지 않을까 하고.

물론 녹턴도 제 인성이 괜찮다는, 망상에 가까운 착각을 하는 것은 아니었다. 다만 그렇게 보일 자신은 있었다. 실제로 그의 마음을 모르는 남한테는 그럭저럭, 인성이 좋은 사람으로 보이는 데 성공했다. 정작 발로즈 앞에서만은 지내온 세월이 익숙해서인지 속내가 자꾸 드러나게 되지만. 천천히 변하는 것처럼, 겉모습을 위장하면 가능할 것이다. 새까맣고 뒤틀린 속내는 없는 것처럼, 철없는 한때의 일이었던 듯이 천천히 변해 나가면. 애초에 진짜 어두운 부분은 보여 주지도 않았으니까.

그러나 문제는 발로즈였다. 착각이겠지만, 착각이라고 생각하지만, 언제부턴가 그녀가 거리를 벌리려는 것이 느껴졌다. 함께 웃고 떠들면서도 이따금 서늘한 표정을 짓고 차가운 말을 내뱉었다. 자주 있는 일은 아니었으나, 마냥 다정하고 쾌활하던 발로즈가 이따금 그럴 때마다 녹턴은 가슴에 송곳이 하나씩 박히는 기분이 들었다.

결과적으로 보면 참 비겁한 일이었으나, 발로즈의 언행이 달라졌을 무렵부터 녹턴은 시험을 그만두었고 한층 조심하기 시작했다. 흑마법도, 제 부도덕한 행위도, 불결한 출생까지 모두 감추려고 애썼다. 세뇌에 눈빛이 티 나게 흐려진 사용인들은 그녀의 앞에 드러내지 않았고, 불가피한 때는 고개를 바짝 숙이고 서둘러 행동하게 해서 의심을 피했다. 그게 겉으로 보기에는, 녹턴의 입지가 굳건해지면서 사용인들이 눈치를 보는 것처럼 보여 발로즈의 눈을 가리기는 수월했다. 그럴 리는 없겠지만 혹여 의심할까, 패트시아와 제라늄 에드가가 파우스트로 떠나기 전에 그들의 의사로 자리를 내어놓는 거라고 말하는 연극까지 시켰다. 다행히 발로즈는 떨떠름해할망정 믿는 눈치였다.

'발로즈, 발로즈.'

점차 깊은 생각에 빠져들면서, 녹턴은 책상을 손끝으로 툭툭 두드리기 시작했다.

발로즈가 그를 불안하게 하는 요소는 한 가지가 더 있었다. 최근 몇 년 새에 튀어나온 차가운 언행에 비교하자면 훨씬 더 오래되고 해묵은 그녀의 비밀이.

겉으로 보자면 대수롭지 않은 일이었다. 수도 바깥에 발로즈의 친구가 있고, 성별도 이름도 외형도 모를 그 친구가 저보다도 오랜 정을 쌓았다는 이야기는. 그러나 아무것도 알 수 없다는 것은 무한한 상상력을 자극했다.

그러니 그런 생각도 드는 것이다. 바깥에 있다는 발로즈의 친구가 혹 언제부턴가, 그녀의 연인이 되지는 않았나 하고.

뒷조사하면 간단히 알 수 있는 일이었으나 녹턴은 그럴 수 없었다. 들키지 않을 자신은 얼마든지 있었으나, 외려 저가 세뇌에 걸린 것처럼 발로즈에 관해서는 어떠한 부도덕도 행할 수 없었다.

"우스운 일이지, 어차피 시작부터가 기만이었는데도."

혼잣말로 중얼거리고, 녹턴이 눈을 감았다.

두루아 발로즈가 공작저에 왔다. 그건 몹시도 흔하고 일상적인 일이었으나, 녹턴에게는 갈수록 귀해지는 일이었다.

그녀는, 아마도 녹턴을 놀릴 생각으로 가져온 꽃다발을 내밀며 한껏 웃었다. 연보랏빛의 튤립 꽃다발이었다.

"드디어 공작이 됐네, 축하해!"

"넌 정말 연보라색을 좋아하는구나, 뭘 줄 때마다 이 색깔이니."

타박하며, 녹턴은 발로즈로부터 꽃다발을 건네받았다. 코끝으로 들어오는 향이 달았다.

그녀는 녹턴의 심심한 반응이 실망스러운 기색이었으나, 처음부터 크게 기대하지는 않은 듯 어깨를 으쓱였다.

"이제 공작 각하라고 불러야 하나?"

"공적인 자리에선 그래야겠지."

"입에 영 안 익긴 하다. 녹턴 에드가 공작 각하라니, 참 길기도 하지."

"'녹턴'이나 '각하'나, 피차 두 글자잖아."

"처음 부르는 호칭이면 정석으로 정성스럽게 말해 줘야지."

아무렇게나 말하고, 발로즈는 서재의 소파에 몸을 파묻었다. 제집도 아닌데 제집인 듯이, 몹시도 편해 보였다. 그 모습이 좋아 녹턴은 가볍게 웃으며 발로즈의 맞은편에 앉았다.

"놀라긴 했어. 네가 성인이 되자마자 각하께서 바로 자리를 넘겨줄 줄은. 보통 작위를 넘겨받는 건 이르더라도 30대 정도잖아."

"지치셨던 거겠지."

"그렇게 말씀하시긴 했지. 권력에 신물이 나서 파우스트로 내려가신다고. 확실히 몇 년 전부터 기운이 없어 보이셨고. 차를 타 주시는 일도 없어졌지."

"별로 잘 타지도 않으신다며, 잘된 거 아냐?"

"음…… 죄송하지만 그렇긴 해. 대체 뭘 하면 차가 끈적거리는 건지."

별생각 없이 동조했다가, 발로즈가 다급히 말을 덧붙였다.

"이거 각하 욕하는 거 아니야, 알지? 나는 언제나 감사하게 차를 마셨어. 각하께서 차를 즐기시는 모습은 보기 좋고, 함께 이야기를 나누는 것도…… 뭐, 조금 어색하기는 해도 아주 조금은 즐, 즐거—."

"발로즈."

당황해서 횡설수설하는 발로즈의 얼굴로, 녹턴이 손을 뻗었다. 소파에 털썩 앉은 탓에 장밋빛 머리칼이 흐트러져 있다. 머리카락을 다정히 넘겨 주며 그가 옅게 웃었다.

"이제 각하는 나야."

적당한 거리에서 손을 뻗은 탓에 얼굴이 가깝지는 않았다. 그러나 손끝과 귀

143

는 맞닿아 있고, 살갗의 온기는 전해지고 있었다. 피부 아래에 파묻힌 심장 박동까지도. 시야의 끄트머리에 발로즈가 소파를 움켜쥐는 것이 들어왔다.

그쯤에서 녹턴은 느리게 손을 떼어 냈다. 지나치게 다가가면 도망쳐 버릴 수도 있으니까.

그는 발로즈의 머리칼을 좋아했다. 우아하게 구불거리는 머리칼은 아무리 관리가 잘돼 있어도, 비가 내릴 때나 소파에 파묻힐 때면 금세 흐트러졌으니까. 흐트러진 머리칼을 정리해 주는 것은 녹턴의 오랜 즐거움이었다.

"또 여행을 간다며."

"으응, 뭐 그런다더라."

"무슨 소리야."

"어? 아니, 어…… 잘못 들었어, 그러니까 잘못…….'

그래도 굳어 있을망정 태연한 척하던 얼굴이 금세 빨간색으로 물들었다. 붉어진 얼굴로 고개를 휙휙 젓는 것이 귀여웠다. 발로즈는 자신도 얼굴이 달아오른 것을 알았는지, 손등을 뺨에 대어 열기를 식히며 애써 침착하게 말했다.

"아, 여행? 그렇지, 여행. 갈 거야. 안 간 지도 오래됐으니까."

"전부터 만나던 친구를 보러?"

"아니야, 수도 밖에 친구 없다니까."

"……뭐, 그런 건 좋지만, '수도 밖에'라는 말은 빼도 될 것 같아, 발로즈."

"뭐야, 그럼 너, 나랑 친구라는 생각도 안 하고 있었어? 아니, 그렇게 놀라운 일은 아니네."

살짝 눈가를 찡그리는 발로즈를 보고, 녹턴은 다른 의미로 입매가 굳어졌다.

친구. 너와 내가 친구라고?

그는 의식적으로 굳어진 입매를 느슨히 하며 웃었다.

'친구라면 네 입술만 보고 있진 않겠지.'

속내와는 달리, 겉으로 드러나는 웃음은 퍽 자연스러웠다.

"그럴 리가. '수도 밖에.'라는 말을 뺀 자리에 '너 외에는'이라는 말을 넣는 게 좋겠다는 말이었어."

"너 외에는 친구 없다니까……? 뭐라는 거야, 너도 없잖아."

"맞아, 나한테는 너밖에 없지. 그래서 어디로 가려고."

"뭘? 아, 여행. 그냥 수도 밖에 아무 데나, 발 닿는 데로 가는 거지."

"그런 성의 없는 계획을 발로즈 후작 부부께서 허락하시던가."

"언제나 아버지는 괜찮아, 어머니가 문제지. 그런데 어머니도 내가 자주 가다 보니 그러려니 하시더라. 어차피, 호위 기사도 꼬박꼬박 대동하니까."

자주 가다 보니……라. 말 그대로 여행을 자주 떠난다는 의미일 수도 있었지만 그보다는 같은 곳에 자주 간다는 말로 들렸다.

아마도, 누군지도 모를 오랜 친구를 만나러 가는 거겠지.

신경 쓰이는 정도를 넘어 촛불에 마음이 그슬리는 것처럼 초조했으나 녹턴은 여유로운 척 고개를 끄덕였다. 물을 수는 없었다. 왜냐하면 전에 캐물었을 때 그런 답이 돌아왔으니까.

"내가 모든 걸 말할 필요는 없잖아."

본 적 없이 차가운 얼굴로 말하던 것을, 녹턴은 생생히 기억하고 있었다. 이후 발로즈는 평소의 모습으로 돌아왔으나 시린 잔상만은 가슴에 남아 그는 그 친구에 대한 것을 더는 집요하게 파고들 수 없었다.

"그래서 언제쯤 가는데?"

"내 여행에 관심이 많네."

"난 언제나 네 모든 것에 관심이 있어."

"네네, 그러시구나. 어제 본 연극 주인공보다 네 말이 더 매끄럽다. 여행은 다음 달에 갈 거야."

말만으로는 의식하는 시늉도 안 해 주시는군.

하기야, 저로서도 말로 유혹할 수 있다고 생각했다면 좀 더 달게 말했을 것이다. 녹턴이 발로즈에게 하는 말은 습관 같은 것이었다. 아주 오래되고, 그러면서 본심이 없지만은 않은 말버릇.

"또 나가서 연극을 보고 온 거야?"

"응, 재밌잖아. 소설 원작이래."

"그러고 보니 그건 요즘도 완결권이 안 나온 거야? 네가 전에 보던 그 소설."

별생각 없이 말하고 나서, 녹턴은 뒤늦게 아차 싶었다. '관심 없는 척하더니, 역시 소설의 완결을 보고 싶은 거였구나.', 히죽거릴 모습이 눈에 선했다. 그러나 발로즈는 저를 비웃는 대신 고개를 기울일 뿐이었다.

"내가 전에 보던 게 한둘이어야지. 뭘 말하는 건데?"

"네가 유독 열광하던 건 하나잖아. 제목이 뭐였더라, 그……."

"그?"

"……아니, 관두자. 나만 기억하니 바보 같아졌어."

"그냥 기억이 안 나는 거면서, 바보 녹턴."

유치한 말은 무시하고, 녹턴은 눈을 가늘게 한 채로 발로즈를 노려봤다.

"그렇게 좋아했으면서도 시간이 지나면 까맣게 잊어버리는구나."

"이상한데 배신감 느끼고 있어. 내가 아니라, 네가 좋아했던 모양인데."

"나는 네 건망증을 염려할 뿐이야. 그러다가 며칠만 안 보면 사람도 잊어버리겠어."

"내가 금붕어인 줄 알아!"

울컥하여 외쳐 놓고, 그녀는 금세 찔리는 표정을 지었다.

"며칠이 아니라 몇 년이면 잊을지도 모르겠지만. 그래도 걱정 마, 내가 몇 년이나 너와 떨어져 있을 일은…… 어, 그러고 보니 결혼하면 만나긴 힘들어지겠네."

"뭐?"

"그렇잖아. 친구라고 해도 이성인데, 어느 배우자가 그걸 반기겠어? 일적으로 만나는 것도 아니고."

"……발로즈."

"그게 싫으면 녹턴, 나랑 결혼할래?"

여상한 투로 나온 말이었지만, 녹턴은 순간 말도 하지 못할 정도로 놀랐다. 성대에서 소리가 조금도 긁혀 나오지 않는 경험은 처음이었다.

입을 벌린 채 굳은 녹턴을 보며 무어라 생각했는지, 발로즈가 입을 비죽 내밀었다.

"그렇게까지 기겁할 일이야? 너 그렇게 놀라는 거 처음 본다, 진짜 너무하네. 하긴, 나랑 결혼하면 더는 '발로즈'라고 부르지는 못하겠네."

"갑자기…… 그런 말을 하는데, 놀라지 않을 사람이 어디 있어."

"너도 딱히 사랑하는 사람이랑 결혼할 생각은 없잖아. 생각해 보니 조건 맞고, 외모가 취향인 사람을 걸러 내면 몇 없더라고."

그러고는 그녀는, 정말 배우자 후보를 세어 보기라도 하는 것처럼 손가락 몇 개를 접었다.

"맨날 에드가 옆에 있어서 별 실감은 못 하는데, 우리 집도 어쨌거나 고위 가문이잖아."

과장되게 으스대며 하는 말에, 녹턴이 가늘게 숨을 몰아쉬었다.

"벌써 결혼 생각이야?"

"벌써가 아니지. 알로이는 성인이 된 지 2년 만에 약혼했고, 나도 곧 성인이니까 1년만 지나면 줄줄이 들어올 거 아니야."

"글쎄……."

그게 들어올 리가.

속으로 말을 삼키며 녹턴은 비웃듯 입매를 틀었다. 그럼에도 기분이 나쁜 건 녹턴 쪽이었다. 그녀는 아무 생각 없이 한 말이었으나, 그는 혼담을 한층 더 단단히 틀어막겠노라 결심을 굳혔다.

"그런 거 생각하지 말고 그냥 여기 있고 싶다. 너무 자주 와서 여기가 더 집 같을 때가 있어. 편하고, 익숙하고, 요리도 잘하고, 우리 저택보다 호화롭고, 비싼 장식품 한두 개 가져가도 모를 것 같고."

"속 보여, 발로즈."

"그리고 말이야."

소파에 파묻힌 채로 눈을 가물거리며 발로즈가 손을 뻗었다. 녹턴의 머리 쪽이었다. 그녀의 손짓을 이해하지 못하면서도 그가 엉거주춤 머리를 내어주자 발로즈의 손이 검은 머리칼에 닿았다. 무언가 붙어 있었던 듯, 그녀의 손이 머리칼을 가볍게 헤집고 떨어졌다.

"너도 있고."

녹턴의 표정이 옴짝 굳었으나, 그를 보지 못하고 발로즈는 눈을 감았다. 몰려드는 졸음기를 이기지 못한 모양새였다.

"눈 감아도 네 표정 다 보여, 녹턴. 결혼하자고 매달릴 생각 없으니, 염려 마. 아무렴 가당키나 한 소리야, 너와 내가 결혼이라는 게."

"……."

"너나 나, 둘 중에 한 사람이 약혼만 하면 저택으로 오지도 못하게 될 테니까 아쉬워서 그래."

"……발로즈."

"아, 눈 감고 있으니까 졸리다. 조금만 잘게."

그 말을 마지막으로, 곧 발로즈의 숨이 고르게 가라앉았다. 그러나 그녀가 남긴 말만은 녹턴의 가슴으로 무겁게 떨어져 내려서, 그는 한참 동안 발로즈를 바라보았다.

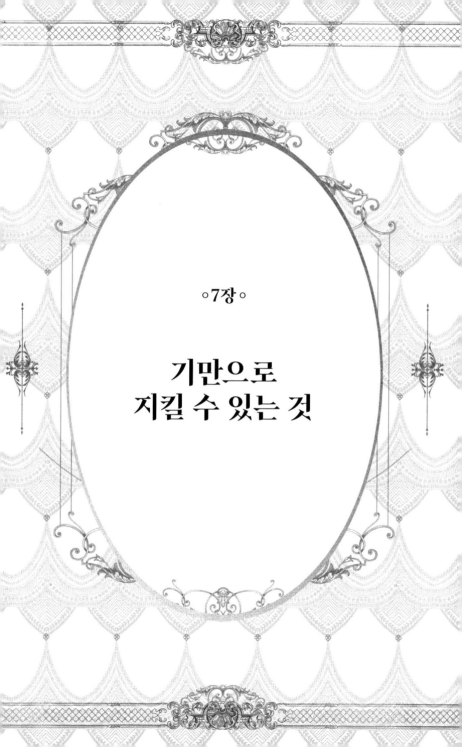

◦7장◦

기만으로
지킬 수 있는 것

에드가 공작저, 녹턴은 비밀리에 누군가를 만나고 있었다.

밝은 색채의 사내는 애런 클레이모어였다.

"죄송합니다."

사내가 무겁게 고개를 숙였다.

"신관들이 많고, 보는 눈도 많아 흑마법을 사용하실 수 없을 테니, 각하를 표적 삼을 줄 알았습니다. 마수의 서식지와 게이트가 연결될 줄은 몰랐습니다. 숲에는 무력이 없는 사람들도 많이 들어왔으니 어떻게든 서둘러 해결해야겠다고 생각해서…….."

별로 궁금하지도 않은 해명이 쓸데없이 길다고, 녹턴은 생각했다.

"변명할 거 없습니다. 경이 내 부하도 아니고, 해 줬으면 하는 일도 완전히 다르니까."

성의 없이 말하면서도, 녹턴은 애런 클레이모어의 본심이 어땠는지 짐작할 수 있었다.

저를 믿을 수 없던 거겠지. 돕기로 맹세하긴 했으나, 마수 게이트가 열리고 는 이게 녹턴의 짓인지 아니면 다른 이의 짓인지조차 분간할 수 없어서 일단 어떻게든 수습해야겠다고 생각했을 것이다. 고까울 일도 아니었다. 믿지 않는 건 피차 마찬가지였으니.

저번의 만남에서, 백수정을 뜯어내고 그의 마음을 직접 느꼈기에 클레이모 어가 두루아를 아낀다는 것은 분명했다. 그러나 숲에는 두루아뿐 아니라 앨리 스 리모란드도 있었다. 선택해야 할 상황이 된다면, 클레이모어는 죄책감을 느 끼면서도 망설임 없이 리모란드를 택할 것이다.

이런 어설픈 사람에게 두루아의 안위를 맡기다니, 생각만으로 끔찍한 소리 다. 소중한 건 스스로 지켜야 했다. 그렇지 않으면 영영 잃어버리더라도 할 말 이 없으니까.

이전까지의 녹턴은 두루아를 감시하지 않았다. 그녀를 대상으로 어떤 부도 덕한 일도 행하지 않았다. 분명 그런 날도 있었지만, 이제는 지나간 일이었다. 취소된 황실 무도회에서의 일로, 녹턴은 되돌릴 수 있는 시점을 지났다고 생각 했다.

그럼에도 깨끗이 미련을 털어 낸 때는 대회에서 추레하게 온갖 감정을 다 쏟 아 버린 뒤였지만, 그 전부터도 그런 생각을 하고 있었다. 이제는 두루아에게 들킬 걱정을 하며 행동을 절제하는 것도 의미 없는 일이다. 그렇기에 녹턴은 두루아와 마주쳤을 때 그녀의 그림자에 기운을 심어 두었다. 패트시아가 무슨 수작을 부렸을지 모르는 대회에서 그녀의 위치를 확인하는 건 중요했으니까. 그 덕에 늦지 않게 두루아를 찾아낼 수도 있었다.

애런 클레이모어를 증오할 일은 일어나지 않았다. 녹턴이 굳이 클레이모어 에게 탓하고 싶은 부분이 있다면, 두루아를 두고 숲으로 내달린 것보다는 애당 초 그 애를 숲으로 끌고 들어간 것 자체였다.

"그보다 숲으로는 왜 데려간 건가요."

"리모란드 공작 영애와 두루아 말이군요. 조금 전에 말씀드린 대로, 각하를 향한 암살 시도가 있을 거라고 생각했습니다. 그렇다면 차라리 숲으로 들어가는 게 안전하게—."

"그런데 막상 숲에 들어가니 마수가 들끓고, 사람들이 위험해 보이니 챙겨야겠고, 앨리스 리모란드의 안위도 중요하고, 정작 내가 당신을 불러들인 이유인 그 애는 뒷 순위로 밀려서 목숨의 위협을 받은 거로군요."

"……할 말이 없습니다, 죄송합니다."

애런 클레이모어가 고개를 푹 수그렸다.

그 모습을 녹턴이 서늘하게 바라보았다. 이 또한 저를 향한 불신 탓이다. 내버려 두면 저가 무슨 일을 저지를지도 모른다고 생각해서, 품에 끼고 보호하려고 두루아와 리모란드를 끌고 들어간 것이다. 겉으로는 누구보다 기사답고 정직한 척 굴면서, 속내를 숨기는 모양새가 너구리나 다름없었다. 조금 좋게 표현하자면, 클레이모어 정도 되는 커다란 후작가의 후계에 걸맞은 모양새다. 애런 클레이모어의 피상적인 사과를 더 달랠 생각은 없었지만, 그렇다고 탓할 생각도 없었다.

말을 돌릴 겸, 녹턴은 다른 주제를 끌어왔다.

"그래도 파혼만큼은 빠르게 해 주었더군요. 가문 간의 명예니, 신뢰니 미적 거릴 줄로만 알았는데."

사내는 무어라 할 말 많은 얼굴로 입술을 달싹였으나, 곧 조용히 끄덕였다.

"두루아에게는 언제쯤 말해 주실 생각입니까?"

"무얼요."

"예?"

천연덕스러운 반문에, 녹턴이 기가 차서 웃었다.

"패트시아 에드가가 에드가를 되찾기 위해, 두루아 발로즈를 인질 삼으려 한다. 발로즈의 힘만으로는 비상시를 대비하기 힘들 테니, 애린 클레이모어가 그 목을 자르기 전까지는 얌전히 녹턴 에드가의 옆에 있어라. 뭐, 그런 이야기?"

"말하지 않을 생각입니까."

"농담하지 마세요. 내가 그러그러한 이유로 약혼을 명분 삼아 납치하듯 끌고 왔다고 말하면, 경이라면 믿겠나요?"

"하지만 각하와 두루아는 쌓아 온 시간이―."

"하기야 믿을 확률이라면 두루아보다는 경이 낫겠군요. 설사 앨리스 리모란드를 데려다 놓더라도, 그 애보다는 잘 믿어 줄 겁니다."

"이제는 '두루아'라고 부르시잖습니까."

"……쓸데없는 이야기는 됐어요."

이름을 부르게 되기까지 얼마나 많은 것을 잃었는가, 잠시 그런 생각이 녹턴의 머릿속을 스쳐 지나갔다.

"경, 내가 경에게 협조를 청한 건 단 한 가지 이유 때문입니다."

"제가 사람을 죽일 수 있다는 거요."

"아니, 패트시아 에드가를 죽일 수 있다는 것. 그 외에 정말로 바라는 건 아무것도 없어요. 그러니 얌전히 있지 않았다고 버림받을 개처럼 굴 건 없어요."

죽음이든 혹은 다른 방식이든 간에, 패트시아 에드가의 온전한 끝이 오기까지는 애린 클레이모어가 필요했다. 그녀를 끝내겠다고 생각했으나, 그럼에도 최후의 최후까지 제가 약속에 얽매여 죽이지 못할 가능성은 얼마든지 있었으니까.

"누누이 말하지만, 혹시라도 두루아의 눈에 띄는 일은 없도록 하세요. 달갑진 않지만 당신은 아직 그 애의 친구 취급을 받고 있으니 내통하듯 보이면 곤란하잖아요."

그 말에 쓰게 미소 지으며, 애런 클레이모어가 답했다.

"말하지 않으셔도 압니다."

녹턴 에드가가 등장한 순간 모든 것이 끝이었다.

문을 틀어막으려던 뒤벨도, 내 앞을 가로막으려던 새디도 할 수 있는 일이 없었다. 나를 돕고 지키려던 이들은 그 순간부터 인질이 된 것이나 다름없으니까.

저항을 포기한 나는 순순히 녹턴을 뒤따랐고, 새디는 나를 따라가겠노라 소리를 지르며 매달렸다. 나는 그녀를 만류하려 했지만, 뜻밖에도 녹턴은 새디의 합류를 허락해 주었다. 새디와 뒤벨 이외에도 발로즈의 많은 사용인이 녹턴에 저항하려 했지만, 불행 중 다행으로 누군가가 다치는 일은 일어나지 않았다.

그렇게 겉으로 보기에는 몹시도 평화적인 방식으로, 나는 다시 에드가 저택에 왔다. 불과 몇 년 전까지만 해도 쉴 틈 없이 드나들었으나 녹턴에게 내가 약혼했음을 알리면서는 발을 끊었다. 그때가 작년 봄이었으니 거의 8개월 만이다.

그러나 8개월간 발길을 끊은 것만으로 많은 것이 달라져 있었다. 공작저에 들어서면서 내가 처음으로 떠올린 건 앨리스의 말이었다.

"에드가 공작가 사람들 모두, 녹턴 에드가에게 세뇌당해 있어."

지겹도록 떠올리고 곱씹었던 그 말이 온몸으로 느껴졌다. 사용인들은 분명히 살아 있었으나 생기라고는 느껴지지 않았다.

전에는 왜 몰랐던 걸까. 내가 관심이 없었기 때문인가 아니면 내가 에드가에 드나드는 동안은 그들이 세뇌당하지 않았던 걸까.

나는 서재의 소파에 몸을 파묻고 길게 한숨을 내쉬었다. 긴장하고 경계해야 할 상황이었으나, 몹시도 익숙한 곳이었기에 힘은 금세 풀어지고 몸은 늘어졌다.

내가 아무리 조심한다고 하더라도, 뭐가 달라지기는 할까.

그런 회의적인 생각을 하던 중에 누군가 서재의 문을 두드렸다. 나는 허리를 곧추세우고 문 쪽을 노려봤다. 들어오라고 답하지도 않았는데 곧 문이 열리고, 저택의 주인이 모습을 드러냈다.

"걱정했는데 무사해 보이네."

"그새 도망갔을까 봐서?"

비꼬아 한 말에도, 녹턴은 들은 시늉도 없이 테이블에 가져온 것을 내려 두고 맞은편의 소파에 앉았다.

그가 늘 앉던 자리, 늘 보던 광경이다. 무수한 책들을 배경 삼아 소파에 파묻힌 녹턴의 모습이 놀랍도록 익숙하다. 상황에 어울리지 않게 그리운 마음도 들어서 나는 입술을 깨물었다.

"……대체 무슨 생각이야. 약혼은 뭐고, 날 왜 데려온 거야."

"요즘 넌 묻기만 하는구나. 정작 내 질문에는 제대로 답해 주지도 않으면서."

담담한 어조로 말을 이으며, 녹턴은 저가 가져온 쟁반에서 접시를 들어 내 앞에 놓았다. 안에 든 것은 수프였다.

"감기에 걸렸다며. 알았으면 침실을 좀 더 정비해 둘 걸 그랬네. 아직 정리가 덜 되어 서재에 두는 걸 양해해 줬으면 해."

"무시하지 마."

"아, 그래. 물은 걸 답해 줘야지. 네가 아는 그대로야. 두루아 발로즈는 애런 클레이모어와 파혼했고, 녹턴 에드가와 새로이 약혼을 치렀지."

"당사자도 모를 정도로 은밀하게 말이야."

"유감이지만 발로즈 일가는 약혼을 받아들였어. 물론, 클레이모어 일가에서도 너와 그 남자의 파혼에 동의했고. 어차피 파혼은 예정되어 있었으니 그쪽은 놀랄 일도 아니잖아."

"그래, 너는 애런을 감시하고 있었지."

당혹감에 잊었던 두통이 존재감을 알려왔다. 이마 안쪽이 지끈거려 나는 잠시 눈을 질끈 감았다.

알로이와 부모님이 모두, 애런과의 파혼을 제대로 마무리 짓기도 전에 녹턴 에드가의 혼담을 받아들였다……. 전례 없는 일은 아니었다. 설사 혼인을 코앞에 둔 상황이라도, 조건이 좋은 가문에서 혼담이 들어올 경우 기존의 혼담을 깨고 새로이 연을 맺는 일이 없는 건 아니니까. 그러나 애런과의 파혼이 예정되어 있더라도, 내 가족은 그렇게 경우 없는 사람들은 아니었다. 그들이 정말로 녹턴의 혼담을 받아들였다고 해도 그게 자의일 리는 없다. 외압에 눌리는 분들은 아니니 아마도…….

갑자기 이마에 서늘한 것이 닿았다. 녹턴의 손가락이었다. 느리게 눈을 뜨자 연보랏빛 눈동자와 눈이 마주쳤다. 아마도 내 가족들을 농락했을, 흐린 색의 눈동자.

불쾌함을 견디지 못하고 입매가 비틀렸다. 지금의 내 처지를 인지하고 있었기에 녹턴의 손을 쳐내지는 않았으나 그는 곧 내 이마에서 손을 거두어 갔다.

"새삼스럽게 왜 이래. 전에 네 입으로 말하지 않았던가? 혼담은 가문 간의 결합이니, 정말 질이 나쁜 사람이 아니라면 거부할 생각은 없다고."

"네 말에 답이 있네, 넌 정말 질이 나쁘잖아."

"부정할 수는 없는 말이구나."

어깨를 으쓱이며 동조하는 것이 한층 더 불쾌했다. 나는 분노를 숨길 생각도 없이 노골적으로 그를 노려봤다.

"그래, 약혼까지는 억지로 그렇다고 쳐. 그런데 말이야, 요즘에는 약혼이 확정되는 즉시 약혼녀를 저택으로 데려오는 게 유행하니?"

"요즘은 아니고 옛날에 있었지. 후계자의 약혼자를 데려와 미리 가문의 풍습에 길들이는 방식 말이야."

"너 설마, 100년 전을 얘기하는 건 아니지?"

"때로는 전통이 옳을 때가 있잖아."

"헛소리도 정도껏 해."

"물론 모든 전통을 고수하겠다는 말은 아니야."

나직하게 말하며 녹턴이 몸을 일으켰다. 테이블을 사이에 두고, 일어선 이의 체격이 유독 커 보였다.

"말해 두겠지만, 난 2년간 약혼을 유지한다는 전통은 지킬 생각이 없거든. 늦어도 몇 달 안으로는 결혼할 생각이야."

"녹턴 에드가!"

"응, 두루아."

격앙되어 외친 소리에도, 녹턴은 조금의 동요도 없이 웃었다. 다정해 보일 만큼 태연한 얼굴에 오히려 내가 위축되었다. 막상 불러놓고 아무런 말도 못 하는 나를 내려다보며 그가 몸을 구부려 나와 눈을 맞추었다.

"얌전히, 조용히, 내 뜻대로 있어. 그럼 모든 게 무사할 거야."

"……그게 네 본색이구나. 네가 말하지 않았다는, 말하면 내가 더 도망쳐 버릴 거라고 말한 네 본심이 이거였어."

"농담이겠지, 이 정도가 다일 리 없잖아."

태연하게 받아치는 말에, 나는 입술을 깨물었다.

"약혼이니 결혼이니, 제정신으로 하는 말이야? 뭘 노리는 거야. 날 여기로 데려와서 네가 얻을 수 있는 게 뭔데."

"모르는 척할 거 없어, 두루아. 내 감정이 뭔지 이제 눈치챘잖아."

"눈치챘다고? 내가 뭘. 설마 네가, 네가 날 사랑한다고 말하려는 건 아니겠지."

"사랑한다는 단어만으로는 부족한 감이 있지."

"착각하지 마."

녹턴의 눈을 보며 말했지만, 이는 나한테 하는 말이기도 했다.

그래, 사냥대회에서는 잠시 착각하기도 했다. 차가운 말과는 달리 덜덜 떨리는 손끝을 보고는 녹턴이 내게 느끼는 특별함이라는 게, 그 집착이라는 게 어쩌면 사랑에서 비롯된 건 아닐까 하고. 앨리스가 한 그 말과 안 되는 가정이 정말 진실이 아닐까 하고. 아주 잠깐은 그럴 수도 있지 않을까, 생각했다.

그러나 지금 상황이 되고 나서는 알았다. 그건 너무도 무지한 착각이었다고.

"네가 나한테 집착하는 게 사랑? 끝도 없이 애정을 시험하고, 주변 사람을 인질 삼고, 끝내는 강제로 약혼해서 끌고 오는 게 네 사랑이라고?"

"틀린 부분도 많지만 부족한 부분도 있네. 끌고 오는 걸로 끝이 아니야, 너는 여기서 나가지 못할 거야."

"그래, 감금한다는 말을 잊어버리다니 내가 참 엄청난 실수를 했네."

"가둬 두겠다는 말은 아니야. 그저 잠시, 나갈 수 없는 것뿐이지."

"글쎄, 네가 말하는 '잠시'가 얼마나 짧은 시간일지 궁금한데. 그래도 100년보다는 짧니, 녹턴?"

비꼬아 한 말에도 여전히 녹턴은 일말의 동요조차 없었다.

그는 내 말이 드디어 끝났냐는 듯 굽혔던 허리를 펴고 몸을 돌렸다. 나는 방을 나서려는 그 뒷모습을 노려보는 수밖에 없었다.

분했다. 이렇게 말다툼을 하는 게 내가 할 수 있는 전부라서, 녹턴이 나가고 나면 그의 말대로 가만히만 있어야 해서, 설사 그와 마주치고 있는 동안에도 아무것도 할 수 없어서. 무력적으로는 어떤 힘도 없었고, 있더라도 발로즈의 모두가 인질로 잡힌 상황에서는 의미가 없다. 어쩌면 알로이와 부모님도 세뇌에 당했을지 모르기에 녹턴이 시키는 대로 따라야 했다.

답답하고 분하고 화가 나고 서러웠다. 허무함으로 마음을 비운 게 언제냐는 듯 속을 가득 메우는 무력감과 분노에, 어떻게든 그의 속을 긁어내고 싶었다. 심기를 상하게 하고 상처를 입히고 싶었다. 머릿속에 온통 그 생각뿐이었다.

"너, 나랑 키스할 수는 있어?"

"……뭐?"

"약혼이, 결혼이, 사랑이 무슨 뜻인지는 알지? 네가 나한테 그럴 수 있냐고."

한 걸음을 미처 떼어 내지도 못하고 녹턴이 뒤를 돌았다. 조금 전과 달리 확연히 동요가 그려진 얼굴이었다. 그게 달가워, 나는 한층 혀에 날을 세웠다.

"에드가의 피를 여기서 끊을 셈은 아니겠지. 아니면, 네 형제에게 자리를 돌려주려고?"

"내가 못 할 거라 생각해서 묻는 거야?"

"네가 사람을 싫어하는 걸 알아. 무도회에서 누군가와 살갗이 닿으면, 아닌 척해도 손수건으로 닦아 낼 만큼 결벽도 있지. 사랑 이야기에도 언제나 회의적이었고. 연애 소설의 표지조차 거들떠 본 적이 없잖아? 그런 네가 할 수 있겠어? 그것도 나와?"

"가엾게도 두루아, 후회할 질문을 하는구나."

"회피하지 말고 해 봐."

"날 도발하지 않는 게 좋아."

녹턴의 말투는 평소와 조금도 다를 바 없었으나, 내게는 지금 상황을 피하고

자 수그리는 말처럼 들렸다. 기세를 얻어, 나는 자리에서 벌떡 일어났다. 그의 옷깃을 손에 쥐고, 한껏 잡아당기고는.

"해 보라고 말하잖아."

잠시간의 정적이 돌았으나 상황은 그대로였다. 나는 입꼬리를 한껏 틀어 올려 그를 비웃었다.

"그럴 줄 알았ㅡ."

그러나 미처 말을 끝내기도 전에, 입이 틀어 막혔다. 사납게 들이닥친 녹턴의 입술이 내 숨결을 삼켰다.

그제야 좀 전까지의 내가 무슨 말을 하고 있던 건지, 정신을 차렸지만 돌이킬 수는 없었다. 머릿속은 희게 질리고 숨조차 제대로 쉬지 못하는데 녹턴은 끝없이 나를 밀어붙였다. 양 뺨을 감싸 쥐고 해묵은 갈증에 시달린 것처럼 잠시도 쉴 틈이 없었다. 떠밀려 오는 숨을 겨우겨우 받아 내다가 다리에 힘이 풀려 소파에 주저앉았을 때도, 내 몸이 파묻힐 때도 멈추지 않았다.

이성적인 생각을 할 여유라고는 전혀 없었다. 숨이 넘어갈지도 모른다는, 그런 생각이 어렴풋이 들었을 무렵에야 녹턴의 얼굴이 내게서 떨어졌다. 급하게 숨을 들이 삼키면서도, 멍하니 그의 얼굴을 보면서도 나는 아무 말도 할 수가 없었다.

녹턴은 흐트러져 있었다. 깔끔하게 넘겼던 머리칼은 엉망으로 흘러내리고, 늘 혈색이 없던 입술에는 붉은빛이 번져 있었다. 숨결은 거칠고 가슴팍은 거세게 오르내린다. 도발에 넘어가 입을 맞춘 건 그였으면서도, 놀란 듯 옅은 색 눈동자에 희미한 당혹감이 떠올라 있었다.

그는 잠시 눈을 감았다가 눈가를 찡그리며 눈꺼풀을 들었다. 그럼에도 채 지워지지 않은 동요가 남아 있었다.

"그래서 말했잖아, 도발하지 말라고."

나직한 목소리는 나를 탓하고 있었으나, 나는 그 말을 이해하는 것만도 버거웠다.

녹턴이 느리게 몸을 일으켰다. 카펫 위로 발걸음 소리가 나기를 몇 번. 문 앞에 멈추어선 이는 고개도 돌리지 않은 채로 말했다.

"수프는 먹도록 해. 내가 심심해서 네 시녀를 데려왔다고 생각하는 게 아니라면."

그러고는 곧, 문이 닫히는 소리가 났다.

문을 닫는 즉시, 애써 꾸민 여유는 사라지고 녹턴은 도망이라도 가듯이 빠른 걸음을 놀렸다.

그러려던 게 아니었다. 두루아 발로즈의 그 말이 제 속을 긁어 놓으려고 도발한 것임을 알면서도 넘어가다니, 제 자제력이란 얼마나 부족하고 형편없는가. 그는 얼굴 아래쪽을 손으로 감싸고 질끈 눈을 감았다.

놀란 두루아의 표정이 아직도 선명했다. 소파 위로 흐트러진 머리칼이, 붉어진 얼굴이, 벌어진 입술이.

그러나 그 모든 것보다도 그를 괴롭게 하는 것은 충동에 넘어가 일을 저질렀을 때의 감각이었다. 단걸 좋아하지 않는데, 입술을 부딪는 행동에 의미가 있다고 생각하지도 않는데, 그럼에도…….

"젠장."

소리를 낮추어 욕지거리를 내뱉으며 그는 눈을 질끈 감았다.

녹턴이 무어라 말할 수 없는 짓을 벌이고 몇십 분이 지났을까, 새디가 서재로 들어왔다. 그녀는 출발할 때 입고 있던 발로즈의 시녀복을 벗고 에드가의 시녀복으로 갈아입은 상태였다. 하도 정신이 멍한 탓에, 나는 새디가 다가오는 걸 보면서도 새로운 옷이 더 잘 어울린다는 얼빠진 생각이나 하고 있었다.

"아가씨, 충격을 받으신 건 당연하지만 이럴 때일수록 정신을 똑바로 차리셔야 해요."

"뭐? 아, 아, 그렇지."

"뭔가 착오가 있을 거예요. 정말 가주님께서 아가씨와 공작 각하의 약혼을 추진했을 리 없어요. 했더라도 이런 식은 아닐 거예요. 가주님도 가모님도 아가씨를 얼마나 사랑하시는데……!"

"나는…… 괜찮아. 너는 여기 오고 별일 없었어?"

"저는 괜찮아요. 그저 저택을 안내받고 간략하게 교육받았을 뿐이니까요. 딱히 핍박받은 것도 아니고, 조금…… 느낌이 이상하긴 했지만요."

새디의 말에, 나는 살아 있는 인형이나 다름없게 된 이들을 떠올리며 고개를 끄덕였다. 마음이 무거웠다.

"그래, 네게는 아무 일 없었다니 다행이네."

"하지만 왜 그분께서 아가씨를 이렇게 대하시는 걸까요. 작은아가씨를 사랑하신다면, 이렇게 나와서는 안 되잖아요."

"혼담에 사랑은 상관없잖아."

"그렇지만 이런 건 존중도……."

새디가 말끝을 흐렸다. 녹턴을 험담하고 싶으나 내 감정을 더 나쁘게 할까 저어하는 기색이었다. 녹턴이 나를 존중하지 않는다는 생각에는 동의했으나 굳이 입 밖으로 꺼내고 싶지는 않았다.

어색한 정적이 돌기를 얼마간, 식사 시간임을 알리려 시종이 찾아왔다. 새디는 방으로 돌아가고, 나는 시종을 따라 다이닝룸으로 향했다. 걷는 모양새나 목소리나 부자연스러운 부분은 조금도 없었지만, 흐린 눈빛만으로도 시종은 기괴해 보였다. 시종뿐만 아니라 저택에서 마주치는 모든 이들이 그랬기에, 나는 여름도 아닌데 괴담 속을 걷고 있는 기분이 들었다.

곧 목적지에 다다르자 나와 비슷한 때 도착한 녹턴의 모습이 눈에 들어왔다. 불의의 사고가 있던 지 하루도 지나지 않은 터라, 나도 모르게 마른침을 넘겼다. 그러나 그는 아무 일 없던 것처럼 태연한 기색이었다. 아까와는 다른 의미로, 조금 분해졌다.

그래, 감정이 섞인 입맞춤도 아니고 서로 속을 긁어내리느라 벌인 짓이니, 녹턴이 새삼 신경 쓰는 것도 우습겠지. 강제로 약혼하고 감금당한 상황에서 그쯤이 무어 대수일까. 녹턴도 저질러 놓고 많이 후회했을 것이다.

나는 쓸데없는 도발은 삼가기로 재차 결심하며, 애써 태연하게 낯빛을 꾸몄다. 그리 생각하며 의자에 앉자마자 그가 말을 걸어왔다.

"수프는?"

"먹었어. 상황이 이렇다고 굶을 바보는 아니니까."

"그렇지. 탈출을 계획하든 암살을 계획하든, 뭘 먹어야 힘이 날 테니까."

비아냥거리는 말은 평소와 조금도 다른 부분이 없었다.

여러모로 사람을 짜증 나게 하는구나.

나는 대꾸도 없이, 먼저 식사를 시작했다. 음식물을 입에 넣고 씹고 있는데도 맛이 어떤지도 느껴지지 않았다.

"식사 뒤에 소개해 줄 사람이 있어."

"이 저택에 소개해 줄 '사람'이 남아 있다고?"

"외부인이니 정신이 망가지진 않았지. 곱게 쓰고 되돌려야 하거든."

"사람한테 취급하고는."

하기야 녹턴에게 우리가, 같은 사람으로 보이기나 할지.

"묻고 싶은 게 있어."

"또?"

"모든 사용인이 다 이 모양이 된 거야? 베리타스는 어디 있어. 레모드나 페라는?"

"……하나같이 모르는 이름뿐인걸."

"이 저택의 하인과 하녀였어. 성격 나쁜 사용인들 중에서 널 존중하고 좋아하던 몇 안 되는 사람들."

"내가 사용인에게 온정을 나눠 받아야 할 처지는 아니지. 네가 누굴 말하는지는 모르겠지만, 저택에서 보지 못했다면 에드가를 나간 거야. 의미 없는 일에 신경 쓸 필요는 없어, 두루아."

무감한 얼굴에는 그들을 향한 일말의 관심도 담겨 있지 않다. 이름조차 몰라서 그들마저 인형이 되었는지 저택을 나갔는지도 알려 주지 못한다. 당사자가 아닌데도, 나는 마음에 상처를 입고 그를 노려보았다.

"두루아라고 부르지 마."

"그렇게 불러 달라고 했잖아."

"내가 불러 달라고 말하면, 그 순간 불러 주는 사람이던가? 그럼 지금부터는 발로즈로 불러 주지 그래."

부르지 않을 수 있다면 그편이 가장 좋겠지만.

"미안하지만 거절할게. 곧 두루아 에드가가 될 텐데, 굳이 옛날 성이 입에 익을 필요는 없잖아?"

그렇게 말하고는, 그는 답할 시간도 주지 않고 자리에서 일어났다. 접시에는 아직 음식이 절반 이상 남아 있음에도 식사를 마친 기색이었다.

"따로 먹고 싶은 게 있다면, 네 시녀에게 말해. 어디에 말하면 되는지 정도는 가르쳐 줬으니까. 그리고 식사를 마치는 대로 내 집무실로 와."

식사 자리에 불러 놓고 혼자 먹고 사라지는 모양새에 기가 막혔으나, 따질 여력도 없이 그는 빨리도 사라져 버렸다. 녹턴이 식사를 남기든 말든 알 바 아닌 나로서는 내 몫으로 나온 식사를 모두 마쳤다. 비꼬아 한 말이긴 했으나, 그가 말한 대로 뭔가를 하기 위해서는 힘이 필요했으니까.

디저트로 우유 푸딩까지 받아먹은 뒤 나는 시녀의 안내를 따라 녹턴의 집무실로 향했다. 그녀가 노크하는 즉시, 답을 기다리지 않고 나는 벌컥 문을 열었다.

저가 한 일이 있으니 당한대도 억울하지는 않겠지.

녹턴은 조금도 놀라지 않은 얼굴로, 고개를 돌렸다.

"빨리 왔네. 식사를 하긴 한 거야?"

"네 몫까지 남김없이 먹었으니, 이상한 트집……."

짜증스럽게 대답하다가 나는 녹턴의 옆에 선 사람을 보고 멈칫했다.

부드러운 밀색 단발, 호리호리한 체격의 사내가 서 있었다. 얼핏 여자로 보일 만큼 선이 가늘고 유해 보였으나, 얇은 은테 안경 탓인지 마냥 무른 인상은 아니었다. 이 남자는 나를 멍한 표정으로 보고 있었는데, 놀랍게도 신관복을 입고 있었다.

"너, 정말 하다 하다 신관한테까지."

"한창 오해하는 중에 미안하게도, 이 사람은 자의로 온 거야."

"말도 안 되는 소리 하지 마, 표정이 저렇게 멍한데?"

"그래, 나도 그 점이 이해되지 않네. 내게 누명을 씌울 생각이 아니라면, 표정을 바로 하는 게 어떨까요, 제르벨라."

나는 녹턴이 되지도 않는 연극을 벌인다고 생각했지만, 제르벨라라고 불린 사내는 어깨를 움칠 튀어 놀라며 저가 인형이 아님을 증명해 냈다. 당황스러워 녹턴을 쳐다봤지만, 그는 심기가 별로 좋아 보이지는 않는 얼굴로 눈가를 찡그릴 뿐이었다.

"이 애가 감기에 걸렸습니다만, 듣기에 축복이 효과가 있다던데요."

"뭐? 감기에 축복을 걸겠다고?"

"신관이 그러라고 있는 거잖아. 아닌가요?"

"……신의 자식으로서 아픈 이를 돌보는 건 당연한 도리이지요. 신의 첫 번째 자식, 제르벨로 제르벨라라고 합니다, 괜찮다면 영애의 존함을 들을 수 있겠습니까?"

"대신관이란 말씀이세요? 그렇게 나이가 있어 보이시지는…… 아, 실례했습니다. 두루아 발로즈예요."

그러고 보니 젊은 나이에 대신관이 된 사람이 있다고 들었다. 제위 의식 때 머리색이 옅은 대신관을 얼핏 봤는데, 이 사람이었나.

"두루아 발로즈. 소문으로만 듣던 발로즈 후작 영애셨군요."

"축복을 내리는 데 그토록 거창한 자기소개가 필요한지는 몰랐네요. 축복이 먼저일지, 감기가 알아서 낫는 게 먼저일지."

"겨우 감기에―."

비꼬아서 하는 말에 인상을 찡그린 찰나, 녹빛이 터져 나왔다. 시야를 가득 채우는 차분한 빛은 말할 것도 없이 축복이었다.

몸에 쌓인 안 좋은 것들이 모두 빠져나간 것처럼 개운해졌다. 은근하던 두통도 식은땀도 깔끔하게 사라져서 꿈처럼 느껴질 지경이었다. 신관에게 축복을 받은 적이 없는 건 아니었지만, 이렇게까지 개운해지기는 처음이라 나는 조금 놀랐다.

과연 대신관은 다르구나. 감기가 나았다고는 해도 의사를 무시당한 채 축복을 받은 건 유쾌하지는 않았지만.

"미적거려 죄송합니다. 해야 할 도리를 잠시 잊었습니다."

"……아니요. 덕분에 몸이 좋아졌네요. 그러니까 감기에 걸렸을 뿐이니 축복까지 필요하지는 않았지만요. 어쨌거나 도와주서서 감사합니다."

"건강해졌다니 다행이네. 그럼 이제 나가 보세요."

내 말이 끝나기가 무섭게, 녹턴은 다 쓴 도구를 치우듯 신관에게 손짓했다. 나가라는 손짓이 불쾌하기도 하련만 그런 취급이 익숙한지 사내는 굳은 얼굴로 집무실을 나섰다.

저런 취급을 하면서, 자의로 왔다는 말을 믿으라고?

그를 대신하여 내 안의 불쾌감이 치솟았다. 한편으로는 의문이 들기도 했다.

신성력이 독인 사람이 무슨 이유로 신관을 저택으로 불러들인 걸까. 심지어 저택에는 녹턴 에드가에게 세뇌당한 수백의 사용인들이 있었는데도.

"아픈 거에 트라우마라도 있나 봐."

"무슨 소리야."

"병문안 올 때는 성수, 감기에 축복, 생각해 보니 어릴 때도 감기에 좋은 차를 열 잔은 줬던 것 같고."

"다섯 잔이었어."

별걸 다 기억하네. 나는 어이가 없어, 서류를 처리하기 시작한 녹턴을 내려다봤다.

"지나치게 용감한 거 아니야? 흑마법을 남발해 놓고 저택에 대신관을 들이다니. 사용인들의 세뇌를 저 사람이 다 풀어 버리면 어쩌려고?"

"제르벨로 제르벨라가?"

남의 말을 하듯이, 그는 따분한 어조로 말했다.

"해 보라고 해. 취미로는 괜찮겠네."

"신성력으로는 세뇌를 풀 수 없나 보네."

"가능하긴 하지. 성수로도, 성물로도, 신관의 마법으로도 성력의 순도만 높다고 하면 뭐라도 말이야."

"그럼—."

"물론 저택에 있는 모두가 자유로워질 수도 있지. 후유증은 남을 거고, 한 명당 열흘 정도의 시간을 할애해야겠지만. 궁금할 것 같아서 덧붙이는데, 한 사람을 세뇌하는 데는 하루면 충분해."

지나치게 순순히 답해 주더라니 결국은 조롱이었다. 서류를 보던 시선을 들어 나를 보며 녹턴이 짐짓 다정하게 미소 지었다.

"도움이 됐니, 두루아?"

놀림받은 기분이었다.

나는 녹턴을 뒤로하고 집무실의 문을 쾅 닫고 나왔다.

두루아가 나가고 녹턴은 길게 한숨을 내쉬었다. 태연한 척하려 애썼지만, 표정 관리가 제대로 되었는지는 알 길이 없었다. 두루아는 금방 괜찮아진 것 같아도, 그는 입을 맞출 때의 잔상에서 아직 벗어나지 못했으니까.

굳이 식사 자리를 함께하고 집무실로 부르기도 했지만, 부풀어 오른 가슴은 영 가라앉지 않았다. 그 와중에 제르벨로 제르벨라가 두루아의 얼굴을 넋이 나간 듯 쳐다보기까지 해서, 안 그래도 혼란스럽던 마음에 불쾌감까지 치밀었다.

그럼에도 심기를 거슬리는 이를 치워 버릴 수는 없었다. 이러니저러니 해도 그 또한 필요해서 가둬 둔 사람이었다.

녹턴이 신관의 필요성을 느끼게 된 것은 테룹스 안단테의 일 이후였다. 몇 달 전쯤, 녹턴의 귀로 테룹스 안단테가 파우스트에 다녀왔다는 소식이 들어왔다.

파우스트는 패트시아 에드가가 숨어 있는 곳이었고 테룹스 안단테는 곧 두루아의 자매와 결혼할 사이었다. 기묘한 직감이 들어, 녹턴은 그자를 붙들어 며칠을 조사했고 그자의 뇌가 마법 물약에 찌들어 있음을 알게 됐다. 그럼에도 겉으로 드러나는 것만으로는 어떤 물약이 사용됐는지 알 길이 없었다.

녹턴은 패트시아 에드가의 집무실을 비롯하여 여러 장소를 추가적으로 조사했다. 그러던 중, 그는 집무실의 은밀한 공간에서 어떤 서류 뭉치를 발견하게 됐다.

서류는 마법 물약을 사용한 기록처럼 보였다. 날짜와 사용된 물약, 그리고 그 증세에 대한 정리였다. 주로 사용한 것은 사람을 세뇌하는 물약인 마리오네트인 것으로 보였고, 간간이 생소한 물약들이 섞여 있었다. 녹턴이 성의 없이 서류를 넘겼다.

……293년 12월 03일. Chandler Wear 마리오네트.

294년 1월 09일. Enotin Mariana 마리오네트.

294년 1월 22일. Elando Theta 백사의 삼안.

294년 2월 04일. Lethe Truth 마리오네트.

그리고 마지막 페이지에 이르렀을 때, 연보랏빛 눈동자가 크게 떨렸다.

294년 5월 10일. Dur.......

이름자도 제대로 적히지 않고 크게 찢겨 나간 낱장. 그럼에도 녹턴은 절반도 남지 않은 이름이 누구를 가리키는지 알 수 있었다.

분명히 두루아 발로즈였다.

사용된 마법 물약도, 이름의 뒷글자도 찢겨 나갔으나 확실했다. 정말로 그녀가 마법 물약에 당한 건지, 아니면 녹턴이 이를 뒤져 볼 것을 짐작하고 패트시아가 장난을 쳐 놓은 건지는 불확실했지만.

극심하게 동요하며, 녹턴은 필사적으로 패트시아 에드가가 두루아에게 무슨 짓을 했는지 알아보려 했으나 그 이상 녹턴이 알 수 있는 건 아무것도 없었다. 테롭스 안단테 때 그랬던 것처럼 묶어 놓고 머릿속의 흔적을 뒤적여볼 수 있는 상대도 아니었으니까.

그때부터 녹턴 에드가의 마음에는 파랗게 날이 섰다. 패트시아가 두루아를 인질 삼을 수 있다는 건 전부터 알고 있던 이야기였지만, 이런 식으로 손을 쓸 거라고는 짐작도 못 했다. 두루아에게 마법 물약이 사용되었을지도 모르며 심지어는 그게 어떤 물약인지도 알 수 없는 상황이라니, 끔찍하기 짝이 없다. 벌써 장담할 수 있는 일은 아니었지만, 극도의 분노와 불안이 터질 듯 솟구쳤다.

녹턴은 신관을 찾아봐야겠다고 생각했다. 마법 물약의 힘을 온전히 지워 낼 수 있는 건 신관의 신성력뿐이었으니까. 그럼에도 쓸 만한 신관을 저택에 묶어 두는 것이 마냥 쉽지만은 않아 곤란하던 차였는데, 마침 기회가 왔다.

'참으로 공교롭지만, 일단은 필요하니까.'

녹턴의 입매가 소리 없이 비틀렸다.

녹턴의 집무실을 나선 뒤, 나는 침실로 인도받았다. 공작저에 자주 드나들었지만 침실은 나도 처음 와 봤다. 대개는 서재나 응접실, 이따금 녹턴의 방에서, 날이 좋을 때는 정문 앞의 호수에서 시간을 보냈으니까. 과장해서 말하자면 황제의 침실이라 해도 믿을 만큼 컸고 내부 장식도 섬세하고 고풍스러웠다. 내가 즐겨 보던 소설 삽화에 나오던 것과 신기할 만큼이나 비슷한 방이어서 잠깐 신기하기도 했다.

그걸 토대로 재현해 놓은 건 아니겠지. 아무렴 그렇게까지 할 이유가 없으니까.

별다른 저항 없이 시녀의 시중을 받으며 몸을 씻고 슬립으로 갈아입은 뒤 나는 곧바로 침대에 누웠다. 매트는 몸이 파묻히도록 푹신해서 금세 정신이 노곤해졌다.

하루가 참 길었다. 감기로 골골거리다가 마법 물약서를 보고, 거기서 내가 마신 물약이 바뀌기도 된 걸 알고 뒤벨과 이야기하다가 녹턴이 들이닥쳐 급하게 저택으로 끌려와서는…….

녹턴과 약혼이라니, 지금 생각해도 참 현실성 없는 말이다. 몇 마디 농담으로만 상상하는 게 좋을, 딱 그 정도의 이야기. 약혼할 예정이라고 말하지는 않았으니, 식은 생략된 거겠지.

앞으로 난 어떻게 되는 걸까.

몇 년 전만 하더라도 이런 일이 벌어질 거라고는 생각지도 못했다. 녹턴의 실체를 의심하게 된 순간부터도, 심지어는 대회에서 그런 말을 나눈 뒤에도. 그러나 생각지도 못한 일은 기어이 벌어졌고 내게 현실감을 강제로 불어넣기라도 하듯 서재에서는…….

"너, 나랑 키스할 수는 있어?"

"해 보라고 말하잖아."

입을 맞췄지. 그것도 내가 도발해서, 녹턴이 물러나려고 하는데도 옷깃을 붙잡고 있는 대로 속을 긁어내서!

흐려지던 정신이 확 깨어났다. 아까만 해도 조금 후회하고 넘겨 버린 일인데, 새벽이 된 탓인지 눈덩이처럼 불어난 창피함이 내게로 돌아왔다. 부끄러운 일을 떠올리며 침구에 발을 구를 상황이 아니란 건 알았지만, 그렇더라도 나는 끔찍하게 발랄한 발장난을 칠 수밖에 없었다.

"미친 거 아니야, 두루아 발로즈!"

나도 모르게 소리 내 외쳤다가, 다급히 입을 다물었다. 들을 사람도 없는데 (듣는다고 하더라도 이지가 없는 사람들뿐인데도) 나는 괜히 숨을 죽이고 주위의 소리를 살폈다. 그러다가 스스로가 바보처럼 느껴져서 한숨을 내쉬었다.

미친 건 내가 아니라 녹턴이다. 오기에, 승부욕에, 지고 싶지 않다는 그 불필요한 감정 때문에 도발에 넘어가서는 그따위 일을……. 분명 그도 후회했을 것이다. 나와 녹턴이 키스라니, 남매끼리 키스한 것과 뭐가 다르단 말인가. 그만큼 가깝다는 말은 아니었지만, 친구도 아니었지만.

아무튼 상상할 수도 없는 일이었다. 오기 삼아 그런 말을 지껄인 나도 나지만, 그렇다고 도발에 넘어간 녹턴도…….

"도발 때문일까."

녹턴은, 정말로 도발에 넘어가 일을 벌인 걸까. 그는 내게 집착했고, 말로는 그걸 특별함이라고 표현했으며, 강제로 약혼을 진행해 날 저택에 두었다. 아직은 닥치지 않은 일이었으나, 몇 달 내로 결혼식까지 치러 버릴 예정이라고 말했다. 그런 집요하고 폭력적인 감정을 사랑이라고 말하고 싶지는 않았다.

하지만 솔직히는, 나는 녹턴이 어떤 사람인지 알고 있었다. 이제는 그 속까지 낱낱이 들여다본다고 말할 수는 없겠지만, 그가 도발에 넘어가 오기 삼아 입 맞출 사람이 아니란 건 알았다. 입을 맞출 때의 그 표정에서 어떻게든 내 속을 뒤집어 놓겠다는 심산은 보이지 않았다. 그보다는 오히려…….

그래, 녹턴 에드가가 사랑을 한들 성격이 그런데 온전하고 부드럽게 할 수 있을 리 없지.

무거운 한숨을 내쉬며, 나는 아주 조금쯤은 사실을 받아들였다. 언제부터인지는 몰라도, 그가 내게 마음을 품었다고. 그걸 안다고 지금의 내 처지가 달라지는 건 아니었지만.

어떻게 해야 할까, 고민해 봐도 특별한 해답은 없었다. 나는 녹턴보다 가진 게 없었고 인질까지 잡혀 있었다. 할 수 있는 일이 없었다. 그렇다면 나는 상황이 흘러가는 대로 무력하게 몸을 맡기고, 녹턴이 원하는 대로 그와 결혼해야 할까. 그가 날 사랑할지도 모른다는 걸 억지로 위안 삼아서?

"발로즈는 어떻게 된 걸까."

녹턴이 아무런 조치도 취하지 않고, 날 데려왔을 리는 없었다. 그렇다면 처음의 추측대로 내 가족들은 전부 세뇌에 당해 있는 걸까. 어머니도, 아버지도, 그리고 알로이도, 저택의 사용인들도.

당장 발로즈에 가 그들의 상태를 확인하고 싶었지만, 정말 그 사람들이 최면에 당한 걸 확인하면 참을 수 없을 것 같았다. 이건 나 때문에 벌어진 일이었으니까.

비참한 생각에 기분이 가라앉을 때, 누군가 문을 두드렸다. 지금 나를 찾아올 사람이야 뻔했기에, 이번에는 놀라지 않았다.

녹턴이었다.

"자?"

"방금 대사, 한 글자뿐인데 묘하게 구질구질하네."

침실에서 사람을 불러내면서 하는 말이니 당연한데도 이상하게 그런 느낌이 있는 말이었다.

"자고 있었다면 너를 욕했을 거야, 너 때문에 잠이 깨 버렸을 테니까."

"전혀 놀랍지 않은 대응이네."

"그래서 무슨 일이야. 이번에는 앨리스라도 납치해 왔어? 아니면 애런?"

"터무니없는 소리 마. 그런 쓸데없고 피곤한 짓은 안 해."

그럼 나를 납치해 온 건 쓸 데 있고 생기발랄한 일인가 보지.

내가 속으로 비아냥거리는 동안, 망설이듯 잠시 침묵한 그가 곧 입을 열었다.

"좀 걸을래, 두루아."

아무 생각 없이 슬립 차림으로 나왔으나, 방을 나오자마자 어깨에 서리가 이는 기분이었다. 녹턴은 언제나처럼 나를 한심하게 보며 겉옷을 어깨에 걸쳐 주었다.

그가 나를 데려온 곳은 저택을 둘러싼 호수의 옆길이었다. 새까맣게 밤이 드리운 물결은 군데군데 살얼음이 꼈고 그 위로 희미한 달빛이 유화처럼 번져 있었다. 어느 정도 자란 뒤로는, 주로 해가 지기 전에 돌아갔기에 에드가에서 밤을 보내는 것은 실로 간만의 일이다.

날이 추워 코끝이 얼고 얕은 숨결에도 겨울이 달라붙었지만, 광경이 퍽 아름다워 나는 불평 없이 호수를 바라보았다. 그 잠깐 동안, 녹턴은 꺼낼 말을 정리한 모양이었다.

"미안하다는 말은 안 해. 의미도 없으니까."

"뭐? 아, 키스."

무심코 말했다가 혀가 바짝 굳었다. 혼자 말해 놓고 혼자 놀라는 모양새에, 나를 한심하게 보는 시선이 느껴졌다.

그럴 거면 처음부터 똑바로 말하든가. 그리고 미안하다는 말은 안 한다고?

"사람 불러내서 기껏 한다는 말이, 네가 도발해서 벌어진 일이니까 반성하라, 그거야?"

"그런 말은 안 했어. 나 때문에 벌어진 일이니까."

"잘 알고 있어서 다행이네. 그런데 겨우 그런 말을 하려거든, 아까 집무실에서 하지 그랬어. 내보내기 전에 한 마디면 충분했ㅡ."

"다시는 그럴 일 없을 거야. 그러니 안심해도 좋아."

"결혼할 거라고 말하면서?"

다시 침묵이다.

나는 물끄러미 그의 눈을 보다가 옅은 숨을 내쉬었다.

"네가 무슨 생각인지 모르겠어. 이렇게까지 할 이유가 뭔지도."

"어차피 무슨 말을 해도 믿지 않을 텐데, 묻는 것도 지치잖아."

"그래서 이제는 꾸며 낸 답조차 하지 않겠다고?"

"가장 근본적인 이유는 이미 말했지. 네가 특별하다고, 두루아."

"녹턴."

"네가 지친 것처럼 나도 그래. 어쩌면 좋아지지 않을까, 다 괜찮을 수도 있지 않을까. 생각하고 기대하는 것만도 좀 지겨워서 그만두려고."

"그래서 일을 좋게 만들려고 네가 뭘 했는데."

"아무것도ㅡ."

녹턴의 입매가 가늘게 휘었다. 착각일지 모르겠으나, 자조하듯 보이는 웃음이었다.

"할 수 없었지."

"그러면서 지겹다고 말할 자격이 있어?"

"아무리 생각해도 결말은 같더라고. 그러니 차라리 내버려 두자고 번번이 결론 내렸을 뿐이야. 헛된 희망이란 건 품고 있는 것만으로 지치거든."

녹턴이 해도 좋을 말은 아니라고 생각했으나, 그가 얼굴에 내비치는 피로감은 진실해 보였다. 이상한 일이었다.

"아니면 두루아, 너는 상황이 전으로 돌아갈 수 있다고 생각해? 앨리스 리모란드로부터 뭔가 듣기 전으로, 일을 되돌릴 수 있다고?"

순간 불어 닥친 바람에 머리칼이 흐트러졌다. 나는 시야를 가리는 머리칼만 대충 걷어 냈다.

"우리가 달라진 건 앨리스 때문이 아니야."

"그래, 전부 나 때문이지."

"그런 이야기가 아니야. 나는, 그전부터도 너와 멀어지려고 결심했어. 내가 너한테 말도 없이 약혼하고 통보했을 때, 이미 느끼지 않았어?"

"아니, 난 아무것도 몰랐어."

녹턴이 손을 뻗어 뺨에 달라붙은 머리칼을 넘겨 주었다. 그가 내 머리칼을 정돈하는 것이 익숙해서, 잠시 예전 생각이 났다.

"아니면 모르고 싶었던 건가. 두루아, 왜 나와 멀어지고 싶었는데."

"……사람들이 다 내가 너를 좋아한다고 생각해서. 그런 소문이 돌아도 고명하신 에드가에는 혼담이 넘치지만, 발로즈는 아니거든. 결혼하려면 너와 멀어져야 했어."

"겨우 그런 것 때문에―."

"겨우 그런 것도 감수하지 못할 만큼, 너와의 관계가 대단치 않았다는 말이야."

녹턴이 눈가를 조금 찡그렸다. 그의 표정이 신경 쓰였지만, 그렇지 않은 척

나는 태연하게 말을 이어 갔다.

"너를 믿건, 믿지 않건, 그런 건 사실 중요하지 않았을지도 몰라. 설사 너를 믿었다고 해도, 배우자가 생겼다면 어떻게 사사로이 널 만나겠어."

녹턴과 나를 엮는 추문이 사교계를 열 바퀴도 더 돌았는데 말이다.

"어차피 멀어질 관계였어. 미리 틀어졌을 뿐인데 그렇게 화가 나?"

"핑계 대지 마, 두루아. 그렇다면 애런 클레이모어는 왜 가까이 두는데. 나는 소문일 뿐이지만, 그자와는 약혼도 했어. 이제 파혼했으니 그자도 멀리할 생각이야?"

"애런은……."

갑자기 튀어나온 다른 이의 이름에, 순간적으로 말문이 막혔다.

"겉핥기식의 명분 말고, 네 본심을 묻는 거야. 두루아, 왜 나와 멀어지고 싶었어? 신뢰가 없던 건 하루 이틀 일도 아니고, 널 시험하던 건 멈춘 지도 제법 됐잖아."

진짜 이유가 뭐야.

내 속내를 모두 읽어 내겠다는 듯, 엷은 색의 눈동자는 나를 똑바로 비추고 있었다. 달빛 아래에서 한층 요요하게 빛나는 색이 눈길을 사로잡는다.

진짜 이유가 뭐냐고?

나는 그에 홀린 것처럼, 혹은 마법에 걸린 것처럼 녹턴의 말에 잠겨 이유를 떠올렸다.

녹턴과의 거리가 필요했다. 당시만 하더라도 녹턴과 앨리스가 맺어지게 될 것은, 어떤 식으로든 피할 수 없는 운명이라고 생각했다. 두 사람이 맺어졌을 때 조롱거리가 되고 싶지 않았다. 그렇게 쫓아다니더니 결국 친구에게 사랑을 빼앗겼다고, 우정도 사랑도 모두 잃은 비참한 신세가 되었다고, 뒷말이 도는 게 싫었다. 나는 구설이 싫었고, 무서웠고, 구설 외의 다른 것도 두려웠다.

은근히 시선을 내려 녹턴의 눈을 피하며 숨을 길게 내쉬었다.

나는 녹턴을 사랑하지 않는다. 좋아하지 않는다. 믿지도 않으며, 온건한 정이 쌓이지도 않았다. 그럼에도 한 번씩은 마음이 설레서, 심장이 두근거려서, 녹턴을 주인공에게서 빼앗겠다고 결심했던 일을 몇 번 떠올려 보기도 했다. 그럴 때마다 번번이 녹턴은 나를 시험하면서 내 마음을 다잡아 주었지만. 그러나 솔직히는 내가 그를 사랑하지 않는다는 생각은 다짐에 가까웠다. 사랑하지 말아야 한다. 좋아하지 말아야 한다.

그러나 최근, 녹턴이 공작이 된 이후로는 그의 저열한 시험마저 사라져 버렸다. 그의 시험을 나는 몹시 싫어했지만, 시험이 끝나자 가장 흔들린 건 내 마음이었다. 내가 상대에게 진실로 특별해진 것이 아닌가 하는 착각은, 이미 여러 번 쓴맛을 봤음에도 너무 달콤해 보이는 과실이었다.

내내 미적거리던 마음이 짧은 시간 만에 사랑이 되었다는 말은 아니다. 그러나 파도처럼 한 번씩 크게 일렁이는 심장은 나를 두렵게 했다. 그러니까 거리가 필요했다.

원작의 두루아 발로즈가 녹턴을 사랑한 대가로 어떠한 결말에 이르렀는지를 떠올렸다. 앨리스의 얼굴을 볼 때마다 그 애가 결국 녹턴의 운명이 될 것을 상기했다. 그런 것이 아니라도, 녹턴 에드가 좋은 남자가 아님은 명백했다.

그래서, 그랬기 때문에. 녹턴을 사랑하느냐는 말에도, 녹턴이 나를 사랑한다는 말에도, 있을 수 없는 일이라고 과민 반응하며 털을 세웠다.

그러나 정말로 솔직해지자면.

앨리스가, 선량하고 아름다운 내 친구가, 심지어는 혈통마저 완벽해질 내 친구가 녹턴을 만나는 게 싫었다. 녹턴이 앨리스의 존재를 알게 되는 게 싫었다. 언젠가는 이루어질 일이라도 그게 내 소개로 이루어지지는 않았으면 했다. 그러니까 나는, 인정하고 싶지 않았지만.

과거의 두루아 발로즈는 순간순간, 악보로 치자면 스타카토 정도의 짧은 시간 동안은 녹턴에게 사랑을 느낀 적이 있었다. 온갖 변명과 자기기만과 눈속임을 걷어 내고, 본심의 밑바닥을 드러내면 실상은 그랬다.

그러나 나는 절대로 그 감정을 내보일 생각이 없었다. 그건 내 자존심이었다. 녹턴은 나를 특별하다고 말했지만 그의 특별함이란 내 특별함과 달랐다. 그의 사랑이 정말 사랑이라고 하더라도, 나를 붙잡아 얽매는 것이 그의 방식이라면 내 자존심은 나를 얽어매는 수단으로 이용될 것이다.

그렇다면, 그때야말로 나는 녹턴을 증오하게 될지도 몰랐으니까.

자기방어적인 기세로 마음속에 새파랗게 날이 섰다.

"내가 모든 걸 말할 필요는 없잖아."

새파란 불꽃은 겉보기엔 시리게 보였으나, 속으로는 붉은 불꽃보다 뜨거운 열기를 품고 있다. 내 모양새가 그랬다. 나는 녹턴의 무례함을 비난하듯 표정을 차갑게 꾸몄지만 내 속내를 들킬지 모른다는 걱정으로 마음을 태우고 있었다. 말을 토해 내고야, 나는 그의 낯빛이 종전보다 창백해 보인다는 생각이 들었다.

"네 말대로야, 두루아. 그리고 나도 마찬가지로 모든 걸 말할 이유는 없어."

"……."

"하지만 결론을 두고 보자면, 우리는 결국 약혼하게 됐어. 네가 혼담 때문에 나를 멀리하려던 건 헛수고가 됐고."

약혼, 녹턴은 그 단어를 필요 이상으로 힘주어 말했다.

"결국 네가 말한 추문대로 너는 에드가의 사람이 되겠구나. 괜한 염려를 덜었으니 얼마나 다행스러운 일일까."

"……웃기지 마."

"이유 같은 걸 캐내려 해 봐야 결국 같아. 돌이킬 수 있는 건 아무것도 없어.

네가 할 수 있는 것도, 현실을 받아들이는 것뿐이야. 어렵지 않잖아."

거듭 불어오는 바람에 어깨에 걸쳐진 겉옷이 비뚤게 기울어졌다. 녹턴은 손을 뻗어 옷을 쥐고는 소매 하나하나에 내 팔을 끼웠다. 신경질적으로 그의 손을 쳐내려 했으나, 그는 내 거절을 받아들일 생각이 없는 모양이었다. 인형 놀이라도 하는 모양새에 나는 절로 헛웃음이 나왔다.

"네 말대로 나는 할 수 있는 게 없지만 너는 다르지, 녹턴. 이 웃기지도 않는 촌극, 지금이라도 끝내."

"그럴 수 없다면?"

"분명 후회하게 될 거야."

"조언인지 협박인지 모르겠지만 유감스럽게도 두루아, 나는 이미 후회하고 있어."

입매를 비틀며 하는 말이 퍽이나 믿음직스러웠다.

"후회하고 또 후회하고, 그러면서 시간이 돌아간대도 같은 일을 벌일 거라는 걸 깨달으면서는 몇 번이나 한 생각을 또다시 반복하는 거지."

마침내 그는 겉옷을 단단히 여물고, 그는 옷의 어깨에 달린 리본을 쭉 끌어당겼다. 의미 없이 장식으로 달린 리본이 풀리고, 녹턴은 풀어 낸 리본을 내 목에 감았다. 섬세한 손끝이 장난을 치듯 매듭을 지었다.

"두루아 너는 정말로 운이 나쁘구나, 그런 생각을 말이야."

목을 옥죄는 감각은 없었지만, 살갗에 무언가 닿는 느낌만으로 나는 잠시 숨을 들이켰다.

"가여운 내 두루아, 나는 끝까지 갈 거야. 그러니 아무것도 기대하지 마."

"……그 끝이 어딘데."

나는 의식적으로, 들이켰던 숨을 내뱉었다. 착각이겠지만 냉기가 묻은 숨결마저 떨리는 것처럼 보였다.

"끝이 어디야, 녹턴. 내가 죽으면 끝나니?"

"두루아 발로즈."

"화를 낼 사람은 네가 아니라 나야!"

목 가까이 와 있는 녹턴의 손을 할퀴듯 움켜쥐고 나는 그를 노려보았다.

"좋아, 다 진짜라고 쳐. 네가 날 사랑하고 있는데 나는 천치라 그걸 몰랐다고 쳐 보자고. 사랑한다는 결론을 내고 할 짓이 이거야?"

"그럼 어떤 일을 기대했는데."

"보통은 미안하다고 하잖아. 세뇌했던 걸 사과하고 잘못을 되돌리려는 노력이라도 하잖아. 잘못을 고백하지는 않더라도 잘해 주려고 하잖아."

나는 감정에 취해 떠들고 있는데도 녹턴의 표정은 지나치게 차분했다. 그러면서 사랑이라고 말하는 모습에, 한층 더 화가 치밀었다.

"그게 평범하고 정상적인 행동이잖아. 그런데 넌 왜 이래."

"네 말대로야, 내가 평범하고 정상적인 사람이 아니라서."

"뭐……?"

"이해해 달라고 말할 생각 없으니까, 애쓸 거 없어."

차갑게 들릴 만큼 단호한 말이었다.

해 보지도 않았으면서, 시도한 적도 없으면서 심지어는 이해해 달라고 말할 생각도 없다고? 기가 막혀 헛웃음이 나왔다.

"이해를 바라는 것도 아니라면 더 간단한 방법이 있잖아, 녹턴."

"무슨 말이야."

"셰릴 보르나인 때, 너 이미 사람 마음을 가지고 놀았잖아. 시험해 보고 싶었다며, 그런 간단한 이유만으로도 할 수 있던 거였는데 지금 와선 뭘 망설여."

"……말하지 마."

"너를 사랑하라고 세뇌해."

내내 크게 달라지지는 않았던 녹턴의 얼굴이 온통 일그러졌다. 저택에 와서는 처음 본, 그리고 이전에도 거의 본 적이 없는 표정이었다.

분노가 확연히 녹아든 얼굴에, 나는 공포를 느끼기보다는 외려 웃음이 나왔다. 여태까지 좋을 대로 세뇌를 남발하고 다닌 주제에, 명예라도 다친 듯이 구는 것이 퍽 우스웠다.

될 대로 되라고 내뱉은 말이었지만, 입 밖으로 내고 나니 한편으로는 그게 좋은 해결책처럼 느껴지기도 했다. 어차피 내가 할 수 있는 건 아무것도 없는 무력한 상황이었다. 누군가 구해 주길 바랄 수도 없고 나 자신도 할 수 있는 건 없었다. 이대로 있어 봐야 체념하고 현실을 받아들이거나 자존심을 내버리고 녹턴에게 애원하는 길밖에는 남지 않았다. 그것과 세뇌에 당해 녹턴을 사랑하게 되는데 무슨 차이가 있을까. 어차피 한 번엔 세뇌에 걸리기도 했던 몸인데 이제 와서 그까짓 게 무어라고.

"나를 도발하지 말라고 한 뒤 아직 하루도 지나지 않았어."

"네가 날 건들지 않겠다고 말한 지는 한 시간도 지나지 않았지."

"두루아!"

"정말로, 어쩌면 그것밖에 방법이 없는지도 몰라. 너나 나나 평화롭게 해결하기는 글렀잖아."

화가 난 듯한 녹턴의 모습을 보자 오히려 내 마음 속의 불길은 차분하게 가라앉았다. 너도 벽에 대고 분노해 보라는 얄팍한 복수심일지도 몰랐으나, 마음에 없는 소리를 하는 것은 아니었다.

"이대로 시간이 지나면, 아무것도 할 수 없는 내가 모든 걸 포기하고 너와 결혼하면, 그러면 결국 다 좋아질 것 같아?"

터무니없는 소리.

좋아질 건 조금도 없었다. 일이 어떻게 될지는 겪어 본 적이 없음에도 훤히 그려졌다. 어쩌면 내가 너무 비관적으로 구는 걸지도 몰랐으나, 자유로울 때도 앨리스와 아무런 해결책도 찾아내지 못했다. 한층 악화된 상황에서 마땅한 해법이 나올 것 같지는 않았다. 지친 머리로는, 밝은 가능성을 그릴 수도 없었다.

녹턴의 손을 움켜쥔 것을 풀어 주자, 그의 손등이 내 손톱으로 인해 하얗게 긁힌 게 보였다. 내가 낼 수 있는 자국이란 고작 이 정도이므로.

"그런 기대는 안 해."

"그러니까 녹턴, 얼마나 간단한 일이야. 최면만 걸면 나는 널 사랑하게 될 테고, 사랑에 눈멀면 해명 같은 게 뭐가 필요하겠어."

계속해서 이죽거리는 소리를 내뱉었으나, 끝으로 갈수록 말에서는 힘이 빠졌다. 내 입에서 나는 말이 단순히 비아냥거리기 위해 하는 조롱이 아니라 현실에 가깝다는 것이 괴로웠다.

"저택의 다른 인형들처럼 너를 보며 사랑을 구걸하게 될 텐데. 네가 명령하면 불구덩이에도 기쁘게 뛰어들 텐데."

"날 화나게 하지 마, 두루아."

"그것도 명령하지 그러니, 가장 빠른 방법일 텐데."

자포자기 삼아 중얼거리고는 다리에 힘이 풀려 주저앉았다. 굳이 버티고 서 있어야겠다는 생각도 들지 않았다. 그러면서, 순간 녹턴의 표정이 당혹감으로 물든 것이 보였지만 개의치 않았다.

"너는 언제나 이기적이야. 내 속을 있는 대로 긁어내고, 내 기분 같은 건 생각지도 않으면서 네 기분을 상하게 하면 정색하고 화를 내지. 널 화나게 하지 않길 바라면, 날 화나게 하지 마."

"……두루아."

"네가 왜 화를 내는지 모르겠어. 여태 왜 나를 인형으로 만들지 않았는지도 모르겠고. 그러면 간단하잖아. 네가 원하는 것도, 내가 원하는 것도 같아질 텐데."

"그건 평생…… 같아질 수 없어."

이를 악물고 하는 소리가 머리 위로 떨어졌다. 그에 위축되기보다는, 설움이 차올랐다.

아주 자기만 잘났지.

눈가가 뜨거워졌다. 지금 상황에선 중요하지도 않은 별거 아닌 말인데도, 번번이 반박당하는 데 울컥해서 나는 무릎을 구부리고 고개를 묻었다. 녹턴의 옷을 입은 탓에 얼굴을 파묻은 천에서 녹턴 에드가의 냄새가 났다. 그게 또 서러웠다.

"일어나. 낫자마자 도로 감기에 걸리고 싶어?"

"뭐 어때, 거슬리면 또 그 신관 데려다가 축복이라도 걸면 금세 나을 텐데. 내가 원하건 원하지 않건, 넌 언제나 네 뜻대로 하잖아."

"……어린애처럼 굴 때야?"

"어른처럼 굴려면 뭘 어떻게 해야 하는데. 내 가족이, 내 친구가 인질로 잡혀 있으니까 얌전히 시키는 것만 하면 돼? 무릎 꿇고 애걸하면 돼?"

내가 뭘 해야 하는데.

울고 싶지 않아서, 눈물을 참아 내려 해도 목소리에는 울음기가 섞여 들었다. 다행히도 바람이 연신 거세게 부는 탓에 조금쯤은 내 말소리가 묻혀 들었다. 녹턴이 눈치채지 못했겠지, 위안 삼을 정도는 되었다.

"말해 봐, 내가 뭘 해야 해. 내가 뭘 잘못한 거야."

갈수록 혼잣말에 가까워지는 말소리는 점점 작아지더니 기어이는 무릎 안으로 파묻혔다. 무언가를 더 말했다가는, 참지 못하고 울음소리가 샐 것만 같아서 나는 숨조차 억누르고 몸을 더 웅크렸다.

녹턴의 한숨 소리가 났다. 바람이 이토록 거센데도 그 차가운 소리는 영락없이 귀에 들어왔다.

또 혀에 날을 세우고 날 난도질하겠지, 그런 생각을 했는데 의외로 그는 아무런 말도 하지 않았다. 대신, 녹턴이 내 옆에 앉는 것 같은 소리가 났다.

녹턴이 맨바닥에 앉을 리 없다고 생각하면서도 생생한 소리였다. 나는 확인하고 싶었지만 그럴 기운이 없어서 그냥 눈만 질끈 감고 있었다. 그 이후로 녹턴은 아무 말도 하지 않았고, 나도 마찬가지였다.

한참을 우리는 정적 속에 있었다. 다만 바람 소리 사이로 희미하게 그런 말을 들은 것 같다는 생각은 들었다.

"아무것도."

깨어나 보니 나는 침실에 있었다. 눈앞에 아지랑이가 생긴 것처럼, 보는 곳마다 윤곽이 흐리고 머릿속이 멍했다. 무심코 새디를 부르려다가 목에서 까끌까끌한 통증을 느끼고는, 내가 녹턴의 말대로 도로 감기에 걸렸다는 걸 깨달았다.

머리는 멍하고 눈을 깜박이는 것만으로 벅찬 데도 나는 제일 먼저, 잘됐다는 생각이 들었다. 이상한 말로 들리겠지만, 나는 지금 맨정신으로 있고 싶지 않았다. 반쯤 꿈에 정신을 걸쳐 놓은 듯 몽롱한 채로, 아무런 생각도 하고 싶지 않았다. 특히 녹턴 에드가의 생각은······.

"몸은 좀 어때."

······하고 싶지 않았는데. 짧은 바람이 의미 없게도, 들려온 목소리는 분명 그의 것이었다. 고개를 옆으로 돌려 흐릿한 시야를 끔벅거리니, 검은 머리칼에 희끄무레한 형체가 보였다.

공작씩이나 돼서 이렇게까지 한가해도 되는 건가.

힘이 없는 와중에도 불쾌하고 짜증스러운 기분이 치솟아 나는 옆으로 돌아누웠다.

"돌아누울 힘은 있다니 나쁘진 않나 보네."

"꺼져."

미안하지만 욕할 힘도 남았다. 진심으로 뱉은 말이었는데도 그게 우스웠는지, 짧게 웃음소리가 났다. 그러고는 곧.

"제르벨로 제르벨라를 데려온 건 너 때문이야, 두루아."

사람을 납치한 책임을 나한테 뒤집어씌우는 건지, 아니면 내 납치가 철저히 계획되어 있었다고 실토하는 건지. 그래서 어쩌라고.

삐딱한 생각이 자꾸 치솟아 그의 말을 들어주기도 싫었다. 나는 그냥 눈을 질끈 감고, 내 몸이 알아서 잠들어 버리기를 바랐다.

"그러니 네가 편할 대로 써. 굳이 치료받으라고 안 할 테니까."

정말 커다란 인심 써 주시는군.

"하지만 식사는 제때 해. 무리해서 움직이지도 말고. 3일이 지나도 낫지 않으면 그때는 네 의사가 어떻든 간에 같은 일을 벌일 거야."

알겠으니까 나가.

"네 정신 건강을 위해 당분간 모습을 비추지 않을 테니까."

재수 없으니 나가라고.

목이 아픈 탓에, 속으로만 욕을 했더니 녹턴 에드가는 정말 꿋꿋이도 자리를 지켰다.

결국 다시 잠들 때까지도 그는 내내 나가지 않았다.

리모란드 공작저의 3층 끝 방, 앨리스 리모란드는 시녀 타이라로부터 사교계의 소식을 전해 듣는 중이었다. 정확히는 믿을 수 없는 추문이었지만.

그녀가 인상을 찡그리고 되물었다.

"두루아가 뭘?"

"에드가 각하와 급하게 약혼하셨다는 것 같아요. 심지어 거처도 에드가로 옮기셨다고 해서 좀 이상한 뒷말이 돌고 있어요. 혹시 아이가 생긴 게 아니냐고."

"말도 안 되는 소리야."

앨리스는 시녀의 말을 단칼에 잘라냈다. 들어줄 가치도 없는 말이었다.

"헛소문이 도는 거겠지, 두루아는 클레이모어 경과 약혼한 상태잖아."

"하지만 발로즈로 몇 번이나 편지를 보내도, 답신할 상태가 아니라고 되돌리는 건 이상하잖아요. 급하게 파혼하고 다른 사람과 약혼하는 건 그리 드문 일도 아니고요."

타이라의 말이 이어질수록 앨리스의 표정이 점차 서늘해졌다.

"클레이모어 경께서 대단한 상대라고 해도 에드가만은 못한 게 사실이니, 아마도 서둘러 에드가로 상대를 바꿔 놓기는 했지만, 체면상 숨기는 게 아닐까요?"

"타이라, 너는 말을 주의하는 법을 배워야겠구나."

"네, 아가씨?"

"오늘부로 내 옆에서 편의를 봐줄 필요는 없어. 나가 보도록 해."

타이라는 앨리스의 말이 농담인 줄 알고 웃었으나, 무례하고 눈치까지 없는 모습에 앨리스의 표정은 한층 차가워졌다. 돌아오지 않는 분위기에 뒤늦게 상황을 파악하고 시녀가 다급히 허리를 숙였다.

"죄송해요, 잘못했습니다. 다시는, 다시는 그러지 않겠습니다."

"네가 나를 은근히 얕본다는 건 알아. 대단치도 않아서 넘어가 줬지만, 두루 아는 안 돼."

"예, 아가씨."

"한 번만 더 그 애를 함부로 말했다가는 전속 시녀 자리를 해임하는 것만 아니라 리모란드에 있지도 못하게 될 거야."

"명심하겠습니다, 아가씨."

이전까지의 방자한 태도는 사라지고, 깍듯해진 시녀의 언행에 앨리스가 한숨을 내쉬었다.

모멘텀과 리모란드는 달랐다. 에른하르트에서 그녀가 다루는 이들은 평민 신분인 하인, 하녀뿐이었으나 수도에서 그녀의 시중을 드는 이는 가문이 대단치는 않아도 귀족이었다. 저를 만만하다고 생각해서 은근히 기 싸움을 걸어올 때면 골치가 아팠다. 어려서부터 리모란드에서 자라지는 않은 탓에 어떻게 대처해야 할지도 제대로 알지 못했다.

그럴 때면 별수 없이 제 한계를 절감하곤 했다. 온전히 지워진 줄 알았던 앨리스 모멘텀이 등에 매달려 속삭이는 것만 같았다. 구차하고 비열한 천성이 어디에 가겠느냐고.

앨리스는 입술 안쪽을 깨물며, 제게 쓸데없는 생각이 들게 한 시녀를 노려보았다.

"그래서 그 소문은 어디까지 퍼져 있는 거니."

"수도에 있는 귀족분들이라면 거의 아시는 걸로 압니다."

그렇다면 아예 뜬소문이라고 보기도 난감하다. 소문대로의 일이 벌어지지는 않았겠지만, 두루아에게 무슨 일이 났을지도 모른다.

표정이 어두워진 앨리스는 결국 자리에서 일어나며 말했다.

"클레이모어 경께 방문을 청해 줘."

❦❦❦

"그럼 경께서…… 두루아와 파혼하신 건, 사실이란 말씀이신가요?"

"예, 그렇게 됐습니다."

클레이모어의 즉답에 앨리스의 얼굴이 희게 질렸다. 이어서 사내는 그가 두루아와 파혼하게 된 자세한 사정을 늘어놓았으나, 그녀의 귀로 제대로 들어오는 말은 없었다.

아니, 아직 소문 전체가 진실이 된 것은 아니었다. 어차피 두 사람이 파혼할 예정이었다는 건 알고 있으니 다소 급하게 약혼을 끝냈대도 그럴 수 있다. 앨리스는 자꾸만 부정적으로 흐르는 상상을 붙잡고, 애써 침착하게 굴었다.

"그럼 혹시 대회 이후로 두루아를 본 적이 있나요?"

"아니요, 보지 못했습니다."

"……소문에 대해서는 들어 보셨나요?"

"최근 바쁜 일이 있어서, 다른 쪽을 살피지 못했습니다. 혹, 무슨 소문인지 여쭐 수 있겠습니까?"

묻는 말을 들었지만, 외려 앨리스는 입을 꾹 다물었다.

애런 클레이모어는 두루아에게 관심이라곤 조금도 없는 것 같았다. 갑자기 파혼하게 됐으면서 그 애의 안위를 걱정하지도 않고, 수도의 귀족들이 거의 안다는 소문도 모르고 있다. 오히려 두루아의 이야기를 나누면서는 알게 모르게 난색을 표하고 있다.

두루아는 이 사람을 제법 친근하게, 친구로 여기고 있었는데.

분한 마음이 들었다. 대회 때의 일로 조금 마음의 거리는 줄어들었지만, 사실 앨리스는 클레이모어를 그리 좋게 생각하지는 않았다. 예지몽이 보여 준 건 일부분이었기 때문에 어쩌다가 애런 클레이모어와 두루아가 파혼할 약혼을 하게 되었는지는 몰랐다. 그러나 어차피 끝날 약혼이라고 하더라도, 약혼을 하는 동안에는 약혼자로서의 예의를 지키는 것이 맞지 않는가. 하물며 기사의 표본으로 소문난 이 사내라면.

마주치는 일은 드물고 제대로 된 대화를 나누기 시작한 지도 오래되지 않았으나, 이 사내는 이따금 제가 두루아의 약혼자라는 것도 잊어버리는 듯했다. 그것도 가장 저열한 방식으로. 저와 이야기할 때면 눈이 흔들리고 손끝을 떤다. 절제된 가면을 쓰고 있었지만 제게 동요하는 것이 여실히 느껴졌다.

착각이라면 좋겠으나 최소한 호감 이상의 감정을 품은 것은 분명했다. 약혼한 상태로 약혼녀의 친구에게 마음을 품다니, 기사의 표본이라고 하기에는 너무 부도덕하고 양심 없는 행태다. 제 입장을 분명히 알라고, 백수정 목걸이를 줄 때도 '약혼 선물'이라고 똑똑히 말했는데, 이후로도 달라진 건 없었다. 두루아와 파혼하면 안 볼 사람이라고 생각해서 크게 밉지는 않았으나, 그렇더라도 좋게 보이지 않는 것도 사실이었다.

'이 사람한테 뭔가 도움을 청하러 오다니 실수였어.'

사냥대회에서 에드를 비추어 본 것조차 에드에게 실례되는 일이었다. 앨리스는 표정을 딱딱하게 굳히고 자리에서 일어났다.

"바쁘신 분의 시간을 뺏어 죄송합니다. 저는 이만 가 보겠습니다."

"아닙니다, 리모란드 공작 영애. 그럼 이제 댁으로 돌아가시는 겁니까?"

"아니요, 에드가로 갈 거예요."

어색해하며 눈도 제대로 맞추지 못하던 사내의 기세가 변했다.

"안 됩니다."

"방금, 안 된다고 말씀하셨어요?"

"간다고 해도 뭘 확인하신다는 겁니까."

"클레이모어 경. 죄송하지만, 저는 경의 말을 들어야 할 어떠한 의무도 없어요. 경께서 두루아와 파혼하셨으니 그 애에게 관심을 잃어버린 건 존중할게요."

그렇게 말하면서도, 미처 노기를 누르지 못했기에 앨리스의 눈빛은 차가웠다.

"그러나 제가 무슨 일을 할지에 대해서는 간섭하지 않으셨으면 합니다. 대회에서와는 경우가 다르잖아요."

"대회에서의 일을 빌미로 영애께 과하게 간섭하려는 건 아닙니다. 두루아에게 관심을 잃지도 않았습니다. 약혼 때도 연애 감정을 품었던 것은 아니지만, 그녀와는 친구였으니까요."

약혼 때도 감정을 품은 건 아니었다니, 그게 파혼하자마자 할 소린가. 친구라니, 입만 산 소리다.

다음에 두루아를 만나면 이 사람과는 거리를 두는 게 좋겠다고 조언하는 게 좋겠어, 그렇게 결심하면서도 앨리스는 당장의 감정을 참아 내지 못했다.

"두루아를 친구라고 칭하셨으면서 그 애의 안위가 걱정된다거나 궁금하진 않나요?"

"영애?"

"만약 그 애에게 안 좋은 일이 생겼으면, 그 애가 아프면, 그 애가 도움이 필요하다면요? 경께서는 두루아한테 전혀 관심이 없는 것 같은데, 어떻게 친구일 수 있죠?"

"그런 게…… 아닙니다, 리모란드 공작 영애."

근거도 대지 못하면서 무조건 아니라고 말한대도, 마음이 풀릴 리 없다. 앨리스는 냉정하게 말하며 몸을 돌렸다.

"저는 재판관이 아니니 변명하실 필요 없어요. 폐를 끼쳐 죄송합니다. 저는 정말로 가 볼게요."

"……차라리 발로즈로 가시죠."

"네?"

"에드가보다는 발로즈로 가시는 게, 두루아의 상태를 알기 좋을 겁니다. 처음부터 왜 에드가 공작저가 거론된지도 모르겠군요. 혹시 발로즈 저택에는 이미 다녀오시는 길입니까?"

"그건…… 아니에요."

사내의 물음에 그녀가 고개를 저었다.

"에드가 각하와 급하게 약혼하셨다는 것 같아요. 심지어 거처도 에드가로 옮기셨다고 해서 좀 이상한 뒷말이 돌고 있어요. 혹시 아이가 생긴 게 아니냐고."

타이라의 말대로, 소문대로일 거라고 믿고 싶지는 않았다. 그러나 두루아가 녹턴 에드가와 약혼하고 거처를 에드가로 옮긴 게 사실이라면 발로즈를 확인할 필요는 없었다. 정말로 그런 일이 벌어졌다면, 발로즈 일가는 공작의 세뇌에 넘어갔거나 혹은 공작에게 두루아를 팔아넘긴 걸 테니까. 에드가 공작저로 가서, 두루아가 있는지 없는지만 확인할 수 있다면 결론은 명쾌해질 것이다.

그러나 클레이모어의 말대로 발로즈에 가 보기는 해야 했다. 지금 상황에서 최우선해야 하는 것은 두루아의 안위였지만, 그를 확인하고 나면 그다음에는 발로즈 일가가 세뇌를 당해 어쩔 수 없었는지, 고의로 그랬는지 확인해야 하니까.

앨리스가 고민에 빠져 있는 사이 클레이모어가 시종을 불렀다. 무얼 하나 봤더니, 시종에게 제 겉옷을 가져오게 시키고 있었다.

"어디 나가시나요?"

"오늘 하루 정도는, 영애와 함께 다니겠습니다."

"감사하지만 사양할게요. 저는 두루아의 전 약혼자와 함께 다녀 괜히 그 애에게 안 좋은 소문을 덧붙이고 싶지 않아요."

"소문이 신경 쓰이셨다면, 에드가로 간다는 말은 안 하셨어야 합니다."

"제 소문 같은 건 어찌 되든 상관없어요. 중요한 건 그 애의 소문이니까."

"리모란드 공작 영애께서 에드가 공작저로 가신다면, 원치 않아도 두루아의 소문에도 영향이 갈 겁니다."

반박할 말이 없어 앨리스는 침묵했다. 소문이 신경 쓰이기보다는, 그저 이 사람과 같이 가고 싶지 않아 둘러댔을 뿐이다.

하지만 저렇게까지 나온다면 더 이상 할 수 없겠지.

애런 클레이모어의 쇠고집에, 앨리스는 어렴풋이 에드가 떠올랐으나 한숨과 함께 생각을 흩어 냈다.

"정 함께 가시겠다면 말리지는 않겠어요."

다행히 이번 감기는 금세 나았다. 녹턴이 둔 유예 기간을 다 채우기도 전이니, 축복을 받을 필요도 없었다. 어쩌면 얼마 전에 받은 축복이 아직 체내에 남아 있었던 건지도 모르겠다. 강제로 몸에서 병을 몰아 낼 때만큼 빠르게 개운해지지는 않았지만, 몸이 나아가는 과정에서 조금은 정신도 맑아진 것 같았다. 적어도 아프기 직전까지 나를 괴롭히던 비관론이란 먹구름도, 조금쯤은 걷혀나갔으니까.

침실에서 나온 나는 새디의 걱정을 한 몸에 받으며 건강을 과시하기 위해 저택 곳곳을 돌아다녔고, 그러다가 예상치 못한 인사를 만났다. 밀색 단발의 부드러운 미남자, 신관 제르벨로 제르벨라였다. 감금당해서 지내고 있는 줄 알았는데 생각보다 자유로워 보였다. 아니, 그건 피차 마찬가지인가.

어색한 마주침에 머뭇거리는 새, 그는 먼저 다가와 인사를 건넸다.

"안녕하세요, 신관님."

"편하게 불러 주세요. 제르벨라면 됩니다."

말투는 조금 딱딱한데 붙임성은 있는 모양이다.

"그래요, 제르벨라."

인사를 나누고 나니 금세 할 말이 닳았다. 강압적인 상황에서 형식적인 소개를 받았을 뿐, 별로 아는 것도 없는 사람이니 분위기가 자연스럽다면 그게 더 이상할 것이다. 이대로 자리를 뜰까 생각하던 중에, 제르벨라가 머뭇거리며 말을 붙여왔다.

"영애께서는…… 자의로 이곳에 계신 겁니까?"

"……일단은 약혼하긴 했어요."

"성혼도 아니고 약혼이라면, 아직 본가에 계셔야 하지 않나요?"

"옛날 전통을 들먹이더라고요. 후계의 배우자를 미리 가문에 들이고 길들이던 풍습이요. 약혼도 자의로 한 건 아니었고."

결코 좋은 이야기는 아니었지만, 나는 자조적으로 말을 늘어놓았다. 어차피 묶여 있는 처지는 그와 같으니 이런 말을 한다고 수치심이 일지도 않았다. 외려 젊은 대신관의 얼굴이 분노로 딱딱하게 굳어져서, 그게 조금 생소하게 보였다.

"그렇게 무도한……."

"그러고 보니 신관님……이 아니라 제르벨라의 사정은 듣지 못했는데, 왜 여기에 계신 건가요? 정말 자의로 계신 건 아니죠?"

대놓고 말을 돌리려는 모양새가 신경 쓰였는지, 제르벨로 제르벨라는 입술을 달싹이다가 옅은 한숨을 내쉬었다.

"대신전으로 익명의 제보 하나가 들어왔습니다. 어떤 흑마법사에게 가족 전부를 잃어버렸다는 사람이 보낸 서신이었습니다."

"제보요?"

"본인은 겨우 도망쳐 나왔지만, 그자의 계획에 대해서 들은 바가 있어 위험을 무릅쓰고 제보한다. 그는 제위 의식을 망칠 것이며, 그자의 이름이 녹턴 에드가이다."

앨리스를 통해 들은 말과 같았다. 대회에 문제가 생길지도 모른다는 정보가 들어와 신관을 많이 배치하고 황실의 기사단을 모두 불렀다고. 내가 아는 건 그 정도가 전부였기에 녹턴이 범인으로 지목당했을 줄은 몰랐지만.

그러나 놀라기도 잠시, 곧 이상하다는 생각이 들었다. 결과적으로 보면 제보가 얼추 들어맞았으나 일이 일어난 다음에나 할 수 있는 판단이었다. 서신 자체만 두고 보기에는 허술하고 의심 가는 구석이 많았다.

장난이나 함정이라고 생각해야 할 일이 아닌가.

내 생각을 눈치챘는지 제르벨라가 쓰게 웃었다.

"출처도 무엇도 없는 익명의 서신이라니 믿을 수 있을 리 없지요. 다른 신관 분들께서는 모두 서신을 무시해야 한다고 말씀하셨습니다. 감히 에드가를 의심하다니 있을 수 없다고요."

정석적인 판단이었다. 내가 그 입장이라도 같은 말을 했을 테니까.

"하지만 저는 서신을 믿었습니다. 믿을 수밖에 없었지요, 제게도 같은 경험이 있었으니까."

"같은 경험이라니……."

"제법 된 이야기지만, 흑마법사에게 가족을 모두 잃었습니다."

절대 가볍지 않은 이야기에 나는 나도 모르게 숨을 들이켰다. 그럼에도 제르벨라는 정말로 담담한 건지, 그런 척을 하는 건지 무던하게 말을 이어 갔다.

"제가 강경하게 몰아붙여서, 의식에 수십의 신관을 배치할 수 있었습니다. 그리고 일이 터졌죠. 틀림없이 공작이 범인이라고 생각했습니다."

"……그럴 수밖에요."

"그러나 당사자의 허락 없이는 그 사람이 흑마법사인지 아닌지조차 확인할 수 없었습니다. 제국에서 에드가의 권위란 그런 것이니까요."

신관이 짓씹으며 토해 내는 말에 나는 한숨을 쉬면서도 동조했다. 내가 군말 없이 저택에 묶여 있을 수밖에 없는 데에는, 그가 에드가의 주인인 탓도 있었으니까.

"그럼 흑마법사인지를 확인하는 대가로 여기에 오신 건가요?"

"예, 신성 마법을 퍼부었는데도 조금도 괴로운 기색을 보이지 않았으니까. 제가 착각했구나, 자책하고 후회했죠. 정작 저택에 와서는 그게 아니란 걸 깨달았지만."

에드가에 있는 수백의 사용인이 모두 세뇌에 당해 있으니, 그걸 보고 제르벨라가 느꼈을 기분이 어땠을지는 짐작할 만했다. 당장 나만 해도 그 기괴하고 소름 끼치는 모양새에 괴담 속을 걷는 기분이라고 생각했으니까.

"영애께서는 에드가 공작이 흑마법사였던 걸 알고 계셨습니까?"

"……얼마 전에요."

"그렇군요, 그래서 영애와의 약혼을 수단 삼아 발로즈 후작 영애의 입을 틀어막은 거로군요."

잘못된 추론이다. 그런 이유라면 끌려올 사람이 몇은 더 있을 것이다. 앨리스와 내가 에드가 공작 부인의 자리를 두고 다투는 우스운 일이 벌어지겠지.

그렇게 생각하면서도 녹턴과 얽힌 복잡한 감정을 늘어놓고 싶지는 않아서, 나는 입을 다물었다.

"이런 말이 영애를 겁에 질리게 할까 저어되지만, 발로즈 영애께서도 조심하셔야 합니다. 세뇌를 당하는 건 한순간이에요."

신관의 말에 나는 표정 관리를 하기가 어려워졌다. 이미 세뇌를 당한 적이 있다고 할 수는 없지 않은가.

하나 고백하고 싶지도 않았기에 잠자코 고개를 끄덕였다. 그럼에도 주의하겠다는 대답만으로는 부족한지 제르벨라가 심각한 얼굴로 나를 보았다. 그러더니 곧.

"……잠시, 이쪽으로. 발로즈 후작 영애께서 세뇌로부터 안전하실 수 있도록 축복을 걸어드리겠습니다."

"축복이라면 저번에 걸어 주셨잖아요."

"질병을 대상으로 하는 축복과 저주를 대상으로 하는 축복은 종류가 다릅니다. 물론 저주 대상의 축복은 영구적이지는 않지만, 없는 것보다는 나을 겁니다."

그의 말에 고개를 끄덕이다가, 나는 다급히 다른 질문을 던졌다.

"혹시 제가 이미 세뇌에 걸려 있었다면, 그걸로 세뇌에서 벗어날 수도 있을까요?"

"장담할 수는 없지만 해 보겠습니다."

그리고 내게 축복을 내리려는 듯, 제르벨라가 입을 여는 순간 복도의 건너편에서 누군가 다가오는 것이 보였다. 저택의 사람들은 모두 녹턴의 눈이다. 나는 제르벨라의 팔을 잡아당기며 눈짓했다. 그는 흠칫 놀라더니 내가 가리키는 곳을 보고 고개를 끄덕이고 입을 다물었다.

그러나 곧 얼굴 전체가 붉어지기 시작해서 이지가 없는 사람이 아니라면 누구나 이상하게 여길 모양새가 되었다. 혹시나 하는 생각이 들었으나, 지금 상황에서는 중요치 않았기에 나는 잠자코 사용인이 지나가기를 기다렸다.

그리고 복도를 지나는 사람이 아무도 없게 되었을 무렵, 제르벨라가 내게 황금빛을 쏟아 냈다. 녹빛의 축복과 달리 온몸에 햇빛이 스며드는 것처럼 따뜻한 기운이 났다. 신기한 기분에 제르벨라를 쳐다보자, 그는 나보다 놀란 것처럼 눈을 크게 뜨고 있었다. 무언가 잘못된 건가 싶어 캐물으니 제르벨라가 천천히 고개를 저었다.

"정말 다행스럽고 신기한 일이지만, 영애께서 세뇌에 대해 걱정하실 필요는 없겠습니다."

"무슨 말씀이시죠?"

"발로즈 후작 영애의 체질이 신성력에 친화적인 유형입니다. 남들보다 신성력을 받아들이는 힘이 큰 반면, 마법에 대한 저항력도 강해서 영애를 세뇌하려면 남들의 수십 배는 되는 힘이 필요할 겁니다. 아마 안심하셔도 좋을 듯합니다."

신성력에 친화적인 체질이라니, 그런 것도 있던가.

어딘가 이단 종교에서 할 법한 말에 나는 잠시 제르벨라의 말을 의심했으나, 곧 전에 있던 일이 떠올랐다. 녹턴이 닿는 것만으로 하얀 번개가 이글거리던 백수정. 나중에 듣기로, 접촉한 사람을 공격하는 기능은 없다고 했다.

그저 불량인 줄 알았던 수정의 공격이 그럼 내 체질과 관련이 있는 걸까.

신기하고 당혹스러운 일이었으나, 그 일을 떠올리더라도 이 남자의 말이 온전히 믿기지는 않았다.

나를 세뇌하려면 수십 배의 힘이 필요하다니, 그렇다면 녹턴은 남들을 세뇌할 때의 수십 배의 힘으로 나를 세뇌했다는 걸까? 설마…… 세뇌에 당하지 않았던 건 아니겠지.

그럴 리가, 그랬다면 녹턴이 눈치채지 못했을 리 없다. 나는 적어도 나보다는 마법에 해박해 보이는 사내를 보며 신경 쓰이던 것 한 가지를 떠올렸다.

"괜찮다면 마법 물약에 대해서도 아시는지 여쭐 수 있을까요? 마법 물약으로도 사람의 정신을 건드릴 수 있다고 하더라고요."

"마법 물약이라면…… 남들보다 저항력이 있긴 하겠지만, 물약의 효능을 완전히 막아 내기보다는 부작용이 생길 확률이 높습니다."

다소 곤혹스러운 듯 말하고는, 그는 다급히 말을 이었다.

"그래도, 마법 물약에 능통한 사람은 몹시 드물고, 제대로 만들어 내려면 수십 년의 수련이 필요하다고 하니 공작을 걱정하진 않으셔도 될 겁니다."

안심하라는 듯, 제르벨라가 고개를 끄덕였으나 머릿속의 혼란은 가라앉기는커녕 한층 더 복잡해졌다.

녹턴을 걱정할 필요가 없을 거라니. 그렇다면 정말로, 내게 물약을 먹인 사람이 녹턴이 아니란 말인가. 그렇다면 누가, 어떤 이유로……?

제삼자의 개입이 확실시된 상황에, 등골을 타고 소름이 올라왔다.

발로즈 후작저에는 바쁜 후작 부부를 대신하여 알로이 발로즈가 자리를 지키고 있었다. 앨리스와 애런 클레이모어는 응접실 대신 그녀의 집무실로 안내받았다.

알로이 발로즈. 두루아와 같은 붉은 머리의 여성은 유순하고 나른한 인상이었으나 눈에 묘한 냉기가 서려 얕볼 마음은 조금도 들지 않았다. 두 사람을 들여보내게 한 것은 그녀였지만, 마냥 반갑지는 않은지 발로즈 소후작의 눈이 슬쩍 가늘어졌다.

"두루아의 전 약혼자와 에드가 공작 각하의 전 약혼자, 조합이 재밌네요."

"갑작스레 찾아뵈어 죄송해요. 소후작님의 시간을 많이 뺏고 싶지 않으니, 본론부터 묻고 싶은데 두루아가 공작 각하와 약혼을 했다는 말이 사실인가요?"

"두말할 것도 없어요."

믿고 싶지 않은 말에 입술을 깨물며 앨리스는 알로이 발로즈의 눈빛을 살피려 애썼다. 알로이 발로즈를 직접 대면한 적은 많지 않았지만, 두루아에게 들은 말은 많다. 그녀에게 듣기로 발로즈 소후작은 제 동생을 무척이나 사랑하는 것 같았다. 그러나 지금 보기로, 알로이 발로즈의 눈빛은 흐린 기색이 없이 또렷했고 어떠한 죄책감이나 망설임을 내비치지도 않았다. 아주 자연스러운 일이 벌어진 것같이 태연한 얼굴이었다. 발로즈 일가에서 정말 두루아를 팔아넘긴 것이 아닌가, 하는 불안한 의혹이 치솟았지만 앨리스는 곧 고개를 저었다.

눈빛처럼 불확실한 기준으로 판단하지 말자.

앨리스는 내내 좋게 생각해 오던 알로이 발로즈가 그런 사람이라고 생각하고 싶지는 않았다. 그건 두루아에게 너무 가혹한 일이었다. 결정을 미루는 대신, 그녀는 혹 세뇌에서 풀려나는 데 도움이 될까 챙겨 온 백수정을 꺼냈다.

"이거, 혹시 보신 적 있다면 좀 확인해 주실래요."

"암살하기에 좋은 수법 같네요. 그게 특수 제작된 폭탄이라면."

"의심 가신다면 다른 사람의 손을 거친 뒤 확인하셔도 좋아요."

"두루아를 위해 온 모양이니, 굳이 리모란드 영애를 의심하진 않아요."

싫은 소리를 한번 해 놓고도, 발로즈 소후작은 아무렇지 않게 백수정을 넘겨받았다. 고양이가 장난감을 가지고 놀 듯 손끝으로 물건을 툭툭 건드리고 손아귀에 쥐었다 손을 펴기도 했다. 그러나 알로이 발로즈에게서 무언가 변화의 기색은 나타나지 않았다.

약 1분가량을 그랬을까, 그녀는 질린 듯 수정을 내려놓고 어깨를 으쓱였다.

"유감스럽게도 생각이 달라지진 않네요. 세뇌 마법에 걸리지는 않았나 봐요. 아니면, 이 수정만으로는 힘이 부족한가?"

"네? 무슨 말씀을—."

"리모란드 공작 영애께서는 내가 흑마법에 당해 두루아를 팔아넘겼다고 생각하시잖아요."

허를 찌르는 말에 앨리스의 눈이 동그랗게 커졌다.

"공작 각하의 흑마법을 알고 계셨나요?"

"세상에, 두두가 제 언니를 얼마나 무능하게 묘사했으면 그렇게 착각하셨을까."

"그럼, 그럼 왜 그러신 거예요. 정말로 가문의 이익 때문에……?"

"아이 하나를 팔아먹는다고 발로즈의 위상이 좋아질 일은 없죠. 무례하고 무도한 질문이니, 다시는 하지 않길 바라요."

급격히 서늘해진 눈빛에 움츠러들어 앨리스는 입술을 깨물었다. 그렇지만 위축되었다고 입을 다물고 돌아갈 수는 없었다.

"그러면 달리 무슨 이유가 있을 수 있죠? 에드가 공작 각하의 흑마법을 알면서도, 그분이 세뇌 같은 저열한 수를 쓰신다는 걸 알면서도 두루아를 강제로 약혼시키다니!"

"모르겠네, 내가 왜 영애한테 내 행동을 납득받아야 하지."

알로이 발로즈는 묘한 얼굴로 웃으며, 책상에 내려 둔 백수정을 도로 들었다. 앨리스의 손에 그 물건을 쥐어 준 뒤 그녀의 갈색 눈동자가 앨리스를 직시했다.

"리모란드 공작 영애, 공작 각하께서 겨우 찾아내신 고귀한 몸이신데 부디 몸조심해요. 명분이 숭고하더라도 여기저기 설치는 게 누구에게나 용납될 린

없잖아요. 각하의 위세를 빌려 어리광을 떠는 것도 적당히 하고."

"소후작님!"

"카리사, 손님께서 돌아가시겠다고 하네."

알로이 발로즈가 웃으며 하는 말에, 바깥에서 대기 중이던 집사가 안으로 들어왔다.

앨리스는 후작저를 나오는 수밖에 없었다.

"전혀, 전혀 다른 사람이에요."

"예?"

"알로이 발로즈 말이에요, 두루아에게 듣던 것과는 전혀……. 좋은 사람인 줄 알았는데."

"좋은 사람일 수도 있습니다."

"무슨 말씀이세요?"

"리모란드 영애께서 아시는 전부가 온전한 진실이 아닐 수도 있다는 말입니다. 원래부터, 발로즈 소후작은 입이 무거운 사람이니까요."

"제가 모든 걸 안다고 생각하지는 않아요."

그런 오만한 생각을 하기에 제 배움은 많이 부족했다. 하지만, 그렇더라도 애런 클레이모어보다는 많은 걸 알고 있을 것이다.

"그래도 제가 남들보다 많이 아는 건 사실이죠."

제게는 예지몽이 있었으니까. 미묘한 우월감이 치밀었다. 그를 토대로 상대의 말에 반박하고 싶은 마음이 들었으나 어서 빨리 헤어지고 싶은 바람이 더컸다. 앨리스는 고개를 들어 클레이모어의 눈을 똑바로 바라보았다.

"오늘 고마웠어요. 하지만 다음부터는 함께 와 주실 필요는 없어요."

"리모란드 영애."

"후작저에서 한 마디도 하지 않으시던데, 그럴 거면 애당초 왜 오신 건지도 모르겠네요. 어쩌면, 저를 감시하러 오신 것 같기도 하고."

"그런 건—."

"마침 마차가 오네요. 안녕히 가세요, 클레이모어 경."

앨리스는 클레이모어의 반론을 들어주지 않고 몸을 돌렸다.

어차피 알맹이도 없는 부정일 것이 뻔하다. 에드를 떠올리다니, 터무니없어. 그런 사람한테. 그런 무도하고 무심한 사람이 에드라니, 너무 실례되는 생각이야.

마차에 오른 앨리스는 분기를 참지 못하고 치맛자락을 꽈악 움켜쥐었다. 자신이 생각하기에도 다소 지나친 분노라고 생각했지만, 상대가 다름 아닌 두루아였기에 할 수 없었다.

앨리스는 두루아 발로즈에게 마음의 빚이 있었다. 아주 어린 날 생각했던 것처럼, 두루아를 만난 걸 기점으로 앨리스가 행복해진 이후로 생긴 부채다. 남작의 사생아로 알려져 사용인들에게도 비웃음을 당하고 가끔은 끼니를 얻는 데에도 동정을 구걸해야 했던 때, 그 비참한 나날들은 두루아와 친구가 되면서 끝이 났다.

후작 영애와 친구가 된 앨리스는, 더는 모멘텀의 제일 밑바닥 서열이 아니었다. 남작 부인은 그녀의 눈치를 봤고 모멘텀의 자매들은 앨리스에게 아양을 떨었다. 사용인들은 더는 앨리스를 시궁쥐 취급할 수 없었다. 처음에는 처지가 달라진 것이 얼떨떨하면서도 반가울 뿐이었지만, 나중에는 상황의 변화를 수동적으로 받아들이는 데 그치지 않았다.

처음 얻게 된 권력은 달았다. 그래서 그게 좋은지 나쁜지도 모르면서 권력을 휘두르기 시작했다. 두루아 발로즈라는 이름의 힘을 이용하여 원하는 걸 얻어냈다.

"코로나, 그 드레스 예뻐요. 나 주면 안 돼요? 아, 파티에서 입을 드레스구나. 하지만 어때요, 코로나는 흰색이 어울리지 않고 다른 옷을 입어도 예쁠 텐데. 내게는 흰색이 가장 잘 어울린다고, 두루아가 말해 줬단 말이에요."

"응? 아 그 낡은 오르골. 에멜리아의 거였구나. 미안해요, 가지고 놀다가 하녀의 아이가 너무 간절하게 갖고 싶어 해서 줬어요. 두루아가 그러던데, 어린 나이에 너무 장난감에 집착하는 것도 품위 없는 일이래요."

두루아가 하지도 않은 말을 수단 삼아, 복수라는 이름의 조악한 행위들이 이루어졌다. 꿈속에서의 앨리스가 그런 행위들을 하며 행복을 누리고 이득을 얻었기에, 현실에서의 앨리스도 꿈에 나오는 걸 그대로 따라 했다.

나중에 가서는 스스로의 죄악을 깨닫고 앨리스 모멘텀을 누구보다 경멸하게 됐지만, 이미 벌어진 일을 부정할 수는 없었다. 그렇기에 앨리스에게 있어 두루아란 고마운 친구였으나 한편으로는 죄책감의 대상이었다. 그 탓에 한없이 헌신적이면서도 어떤 의미로는 비굴하기까지 한 앨리스의 우정이 완성되었다.

앨리스에게 두루아는 특별했다. 좋은 의미로든, 나쁜 의미로든. 두루아에게 진 빚은 평생토록 갚지 못할 것이다. 그러니 애런 클레이모어의 그 무관심한 작태에 그토록 화가 났다. 저가 두루아에게 빚이 있다고 한들, 남조차 그럴 필요는 없는데도 제게 이렇게 특별한 사람이 남에게 홀대받는 느낌을 견딜 수가 없었다. 그게 마치 자신의 비굴함을, 해묵은 죄책감을 강조하는 것 같았기에. 제 특별함이란 게 실은 죄책감의 전시라고 말하는 것 같았기에.

가슴 안의 먹먹한 통증에 눈가에 열이 올랐다. 앨리스는 몸을 웅크리고 무릎에 얼굴을 묻었다. 무릎의 천이 젖어 들기를 얼마간, 곧 그녀의 숨이 고르게 퍼졌다.

다음 순간, 앨리스는 눈을 떴다.

분명 마차에서 웅크려 앉아 울고 있었는데, 그녀는 처음 보는 곳에 있었다. 고풍스러우나 화려하지는 않은 가구들이 가득한 거대한 공간, 응접실처럼 보이는 곳에서 장작불이 튀는 소리가 생생했다. 앨리스는 저가 예지몽을 꾸고 있다는 걸 바로 알았다.

그녀의 앞쪽으로 두 명의 사람 그림자가 보였다. 하나는 흐리게 뭉개진 형체였고, 다른 하나는 애런 클레이모어였다. 흐릿한 형체의 입에서는 두루아의 목소리가 새어 나오고 있었다.

앨리스가 멍하니 상황을 파악하는 동안, 두 사람은 잡담을 나누다가 다른 화제를 꺼내 들었다.

[에른하르트가 그립지는 않아요?]

두루아의 목소리에 앨리스가 흠칫 놀랐다. 들킬 리 없는 데도 그녀는 바짝 숨을 죽였다.

에른하르트라고?

[고생만 하고 왔는데 그리울 일이 뭐 있겠습니까.]

[하긴, 애런이 저처럼 여행이나 다닌 건 아니니까요. 드레이크를 몇 마리 잡으라고 하셨더라, 찾기도 힘들 텐데 말이에요.]

[할아버님께서 못해도 몇 년은 수행하라고 주신 지령이니, 할 수 없는 일이지요. 공교롭게도 마지막 드레이크를 잡은 날, 할아버님께서 돌아가신 터라 그날까지 기다리고 계셨다는 생각도 듭니다.]

애런 클레이모어가 그리운 얼굴로 미소 지었다. 두루아도 따라 웃는 소리가 났지만, 앨리스는 갈수록 가슴이 두근거리기만 했다.

수행, 드레이크, 그리고 다시 에른하르트.

설마 하는 생각에 앨리스의 눈이 떨렸다. 그녀는 분명히 기억하고 있었다.

에른하르트는 조그맣고 풍요로운 땅이었으나 주위를 둘러싼 산지는 조금만 깊이 들어가도 몬스터가 가득했다. 그 때문에 기사들이 수행을 오기도 하고 황실에서 정벌하러 오기도 했다. 드레이크는 그 땅의 가장 골칫거리였다.

그러고 보니 앨리스가 에드를 만나던 즈음에는, 드레이크가 기승을 부린다는 소식은 들어 보지 못한 것 같았다. 어떤 솜씨 좋은 기사가 몬스터를 정리하고 있기라도 한 것처럼.

[그래도 그리울 것 같은데.]

[드레이크가요?]

[아니요, 애런.]

두루아의 형체가 앞으로 기울어지더니 턱을 괴는 듯한 모양새를 취했다. 그러고는 곧, 나직한 목소리로 말했다.

[두고 온 사람이 있잖아요.]

그 말을 마지막으로 앨리스는 퍼뜩 잠에서 깨어났다. 마차의 문이 열리는 소리가 났기 때문이다.

그녀가 멍하니 고개를 들자, 호위 기사 중 한 사람이 눈에 들어왔다.

"도착했습니다, 아가씨."

"아. 그렇……군요."

"아가씨? 세상에, 왜 이렇게 땀이……! 어디 안 좋으십니까? 사람을 불러오겠습니다. 로벨, 어서 안쪽에 전해! 아가씨의 상태가……!"

다른 이들이 요란을 떠는 소리가 나도, 바깥의 소란이 저택으로 전해지는 걸 봐도 앨리스는 그걸 만류해야겠다는 생각도 나지 않았다. 다만 종전의 잔상에 사로잡혀서는 멍하니 앞을 바라보기만 할 뿐이었다.

대체, 무슨 일이 일어난 걸까. 제가 방금 본 것은 대체…….

제르벨로 제르벨라와 말을 나눈 이후로 내 머릿속은 임페르펙티오로 가득 차올랐다. 당장 녹턴과의 약혼에 순번이 밀려 있었으나, 그에게 끌려오듯 공작 저에 오기 전까지는 나를 가장 충격에 빠뜨린 사건이 임페르펙티오였다. 사람의 기억을 조작한다는, 금지된 물약.

책에 적혀 있는 내용은 물약의 생김새를 비롯한 특징과 간략한 효능뿐이었으니 저택에 두고 온 책이 아쉽지는 않았다. 그러나 물약이 기억을 조작한다면 어떤 방식인지, 어떤 기억을 건드리는지는 알아내야 했다. 그래야 제게 물약을 먹인 사람이 누군지 짐작이라도 해 볼 수 있을 테니까.

며칠을 고민한 끝에, 나는 정면 돌파를 선택했다. 따로 계획을 짠다고 해 봐야 은밀히 내 수족이 되어 줄 사람은 새디뿐이었다. 그러나 새디 또한 다른 조력자가 없다면 무력했고, 자칫 일이 틀어질 경우 녹턴에게 무슨 일을 당할지 몰랐기에 나는 그 애에게 어떤 일도 시킬 수 없었다. 이번에도 내가 택할 수 있는 건 알아내기를 포기하거나, 녹턴에게 가는 것뿐이었다.

하여, 나는 노크도 없이 녹턴의 집무실을 열고 안으로 들이닥쳤다. 그렇다고 직접적으로 물을 생각은 아니었지만.

"안녕, 끔찍한 내 약혼자. 바쁜 건 아니지?"

그렇게 말하자마자 책상 위에 산더미처럼 쌓인 서류가 눈에 들어왔지만, 나는 조금도 아랑곳하지 않았다. 서류가 저 열 배쯤 있더라도 마찬가지였을 것이다.

"그럴 리가. 아무리 바쁘더라도 내 파랑새가 몸소 찾아 주었는데, 그런 시늉도 해서는 안 되지."

만년필을 내려 두고 녹턴이 자리에서 일어났다.

"그래서 무슨 일—."

"네 개인 서재에 들어가고 싶어."

임페르펙티오의 이야기를 찾을 만한 곳이라고는 녹턴의 개인 서재뿐이었다. 정확히는 에드가 공작의 개인 서재겠지만. 한 번도 들어가 본 적이 없고 선대 에드가 공작들이 흑마법 도서에 흥미가 있었는지조차 불분명했지만, 녹턴에게는 마법에 관련된 책이 많을 것이다.

가장 보안이 철저한 공작의 서재에 모두 가져다 두었겠지.

앨리스가 찾은 것보다도 많은 양이 있을 게 분명했다. 그 안에 들어가 보기 위해서는, 당대 공작의 승낙이 필요했다.

녹턴의 눈썹이 슬쩍 기울어졌다.

"개인 서재?"

"예전에 네가 말했던 거 기억하고 있으니 발뺌할 생각은 마. 에드가 공작이 되면 들어갈 수 있는 서재가 있다고 했잖아."

"별로 중요한 게 든 것도 아니니 숨길 생각은 없어. 그보다 내 서재에 들어가서 뭘 하고 싶은데. 이유도 말하지 않고, 원하는 걸 얻어 낼 수 있다고 생각해?"

"그걸 몰라서 물어? 흑마법 책을 뒤져 볼 거야."

어차피 다른 꿍꿍이를 말해 봐야 믿지도 않을 것이다. 나였어도 믿지 않았을 테니까.

그렇기에 당당하게 말했는데 재수 없게도, 녹턴의 입매에 호선이 그려졌다. 기분이 좋아 보이는 얼굴이었다.

"들여보내 주지 못할 건 없지만, 흑마법을 안다고 나를 해치우긴 힘들 거야."

"모르는 거지. 아, 마법 물약에 대한 것도 보고 싶어. 궁금한 게 있어서."

"서재를 다 뒤져 보는 것보다 내게 물어보는 게 빠를 텐데."

"그렇다면 사양 않을게. 임페르펙티오에 대해 말해 줄래."

긴장이 느슨해질 때 대뜸 찌른 질문에, 녹턴의 표정이 단박에 굳었다. 나는 그의 표정을 좀 더 유심히 살폈다.

제르벨라의 말대로라면 녹턴이 임페르펙티오를 만들었을 리는 없지만, 본 적도 몇 번 없는 신관의 말을 온전히 믿을 수도 없다. 설사 그의 말이 사실이더라도, 녹턴이 다른 사람을 부려 임페르펙티오를 만들었을 가능성마저 사라지는 것은 아니었으니까.

"……네가 그걸 어떻게 알아."

"너도 아는 모양인데, 내가 그걸 아는 게 이상해?"

"금지된 물약이야, 관심 갖지 마. 애당초, 그게 뭔지 알기나 해?"

"언제는 어린애처럼 굴지 말라더니, 이제는 네가 어린애 취급을 하는구나. 기억을 조작하는 물약이잖아. 혹시 알아? 네 기억을 전부 손봐 주면, 네가 조금은 착해질지."

"그걸 나한테 먹인대도 의미 없어, 기억을 조작한다고 해 봐야 마음이 변하는 것도 아니니까."

급격히 피로해진 얼굴로 녹턴이 제 눈가를 문질렀다. 그럼에도 내게는 그 얼굴이 가증스럽게만 보였다.

"내가 세릴 보르나인의 일을 벌써 잊었다고 생각하는 건 아니지? 보르나인에게 사랑을 명령해 놓고, 이제 와서는 마음을 조종할 수 없다고?"

"경우가 달라. 그 여자도 엄밀히는 나를 진짜로 사랑한 게 아니야."

선뜻 와닿지 않는 말에 설명을 채근하자, 녹턴이 옅은 한숨을 내쉬었다.

"굳이 말할 필요가 없다고 생각해서 입을 다물었지만, 이렇게까지 궁금하다면 할 수 없겠네. 보르나인은 본인이 날 사랑한다고 착각했을 뿐이야."

"그게 착각이라고? 나를 질투해서 못 잡아먹고, 어떻게든 네 관심을 받으려 애쓰던 게 다 착각일 뿐이라고?"

"셰릴 보르나인이 사랑하는 방식이 우습지는 않았니, 두루아. 꼭 책 속에 나오는 것처럼 평면적이잖아."

녹턴의 말에 인상을 찡그리면서도 나는 셰릴 보르나인과 있던 일을 몇 가지 떠올렸다. 상황을 가리지 않고 남발하던 질투, 질투, 질투. 원망 한 점 없이 맹목적인 녹턴을 향한 사랑. 그의 말대로, 책에서나 나올 법한 평면적인 감정이었다. 그게 셰릴 보르나인과 어울리는 통에 눈치채지 못하고 있었지만.

"본인이 생각하는 사랑의 방식이 그런 거였겠지. 흑마법의 본질은 결국 그거야. 중요한 건, 대상이 정말로 나를 사랑하는지가 아니라, 나를 사랑한다고 생각하는 거니까."

"그게 대체……."

"그러니 내게 먹여 봐야 의미 없어. 중요한 감정이라면 잠시 감춰질 뿐 사라지지 않고, 어떻게든 약효가 통하게 해도 이유도 모른 채로 네게 집착하는 더 끔찍한 괴물이 되겠지."

"……마음이 변하도록 기억을 유도하는 건?"

"물론, 그게 가능할 거라 믿는 머저리들도 있지만 처음에나 통할 속임수야. 시간이 걸리더라도 결국 마음은 제자리로 돌아오니까."

충격적인 말이었으나, 지금 중요한 것은 흑마법과 약물의 본질적인 기능이 아니었다. 녹턴이 말하는 내내 그의 표정을 살폈으나, 내게 무언가를 숨기려 한다기보다는 약물을 경계하는 기색이었다.

정말로 임페르펙티오를 바꿔치기한 사람은 녹턴이 아닌가.

그 외의 다른 범인을 특정할 수도 없는 상황에서 나는 길을 잃은 기분이었다. 겨우 한 명을 제쳤을 뿐인데도 더 짐작 가는 사람조차 없다. 물약이 바꿔치기 된 게 단순한 우연일 수는 없을 텐데도.

내가 입술을 짓씹는 새, 녹턴이 가까이 다가왔다. 바로 앞으로 진 커다란 사람 그림자에 나는 뒤늦게 그걸 알았다.

"다시 물을게, 그걸 어떻게 알았어."

"……마법 물약서에서 봤을 뿐이야."

"책에 나와 있다고 하더라도 알맹이는 없겠지. 왜 그거에 관심을 갖는지 묻는 거야. 혹시 본 적이라도 있어? 아니면……."

그의 표정이 눈에 띄게 어두워졌다.

"먹었거나."

내가 내내 그의 표정을 살피던 때처럼, 녹턴의 눈은 내 껍질을 벗겨 낼 것처럼 집요했다. 갑작스레 정곡을 찔린 탓에 놀라고 당혹스러웠지만, 이런 일이 있을지도 모른다고 각오하고 온 덕에 가까스로 표정을 숨겼다. 나는 나를 내려다보는 녹턴의 어깨를 밀어내며 태연히 말했다.

"네가 아니라면 내게 그런 걸 먹일 사람이 누가 있겠어. 말해 줄 생각 없다면 됐어, 개인 서재 열쇠나 줘."

"……말해 두지만, 서재 전부를 뒤지더라도 자세한 얘기를 찾긴 힘들 거야. 읽는 즉시 폐기해 버렸으니까."

"헛수고 줄여 줘서 고맙네."

내게서 이상한 낌새를 찾아내지는 못한 듯, 그는 석연찮은 얼굴로 나를 노려보다가 마지못해 열쇠를 건네주었다.

열쇠를 받는 즉시, 나는 조금의 망설임도 없이 뒤를 돌았다.

집사의 안내를 받고, 나는 녹턴의 개인 서재로 향했다. 서재는 2층에 있는 녹턴의 방과 연결되어 있었기에 집무실과는 조금 거리가 있었다. 집사를 따라 발걸음을 놀리면서 나는 생각에 잠겼다.

메모리아의 실타래인 줄 알고 약물을 마셨으니, 그 이후로 바뀐 기억이라면 전부 조작되었을 것이다. 그런 식으로 접근하려 해도 영 분명한 것이 없었다. 바꿔치기 된 물약을 통해 내 기억이 바뀐 부분이라고는 원작에 관련된 부분뿐이다. 애매하게 흐리던 기억이 분명히 떠올랐고, 녹턴이 주인공이 아니라 악당이라고 확신했을 뿐.

그러나 녹턴 에드가의 실제 모습이 주인공보다 악당에 가까운 건 사실이 아니던가. 더구나 앨리스에게 특별한 마음을 품지도 않았으니, 연애 소설의 주인공은 될 수 없었다. 원작과 현실이 왜 그토록 달랐는지는 명확해졌으나, 얻은 건 그것뿐이었다. 누구에게도 말한 적이 없으니, 다른 사람은 원작의 존재조차 모를 텐데도 물약을 마시고 바뀐 기억은 그것뿐이다.

설마 『그와 앨리스』를 아는 다른 누군가가 내 실체를 눈치채고, 무언가 조작하려고 한 건……. 음, 조금 무리한 가정인가.

그러고 보니, 얼마 전 보르나인의 티파티에 갔을 때, 파티 날짜가 안 맞는다는 생각하기도 했다. 그렇다고는 해도 자작의 재혼 축하 파티 같은 게 뭐 중요하겠냐만.

아무리 생각해도 머릿속은 빙빙 돌며 복잡해지기만 해서 나는 크게 한숨을 내쉬었다. 당사자가 나타나 어떤 부분을 조작했는지 실토하지 않는 한, 평생 알아낼 수 없을 것 같았다.

그렇게 생각할 무렵, 나는 녹턴의 방에 도착했다. 공작이 되고서 새로 배치된 방이라 나는 처음 와 보는 곳이었다. 방문을 열고 안으로 들어서면서 나는 내게 배정된 방보다 거대한 크기를 상상했지만 의외로 내 것보다도 작았다. 무슨 생각으로 내게 그 큰 곳을 배정한 건지 모르겠다고 생각했다.

방의 안쪽에 있는 거대한 책꽂이를 밀어 내자 새까만 원목으로 된 문이 나왔다. 녹턴에게 들은 대로 문고리에 열쇠를 집어넣으니 드디어 개인 서재가 드러났다.

서재는 몹시도 컸다. 황실 도서관만큼은 아니라도 그 반의반 정도는 될 법한 커다란 공간에, 평생 읽기만 하더라도 반도 읽지 못할 엄청난 양의 책들이 꽂혀 있었다. 나는 잠시 그 분위기에 압도되어 숨을 들이켜다가, 뒤늦게 몸을 움직였다.

흑마법 도서, 그게 아니라면 마법 물약서. 찾아야 할 종류는 명백했으나 일이 생각만큼 쉽지는 않았다. 책은 너무 많았고 어떤 기준으로 정렬되어 있는지도 몰랐다. 서재의 주인인 녹턴이라고 하더라도 원하는 책을 찾아낼 수 있을까 의문스러울 정도로 복잡했다. 서너 시간은 책장을 뒤지고 다닌 것 같은데 얻은 것은 하나 없고, 결국 나는 중앙에 있는 소파에 몸을 늘어뜨렸다.

순순히 열쇠를 주더라니, 일이 어떻게 될지 알고 있었군.

화가 났지만, 화를 낼 기력도 없다. 나는 잠시 쉬었다가 다시 움직일 요량으로 소파에 늘어졌고 선잠에 빠져들었다.

다시 정신이 들었을 때는, 몸에 무언가가 덮여 있었다. 비몽사몽인 채로 걷어 내 보니 내 몸을 덮고 있는 것은 담요였고 내 앞에는 녹턴 에드가 소파에 앉아 있었다. 책을 보는 모양새가 너무도 태연해서, 순간적으로 얼이 빠질 지경이었다.

"……뭐야. 왜 여기에 있어."

"개인 서재의 의미를 모르는구나."

"네가 이렇게 나오니 수상한데. 정말 여기에 임페르펙티오 얘기가 없는 게 맞아?"

"의심 간다면 찾아봐."

녹턴의 손가락이 짐짓 우아하게 책 더미를 향했다. 몇 시간 동안이나 진절머리 나게 뒤지던 공간이기에, 보자마자 절로 인상이 찡그려졌다. 나는 오기 삼아 몸을 일으키려다가, 테이블에 잔뜩 올려진 책으로 시선을 돌렸다.

녹턴이 읽으려고 꺼내 둔 책인가 싶었는데 놓인 책들은 다 제 취향의 것뿐이었다. 대부분은 사랑 이야기들이 전시된 책.

그래, 녹턴이 내 취향의 책을 아는 게 이상한 일은 아니니까.

그렇게 생각하면서도 나는 다시 그리움인지, 뭉클함인지 모를 이상한 기분을 느꼈다. 공유한 시간이 많다는 것은 성가신 일이었다. 이토록 나를 괴롭게 한 사람인데도, 마음이 흔들리게 할 순간이 숨어 있다는 말이었으니까.

그대로 소파를 박차고 나가 버릴까 잠시 충동이 들었지만 한숨을 내쉬며 책을 폈다. 녹턴과 함께 책을 읽는 게 얼마 만이더라, 잠깐 생각하기에도 까마득했다. 내가 에드가에서 아예 발길을 끊은 것은 애런과의 약혼 직후였지만 그 전날에 우리가 마주 앉아 책을 읽은 것은 아니었다. 녹턴은 작위를 계승한 이후로 내내 바빴기에 습관적으로 에드가에 오더라도 서재에서 책을 읽는 사람은 나뿐이었다.

그래도 발로즈에서는 영 책을 읽을 기분이 나지 않으니까. 잠깐씩 시간이 나면 서재로 올 거라고 생각했으니까. 에드가의 서재가 훨씬 익숙하다고 여겼으니까.

여러 가지 이유로 꾸역꾸역 에드가를 찾았으나, 나중에서는 깨닫게 됐다. 내가 익숙하게 생각했던 에드가의 서재에는 반드시 녹턴 에드가가 있었다고. 내가 녹턴과 거리를 벌린 데는 외부적인 이유와 복잡한 감정들이 있었지만, 에드가 공작저에 오지 않은 데에는 한 가지 이유가 더 있던 것 같다.

모닥불이 타닥거리는 소리가 나도, 담요를 뒤집어쓰고 핫초코를 홀짝이며 책을 읽어도, 이따금 소파에 파묻혀 낮잠을 즐기면서도 언제부턴가 외로워졌으니까. 그래 봐야, 지나간 일이었지만.

두루아가 개인 서재의 열쇠를 받아 나간 직후, 녹턴은 다시 서류를 보려 했지만 도통 마음이 잡히지 않았다. 하필이면 그녀의 입에 오른 물약이 '임페르펙티오'라는 점이 그의 불안을 두드리고 있었다. 그조차도 실제로 본 적은 없었지만, 몹시도 위험한 물약이었다.

두루아 발로즈는 어째서 그 물약에 관심을 가지게 되었는가.

녹턴은 패트시아 에드가가 두루아 발로즈에게 마법 물약을 썼을지도 모른다고 의심하는 상황이었다. 그 상황에 임페르펙티오라는 마법 물약이 거론되었으니 그의 생각이 부정적인 방향으로 흐르는 것은 불가피했다.

녹턴은 초조해하면서 시간이 가기를 기다렸고, 몇 시간이 지났을 즈음에는 두루아가 사막에서 바늘 찾는 의미 없는 짓을 그만뒀을 거라고 생각하며 서재로 향했다.

과연, 두루아는 책을 찾는 것은 그만둔 모양이었다. 다만 아예 포기한 것은 아닌지 소파에 늘어져 잠을 자고 있었지만. 급박한 생각으로 왔지만, 두루아의 모습을 보니 괜히 긴장이 풀어져서 녹턴은 한숨을 내쉬었다.

"사람 놀라게 좀 하지 마."

잠든 사람이 들을 리가 없는데도, 그는 조그맣게 속삭이며 손을 뻗었다. 흐트러진 머리칼이 신경 쓰여 머리를 정돈했다.

'이것만.'

불편하게 몸을 구부린 모양새가 신경 쓰여, 자세를 바꿔 주었다.

'이것도.'

날이 추운 데도 숄 하나 걸치지 않은 차림이 신경 쓰여서, 담요를 가져다 덮어 주었다.

'이것까지는…….'

그러고는 더 가져다댈 핑계도 없었지만, 발은 떨어지지 않았다. 어차피 두루아가 있는 상황에서 금서의 내용을 확인하는 건 무리였다. 언제 깰지도 모르니까.

그러한 자기합리화를 마치고 녹턴은 비밀리에 마련된 공간에서 금서를 꺼내는 대신 두루아가 좋아할 법한 책 몇 권을 뽑아 테이블에 올려 두었다. 그러고도 깨지 않기에 맞은편 소파에 앉아서는 책을 읽기 시작했다.

지금 상황을 잊어버릴 만큼 안온한 시간이었다. 다시 옛날로 돌아간 것 같은 기분이 들었다. 녹턴이 무척 그리워하던 그때가 다시 돌아온 것처럼.

마침내 두루아가 깨고 나서는, 당장 서재를 나가 버릴 줄 알았으나 의외로 그녀는 녹턴이 준비해 둔 책을 조금 읽다가 방을 나갔다. 별거 아닌 사소한 일인데도 그게 달가워 녹턴은 닫힌 문을 물끄러미 바라보았다. 가슴 안쪽에 새의 깃털을 문지르는 기분이 났다.

그러다 불현듯 정신이 들어 녹턴이 벌떡 몸을 일으켰다. 서재의 가장 가운데, 소파의 뒤쪽에 있는 기둥으로 가 손을 짚자, 에드가의 피를 인지하고 책장들이 멋대로 움직이더니 숨겨진 문이 드러났다.

흑마법 도서를 비롯하여 대대로 내려오는 각종 위험한 책들을 모아두는 방이었다. 이러한 장치가 되어 있었기에 두루아를 들여보낼 수 있었다.

방으로 들어서서 녹턴이 책 한 권을 꺼내 들었다. 금지된 비약들에 대해 상세히 서술된 금서였다.

임페르펙티오(일각에서는 리버스 메모리아라고도 불린다). 보랏빛, 무미 무취, 조금의 점성, 비마법사는 눈치채지 못할 조그만 입자들이 특징. 제로다이얼이 만들어 낸 비약으로, 흑마법사의 사념을 기준으로 대상의 기억을 조작한다. 직접적으로 기억을 손보는 방식이 아니라, 특정한 목적에 따라 대상의 기억이 변형되는 방식. ……잘 만들어진 물약일수록 체내에 오래도록 잔존하며, 지속해서 기억을 조작한다. 흑마법으로 진실한 감정을 만들어 낼 수 없다는 정설에도 불구하고, 이 비약은 대상의 감정에 상당한 영향을 미칠 수 있다는 주장이 많다.

그 밑으로는 임페르펙티오를 만드는 방법에 대해서도 적혀 있었다. 이 책은 녹턴이 공작이 되기 전부터, 공작의 개인 서재에 있던 책이었다. 전에는 단순한 흥미 위주로 읽었던 것이지만 지금 와서는, 그토록 가볍게 볼 수 없었다. 평범하게는 존재조차 알기 힘든 비약이었다. 저 때문에 흑마법에 대해 찾아보면서 어떻게 이름을 알게 됐다고 하더라도 관심을 가질 물건이 아니었다. 그런데 왜…….

그러던 중, 녹턴의 눈에 페이지의 윗부분에 적힌 내용이 들어왔다.

보랏빛, 무미 무취, 조금의 점성.

조금의…… 점성. 문득 지나간 말이 떠올랐다. 수년 전에, 제가 막 공작위를 계승했을 무렵 두루아와 나누었던 대화 일부가 뇌리를 파고들었다.

"확실히 몇 년 전부터 기운이 없어 보이시긴 했네. 차를 타 주시는 일도 없고."

"대체 뭘 하면 차가 끈적거리는 건지."

심장이 쿵쿵 뛰었다. 생각하고 싶지도 않았지만, 녹턴의 머리는 빠르게 돌아 어긋난 조각들을 맞추어 가기 시작했다.

"되도록 발로즈를 피하되, 불가피하게 말을 나눌 상황이라면 평소대로 행동하세요. 물론 그 애에게 손톱만 한 상처라도 입히지 않는 게 최우선입니다."

"명심하마."

패트시아를 본격적으로 세뇌했을 때 녹턴이 한 말이었다. 패트시아 에드가 두루아와 붙어 있는 걸 보는 것만도 싫었지만, 그가 통제할 수 없는 상황도 드물게 있었으니까. 그럴 때면 공작은 평소대로 행동했다. 사용인이 내 온 차를 마시고 평소대로의 대화를 나누었다.

그런데 왜 평소처럼 차를 타 주지는 않았을까. 차를 타 주는 일과 그 애에게 상처를 입히는 일이 상충하기 때문에?

그 차는 어째서 끈적거렸는가. 공작이 차를 타는 일에 서툴러서, 그렇게 낙관적으로 볼 수 있을까?

녹턴의 얼굴이 창백하게 질렸다.

지나친 생각이다. 설사 두루아에게 마법 물약을 먹였다 한들, 그게 임페르펙티오일 리는 없다. 이성적으로 생각해도, 임페르펙티오는 들어가는 재료도 상당히 고가였고 만들기도 어려운 물약이었다. 주기적으로 기억을 조작하는 물약이라니, 두루아에게 그런 걸 먹여 얻어 낼 만한 이득도 없다.

녹턴은 그렇게 생각했다. 그렇게 믿고 싶었다.

그럼에도 마냥 믿고 있을 수만은 없었기에, 그는 진상을 알아봐야 했다.

부디 제 가정이 틀리기를 간절히 희망하면서.

220

딱히 할 일도 없었기에, 나는 녹턴에게서 열쇠를 받은 이후로도 몇 주 동안이나 그의 서재를 들락거렸다. 갈수록 기대는 사라졌지만 나중에 가서는 오기가 생긴 탓이다. 그러나 마법 물약서는커녕 흑마법에 관한 책도 한 권 찾을 수가 없었다.

따로 숨겨 둔 곳이 있는 거겠지.

할 수 있는 일이 그것밖에 없어 오기를 부렸지만 나중에는 몸도 마음도 지쳐서 그만뒀다. 그렇다고 열쇠를 돌려주지는 않았지만. 그렇게 개인 서재에 틀어박혀 지내는 날이 줄어들다 보니, 본의 아니게 누군가를 자주 만날 일이 늘었다.

"안녕히 주무셨나요, 발로즈 후작 영애."

제르벨로 제르벨라가 엷게 웃으며 다가왔다. 부드러운 인상과 어울리는 편안한 미소였지만 나는 외려 부담스러워 얼굴을 굳혔다.

"……안녕하세요, 제르벨라."

"아침부터 영애를 뵙다니, 오늘은 좋은 하루가 될 것 같습니다."

얼마 전, 혹시나 짧게 의심했던 것은 사실이었다. 제르벨로 제르벨라는 내게 이성적인 호감을 느끼는 듯했다. 드러내 놓고 사랑한다고 말하지는 않았으나, 얼굴을 붉히고 눈을 빛내며 다가오는 모양새는 고백 없이도 충분히 노골적이었다. 본인은 제 표정을 모르는 모양이었지만.

솔직히 당혹스러웠고 기분이 좋지도 않았다. 외모만으로 감정이 생길 수 있다는 건 알았지만, 지금 상황에서 납득할 만한 일은 아니었다. 도움을 받기도 했고 같은 처지라는 동질감 때문에 아예 차게 굴지는 못하고 완곡하게 거부했으나 제르벨라는 내 신호를 알아듣지 못했다. 차라리 고백이라도 하면 시원하게 거절할 텐데, 사내는 그럴 생각도 없어 보였다.

"그런데 점점 기운이 없어지시는군요. 안색이 좋지 않습니다."

제르벨라가 걱정이 가득한 표정으로 내 얼굴을 들여다봤다.

"너무 마음 쓰실 것 없습니다. 아무 일도 없을 거예요. 무슨 일이 있더라도 영애를 지켜드릴 테니까."

"굳이 그렇게까지 말해 주실 필요는 없어요. 새로운 환경에 적응하느라 조금 야위었을 뿐이니까요."

"이러한 환경에서는 누구나 그럴 수밖에 없어요. 신께서는 언제나 미천한 종을 살펴 주십니다. 이번에도 마찬가지일 겁니다."

뻔하게 나를 위로하는 말인 줄 알았으나, 그것만은 아니었다.

"무슨 과정을 겪더라도 결국 증오스러운 흑마법사를 처단하게 될 테니 염려하지 마세요. 반드시 그자를 단두대에 올리고 목을 자르겠습니다."

괜찮다는 내 말은 으레 거짓으로 치부하고, 대신관이 노란 눈을 빛냈다. 안경알 너머로도 뚜렷한 빛깔이었다. 따뜻한 색이었으나 그 안에 담긴 의지는 정의보다는 광기에 가까워 보였다.

순간적으로 섬뜩한 기분이 들어서 나는 마른침을 삼켰다. 그를 아는지 모르는지, 제르벨라는 다정히 웃으며 내게 무언가를 쥐여 주었다. 꽃잎이 붉은 한 송이의 장미였다.

"그러니 부디 안심하세요, 발로즈 후작 영애."

"작은 아가씨, 발로즈로부터의 기별입니다."

시녀 타이라가 기다리던 서신을 가져왔다. 두루아의 소식이 몹시 간절하던 터라 앨리스는 서둘러 그것을 열어 봤지만, 곧 참담함에 얼굴을 일그러뜨렸다.

안에 적힌 글은 많지 않았으나 앨리스의 걱정을 그대로 옮겨 낸 것이었다.

녹턴 에드가와 두루아 발로즈가 약혼했고 황제의 인가를 받았으며, 두 사람의 사이를 축하해 주기를 바란다는 것. 약혼식도 올리지 않고 급하게 일을 처리한 모양새가, 두루아의 의사를 반영하지 않은 게 분명했다.

앨리스가 입을 앙다물며 종이를 구겼다. 이제는 사교계에서 떠도는 소문이라고 무시할 수도 없게 되었다.

'그 애를 팔아 발로즈의 위상을 챙길 리는 없을 거라고? 비겁한 거짓말쟁이 같으니.'

그녀는 얼마 전 본 얼굴을 떠올리며 이를 사리물었다. 알로이 발로즈를 생각할수록 분기가 차올랐다. 두루아가 제 언니를 얼마나 믿었는데 어떻게 동생에게 그럴 수 있는가. 그 애는 지금도 철석같이 그 여자를 믿고 있을 텐데! 아무래도 두루아의 인복이 좋지 않은 건 분명했다. 녹턴 에드가도, 발로즈 일가도 그리고 애런 클레이모어도.

무도한 자의 얼굴을 떠올리자, 자연스럽게 앨리스의 머릿속에 다른 기억이 흘러들었다.

[두고 온 사람이 있잖아요.]

얼마 전 예지몽에서 보았던, 두루아와 클레이모어의 대화. 아무리 떨쳐 내려고 해도 끝도 없이 달라붙는 생각이, 다시금 앨리스의 의식 위로 쏟아졌다. 그녀는 몇 번이고 머리를 휘저었으나 의미 없는 일이었다.

다 식은 차를 한 번에 들이켜고, 앨리스가 깊게 심호흡을 했다. 겨우 그만한 일로 애런 클레이모어가 에드라고 의심하다니, 터무니없는 소리다. 클레이모어가 에드일 리 없다.

그럴 가능성은 조금도 없었다. 앨리스는 에른하르트에서 제가 분장한 수준이 어느 정도인지를 알고 있었다. 딴에는 열심히 모습을 감추었다고 생각하지만, 가발과 안경을 쓰고 얼굴에 검댕을 조금 묻혔을 뿐이다. 저는 에드를 알아볼 수 없을 테지만, 상대는 저를 알아볼 수 있을 것이다. 앨리스가 흔한 이름인지라 가명조차 쓰지 않았으니 착각했을 리도 없다. 그러니 애런 클레이모어가 정말로 에드라면, 진즉에 제게 아는 체를 해 왔을 것이다. 이성적으로 생각해도 클레이모어는 에드가 아니었다.

그렇게 생각하면서도 조금은 석연찮은 구석이 있었지만, 앨리스는 애써 그 껄끄러운 부분들을 모르는 체했다. 지금은 그 생각에 사로잡혀 있을 때가 아니었다. 애런 클레이모어는 제가 에드가 저택으로 향하는 것을 달갑지 않게 여기는 모양이었지만, 이제는 두루아의 약혼자도 아닌 그 남자가 무어라 생각하든 알 바 아니었다. 그녀는 내일, 에드가 공작저로 향할 예정이었다.

꽃무늬 장식

혹마법사에게 가족을 잃었다는 과거를 생각하면 제르벨라의 행동이 과하다고 탓할 수는 없었다. 그럼에도 이따금 눈빛에 내비치는 증오는 너무도 강렬해서 소름이 돋을 정도였다. 녹턴이 저지른 죄가 아니라, 그가 흑마법을 익혔다는 자체를 죄악으로 여기는 것 같기도 했다. 제르벨라는 정작 세뇌에 당한 사용인들에게는 별반 관심을 보이지 않았으니까.

그렇기에 녹턴 에드가를 해치우고 자유를 되찾아주겠다는 말도 달갑기보다는 껄끄러웠다. 그 남자가 내게 호감을 느낀 것조차 부담스러운 걸 넘어 싫을 만큼, 지금 상황도 녹턴도 제르벨라도 무엇도, 내 속을 복잡하게 했다.

저택을 아무리 돌아다녀도 답답한 마음이 가시지 않아 나는 훈련받은 개처럼 도로 녹턴의 개인 서재로 돌아왔다. 소파에 몸을 파묻고 멍하니 있기를 얼마간, 서재의 주인이 안으로 들어왔다.

진짜 한가한가 봐.

"왜 또 여기에 있어."

"나가게 해 줘."

"안 될 걸 알면서 말하지 마."

"누가 아예 내보내 달래? 정원이라도 나가게 해 줘. 햇볕을 쬔 게 얼마 전 일인지, 기억도 안 날 지경이야. 평생 이렇게 가둬 둘 생각이야?"

"유감인데 두루아."

그가 깊은 한숨을 내쉬었다.

"정원에 나가지 말라고 말한 적은 없어. 호수에도 나간 적 있잖아."

"뭐? 그건 네가 불러서 잠깐─."

"평생 가둬 둘 마음도 없고. 너는 잊은 모양이지만, 황제의 탄일이 머지않았거든. 그 지긋지긋한 황실 무도회는 또다시 열릴 거고, 우리도 별수 없이 참석해야 해."

"황실 무도회!"

녹턴의 말에 나는 반사적으로 외칠 수밖에 없었다. 그러고 보니 그랬다. 에드가가 아무리 대단한 권력자라고 해도, 황제를 아예 무시할 정도는 아니었다. 그것도 새로 즉위한 황제의 첫 번째 탄일 무도회이니 피할 수 없을 것이다.

"아주 즐거운 사실을 깨달은 모양이네. 네가 기쁘니 나도 기뻐, 두루아."

녹턴이 고개를 삐딱하게 틀며, 짐짓 다정하게 웃었다.

"한심하게 보지 마. 감금된 채니, 영영 나갈 수 없다고 생각하는 것도 이상하지 않잖아."

"전에 제대로 정정하지 않아 오해를 사는 것 같은데, 난 널 가둬 둔 게 아니야. 네가 내 약혼녀가 됐을 뿐, 달라진 건 없어."

"아직 적응이 덜 됐으니 토 나오는 소리는 그쯤 해 줘."

노골적으로 그를 조롱했음에도 그는 외려 웃었다. 비웃음처럼 보이지도 않아서, 그의 성격을 한층 이상해 보이게 했다.

내가 저를 괴이한 눈으로 보든 말든 개의치 않고, 녹턴은 종을 울려 시종을 부르고 나와 제 겉옷을 가져오라고 시켰다.

"뭐해?"

"나가고 싶다며."

"'너와' 나가고 싶다는 말은 아니었는데."

"안타깝게도, 불가능한 바람을 꿈꾸는구나. 원한다면, 없는 척 정도는 해 줄게. 은신 마법 정도는 나름대로 자신 있거든."

"기분 나쁘니까 됐어."

없는 척 숨어 있다니, 음습하고 불쾌하다.

어쩐지 순순히 내보내 준다고 말하더라니, 그냥 보내 줄 리는 없지.

하나 옆에 누가 끼더라도 당장은 나가는 것만으로 좋았다.

바깥은 눈이 내리고 있었다. 올겨울이 평년보다는 따뜻했기에, 이번 해에 제대로 눈이 내리는 걸 보는 것은 처음이었다. 둥글고 큼직한 눈은 그야말로 펑펑 떨어졌다. 흰색도 검은색도 차게 느껴지는 색이었지만, 검은 지붕 위로 흰빛이 쌓이는 것이 희한하게 따뜻해 보였다. 첫날을 제외하고 본 것이라고는 각종 장식품과 카펫, 샹들리에와 석조건물의 벽면뿐이었는데, 바깥으로 직접 나와 숨을 들이켜니 마음속까지 시원해지는 기분이었다. 내 기분을 굳이 망칠 생각까지는 없는지, 녹턴은 뒤에서 가만히 따라 걸었다.

부츠가 눈 속에 푹푹 파묻히는 느낌이 기분 좋았다. 고개를 두리번거리며 눈에 파묻힌 나무와 덤불을 보다가, 문득 아침의 일이 떠올랐다.

"겨울에도 장미가 피나?"

"갑자기 무슨 장미."

"제르벨라가 내게 장미를 주더라고."

"……온실에 있기는 해. 그걸 멋대로 꺾어 갈 줄은 몰랐지만. 왜, 장미를 갖고 싶어?"

"받고 싶어 받은 줄 알아?"

당황한 틈에 쥐어 주고 가서 얼마나 난감했는데, 버릴 수도 없고.

나는 입 속으로만 투덜거리며 고개를 틀었다. 녹턴의 얼굴에 묘한 표정이 떠올라 있었다.

"네가 꽃을 싫어하던가."

"그 사람이 주는 건 싫어. 사감이 섞여 있잖아."

"생각보다 눈치가 좋네, 두루아. 눈치채는데 한참은 더 걸릴 줄 알았는데."

"바보 취급하지 마. 내가 고백을 한두 번 받았어?"

"제르벨라의 호감이 달갑지 않다는 건 의외라서. 외모라면 제법 그럴싸하잖아. 너와 같은 처지에 있고 마찬가지로 흑마법을 극도로 싫어하는 사람이니 네가 자주 보던 연애 소설에 나올 법한 상황인걸, 두루아."

"얼빠진 소리 하지 마. 상황만 만들어진다고 사랑에 빠질 리 없잖아. 흑마법에는 별다른 감정도 없어, 악용한 네가 문제지."

녹턴 에드가가 흑마법사라서 그를 피하려던 것이 아니었다. 그가 흑마법을 사용한다는 이야기는, 이미 그를 멀리한 지 제법 지난 시점에 알게 된 정보이기도 했고.

시작은 에드가 공작가의 전원이 세뇌당해 있다는, 녹턴 에드가가 악당이라는 말 때문이었다. 거기서부터 녹턴의 본성을 의심하게 됐고, 메모리아의 실타래를 마시고 원작의 내용이 확실해지고는 의심은 확신이 되었다. 그 메모리아의 실타래가 실은 바꿔치기 됐다는 점에서 내 기억의 신빙성은 한없이 추락해 버렸지만.

"그럼 앨리스 리모란드가 뭘 말했을까."

뒤쪽에서 들린 목소리에 나는 불현듯 발걸음을 멈추었다.

"방금 뭐라고 했어."

"그것 말고 말할 수 있는 게 없을 텐데."

"앨리스가 네 흑마법 말고 말할 수 있는 게 없다고? 그 말은 그 애가 네 흑마법에 대해 알 일이 있었다는 거야?"

"확실히 내 예측이 틀렸나 보네."

"대답해, 녹턴! 앨리스가 어떻게…… 잠시만, 너 앨리스한테도 최면을 걸었어?"

설마 하고 스친 생각을 입 밖으로 끄집어냈지만, 녹턴은 답 없이 나를 바라볼 뿐이었다. 침묵이 의미하는 바는 명백했다.

"왜……? 어째서. 그 애한테 뭘 얻어 내려고. 앨리스와 약혼 직전까지 갔던 것도, 네 최면 때문에 일어났던 일이야?"

"글쎄."

"녹턴 에드가!"

그의 이름을 외치며 성큼성큼 다가갔지만, 녹턴의 입은 여전히도 열리지 않았다. 분이 차올랐다. 그의 멱살이라도 잡아채어 대답을 채근하고 싶었으나 그게 의미 없는 일이란 건 이미 알았다.

녹턴이 침묵한다고 내가 뭘 할 수 있지. 정원에 나오는 것조차 허락을 구해야 했는데.

바깥에 나왔다고 잠시 기분이 들떴던 것이 멍청하게 느껴졌다. 좋았던 기분이 땅 밑으로 추락했다.

"넌 정말, 비밀이 많다."

정원을 걷고 싶은 기분도 들지 않았다. 눈의 형상은 그대로인데, 아까는 따뜻하게 보이던 것이 이제는 한없이 차게 보였다. 더는 어떤 말도 덧붙이지 않고, 나는 저택을 향해 몸을 돌려 걸었다.

눈을 밟는 발소리가 따라붙어서 녹턴이 내 뒤를 따라오고 있는 것이 느껴졌다. 소리는 크지 않았으나, 기분 탓에 집요하고 불쾌하게 느껴졌다. 그게 싫어서 나는 점점 더 잰걸음을 놀렸다. 무리할 정도로 빠른 속도로. 그러다가 눈에 덮여 미처 보지 못한 홈에 발이 걸렸다.

"아!"

몸이 크게 휘청거렸다. 어느새 가까이 다가온 녹턴이 나를 잡아 주려는 듯 손을 뻗었지만, 이제는 그가 나를 부축하는 상황조차 지겨웠다.

그의 손을 쳐내고 나자 내 몸을 잡아 줄 것도 없어, 그대로 땅바닥에 엎어지듯 주저앉았다. 눈에 파묻힌 치마는 금세 젖어 들고, 다리 전체로 냉기가 퍼졌다.

손이 내쳐질 줄 몰랐던 듯 녹턴이 다소 당혹스러운 눈으로 나를 내려 봤지만, 시선을 마주하고 싶지도 않아 고개를 돌렸다. 발목이 급격하게 꺾어진 탓인지 시큰한 통증이 올라왔으나 문젯거리도 아니었다.

넘어진다고 목숨이 위험하지는 않다. 내 기억이 망가지지도, 내 정신이 누군가에게 간섭받지도 않는다. 다만 마음 깊은 곳에서 울컥한 것이 치솟아서, 그걸 삼켜 내기는 조금 버거웠다.

이따위 일로 울지 마.

자존심이 상해 중얼거리면서 나는 몸을 일으키려고 발을 바로 했다. 그러나 그러는 즉시 가볍던 통증이 무게를 달리했다. 급작스럽게 밀려드는 통증이 당혹스러워 나는 어떻게든 일어나 보려 발목의 각도를 이리저리 꺾어 보았지만, 화끈거리는 고통만 강해질 뿐이었다.

얼마나 그러고 있었을까, 위쪽에서 한숨 소리가 났다. 곧 녹턴이 몸을 수그리고 앉았다.

"봐."

"……됐으니까 먼저 들어가."

"한창 눈이 내릴 때는 정원사도 밖에 나오지 않아. 누구의 도움을 받으려고."

"알아서 갈 수 있으니까 들어가라고. 지금 네 얼굴 보고 싶지 않아."

"그건 지금만 해당하는 말이 아니잖아. 언제나 내가 달갑지 않겠지."

녹턴이 내게 손을 뻗었다. 마음 같아서는 또다시 그 손을 쳐내고 싶었지만, 자존심을 세울 상황이 아니란 건 알았기에 치맛자락만 웅크려 쥐었다. 도움이 필요한 상황이라고 얌전히 있는 제 모습이 비참하고 자괴감이 들었다. 차라리 방에 처박혀 있을 걸, 그런 후회가 머릿속에 가득 차올랐다.

그러는 새, 녹턴이 조심스럽게 치맛자락을 걷어 내고 부츠를 발에서 벗겼다. 양말을 벗기면서는 맨 살갗이 드러나는 것이 민망해졌으나 그도 잠시, 드러난 발목을 보고는 당혹감이 민망함을 압도했다. 발갛게 부은 모습이 생각보다 심각해 보였다.

"걷기는 힘들겠네."

"조금만 쉬면 걸을 수…… 뭐 하는 거야!"

반사적으로 오기를 부리다 말고, 나는 비명 같은 말을 내지를 수밖에 없었다. 갑자기 시야가 높아졌다. 내 무릎 뒤로 팔을 넣은 녹턴이 이렇다 말도 없이 나를 들어 올린 탓이다. 갑작스럽게 벌어진 일에 놀라 녹턴의 목을 단단히 붙들었다.

"얼굴빛이 아주 사색이 됐네. 그렇게 기뻐해 줄 줄은 몰랐는데."

"미쳤어? 내려놔!"

양껏 바동거리려 했으나 살짝 흔들리는 것만으로 발목이 시큰거려서 나는 조금도 움직일 수 없었다. 녹턴의 시선이 잔뜩 부은 발목으로 향하는 걸 보고 나는 변명이라도 하듯 말을 덧붙였다.

"못 움직일 정도로 다친 건 아니야. 어차피 저택에는 제르벨라가 있으니까 금방 도움받을 수 있잖아. 그 정도는 할 수 있어. 도와주지 않아도 조금 쉬면 나을 거고. 그러니 그냥 내려줘."

"굳이 저택까지 걸어가면서 불필요한 고통을 느낄 필요는 없잖아. 고통을 즐기니, 두루아?"

"웃기고 있어. 네가 언제부터 그렇게 섬세했다고?"

"얌전히 있어. 그러면 좋은 걸 알려 줄게."

"내가 무슨 어린앤 줄—."

"이를테면, 저택의 어디에 성수가 있다든가. 이미 알고 있겠지만, 성수는 내게 독이 되니 하나쯤 가지고 싶을 거 아냐."

궁금하지 않아?

그렇게 묻듯 녹턴은 입매를 끌어올렸고, 나는 잠시 아무런 말도 할 수 없었다. 그러나 녹턴의 말에 유혹되어 얌전해진 것은 아니었다. 내가 침묵한 것은 무슨 말을 하더라도 그가 날 내려 주지 않을 거란 걸 깨달았기 때문이었다.

성수의 위치를 알려 준다니, 그런 말이 새삼스레 달게 느껴질 리 없다. 그게 내 손에 있더라도 녹턴의 입에 성수를 넣는 건 다른 문제였으니까. 이런 상황이 돼서도 나는 남의 입에 독을 처넣을 자신은 없는, 겁쟁이였다.

"내려 달라고는 안 할 테니, 차라리 텔레포트라도 써 줄래."

"유감스럽게도 이동마법에는 별로 재능이 없어. 흑마법은 좀 섬세한 일에나 적합하거든."

"전에 한 건 뭔데."

"마도구의 도움을 빌렸지."

정말 도움이 안 되는군.

한숨을 쉬며 나는 뒤늦게 내가 그의 목에 팔을 감고 있다는 걸 깨달았지만, 굳이 팔을 풀어내지도 않았다. 될 대로 되라는 심정에 그냥 몸을 축 늘어뜨리기만 했다. 내가 얌전해진 것만으로 만족하는지, 녹턴은 내 속을 긁지 않고 가만히 걸음을 놀렸다. 한동안 눈을 밟는 소리만 정적을 대신했다.

"앨리스, 세뇌당해 있어?"

"아니."

"최면 건 적은 있지?"

"……."

"대답 없는 걸 보면 맞네. 그 애랑 약혼하려고 최면 걸었던 거야? 리모란드가 탐나서? 그리고 그게 깨져서 앨리스와의 약혼을 포기한 거고?"

"내 파랑새는 언제나 말이 많네. 믿음은 없고."

평온한 투로 말하며, 녹턴이 내 머리와 어깨에 쌓인 눈을 털어 냈다.

"말했잖아, 앨리스 리모란드와 약혼할 생각은 처음부터 없었다고."

녹턴은 제게 쌓인 눈도 신경 쓰였는지, 제 어깨를 힐금 보았으나 노는 손은 없었다.

"그 여자한테는 물어볼 게 있어서 몇 번 갔을 뿐이야. 그걸 보던 사람들이 많이 오해했지. 굳이 풀어낼 필요가 없어서 내버려 뒀어."

하늘뿐 아니라 녹턴의 머리며 어깨에서 떨어지는 눈들이 거슬렸다. 그 때문에 나는 두 팔이 묶인 그를 대신해서 그것들을 털어 주었다. 녹턴의 눈이 웃듯이 조금 가늘어졌다.

"솔직히는, 그 여자와의 친분을 숨기고 약혼도 통보하듯 말해 버린 네가 미워서 알아주길 바랐던 마음도 있지만."

눈 위로 가볍게 쌓이던 발걸음 소리가 저택으로 들어서는 즉시 단단하게 바뀌었다.

"너에 관한 걸 물어봤어, 두루아. 네 약혼이 정말 네 의사대로 진행된 건지, 그자를 사랑하는지 확인하려고. 리모란드와 어떻게 친구가 되었는지도 물어보려 했지만, 금세 최면을 들켜 버렸어. 그 점은 안심해도 좋아."

계단을 오르는 발소리가 나고.

"왜 그걸 물어보려 했냐고? 네가 갑자기 이상해진 게 그 시기였으니까. 불현듯 돌변해서 이제 약혼했으니 나를 찾아오지 않겠다고 말한 게 너무 이상해서, 그자와 무슨 일이라도 벌어진 줄 알았거든."

방문이 열리는 소리가 났다.

벽난로에서 불씨가 튀는 소리가 타닥타닥, 드러나 있던 맨 살갗에 따뜻한 불기운이 옮아온다. 몸 전체가 노곤해지는 기분에, 나는 말없이 녹턴의 말을 들으며 눈을 깜박였다.

"만약 그게 네 뜻대로 진행된 약혼이 아니라면 손을 쓰려고 했지만, 유감스럽게도 그건 아니었지."

"내 의사가 반영된 게 아니면 뭘 하려고 했는데."

"글쎄."

그의 발걸음은 이제는 침대 곁에 닿았고, 나를 단단히 끌어안고 있던 팔은 그제야 내 몸을 그 위로 내려놓았다. 푹신한 매트에 몸 전체가 파묻혔다.

"나쁜 짓?"

성의 없는 속삭임에 눈가를 찡그리자, 녹턴이 낮게 웃었다.

"앨리스 리모란드를 최면해서 얻어 낸 건 그게 다야. 이제 더는 건들 생각도 없으니, 그 여자를 걱정할 필요는 없어."

"정말 믿음직한 말이네."

"하나 고백할까, 두루아. 네 혼담, 들어오지 않은 게 아니야. 내가 막은 거지."

뭐?

노곤하게 풀리던 정신이 확 깨는 느낌이 났다. 벌떡, 상체를 일으키려고 했으나 녹턴이 도로 어깨를 누르는 통에 나는 다시 침대로 파묻혔다. 한 손으로 부드럽게 내 어깨를 짚은 채 그는 다른 손으로 이불을 끌어왔다. 그러고는 내가 치우라고 말할 새도 없이, 느릿하게 말을 이었다.

"질투가 났거든."

녹턴 에드가가 여태까지 읊어대던 얄팍한 고백과 조금도 다를 것이 없는 말이다. 그럼에도 그 말에 왠지 힘이 풀려서 나는 어떠한 말도 꺼낼 수가 없었다.

숨소리조차 죽인 채 침묵하는 나를 칭찬하듯, 그의 손끝이 두어 번 내 어깨를 두드렸다. 그러더니 녹턴이 제품으로 손을 넣고 유리병을 꺼냈다.

푸른 액체가 담겨 있는 작은 병. 저 안에 담긴 것이 내가 알고 있는 게 맞나, 당황하는 사이 그는 병의 마개를 열고 내 발목에 천천히 병을 기울였다. 푸른 액체가 발목에 스며들면서 고통이 녹아 사라졌다. 의심할 것도 없이 성수였다.

"녹턴, 너……!"

"아까 말했잖아, 성수가 어디에 있는지 알려 준다고."

"……거짓말쟁이."

힘없는 매도에 가벼이 웃고는, 녹턴이 허리를 수그렸다. 성수가 흘렀던 발등에 따뜻하고 말랑한 감촉이 닿았다.

지금 뭐야……?

순간적으로 벌어진 일을 이해할 수가 없어, 나는 입을 벙긋거리며 녹턴의 얼굴을 바라봤다. 답을 구하는 얼굴이 우스웠는지 그의 입매가 길게 늘어졌다.

"난 네게 거짓말하지 않는다니까."

그 말을 듣고는, 나는 정말 아무런 답도 할 수가 없었다.

"선물이야. 서재에서 줄 생각이었지만, 본의 아니게 늦어졌네. 천천히 열어 봐."

그는 침대 옆에 무언가를 내려 두고 그대로 방을 나섰다.

침실의 문을 닫고 나온 뒤, 녹턴은 문에 몸을 기대어 섰다. 심장이 뛰는 소리가 제법 요란했으나, 그조차 마음에 들었다. 그는 눈을 감고 지금의 기분을 만끽했다.

문 너머에 두루아가 있었다. 잡힐 듯 생생하게 느껴지는 기척이 말로 다 할 수 없이 사랑스럽다.

앨리스 리모란드는, 두루아를 떠볼 생각으로 꺼낸 이름이었다. 리모란드가 저에 대해 뭘 얼마만큼 알고 있는지 알아야 저도 대응할 수 있으니까. 두루아의 반발이 극심한 탓에 외려 그녀에게 최면을 걸었다는 사실을 들켰을 뿐 원하는 정보를 얻어 내지는 못했지만, 결과적으로는 잘된 일이었다.

부기가 가라앉은 발등이 사랑스러워서, 무심코 입을 맞추었을 뿐이다. 그 별거 아닌 행동에 드러난 피부 전체가 발갛게 익고 무심하던 심장이 뛰는 소리가 커졌다.

그러한 두루아의 반응에서 녹턴은 희망을 느꼈다. 그녀가 제 행동에 반응을 보인 것이 처음은 아니었으나 사이가 틀어진 이후로는 처음이었다. 두루아를 강제로 데려오면서 가신 줄 알았던 미련이, 질척거리는 늪에서 다시금 고개를 내밀었다. 지긋지긋할 만큼 집요한 생존력이었으나 마냥 거슬리지는 않았다.

어쩌면 관계를 되돌릴 수 있을지도 모른다.

아직 끝나지 않은 건지도 모른다.

모든 일을 마무리하고 패트시아 에드가의 일을 포장해서라도 고백하면.

두루아를 이곳에 데려올 수밖에 없던 이유를 토로하면.

죄를 털어놓고 다시는 그녀의 주변을 건들지 않겠다고 맹세하면.

어쩌면 무너진 줄 알았던 모래성을 더 단단하게 세울 수 있지 않을까.

다시 두루아와 일상을 함께할 수 있지 않을까.

그런 희망이 녹턴의 마음을 부풀렸다.

녹턴은 문에 기댄 몸을 떼어 내고, 느릿하게 걸음을 옮겼다. 집무실로 돌아갈 생각이었다. 그러나 몇 걸음을 채 걷기도 전에, 그는 맞은편에서 다가오는 누군가와 눈이 마주쳤다.

대신관, 제르벨로 제르벨라였다. 좋았던 기분이 단번에 미끄러진다. 제르벨라도 마찬가지로, 녹턴과 마주친 것이 달갑지 않은지 표정이 밝지 않았다.

"발로즈 후작 영애께서 발목을 다치셨다고 들었습니다."

"……그래서 여기까지 온 건가요?"

이걸 오지랖이라고 해야 할지, 사심이라고 해야 할지.

녹턴의 입매가 불쾌하게 비틀렸다. 두루아가 마법 물약을 마신 것이 확실해지면 물약의 효능을 되돌리기 위해 들인 신관이었다. 그런 용도로 들인 사람임에도, 제르벨로 제르벨라는 두루아에게 지나치게 관심을 보였다. 어떻게든 필요한 사람이니 가벼운 호감을 품는 정도는 이해하려고 했으나, 기어이는 온실의 꽃을 훔쳐 바치기까지 했다.

그만큼 감정이 깊어진 거겠지.

제르벨라의 감정이 깊어진 만큼 녹턴의 인내는 얕아졌다. 두루아와 사이가 가까웠다면 망설이는 시늉이라도 하련만, 그 애도 이 남자를 부담스러워하는 기색이니 그럴 필요도 없었다.

"영애의 발을 치료해 드리러 왔습니다. 비켜 주십시오."

"수고스럽게 그럴 거 없어요. 두루아의 발목은 이미 나았거든요."

"그 잠깐 새에 벌써 나왔을 리가―."

"생각해 보면."

신관의 말을 끊으며 녹턴이 곁눈질로 뒤쪽의 문을 살폈다. 안에서 느껴지는 기척은 좀 전과 조금도 달라지지 않았다. 저와 제르벨라가 대치 중인 상황을 눈치채지 못한 것 같았다, 다행스럽게도.

"내가 당신을 지나치게 자유롭게 둔 것 같네요."

비웃음을 감추지 않으며, 녹턴이 손끝을 들어 올렸다. 피아노를 치듯 손가락이 유연하게 흔들리자, 허공에 생겨난 검은 문양이 제르벨라의 목을 사슬처럼 감싸듯 파고들었다. 뒤늦게 제르벨라의 손에서 흰빛이 터져 나왔으나 이미 사슬은 그의 목에 똬리를 튼 뒤였다.

"이게 무슨 짓입니까!"

"필요할 때가 되면 부를 테니, 되도록 지하에만 처박혀 있으세요. 그러면 아무런 문제도 없을 겁니다."

"녹, 턴 에드……가!"

"신의 가호가 함께하길."

건반을 누르듯 검지가 구부러지자 녹턴의 품에 있던 마도구가 반응하며 즉시 제르벨라의 모습이 사라졌다. 사내는 지하실로 옮겨졌을 뿐이지만, 얼핏 봐서는 영원히 사라진 것처럼 보였다.

그림자조차 남지 않은 자리를 보고, 녹턴이 입매를 휘어 웃었다. 유쾌한 날이었다.

그 밤은 한숨도 잘 수가 없었다. 같은 상황을 맞았다면 누구나 그럴 것이다.

차라리 도발하고 키스한 게 낫지, 발, 발, 발등에 입을 맞추다니 제정신으로 할 짓이 아니었다. 그래 놓고 태연히 웃으며 침실을 나갔다. 녹턴이 미쳐 버린 게 분명했다.

생각하지 않으려 해도 계속 잔상이 남아 얼굴을 달구어 놓았다. 그렇기에 이불을 팡팡 두드리며 아침을 맞은 것은 불가피한 일이었다. 납치당하듯 끌려와서 강제로 약혼을 당해 놓고, 발등에 입술 좀 비볐다고 혼란스러워하는 스스로가 철없이 느껴지긴 했다.

지금이 그럴 때야? 키스했을 때도 이렇게까지 당황하지는 않았잖아. 별것도 아닌 일인데 호들갑 좀 떨지 마, 두루아 발로즈.

그런데 다시는 이런 일이 없을 거라고 하지 않았던가. 그래 놓고 아무렇지 않게 발등에 키스하다니, 녹턴이 정신이 나간 거지. 역시 그런 거지.

발등……. 그러고 보니 부위별로 키스의 의미가 다르다던데, 발등에 하는 건 무슨 의미였지. 뭔가 좀 생경한 의미—.

무슨 생각하는 거야, 생각하지 말라니까!

이성을 되찾으려고 열심히 노력했지만, 생각은 노력만으로는 도저히 통제할 수 없었다. 그런 이유로 녹턴이 내려 둔 물건을 확인한 것은 아침 식사를 하고 돌아온 뒤였다. 뒤늦게 발견한 물건을 보고, 나는 내가 얼마나 넋이 나가 있었는지를 알 수 있었다.

"선물이라니."

그가 주고 간 것은 서신이었다. 선물이라고 하기에도 대단치 않은 종잇장이었으나, 겉면에 찍힌 발로즈의 인장을 보고는 순간 숨이 막힌 기분이 들었다. 손끝을 벌벌 떨며 서신을 펼쳤다.

친애하는 내 동생, 두두. 에드가에서의 생활은 평안하니?

알로이에게서 온 편지였다. 나는 서둘러 안에 적힌 내용을 한 자 한 자 읽어
내렸다.

대단한 말이 적혀 있지는 않았다. 로직스 엘포드와의 약혼이 순조롭게 진행
중이며, 요즘 부모님께서는 새로 들어온 관리 때문에 골치를 앓고 있다는 등의
일상적인 이야기. 내가 강제로 에드가에 와 있는 상황만 아니었다면, 여행 중
에 받았다고 해도 믿을 만한 편지였다.

그럼에도 세뇌에 당했다고 믿기에는, 알로이의 평소 말투가 고스란히 느껴
졌다. 일을 하는 것 외에 개인 생활이라곤 없는 듯 구는 저택의 사용인들과 대
비되었으나, 어쩌면 세뇌의 종류도 다양한 걸지도 몰랐다.

녹턴이 이걸 준 이유가 뭘까. 어쩌면 제 손에 인질이 있음을 과시하기 위한
행동일지도 몰랐다. 그러나 이런 식으로라도 가족의 소식을 전달받을 수 있는
것이 솔직히 기뻤다.

답장은 천천히 줘도 괜찮아. 나도 요즘 여러모로 바빠서 서신을 쓸

시간이 통 나질 않거든.

비록 마지막에 적혀 있는 대로, 답장을 쓸 수 있을지는 불확실했지만. 서신
을 다 외우기라도 할 것처럼, 몇 번이나 글을 읽고 있었을까. 노크 소리가 났
다.

"작은 아가씨, 새디예요!"

"들어와, 새디."

들어오기 전부터 목소리에서 조급한 기색이 묻어나더라니, 어느 때보다 힘
차게 문이 열렸다. 문 너머로 보이는 소녀의 얼굴은 발갛게 상기되어 몹시도
기뻐 보였다. 에드가에 온 이후로 처음 보는 표정이었다.

"낯빛이 좋네. 무슨 일 있어?"

"아가씨, 손님이 오셨나 봐요!"

"손님? 나한테?"

"네, 리모란드 영애님께서 아가씨를 찾아오셨대요! 정문 앞에서 허락을 기다리고 계신다고 해요!"

리모란드 영애님……? 앨리스?

나는 벌떡 자리에서 일어나 문으로 다가갔다.

"앨리스가 왔다고?"

새디의 표정을 단번에 이해할 만큼 반가운 소식이었다. 에드가로 끌려온 지는 그렇게 오래되지는 않았지만, 수년은 보지 못한 친구의 소식을 듣듯 기뻤다. 다급히 새디의 뒤를 따라 나가면서 나는 입가에 걸리는 미소를 감추지 못했다.

내가 에드가에 있는 걸 어떻게 알았지. 약혼 소식이 수도 전역에 퍼졌나? 앨리스는, 나를 걱정해서 와준 거겠지. 소식을 들었을 때 많이 걱정했겠다. 여기까지 오기 무서웠을 텐데도, 용기 내서 와줬구나.

여러 가지의 생각이 빠르게 머릿속을 지나갔다.

치맛자락을 걷어 올리고 서둘러 계단을 내려가자 1층의 홀이 나왔다. 그대로 저택을 나서려다가 나는 발걸음을 멈추었다. 나가는 문 앞에 두 명의 기사가 서 있었다. 흐린 눈, 멍한 표정, 이제는 지겨울 만치 익숙해진 인상의 기사는 계단을 내려오는 나를 물끄러미 보고 있었다.

왜 잊고 있었을까, 나갈 수 있을 리가 없다. 들떴던 가슴이 무겁게 내려앉았다. 앨리스가 에드가로 찾아왔다고 한들, 의미 없는 말이었다. 녹턴을 대동하지 않고는 나는 저 정문조차 나갈 수 없었고, 앨리스와 만나는 걸 그가 허락해 줄 리 없을 테니까. 잔뜩 부푼 풍선이 압력을 견디지 못하고 터진 것처럼, 허망한 기분이 들었다. 그때, 옆에서 익숙한 목소리가 들렸다.

"무슨 일이야."

녹턴이었다. 마침 홀을 가로질러 가고 있었는지 서류철을 팔에 든 그가 의아한 얼굴로 나를 보고 있었다. 그제야, 나는 내가 실망을 얼굴에 고스란히 드러내고 있다는 걸 깨달았다. 뒤늦게 표정 관리를 하려고 해도 잘 되지 않았다.

"아직 발목이 낫지 않았어?"

"성수를 부어 놓고 무슨 소리야."

"그런데 왜 그렇게 기운이 없어, 너답지 않게."

"앨리스가…… 나를 보러 왔대. 모처럼 만나러 와줬어. 그 애를 만난다고 별일이 생기지도 않을 거고, 그냥 잠깐 이야기만이라도…… 나누면 좋겠는데."

말을 이어 갈수록 소리에 힘이 없어졌다. 안 된다고 할 게 뻔했으니까.

녹턴의 눈썹이 기우는 것을 보고 나는 시선을 돌렸다. 표정만으로도 무슨 말을 할지 알 것 같았다. 옆에서 한숨 소리까지 듣고는 마음이 아예 체념으로 물들었다.

그래, 서신이라면 모를까, 직접 만나게 해 주지는 않겠지.

그러나.

"앨리스 리모란드를 응접실로 데려와. 적당히 차를 내오고."

"녹턴……?"

"말했잖아, 두루아. 너를 감금한 게 아니라고. 별것도 아닌 일로 지레짐작하고 기죽지 마."

예상치 못한 말에 얼떨떨해져서 나는 눈을 깜박거렸다. 분명히 못 만나게 할 거라고 생각했다. 드러내 놓고 말한 적은 없었지만, 그간의 대화에서 녹턴이 앨리스를 달갑지 않게 여긴다는 것은 분명히 알 수 있었다. 그는 내가 그를 피하게 된 결정적인 계기가 앨리스에게 있다고 생각하는 모양이었으니까.

241

멍하니 녹턴을 바라보자 그가 어깨를 으쓱였다.

"네가 만나기 싫은 거라면 그렇다고 말해, 쫓아내 줄 수 있으니까."

"아니, 그럴 리가 없잖아."

나를 놀리려고 하는 말이 분명했지만 기분이 상하지는 않았다. 나는 대번에 고개를 젓고 입을 달싹이다가 겨우 말을 내뱉었다.

"……고마워."

예상치 못한 허락에 대한 감사였으나, 묘하게도 녹턴의 얼굴이 굳어졌다. 그는 무어라 말하려는 듯 입술을 벌렸다가 곧 고개를 끄덕이고 몸을 돌렸다. 이해할 수 없는 표정이었으나 녹턴에 대해 생각하는 것은 잠시, 가슴이 다시 들뜨기 시작했다.

나는 먼저 응접실로 들어가 앨리스를 기다렸다. 오래지 않아 문이 열리고, 익숙한 외관의 여성이 안으로 발을 들여놓았다. 나는 벌떡 일어나 그 애에게 다가갔고 앨리스는…….

"보고 싶었어, 앨―!"

대뜸 내 얼굴에 무언가를 부어 버렸다. 차고 청량한 느낌의 액체였다.

이게 뭐지. 내가 앨리스한테 뭔가 잘못한 게 있던가.

어안이 벙벙하여 얼굴에서 뚝뚝 떨어지는 것을 쓸어 보니 옅은 푸른색의 액체에 손끝에 묻어났다. 바로 어제도 봤던 성수였다. 그제야 그녀가 무슨 생각이었는지 짐작이 갔다.

"……환영 인사가 격하네."

"세상에 아직 무사했구나, 두루아!"

"무사……? 내가 무사해 보여?"

얼굴에서는 여전히 액체가 똑똑 떨어지고 있다. 민낯이니 화장이 번지지는 않았어도 흠뻑 젖은 얼굴이 그렇게 무사해 보이지는 않을 텐데. 나는 앨리스를 바라보며 기계적으로 입꼬리를 올렸다.

"새디, 찬물 좀 가져다줄래. 피부가 상하면 안 되니까 얼음물까지는 아니면 좋겠어."

"네? 네, 알겠습니다. 아가씨."

"잠시만⋯⋯! 혹시 나한테 뿌리려고 시키는 건 아니지?"

"요즘 안위를 확인하는 인사가 격해진 것 같아서, 여기에 처박혀 있다고 유행에 뒤처지면 곤란―."

"보고 싶었어, 두루아!"

못 들은 체하며 앨리스가 나를 덥석 끌어안았다. 간만에 보는 친구의 포옹이 달가워 나는 앨리스의 무례를 용서해 주기로 했다. 그 애를 마주 끌어안은 팔에 지나치게 힘이 들어간 건, 순전히 반가워서였다. 결코 복수심 때문이 아니었다.

"아, 아, 잠시, 두루아! 숨 막혀! 잘못했어! 잘못했다고! 이제 안 그럴게!"

"미안, 앨리스. 아팠어?"

"아팠냐고!"

내게서 풀려난 앨리스가 발끈한 듯 고개를 쳐들었으나, 여전히 젖은 몰골을 보고는 어색하게 미소 지었다.

"⋯⋯그럴 리가."

그 모양새에 웃음이 나와, 나는 소리 내 웃으며 소파에 앉았다. 못 본 새 힘이 세졌다고, 앨리스가 투덜거리는 소리가 들렸으나 못 들은 체했다. 대뜸 성수 세례를 한 게 누군데.

새디가 건넨 손수건으로 얼굴을 닦으며 나는 그녀에게 나가 있으라 눈짓했다. 곧, 응접실에는 나와 앨리스만이 남게 되었다. 보이지 않는 곳에 새나 쥐가 있을지도 몰랐지만, 겉보기로는 그랬다.

"성수를 아주 조금 구했다며, 나한테 뿌려도 돼?"

"그렇게까지 조금은 아니야. 그리고 변명하겠는데 너한테 뿌리려고 가져온 건 아니었어. 오히려 놀랐단 말이야, 순순히 들여보내 줄 거라고는 생각도 못 해서."

"그래서 내가 최면에 당했다고 생각한 거야?"

그럴싸한 추측이기는 했다. 나도 녹턴이 앨리스를 들여보내 줄 리 없다고 생각했으니까.

"다음부터는 정말로 하지 마. 녹턴한테 듣기로는, 생각보다 마법을 푸는 데 드는 품이 많은가 보더라. 정말 세뇌에 당했어도 의미 없는 일이었을 거야."

"하긴, 그렇게 간단할 리는 없지."

옅은 한숨이 찻잔에서 올라오는 김을 흐트러뜨렸다. 여기서 차를 마실 생각은 없는 듯, 앨리스가 찻잔의 손잡이만을 계속 만지작거렸다.

"공작 각하와는 어떻게 된 거야. 약혼이라니, 너도 동의한 얘기가 맞아?"

"그럴 리가."

"두루아……"

"저택에 있었는데 갑자기 녹턴이 찾아왔어. 나도 모르는 새, 법적으로 애런과 파혼하고 녹턴과 약혼하게 됐다고 하더라고. 우스운 일이지?"

말하다 보니 속이 답답해서 나는 내 몫의 차를 한 모금 넘겼다. 앨리스와는 달리, 나는 에드가에서 먹는 음식을 조심할 수 없는 처지였다.

"그렇게 말하고는 머지않아 성혼을 치를 테니, 에드가로 들어오라는 소리를 아무렇지 않게 하는데 저항할 수가 없더라고."

내가 할 수 있는 건 아무것도 없었으니까.

"녹턴이 무슨 짓을 할지 모르니까 얌전히 있었지. 생각해 보면 애런은 얼마나 당황했을 거야. 기껏 파혼을 미루자고 했는데, 제삼자에 의해 강제적으로 파혼하게 되다니."

위로할 말을 찾지 못하는 사람처럼, 침묵하던 앨리스가 돌연 고개를 들었다. 그녀의 눈이 응접실 곳곳을 살폈다.

"에드가 저택의 응접실……."

"왜 그래, 앨리스?"

"아, 아무것도 아니야. 클레이모어 경…… 그분이 여기에 왔었어?"

"날 찾아와 준 손님은 네가 처음이야, 앨리스. 왜, 예지몽에 뭔가 나왔어?"

"아니야. 그냥 네가 그분 말을 꺼내서 물어본 거야."

그리 말하며 웃는 모양새가 자못 어색해 보였다. 앨리스가 애런의 이야기를 하면서 표정이 묘해지다니, 이걸 좋은 징조로 해석하는 건 지나친 걸까.

"클레이모어 경의 염려는 하지 않아도 될 것 같아."

"뭐 아는 거라도 있어?"

"그런 건 아니지만……. 지금 중요한 건 그 사람이 얼마나 놀랐는지가 아니잖아. 어차피 파혼이 예정되어 있었으니, 네가 걱정할 일은 아니라고 생각해."

잠시 기대했던 것이 무색하게도, 애런을 향한 앨리스의 말이 좀 차갑게 들렸다.

하기야 지금 상황이 애런의 이야기를 할 타이밍은 아니지. 지금의 앨리스에게 있어, 애런은 친구의 전 약혼자에 불과할 테니까.

누군가가 들으면 씁쓸해할 생각을 곱씹는 동안, 앨리스가 소리를 확 낮추었다. 누군가가 엿들을 가능성을 고려하는 듯했다.

"어떻게 할 건지는 생각해 봤어, 두루아?"

"어떻게 하냐고 해도……. 일단 녹턴의 개인 서재에는 들어가 봤어. 혹시 흑마법에 대한 단서가 있을까 하고. 바보 같은 생각이었지. 정말 그런 자료가 있으면 녹턴이 들어가게 허락해 줬을 리도 없잖아. 그러고는 딱히 해 본 것도 없어."

그 외에는 할 수 있는 말도 없었지만, 변명하듯 말을 덕지덕지 이어 붙였다.

"무슨 해법이 있겠어. 도망치거나 녹턴을 해치우지 않고는 이 상황을 헤쳐나갈 수 없는데, 내겐 별다른 무력도 없고 도망친다고 해 봐야 결국 돌아올 수밖에 없을 거야."

앨리스의 눈을 마주 볼 수가 없어, 나는 시선을 내리 깔았다. 그러면서도 말꼬리는 스스로를 변호하려 계속해서 길어졌다.

"내가 갑작스럽게 약혼하게 된 걸 보면, 분명히 그 애는 내 가족을 세뇌했을 테니까. 발로즈가 인질로 잡힌 시점에서 내가 할 수 있는 건 없잖─."

말을 잇던 중에 앨리스가 내 두 손을 단단히 붙들었다. 다정한 푸른 눈이 나를 위로하는 것 같아서, 굳었던 어깨에 힘이 풀어졌다.

"자책할 거 없어, 두루아. 갇혀 있는 입장에서 할 수 있는 게 많지 않다는 건 나도 아니까."

"앨리스, 나는……."

"걱정하지 마. 무슨 일이 있어도 내가 너를 구해 줄게. 네가 날 그곳에서 구해 줬던 것처럼, 어떻게든 널 도울게."

그녀가 짐짓 장난스럽게 콧잔등을 찡그렸다.

"알잖아, 두루아. 나한테는 특별한 무기가 있다는 거."

예지몽을 의미하는 말에 나는 흐리게 웃었다. 솔직히 이 사태의 해답이 앨리스의 꿈에 나와 줄 거라고 기대하지는 않는다. 무력도, 권력도, 어느 하나 상대를 압도할 무기가 없었으니까. 그러나 의지로 빛나는 눈은 고마웠다.

새디가 에드가까지 나를 따라와 주기는 했으나 온전히 마음을 나눌 수는 없었다. 녹턴의 흑마법에 대해 모르는 어린 시녀는 발로즈 후작 부부 혹은 알로이가 언젠가 나를 구해 줄 거라고 믿고 있었으니까. 더군다나 그녀는 또 다른 내 인질이기도 해서 나는 새디에게 녹턴에 대한 어떤 것도 말할 수가 없었다. 지금 상황의 무게는 온전히 나 혼자서 견뎌야 했다. 그러다 보니 마음은 압박감을 이기지 못하고 터져 버리고, 구멍 난 틈으로 희망이 새어 나갔다. 희망이 비워진 자리에는 점점 체념이 들어차서 나는 빠르게 현실에 녹아들고 있었다. 그렇기에 나를 돕겠다는, 나를 구해 주겠다는 앨리스의 말만으로 고마웠다.

마음이 뭉클하게 차올라서 나는 천천히 고개를 끄덕였다. 겉으로는 별거 아닌 몸짓이었지만, 내 마음속을 눈치채기라도 한 듯 앨리스가 옅게 웃어 주었다.

"그리고 이건 네가 좋아하던 과자야. 대단한 건 아니지만, 먹고 기운 내라고 가져왔어."

그렇게 말하며 그녀가 내 손에 무언가를 쥐여 주었다. 말로는 과자라고 했지만, 손아귀에 들어온 것은 딱딱한 유리병이었다. 보지 않았지만, 나는 앨리스가 내게 준 것이 무언지 알 수 있었다. 성수였다.

"어떻게든 방법은 있을 테니까."

나는 마른침을 삼키며, 손에 쥔 것을 주머니에 넣었다.

"맛있게 먹을게."

쓰게 될 거라 확신할 수는 없었지만, 처음으로 쥐어 보는 무기였다.

❧✿❧

앨리스가 돌아가고 나서, 나는 응접실에 남아 길게 한숨을 내쉬었다. 용케도 앨리스를 만나게는 해 주었지만, 그녀를 배웅할 수는 없었다. 그럼에도 알로이의 서신을 받은 것과 더해져, 마음은 한결 편안해졌다. 어쩌면 내 무의식은 에드가 저택에 갇힌 이후 아무도 볼 수 없을 거라고 생각한지도 모르겠다. 편지를 받고, 앨리스를 만나고는 그게 아니란 걸 깨달아서 조금 안심했는지도.

다만 그리운 얼굴을 하나 본 탓에, 둑이 터진 것처럼 보고 싶은 이들을 향한 그리움이 커졌다. 어머니, 아버지, 알로이, 뒤벨을 비롯한 발로즈의 사람들과 애런, 심지어는 셰릴 보르나인과 로직스 엘포드의 얼굴도 짧게나마 스쳐 지나갔다(물론 그들의 얼굴은 서둘러 지워 버렸다). 이렇게 늘어놓으니 새삼스레 내 협소한 인간관계가 실감 났지만, 좁은 만큼 그리움은 깊었다. 실제로 따져 보면 많은 시간이 흐른 것도 아닌데, 갇혀 있다고 생각하니 괜히 감정이 더 짙게 느껴졌다.

범람하는 감정을 추스르고 있을 무렵, 두어 번의 노크가 나고 응접실의 문이 열렸다. 허락을 구하지 않고 들어온 걸로, 상대가 누군지는 바로 알았다.

"소중한 친구는 잘 만나 봤니, 두루아."

평소라면 화가 났을 말이었지만, 오늘 있던 일들이 기꺼워 나는 순순히 대답했다. 전에 책에서 보기로 내내 억압당하는 피해자는 가해자의 조그만 호의에도 마음이 흔들린다고 하던데, 나도 그 꼴인 걸까. 마음속에 들어찼던 적의가 상당히 사그라져 있었다.

녹턴이 맞은편의 소파에 앉았다.

"기분이 좋아 보이네."

"나쁠 리가 없지. 앞으로도 만나게 해 줄 거야?"

"뭐?"

"앨리스 말이야. 다른 사람도 만날 수 있으면 좋겠지만, 일단 허락받은 건 앨리스뿐이니까."

"……밖에서 만나는 게 아니라면 리모란드 영애의 방문을 막을 생각은 없어. 내가 있는 동안은 와도 좋아."

"편지는? 알로이한테 답장을 써도 괜찮아?"

"애먼 소리를 하지 않는 한, 서신 교류까지 틀어막을 생각은 없어."

달가운 말에, 절로 입가에 웃음이 걸렸다.

"고마워."

"고맙다고?"

드물게 건넨 순수한 감사였으나 녹턴의 표정은 어딘가 이상했다. 기뻐 보이지는 않았고 나를 조롱하듯 보이지도 않았다. 오히려 조금 화가 난 것처럼 보여서, 내가 잘못 본 건가, 그의 표정을 자세히 볼 즈음.

"그게 왜 고마워."

"허락해 준다며."

"네가 가족과 편지를 나누는 걸, 친구를 만나는 걸 내가 허락한 일이 고맙다고? 그따위 일을 일일이 허락받아야 하는 데 화가 나는 게 아니라?"

"화를 낸다고 달라질 것도 없잖아."

좋았던 기분이 가라앉는다. 녹턴이 하는 말은 정론이었으나, 지금 상황에서 그가 하기에는 우스운 말이었다.

"얌전히, 조용히, 내 뜻대로 있어. 그럼 모든 게 무사할 거야."

자기가 그렇게 말했던 것도 잊어버렸나 보지.

허끝에 슬그머니 날이 섰지만, 모난 말은 삼켰다. 다소 가라앉기는 했어도 좋았던 기분을 아예 망치고 싶지 않았다. 정확히는 지금 허락해 준 일을 번복할까 봐 두려웠다. 그렇게 집어내니 자신이 비굴하게 느껴졌지만, 수치심은 두려움보다 크지는 않았다. 그러나 이어지는 말에는, 기어이 분기가 차올랐다.

"너답지 않아, 두루아."

"뭐……?"

"그건 전혀 고마워할 일이 아니라고. 그러니까 다시는 그런 걸로 고맙다고 말하지 마."

한껏 가라앉은 목소리로 하는 말이 기가 막혀 나는 헛웃음을 터뜨렸다. 아무리 관대하게 받아들이려 해도, 사람을 가둬 놓고 얌전해지게 한 당사자가 할 말은 아니다. 좋게 넘길까 생각해도 속에서부터 열기가 끓기 시작해서 혀가 멋대로 뒤틀렸다.

"무슨 헛소리야, 녹턴. 네가 원하던 거잖아. 얌전히, 조용히, 네가 시키는 대로 닥치고 있으라고 말한 건 너였잖아."

"곡해하지 마, 그런 의미가 아니었어."

"그런 의미였건 아니건, 난 그런 의미로 받아들였어."

"두루아 발로즈."

"뭐야, 네 말 진짜 이상해. 그럼 내가, 내가 계속 저항하길 바랐어? 화내고 울고 소리 지르고, 낚싯대에 걸린 미끼처럼 퍼덕거리면서 널 계속 재밌게 해 주길 바랐어? 그게 재밌어?"

"그렇게 말한 적 없어. 흥분하지 마."

"그게 그 소리잖아. 나를 저택에 끌고 와 처박아 둔 건 너면서, 상황에 순응하게 만든 건 너면서 나답지 않다니? 그렇게 말하고 싶었으면!"

기어이 언성이 높아져서, 나는 잠시 말을 끊었다.

흥분하지 마, 화를 내서 이로울 건 하나도 없다.

좋았던 일들을 떠올리며 침착해지려 무던히 애썼지만, 입 밖으로 난 말에서는 억지로 내리누른 느낌이 고스란히 묻어났다.

"그러길 바랐다면 희망이라도 줬어야지."

"……무슨 희망, 여길 탈출할 수 있다는 희망?"

"그래, 그게 아니라면 여기서도 행복해질 수 있다는 희망. 존중받고 인간답게 있을 수 있다는 희망."

"내가 뭘 그렇게 존중하지 않았는데! 애초에 널 데려온 것도—."

"내 파혼, 내 약혼, 내 거처, 그리고 내 인생까지!"

기어이 속에 있는 말을 갈퀴로 긁어내어 퍼붓자 돌아온 것은 정적이었다.

녹턴의 입술이 잘게 떨렸다.

"내가 널 데려온 건…… 네 인생을 망치려 한 게 아니야."

"물론 그렇겠지. 무려 에드가 공작 부인의 자리에 올려 주시는데, 그게 어떻게 인생을 망치는 거겠어. 황제조차 함부로 할 수 없는 아주 고귀하고 명예로운 자린데."

"……."

"그만하자."

눈을 질끈 감고, 나는 말을 재차 반복했다.

이제 그만하자, 녹턴.

"화내고 비꼬고 너를 조롱하고 별짓을 다 해도 의미 없는 거 알아. 내가 할 수 있는 건 여전히 아무것도…… 없고. 그래, 고맙다는 말이 그토록 거슬린다면 삼갈게."

"그런 말이 아닌 거 알잖아. 못 알아들은 척하지 마."

"좋아, 알았어. 내가 나답기 바란다는 거지. 너는 날 존중하고 있다고 생각하고, 가족의 편지를 받고 친구를 만나는 정도로 고맙다고 말하는 게 마음에 들지 않는다, 그런 거지? 그럼 네가 원하는 대로 요구할게."

벌떡 앉은 자리에서 일어나 테이블을 타 넘고, 나는 녹턴을 똑바로 내려다봤다.

내가 평소의 두루아 발로즈답기를 바란다고? 겨우 그 정도 일로 고맙다고 하지 말라고? 그렇게 원한다면 못할 건 없었다. 녹턴의 본성을 알게 되면서, 의심하고 두려워하고 배신에 분노하고 그 모든 감정을 잃어버려 허망해지기 전의 두루아 발로즈라면. 지금의 내 자리에 과거의 나를 데려다 놓는다면, 할 말은 뻔했다.

"서신으로 끝내지 말고 가족들을 만나게 해 줘. 친구를 만나는 것보다 더 자연스러운 요구잖아. 어머니, 아버지, 알로이 한 사람이라도 좋으니까 만나서 이야기할 수 있게 해 줘."

나는 일어나 그를 내려다보고 있었지만, 그는 여전히 시선을 마주하지 않았다. 오히려 녹턴은 고개를 수그리고 바닥으로 시선을 처박았다.

그는 무겁게 침묵을 끌다가, 마른세수하듯 양손으로 얼굴을 덮었다.

"……황실 무도회까지 기다려."

커다란 손 사이로 숨죽여 나오는 말에 나는 웃음을 참지 못했다.

"너도 우습지 않니, 녹턴?"

책임지지 못할 말은 하지 말아야지.

녹턴의 모습을 보고 싶지 않아 나는 그를 내버려 둔 채 성큼성큼 걸었다. 그대로 응접실을 나가 버릴 생각이었다. 그러나 막상 응접실의 문을 앞에 두고는 뿌리내린 것처럼 발걸음이 멈추었다.

"약혼만 했을 뿐, 달라질 건 없다고 말했잖아."

깊은 곳에서부터 목울음이 차올랐다.

"앨리스도 만나게 해 줘 놓고, 알로이의 편지를 가져다줬으면서 가족들을 만나는 건 안 된다고? 그게 어떻게 달라진 게 아니야."

바닥을 내려다보는 채로 하는 말은 혼잣말이 아니었으나, 돌아오는 답은 없었다.

정말 울고 싶지 않은데. 이제는 우는 것도 지긋지긋한데.

마음조차 뜻대로 할 수가 없어 눈가가 뜨거워졌다.

"한 가지만 부탁할게, 녹턴. 더는 나 흔들지 마. 고맙다는 말 이제는 안할 테니까, 너도 앞으로는……."

목소리가 떨려 말을 온전히 맺을 수는 없었다. 나는 입술을 깨물며, 문고리를 돌렸다.

그러나 문이 한 뼘도 열리기 전, 어깨 뒤에서 내뻗은 손이 열린 틈을 도로 닫아 버렸다. 녹턴은 나를 마주 보려 내 어깨를 돌리려고 했으나, 나는 젖은 얼굴을 보이고 싶지 않아 꿋꿋이 버텼다. 자존심이 상해 견딜 수가 없었다.

가까운 곳에서 한숨 소리가 났다. 다소 머뭇거리는 손길이 뒤쪽에서 내 몸을 끌어안았다.

"……울지 마."

어설픈 위로에 외려 마음이 뾰족해져 나는 고집스레 앞을 보았다. 전에는 자포자기 삼아 한 말이지만, 이제는 진심으로 그런 생각이 들었다.

"차라리 정말 세뇌를 해. 그러면 내가 도망갈 염려는 없잖아."

"말도 안 되는 소리 하지 마."

녹턴의 목소리에 단번에 날이 섰다. 그게 우스워 나는 입매를 틀었다.

"한 번은 했다며, 두 번 못할 이유는 없잖아. 그럼 나는 더 이상 가족들을 보고 싶어 하지도 않을 거 아니야."

"스스로의 안위를 가지고 분풀이 삼아 말하면 즐거워? 거기까지만 해."

"이렇게 속을 긁으면, 이번에도 도발에 넘어가 마법을 써 줄까 봐서."

"두루아 발로즈!"

문고리에서 손을 놓고 나는 몸을 돌렸다.

그가 보였다. 화가 난 듯 차게 굳은 얼굴은, 눈을 마주치자 달라졌다.

당혹감에 녹턴의 눈이 떨리고 그의 입이 조금 벌어졌다. 분기가 사그라든 얼굴은 곤혹스러워 보였다.

그가 조심스럽게 내 얼굴로 손을 뻗는 걸, 나는 가만히 보았다. 떨리는 손가락이 내 눈가를 쓸며 눈물을 닦아 내려 했으나, 계속해서 물방울이 떨어지는 바람에 그리 의미 있지는 않았다.

나는 녹턴이 하는 모양새를 물끄러미 보다가, 물었다.

"나한테서 뭘 원해?"

"너한테서…… 무언가를 바라는 게 아니야. 나는."

"그럼 그냥 나를 원하는 거야?"

녹턴의 눈이 크게 흔들렸다.

도망치듯 그의 손이 내 얼굴에서 떨어지려는 것을 붙들고, 나는 힘주어 말했다.

"가지면 되잖아, 전부. 마음까지도."

"그렇게…… 말하지 마."

그가 눈을 질끈 감으며 눈썹을 일그러뜨렸다. 짙은 속눈썹이 파르르 떨렸다. 속에서 울컥 치미는 감정을 억누르듯, 녹턴이 손등으로 제 입가를 눌렀다.

"너를 고립시켜야 했어."

잔인한 말이었다.

"내 손이 닿지 않는 곳으로부터, 내게 정신마저 잡혀 있는 이들이 아니면, 너와 같은 공간에 있을 수조차도 없게."

그럼에도 녹턴의 얼굴은 오히려 괴로워 보여서, 그게 몹시도 이상하다고 생각했다. 그의 아름다움이 내 마음에 착각을 일으키는 걸까.

"앨리스 리모란드를 만나게 해 준 일도 터무니없었지. 충동적으로 들여보내긴 했지만, 무슨 일이 생기지는 않을까 네가 그 여자를 만나는 내내 응접실의 마나를 통제해야 했어."

"그 애가 날 해치기라도 할까 봐?"

"마도구를 이용하든, 텔레포트 스크롤을 쓰든, 너를 훔쳐 가는 건 한순간일 테니까."

누군가 나를 도와 저택에서 탈출시킬까 봐.

다른 사람을, 내 가족을 만나지 못하게 한 이유는 그토록 졸렬했다. 나는 허탈하게 웃었다.

"난 못 도망쳐. 에드가엔 새디가 남아 있고, 네 손이 닿는 곳엔 발로즈도, 앨리스도, 애런도 있으니까."

"때로는 네 의사를 신경 쓰지 않는 도둑도 있는 법이지."

녹턴이 자조적으로 웃었다.

"나처럼 말이야."

정적이 돌았다. 그는 거칠게 제 얼굴을 쓸었고, 나는 더는 말을 이어갈 기력조차 없어 손수건으로 눈가를 꾹 눌렀다. 언제부턴가 눈물은 멎었으나, 겹겹이 쌓인 피로감이 내 어깨를 짓눌렀다.

"앨리스 리모란드가 얼마 전에 발로즈에 다녀왔어."

"뭐……?"

"그러니 다음에 그 여자가 방문할 때 묻는다면, 적어도 네 가족의 안위 정도는 확인할 수 있겠지. 단순히 글로만 보는 것보다는 믿을 만할 테니까."

앨리스가 우리 저택에 다녀갔다고?

처음 듣는 이야기에 나는 눈가를 찡그렸다.

앨리스가 발로즈 후작저에 다녀왔다면, 왜 나한테 한 마디도 하지 않은 걸까. 가족들이 세뇌당했다는 걸 알게 되면 내가 충격을 받을까 봐? 하지만 나는 조금 전에 앨리스에게, 내 가족들이 세뇌당했을 거라고 말했었다. 그렇다면 왜…….

설마 세뇌당하지 않은 걸까. 내 부모님은, 알로이는 녹턴의 마법에 당하지 않은 채로 나를 애런과 파혼시키고 녹턴과 맺어 준 걸까. 내 의사를 묻지도 않은 채로……? 그렇다면 그 편지는 뭐야.

그럴 리 없다고 생각하고 싶었지만, 가정만으로도 머릿속이 희게 질려서 나는 잠시 아무 말도 할 수가 없었다.

"녹턴, 너한테 이런 말 묻는 게 이상하다는 거 알아, 하지만 대답해. 내 가족, 발로즈가 혹시…… 최면에 걸린 게 아니라 혹시 너한테 나를……."

"너를 아끼고 있어."

제대로 말을 맺지도 않았는데 녹턴이 내 말을 끊고 답했다. 무슨 말인지 바로 알 수가 없어 눈을 깜박거리자, 그가 말을 덧붙였다.

"세상 무엇보다 귀중한 보물을 대하듯 애지중지하지. 그들이 널 팔아넘겼을까 하는 걱정이라면 괜한 거니까 신경 쓰지 마. 그리고—."

녹턴은 퍽 조심스럽게 손을 뻗어 내 어깨에 얹었다.

"숨 쉬어, 두루아."

그제야 나는 내가 숨을 들이켠 채 멈추어 있다는 것을 깨달았다. 한껏 부푼 가슴에서 느리게 숨을 내뱉자 약한 현기증이 느껴졌다. 손끝이 희게 질리도록 소파를 짓누르던 손가락에도 힘을 빼자 손끝에 피가 돌았다. 저릿저릿한 감각이 들었다.

"그럼 역시 네가 세뇌한 거지, 그렇지, 녹턴."

"……그건 대답할 생각 없어."

"그래, 됐어. 그냥…… 그 얘긴 안 들을래."

여전히 앨리스가 말을 숨긴 이유는 알 수 없었지만, 나는 그냥 모르는 채로 묻어 두기로 했다. 어쩌면 그저 잊어버렸을 뿐인지도 모르니까. 경황이 없어 전할 말을 빠뜨리는 건 나도 종종 하는 실수였으니까.

그렇게 생각하면서도, 황실 무도회를 향한 막연한 기대감에 불안이 섞여 들었다. 거기에는 어머니가, 아버지가, 알로이가 있겠지. 직접 만날 수 있을 것이다. 그러니 구태여 지금 그들의 안위를 궁금해할 필요는 없었다. 무도회까지는 그리 오래 기다리지 않아도 됐으니까. 그러면 지금의 불안도 모두 사라질 것이다. 내 가족이었다. 사랑하는, 내 가족. 마음이 조금 평온해졌다.

그러자 녹턴이 내 어깨를 짚은 손을 거두어 갔다. 내게서 멀어지는 손을 보고 나는 고개를 틀어 녹턴의 눈을 보았다. 흐린 빛의 눈동자를 보자 새삼 원망스러운 기분이 들었다.

그런 말을 하지 않았다면 쓸데없는 언쟁을 벌이지도 않았을 것이다. 가족을 보고 싶다고 말하지도 않았을 것이다. 그러면 불필요한 불안이 자라나지도 않았을 텐데.

심술이 치솟아, 나는 녹턴이 가장 거슬리게 생각하는 이름을 입에 꺼냈다.

"그럼 애런은?"

"뭐?"

"그 사람은 내 의사를 무시하고 나를 빼돌릴 만큼 가깝지도 않으니 상관없잖아."

"소중하다고 말할 때는 언제고 이제 와서—."

"무엇보다 큰 약점이 있으니, 허튼 짓을 할 리도 없어. 너도 안다며, 애런한테 사랑하는 사람이 있다는 걸."

애런은 앨리스가 위험해질 가능성을 무릅쓰면서까지 녹턴에 대항할 리 없을 테니까.

"……애런 클레이모어를 만나고 싶어?"

"내가 보고 싶은 사람들은 앨리스와 애런과 발로즈에 있는 사람들뿐이야."

안 된다고 하겠지. 사실 조금도 타당하지 않은 설득이었으니까.

어차피 정말로 만나고 싶다기보다는 녹턴의 속을 긁으려 한 말이었다. 그러나 예상치 못하게, 그는 한참의 침묵 끝에 천천히 고개를 끄덕였다.

❧

녹턴은 내가 보는 앞에서 애런의 방문을 청하는 서신을 보냈고, 이튿날 애런에게서 에드가로 오겠다는 답신을 받았다. 상상도 못 한 선물에 얼떨떨하면서도 기쁜 마음이 들었지만, 소소한 대가는 치러야 했다. 저녁 식사를 마치고 함께 산책하자는 것뿐이니, 조금도 대단치 않았지만.

눈이 내린 뒤로 날이 한결 추워져서 나는 털투성이 겉옷을 입고도 두툼한 숄로 어깨를 감았다. 거울에 비추어지는 형상은 털 달린 눈사람과 다름없었다. 녹턴의 차림새는 상대적으로 가벼웠기에 내 차림새에 조금 민망해졌지만, 그는 '저녁을 먹고 나니 놀랍도록 튼튼해졌구나.' 하며 한 번 비아냥거리고 말았다.

호수의 옆길을 걸으면서 우리는 한담을 나누었다. 또다시 나답지 않다느니 비굴하게 굴지 말라느니 불씨를 던질까 봐 내심 긴장했으나, 녹턴도 전날의 언쟁이 달갑지는 않았는지 오가는 대화는 평온했다. 그러던 중 맥락도 없이 잊고 있던 사건(발등에 입을 맞추어진 일)이 떠오르는 바람에 필사적으로 표정 관리를 해야 했지만, 그럭저럭 얼굴이 붉어진 걸 들키지는 않았다. 이야기의 주제는 저녁 식사가 어쨌느니 요즘 날씨가 어쨌느니 하는 시답잖은 것으로 시작했지만, 걸음을 옮기면서는 시간대를 거슬러 오르기 시작했다.

"그놈의 발로즈 소리, 유별스럽게 고집한다 했어. 그걸 알았으면 진작 흑마법 도서를 펴 봤을 텐데."

"펴자마자 덮었겠지. 마법에 관심 없이는 한 줄도 읽기 힘든 책이니."

"지금 나 무시해?"

"내 감상을 말하는 것뿐이야."

"어려운 고서들은 잘만 읽으면서."

"마법 도서는 내가 원해서 읽은 게 아니니까, 엄밀히 말해 취향도 아니었지."

"아무튼 그래 놓고 이제 와서는 두루아, 두루아, 천연덕스럽게 잘만 부르지."

"약혼한 마당에 성씨를 부르면 그게 더 우스울걸."

호칭의 진실을 막 알았을 때는 생각도 못 한 대화들이 오갔다. 아니, 사실 지금 상황에서도 할 만한 이야기는 아니었다. 현실감인지 이성인지, 무언가가 마비되어 나와 녹턴은 마치 일상을 이야기하듯 무거운 말을 주고받았다.

"그것도 우스운 이야기지. 너랑 내가 약혼이라니. 과거의 녹턴 에드가도 상상 못 했을 거야."

정말로 말도 안 되는 일이었다.

"미래의 저가 돌아 버려서 두루아 발로즈를 끌고 와 약혼하다니. 알았다면 당장 그때의 두루아 발로즈와 절연했겠지."

"글쎄, 그건 어느 시점의 녹턴 에드가냐에 따라 다를걸."

"……절연으로 안 끝나고 죽일 수도 있었나?"

"안 죽여, 약속했잖아."

"약속?"

이해 못 할 말에 눈을 가늘게 뜨다가, 나는 종전의 말을 다시 끌어왔다. 그러고 보니, 앨리스도 그런 말을 한 적이 있었다. 녹턴 에드가가 사람을 죽이지 않은 것 같다는 말.

"너 사람 안 죽인다는 건 사실이야?"

"그렇긴 한데 네 말은 좀 이상하네. 어디서 들은 것처럼 말하는걸."

"그런 건 안 중요하니까 대답이나 해 봐."

말의 출처를 말해 줄 생각이 없었기에 성의 없이 얼버무리자 녹턴이 나를 물끄러미 바라보았다. 곧 그의 입꼬리가 비스듬히 올라갔다. 평소에 짓던 비웃음이었지만, 어딘가 쓴웃음처럼 보이기도 했다.

"네 기억력은 정말 어떻게 된 걸까, 두루아."

"뭐?"

"나는 생생히 기억하는데 너는 까맣게 잊어버렸다니, 내 기억력이 좋은 건지 네 기억력이 나쁜 건지, 그것도 아니면 네가 나한테 관심이 없던 건지."

"그 말 뭐야? 나랑 사람을 죽이니 마니, 이야기한 적 있어?"

"자존심 상하니까 그만 물어 줄래."

"됐어, 어차피 또 거짓말이겠지."

나와 속도를 맞추던 발걸음이 뚝 멈추었다. 가벼운 한숨을 내쉬고 녹턴이 나를 바로 보았다.

"몇 번을 말해, 두루아. 난 너한테 거짓말을 하지 않아."

"실은 애런을 죽이려고 했다고 실토한 거, 벌써 잊어버렸어?"

"……한 번뿐이야."

"한 번이 두 번이 되고, 두 번이 여러 번이 되는 거지. 말 돌리지 말고 그 이야기나 해 봐."

"절대로 생명을 죽이지 마. 알았지? 약속이야."

담담히 하는 말이 선뜻 이해되지 않았다. 부연 설명을 바라며 녹턴을 바라보자, 그가 얕게 혀를 찼다.

"멍청한 내 두루아, 본인이 한 말도 까먹었구나."

"내가 그런 말을 했다고……? 언제?"

"네가 한창 연애 소설에 빠져 있던 시기에."

"아니, 그건 하루 이틀 일도 아닌데……. 잠깐만, 내가 그 말을 했다고 치고 정말 그랬다고? 그 약속 때문에, 아무도 안 죽이기로 했고 정말로 안 죽였다고?"

믿을 수 없는 말에 나는 계속해서 물음표를 쏟아 냈다. 녹턴은 아무런 답도 없이 다시 걸음을 옮겼다. 앞서가는 이의 그림자가 미끄러질 때마다, 살얼음이 낀 풀이 꺾어지며 바스락 소리를 냈다. 그럼에도 나는 그의 침묵이 내게 답을 해 준 듯이 느껴졌다.

나는 따라 걸을 생각도 못 하고 멍하니 녹턴의 뒷모습을 바라봤다. 혼자 걷던 녹턴은 내가 뒤따르지 않자 자리에 멈추어 서서 나를 돌아봤다. 눈이 마주치는 즉시, 나는 정적을 흔들었다.

"왜……?"

"왜냐니."

"왜 그 약속을 지킨 건데."

"왜 약속을 지켰냐고 묻다니, 넌 약속이 뭔지도 모르는구나."

"그러니까 내 말은!"

벌어진 거리가 얼마나 된다고 말이 안 들릴 리 만무했지만, 녹턴의 애매한 답이 답답했다. 나는 성큼성큼 걸어 그와의 거리를 좁혔다.

"나랑 한 약속이 중요했어?"

"……그래, 너는 기억도 못 하는 그 말이."

의미도 없이 한 차례 말을 끊고, 녹턴이 조금 시선을 빗겨 냈다.

"내게는 중요했어."

"거짓말이지?"

"좋을 대로 생각해."

바람이 불었다. 꽁꽁 싸맸다고 생각했는데, 기어이 털옷을 비집고 나온 머리칼 몇 가닥이 요란하게 흔들렸다. 뺨을 간질이는 감촉이 신경 쓰여서, 지금 분위기가 어색해서, 마음이 요란하게 울렁거리는 것이 답답해서. 손등으로 옷에 갇힌 머리칼을 죄 빼냈다. 곱슬한 머리칼은 건조한 겨울을 맞아 부스스하게 일어났지만, 어깨 뒤로 넘겨 버리니 더는 신경 쓰이지 않았다. 그러는 동안에도 내내, 녹턴은 침묵을 고수하고 있어서 입을 열기가 한층 어색해졌다.

"하지만 이상하잖아, 녹턴. 나는 네가 그렇게까지 내 말을 존중할 거라고는 생각도 못 해 봤어. 그러니까 너는…… 계속 시험했잖아."

이건 분명 그도 인정한 사실이었다.

"셰릴 보르나인을 싫어하냐고 물어봐 놓고 다음 무도회에 그 여자를 파트너로 데려오기도 했고, 내가 좋아하는 책을 물에 빠뜨리기도 하고. 네가 그래도 나한테 달라붙어 있겠냐는 식으로 계속 건드렸잖아."

"시험했다는 걸 부정할 생각은 없어. 하지만 시험한 건 네가 아니야."

"그럼 뭔데, 뭘 시험한 건데."

"내 마법을."

"정확히 말하면 나를 사랑해 보라고 말했지."
"셰릴 보르나인을 상대로는 간단한 시험을 하고 싶었고."

지금의 말과 지나간 말이 겹쳐 들렸다. 머리칼처럼 부스스하게 일어나던 마음이 얼음물을 끼얹은 듯 차가워졌다. 어색해서 어떤 표정을 지어야 할지도 애매했는데, 단번에 입매가 비틀렸다. 농락당한 기분이었다, 이번에도.

"아 그래? 그럼 나도 네 마법이 얼마나 쓸 만한지 확인하는 실험 대상이었다는 말이네."

"너를 이용해 마법을 시험했다는 게 아니야. 너한테 걸려 있는 마법이 그런 상황에도 지속할지 확인하고 싶던 거지."

"그 말이 그 말이잖아! 아니, 애당초 나한테 세뇌했다는 건 뭐야. 나도 너를 사랑해 보라는, 그런 명령을 했어?"

"그런 명령을 했더라면 세뇌가 깨진 순간 바로 알아차렸겠지, 네가 날 사랑할 리 없다는 건 내가 제일 잘 아니까!"

내내 차분하게 말하던 녹턴이 처음으로 언성을 높였다. 녹턴의 갑작스러운 분노가 당혹스럽다.

내가 입을 다물자, 그는 종전의 외침을 후회하듯 얼굴을 쓸어내리고는 옅은 숨을 내쉬었다. 이어 입 밖으로 나오는 말소리는 한결 다듬어져 있었다.

"최면으로 만들 수 있는 사랑이 진짜 사랑이 아니라, 착각뿐이래도 네가 나한테 그런 적 없다는 건 알아."

"그럼……."

"네 마음이 느껴지지 않는 게 이상해서 그랬어. 나는 원래 타인의 마음을 내 마음처럼 직접 느낄 수 있어. 그런데 네 마음은 이상하게 읽히지 않았지."

"뭐……?"

"혹시 마도구 탓인가 물어봤지만, 그것도 아니었고. 제대로 확인하고 싶어서 저택으로 오라고 했어. 너를 처음 만났을 때, 그런 최면을 걸었어."

녹턴과의 일이 대부분 그랬지만 이번에도 생소하고 기괴한 감상이 들었다. 앨리스를 통해 흑마법으로 할 수 있는 일을 조금이나마 전해 들었으나, 마음을 읽을 수 있다는 이야기는 듣지 못했다. 상상도 해 본 적 없는 일이었기에 선뜻 이해되지도 않았다.

"사람의 마음을 느낀다는 게…… 무슨 의미야? 생각을 읽을 수 있다거나."

"생각과는 달라. 말 그대로, 상대가 어떤 감정을 느끼는지 고스란히 체감할 수 있다는 이야기야. 누군가 내게 화를 내면 분노를 내 것처럼 느낄 수 있어. 감정의 정도가 어느 정도인지, 분노가 살의와 비슷한지 조롱과 비슷한지, 그런 것도."

"그것도 흑마법이야?"

"……그래."

부연 설명이 덧붙자, 녹턴이 무슨 말을 한 것인지 조금은 이해할 수 있게 되었다.

사람의 마음을 느낀다. 그러나 내 마음은 느낄 수 없다. 그건 어째서일까.

순간적으로 제르벨라에게 들은 이야기가 떠올랐다.

"발로즈 후작 영애의 체질이 신성력에 친화적인 유형입니다."

"남들보다 신성력을 받아들이는 힘이 큰 반면, 마법에 대한 저항력도 강해서 영애를 세뇌하려면 남들의 수십 배는 되는 힘이 필요할 겁니다."

그렇다면 녹턴이 내 마음을 읽을 수 없는 것도, 내 저항력이 그의 마법을 밀어냈기 때문일까. 어렴풋하게 그런 생각이 떠올랐다.

"그리고?"

"그게 다야. 그것뿐이었어."

"믿으라고 하는 말은 아니지?"

"믿지 않을 거면 물어보지도 마."

"장난해? 겨우 저택에 놀러 오라는 게 최면의 전부였다고? 남들보다 수십 배는 어려웠을 마법을 걸면서 건 최면이 그렇게……."

"수십 배?"

의아한 듯 되묻는 말에 황급히 입을 닫았지만, 뒤늦은 일이었다. 엷은 빛 눈동자가 묘하게 빛나고 있었다.

"마음이 읽히지 않는 건에 대해, 뭔가 아는 모양이네."

"네 착각이겠지."

즉답했으나 녹턴이 나를 수상하게 여기는 기색은 조금도 지워지지 않은 것 같았다. 내 체질에 대해 조금도 모르고 있던 걸까.

젊은 대신관에게 말을 들었을 때 떠올렸던 생각이 곁가지로 떠올랐다. 나를 세뇌하는 데 통상적인 힘보다 수십 배가 필요하다면, 녹턴은 그토록 품을 들여 나를 세뇌한 걸까? 설마 세뇌에 당하지 않았던 건 아니겠지.

그럴 리 없다고 스쳐 보냈던 가정이 다시금 떠오르자, 나도 모르게 입술이 떨렸다.

"마법에 성공한 건 어떻게 확인해? 뭔가 표식이 뜨나? 아니지, 눈빛이 풀리는 걸 보고 확인하는 거야?"

"그런 불확실한 일에 의존하지는 않아. 내 말을 듣는지 아닌지로 충분히 판단할 수 있잖아."

"내가 자의로 네 저택에 갔을 수도 있잖아."

"당시 내 평판을 잊었어? 분명히 발로즈 후작가에서도 네 방문을 말렸던 걸로 기억하는데."

그야 그랬지. 대놓고 가지 말라고는 안 하셨지만 은근한 만류는 몇 번이나 있었다. 나중이 돼서는 그럭저럭 안심하신 건지, 내 고집을 못 이기신 건지 아무런 말도 하지 않으셨지만(심지어 어머니나 알로이는 내가 녹턴과 결혼하게 될 거라고 믿은 것 같았다). 어쨌거나 당시를 기준으로 하면 녹턴의 말이 정론이긴 했다. 물론 내가 책 속에서 태어났다는 말도 안 되는 이야기와 녹턴이 주인공인 줄 알았다는 착각을 배제해야만 나오는 결론이었지만.

원작의 이야기를 꺼낼 수는 없는 탓에, 녹턴의 말을 반론할 수도 없었다. 나는 모호한 표정으로 고개를 끄덕였다.

"내가 너한테 최면을 걸었다는 걸 부정할 생각은 없어. 그러니 네가 대신 애써 줄 것도 없지."

"그래, 다 네 말대로라고 쳐. 정말 에드가 저택에 놀러 오라는 게 최면의 전부였다고 쳐 보자고. 그래도 이상하잖아. 그럼 왜 그렇게 호칭에 집착한 건데."

발로즈, 발로즈. 남들이 이상하게 생각할 정도로, 편하게 부르라는 내 말을 거절하고 녹턴은 구태여 그 호칭을 고집했다. 저택에 오라는 말이 최면의 전부였다면, 굳이 그 최면을 유지하려고 애쓸 필요도 없지 않은가.

"맞아, 이상한 일이지."

"그렇지? 그러니까 왜─."

"내가 이상한 사람이라 그래."

그러고는 도로 입을 꾹.

그게 다야? 그 대답이 정말로 끝이야? 채근하듯 녹턴을 뚫어져라 쳐다봤지만, 다물린 입은 열리지 않았다. 어린아이나 할 법한 화법에 속에서 울화가 치밀었다. 이러면서 내게 거짓말을 하지 않는다고 말하니, 납득할 리 없다.

"너 정말 끝까지 입 다물 거야?"

"더 할 말은 없어."

"녹턴 에드가! 지금 나랑 장난해? 차라리 네 이름을 부르는 게 불필요하다고 생각했다고! 내가 이름을 불러 달라고 하니까 오히려 더 부르기 싫었다고, 그런 식으로 좀 어울리는 변명이라도 하든가!"

"……그런 이유는 조금도 아니야."

"그냥 닥쳐."

내 말대로 녹턴이 입을 꾹 다물었다. 그에 더 부아가 치밀었다.

정말로 이상하기 짝이 없는 흐름이었다. 십수 년 동안 성씨로 부르는 것을 고집했다. 알고 보니 녹턴이 내게 최면을 걸었는데, 최면을 지키기 위해서는 호칭을 유지해야 하기 때문이었다. 여기까지는 일관성 있게 받아들일 수 있는 문제였다.

그런데 그 최면의 내용이란 게 고작 저택에 놀러 오라는 말이라고 한다. 내가 에드가에 들락거린다고 마력석 광산이 나오는 것도 아니고, 황금으로 된 온천수가 터지는 것도 아니고, 그렇다고 녹턴의 수명이 늘어나는 것도 아닌데!

그래, 생각해 보니 '또 와, 발로즈.' 소리를 엄청나게 하긴 했다. 증거는 있네, 신빙성은 없지만.

"내가 에드가 저택에 붙어 있는 게 그렇게 좋았다고? 그래서 끌고 온 거야? 그럴 거면 처음부터 좀 잘하지 그랬어. 내가 특별하고, 내가 좋다면 왜 나한테 그따위로 굴었냐고."

"……."

"저번부터 입만 다물고 있으면 다야? 네 혀가 그렇게 무거워? 네 본심이 뭐야, 녹턴. 그래 까놓고 말해서 발등에 키스는 왜 했어. 아니, 애당초 첫날에 키스는 왜 했는데!"

"그건……!"

얄밉게도 계속 입을 다물던 녹턴이 다시금 동요를 드러냈다. 키스한 직후 만난 식사 자리에서 태연한 척 굴기에 실제로도 그런 줄 알았는데, 지금 모습을 보면 그것도 다 꾸며 낸 표정이었나 보다. 당황하는 얼굴을 보며 나도 민망한 기분이 들었지만, 그는 곧 표정을 추스르고 눈가를 찡그렸다.

"네 탓이야."

"뭐? 야! 네 잘못이라며! 이제 와서 그게 내 잘못이라고?"

"그러니까 그런 상황에서 쓸데없는 도발은 왜 해. 키스는 할 수 있냐고? 그게 그 시점에서 할 만한 얘기야?"

"그거에 넘어간 너는 뭔데! 그리고 그 말이 나온 게 이상해? 약혼하고 결혼한다는 얘기는 그거잖아, 같이 그…… 아무튼 아이를 가져야 하는 거고 그러면 결국 키스도 해야 하고……!"

말을 하면서 스스로도 대화가 유치해지고 있다는 걸 실감했다. 찬 바람이 쌩쌩 부는데도 얼굴이 화끈거려 녹턴의 눈을 마주 보기가 힘들었다. 녹턴이 어이가 없다는 듯 나를 비웃었지만, 그러는 그의 귀도 평소보다 붉어졌다.

아무리 바람이 분대도 여태 희던 귀가 갑자기 빨개졌으니, 바람 탓일 리는 없겠지.

그의 반응에 수치심을 억누르고 나는 조금 의기양양해져서 외쳤다.

"솔직히 그렇잖아! 너랑 십몇 년을 함께했는데 결혼이라니, 그걸 바로 받아들이는 게 말이나 돼?"

"십몇 년을 함께하면 뭐가 어떻게 되는데. 네가 남자가 되거나 내가 여자가 되거나, 아니면 성적 지향이 바뀌기라도 해?"

"가족 같은 느낌이잖아!"

"가족?"

녹턴이 노골적으로 나를 비웃었다.

"그래, 두루아 너는 가족과 결혼하게 되겠네. 혼자 배덕감을 느끼느라 아주 고생이겠어."

"그럼 넌 달라? 십몇 년 된 친구면 가족이나 다름없잖아."

"전제부터가 글렀어. 나는 널 친구라고 생각한 적도 없으니까."

"뭐……?"

조금 전까지와는 결이 다른 이야기에 당황했으나 사실 그쪽이 더 익숙한 진실이기는 했다. 여태 동요한 것이 분해서, 그토록 당했음에도 또다시 실망감을 느끼는 자신이 한심해서, 나는 입술을 깨물며 녹턴을 노려봤다.

"그래, 그럴 줄 알았어. 그래 놓고 특별하다고, 소중하다고, 저택에 오라는 게 최면의 전부였다고. 잠깐이나마 고민한 내가 바보였네. 이 비겁한 거짓말쟁이 같으니."

"거짓말 안 했어. 넌 소중한 게 친구밖에 없어?"

녹턴이 성큼 다가오며 물었다. 표정은 어둡고 목소리는 낮았으나 눈빛은 불씨가 될 것처럼 사납게 빛나고 있었다.

"두루아 발로즈, 두루아, 두루아. 그래, 네가 오래전부터 물어봤지. 우리가 친구긴 하냐고. 매번 적당히 넘어갔는데 네가 그토록 답을 듣고 싶다니 대답해 줄게. 본심으로는 한 번도 친구라고 생각한 적 없어."

바로 직전에도 들은 말이었지만, 강조하듯 눌러 말하는 소리에 나는 잠시 말을 잃었다. 어떻게도 표정을 관리할 수가 없었다. 녹턴에게 있어, 내가 친구조차 아닐지 모른다고 생각한 날은 오래되었으나 이렇게 노골적으로 두 번씩이나 친구임을 부정당할 줄은 몰랐다. 강세가 박힌 말은 고스란히 내 마음에 박혀, 새로운 상처를 새겼다.

우스웠다. 녹턴에게 만나지 말자고, 이제는 친구로서의 연도 정리하자고 말한 사람은 나였음에도, 강제로 약혼하고 끌려오기까지 한 상황에서도 말 몇 마디에 상처받는 것이.

목 안쪽으로 기름이 끓듯 자글거리는 기분에, 나는 입을 바싹 다물고 고개를 수그렸다. 그러나 내게 마음을 추스를 여유조차 주지 않겠다는 듯 녹턴은 말을 멈추지 않았다. 들으란 듯 내 양어깨를 짚고, 얼굴마저 바투 붙어 그의 홍채가 선명히도 눈에 들어왔다. 시선을 피할 수가 없었다.

"네가 낯설다고, 생소하다고 거부하는 그 감정, 실은 아주 오래됐거든. 우리가 약혼한다는 걸 알면 과거의 녹턴 에드가가 기겁해서 너와 절연할 거라고?"

"녹―."

"유감이지만, 그렇게 생각할 녹턴 에드가는 어느 때도 없을 거야."

"……잠깐만, 그게 무슨 말이야. 그럼 네가 날 그렇게 여긴 게 최근이 아니라—."

"왜 생명을 죽이지 말라고 한 너와의 약속이 소중했냐고, 왜 저택에 오라고 말하는 게 전부인 최면을 지키려고 그토록 애썼냐고, 왜 발등에 입을 맞췄냐고, 왜 키스했냐고!"

내 말을 다 듣지도 않고, 그의 목소리가 순차적으로 높아져 갔다. 중간부터 깨달은 어떤 사실 때문에, 나는 숨을 들이켠 채로 가만히 그의 말을 들었다.

돌연 녹턴의 목소리가 낮아지더니, 바람에 나뭇잎이 스치는 것처럼 간질거리는 목소리로.

"정말 몰라서 물어?"

내 어깨를 짚은 손에 힘이 들어갔다. 아프지는 않았으나, 손끝이 단단하게 오므라드는 것이 두꺼운 털옷 너머로도 선명히 느껴졌다.

"다 알잖아, 두루아. 몇 번이나 말했잖아."

속삭이는 말, 내 이름자를 부르는 소리가 유독 간지럽게 느껴졌다. 그 간질거리는 감촉이 숨결 안으로, 목 안으로, 기어이는 가슴 안쪽까지 옮아온다.

그 순간, 나는 내가 이 지리멸렬한 대화를 나누고 있는 것이 순전히 답답함 때문만은 아니라는 사실을 깨달았다. 아주 짧았던 감정이, 물웅덩이에 발을 스치고 지나가듯 얕았던 감정이, 그대로 사라져 날아가 버린 줄 알았던 과거의 감정이 마음 깊은 곳에 조금씩 쌓여 가고 있었음을 깨달았다. 지금 입은 털옷 만큼이나 두껍게 걸친 방어 기제 때문에, 눈치채는 것이 늦었다.

좋아하면 안 된다. 혼자 소중하게 여겨 봐야 조롱당하고 농락당할 뿐이다. 그러니 마음을 단단히 여물고, 그를 좋아하지 말자.

그런 결심을 했었는데, 마음이란 게 영 뜻대로 되지 않았다.

내게도 녹턴은, 순수한 친구가 아니었다.

"아니, 모르겠는데."

"……대체 언제까지 이야기할 셈이야."

"결국 너는 어릴 때부터 날 좋아했다고 말하는 것 같지만, 다른 질문들에는 답하지 않았잖아."

저가 이상한 사람이라 그렇다는 되도 않는 핑계로 도피했을 뿐, 진실로 말해야 하는 답은 아직도 듣지 못했다.

"정말 좋아했던 거면, 최면으로 시작된 얄팍한 관계를 이어 가고 싶었겠어? 보통은 최면을 깨고 용서를 구하든, 침묵하든 진실하게 다시 시작하려고 했겠지. 잘해 주려고 애썼을 거야."

"또 같은 이야기를 하는구나."

"피상적인 호칭이, 최면 따위가 중요하다고 이름 하나 못 부르고 벌벌 떠는 게 정말 좋아하는 거야? 관계를 진전시킬 생각은 없이 현상 유지에만 급급하잖아."

겨우 에드가 저택으로 오라고 했을 뿐인, 그 한마디가 뭐라고. 저택을 드나드는 건 특별한 사람이 아니라도 얼마든지 가능한 일이었다. 그렇기에 이해할 수 없었다.

"네가 나한테 그런 감정을 느꼈다는 거 전혀 몰랐어. 그런데 내가 둔해서 그런 건 아닌 것 같아. 너한테 그 많은 얘기를 듣고 과거를 떠올려 봐도 여전히 헷갈리고 확신할 수 없으니까."

"두루아, 그건―."

"또 네가 이상한 사람이라 그렇다고 도피하려고? 그런 건 이유가 될 수 없어."

답을 빼앗기자 녹턴은 입을 다물었다. 희게 질린 낯빛은 겨울을 배경 삼으니 얼어붙은 것처럼 보이기도 했다.

겁쟁이.

겁쟁이 녹턴 에드가.

불필요한 호칭을 고수하고 나를 시험하던, 예민하고 속을 알 수 없는 사람.

언제나 나를 조롱하는 줄로만 알았던 사람이 이제야 껍질을 벗었다. 나는 오늘에서야, 녹턴 에드가가 얼마나 소심하고 겁이 많은지를 알게 되었다. 그간의 혼돈은 피상적인 녹턴의 이미지와 실제 녹턴 에드가의 차이에서 온 것이었다. 물론 그렇다고 녹턴이 내게 상처를 주고 주위 사람들을 세뇌한 그 모든 과정이, 오해에서 비롯되었을 뿐 실은 선한 행위였다고 주장할 셈은 없었다. 당초의 생각은 바뀌지 않았다.

앨리스가 말한 대로, 녹턴 에드가는 악인이다. 악인이면서 동시에 겁쟁이였을 뿐이다.

"……무슨 대답을 원하는 거야."

"네 진짜 속마음. 이상해서 그렇다는 핑계를 뒤집어쓰지 않은 진짜 이유."

"그래, 내 본심 말이지. 그런데 그렇다고는 해도, 나야말로 네가 왜 알아차리지 못하는 건지 이해할 수가 없네. 다 끝내 버리면 뭐가 돼?"

녹턴의 손끝이 내 어깨에서 떨어졌다.

"최면을 끝내면, 그러고서 네게 최면을 걸었노라 실토하고 그럼에도 너를 아끼고 있노라 고백하면 어떤 걸 기대할 수 있을까, 두루아."

그의 얼굴이 양껏 일그러졌다. 그는 지레짐작한 추측을 정답처럼 내어놓았다.

"아무것도 없잖아. 여러 가지 일이 터져서, 충격이 분산돼서 좀 착각하는 모양이야. 최면으로 관계를 시작하고 평생을 기만당했는데, 사과, 고백, 말 몇 마디로 관계를 되돌릴 수 있을 거라고 생각해?"

"그게 네가 할 말이야?"

"그래, 네가 해야 했던 말이지. 그렇게 시작했으니까 끝낼 수 없었어."

녹턴의 입매가 사납게 뒤틀렸다.

"사실 그 얄팍한 최면이라는 게 오래가지 못할 거란 것도 알았어. 아무리 호칭을 붙들고 있어 봐야, 어린 날 가벼운 마음으로 걸었던 최면이 오래갈 리 없지."

"알면서 왜—."

"그럼에도 붙들고 매달렸어. 그러면 네가 영원히 내 옆에 있을 것 같았거든."

잠시 말을 멈춘 녹턴에게서 낮은 웃음소리가 났다. 흐느끼듯 들리는 소리였다.

"내가 뭘 기대할 수 있어. 그렇게 모든 걸 말하고 최면이 끝난 듯 굴면, 네가 말하느라 수고했다고 웃으며 어깨라도 두드려 줄까? 내 마음이란 걸 긍정적으로 생각해 줄까? 아니지, 아니야, 두루아."

그가 얼굴을 일그러뜨린 채 웃었다. 비틀어진 웃음에서 조금도 꾸며 내지 않은 그의 본심이 그대로 묻어나는 것만 같았다.

"소름 끼쳐 하겠지. 두려워할 거야. 다시는 옷자락도 스치고 싶지 않게 영영, 영영 멀어지겠지. 그게 네가 말하는 대로, 정상적으로 굴었을 때 나타날 정상적인 결과야."

"내가 어떤 반응을 보일지, 멋대로 재단하지 마."

"그럼 어떻게 하면 될까. 너를 납득시키려면 뭘 해야 할까. 지금이라도 해 볼까?"

"뭐?"

"너한테 거의 모든 걸 털어놨으니, 지금이라도 무릎을 꿇고 잘못했노라 빌면 그럼 진심으로 답해 줄 수 있겠어?"

말을 하다가 멈추고, 그가 크게 고개를 저었다.

"아니, 아예 전부 모르는 체라고 가정해 보자. 네가 나에 대해 아무것도 모르던 날 중의 하나라고."

그렇게 말하고, 녹턴은 정말로 허리를 수그렸다. 어떻게 말릴 새도 없이 그의 무릎이 구부려지고, 높은 곳에 있던 그의 머리가 내 허리춤으로 내려갔다.

몹시도 당황스러운 상황에, 녹턴을 일으키려 그의 어깨를 붙들었으나 단단한 몸은 꿈쩍도 하지 않았다.

"일어나."

"내가 다 잘못했어, 두루아. 아니, 발로즈라고 해야겠구나. 발로즈, 그래 발로즈. 나한테 이름으로 불러 달라고 말했는데 그러지 못해 미안해."

"일어나라고 했잖아."

"실은 그럴 수밖에 없는 이유가 있어. 내가 너와 처음 이야기했을 때 저택에 와 달라고 최면을 걸었거든. 그때 건 최면을 유지하려면 계속 같은 호칭을 쓰는 수밖에 없었어."

"내 말 안 들려? 일어나라고, 녹턴 에드가!"

"최면에서 벗어나면 너는 영영, 날 찾아오지 않을 테니까. 흑마법을 고백하지 않아도, 최면을 벗어나기만 하면 굳이 나와 말을 섞을 이유가 없잖아? 실제로, 몇 년 전부터 너는 나와 멀어지고 있었으니까. 그러니까 결국一."

기어이는 참을 수가 없어졌다.

짝, 살갗이 맞부딪는 소리가 녹턴의 말을 잘랐다.

"정말 질리게 한다, 너."

"……"

"내가 잘못 생각한 거지. 일어나라는 말 한 마디도 듣지 않고 주절주절 자기 할 말만 떠드는데, 뭐가 예쁘다고 네 진심을 궁금해한 걸까."

과분한 관심이었다. 조금은 진지한 속마음이 나올 거라고 생각했으나, 녹턴으로부터 나온 것은 일견 합당하게 들리는 비관론과 나를 향한 조롱뿐이었다.

무릎을 꿇고, 이미 일어난 일을 없던 양 가정하여 사죄하는 게 무슨 의미가 있을까. 어째서 사과하고 어째서 솔직해지지 않았냐고 말한 내 말을 정면으로 거부하는 행위였다. 그 어린 날부터 나를 좋아한다고 말한 건 녹턴 에드가였으면서, 일을 풀어 가려고 애쓰는 나를 조롱하듯 바보 취급하는 그 행태에 이제는 정말 정이 떨어질 것 같았다.

녹턴이 내게 친구가 아니었으면 뭐, 지나간 줄 알았던 잠깐의 감정이 쌓이고 쌓여 마음에 남아 있으면 뭐가 어떻단 말인가. 그에게 다른 감정이 있다고 하더라도, 내게 가장 소중한 건 나였다. 내 말을 존중하지 않을 사람을 진지하게 상대할 생각이라곤 눈곱만큼도 없었다.

더는 그의 얼굴도 보고 싶지 않아, 나는 몸을 돌리고 저택으로 향했다. 그러나 채 한 걸음도 걷기 전에 팔목이 붙들렸다.

"가지 마, 두루아."

"놓으라고 말해도 또 듣지 않겠지."

"안 그럴게. 네가 하지 말라는 건 안 할게. 그냥 옆에만 있어, 두루아. 제발 그렇게 해."

마음이 울컥해서, 한 마디를 해 주려고 나는 고개를 틀었다.

녹턴의 얼굴이 눈에 들어왔다. 피가 다 빠져 나간 것처럼 희게 질린, 불안한 얼굴. 얄밉기 짝이 없는 일이다. 여태 사람의 기분을 있는 대로 망쳐 놓고 그런 표정을 짓다니, 고의로 만들어 낸 표정이 아닌가 의심스러울 정도로……. 그래, 마음이 흔들렸다.

물끄러미 보는 채로 말이 없자, 녹턴은 천천히 내 손을 놓아주었다. 손에 닿았던 온기가 빠르게 흩어졌다. 이 와중에 그게 아쉽다고 생각하다가, 그런 내가 또 우스워져서 나는 야트막하게 한숨을 내쉬었다.

"나랑 뭘 하고 싶은 거야, 녹턴."

"아무……것도 원하지 않아. 그냥 여기에만 있으면 돼. 네가 그러면 아무것도 하지 않을게."

"나는 그게 싫어."

옅은 색 눈이 거세게 흔들렸다.

허공에 떠 있는 손이 녹턴의 심경을 대변하는 것 같다면, 그가 어찌할 바를 모르고 있는 것처럼 보이면 그건 내 착각일까.

"네가 원하는 건 다른 거잖아. 그런데 왜 말하지도, 행동하지도 않고 미리 타협해서 선을 긋는 거야."

"내가 바랄 수 있는 최대치가 그것뿐이니까."

"네 양심이 허락하는 선이 거기까지란 거야? 그런데 그럴 거면, 아예 말하지 말질 그랬어. 숨기고 꽁꽁 싸매지, 왜 어중간하게 드러낸 건데."

"……"

"또 입 다물려고?"

"……기대해서."

이번에도 또 답하지 않을 거라 생각했지만, 녹턴의 입에서는 연기 같은 목소리가 흘러나왔다.

기대?

"네 발등에 성수를 붓고 입을 맞춘 일로 기대했어."

"뭐? 잠깐, 그 얘기가 왜 나와?"

"네 얼굴이 붉어졌잖아."

난데없는 이야기가 당혹스러웠다. 일부러 나를 놀리려고 그러나 녹턴의 표정을 살폈지만, 그는 나와 눈도 마주치지 않았다. 적어도 조롱할 목적은 아닌 것 같았다.

"어쩌면, 정말 어쩌면 희망이 있을 거라고."

"……그래서 다 털어놓으려고 한 거야?"

"그래."

당혹감에 붕 떠올랐던 심장이 천천히 제자리를 찾는다. 그러고 나니 마음이 허탈해졌다.

"정말 요령도 없다. 그게 네가 마음을 털어놓는 과정이었다고? 정작 중요한 알맹이는 말하지도 않고 사람 화만 잔뜩 돋우는 그 화법이, 네가 기대해서 입을 연…… 그런 거라고."

내가 알고 있던 녹턴 에드가는 대체 뭐였는지, 이제는 의심스러울 지경이었다. 비꼬아 말하길 좋아하고 남의 속내를 제 것처럼 간파하고(실제로 제 것처럼 느꼈다고 하니 이건 그른 판단은 아닐 것이다) 조롱하고 남의 속을 긁어내던 사람이, 제 마음을 드러내는 것만은 이토록 미숙하기 짝이 없다니.

"널, 그러니까 네 방식을 탓하려는 건 아니야. 그렇지, 보통은 그렇게까지 마음을 토로할 일이 없으니까. 그렇지만…… 그래, 더 말을 얹지는 않을게."

그렇게 말하고는 입을 다물었다가, 나는 어느 한 가지만큼은 변명해야 할 것 같아서 빠르게 말을 덧붙였다.

"하지만 발등에 입을 맞추는 건…… 보통 누구라도 당황해서 얼굴이 빨개질 거야. 내가 아니라 누구였어도, 그리고 네가 아니라 누구한테 그런 일을 당했더라도."

"그러니까 그 보통 사람만큼의 가능성도 내게는 없었으니까."

담담히 이어지는 말에 나는 무슨 반응을 보여야 할지 몰라 입을 벙긋거렸다.

"그래."

무언가 다른 말을 해야 할 것 같았지만 생각나는 말은 아무것도 없었다. 입을 열었다 닫기를 몇 차례 반복하고서야, 나는 그럴싸한 답을 들려주는 것을 포기했다.

"알겠어, 녹턴. 알았다고."

말이 제대로 나오지 않는 것이 답답하여 나는 어깨 뒤로 넘어간 머리를 괜히 흐트러뜨렸다. 그러는 동안 마음에는 다시 부스스하고 간질거리는 감정이 차올랐다.

감정의 변화가 너무도 변덕스러워서 어이가 없을 지경이었다. 다행히도 녹턴은 내 감정을 느끼지는 못한다고 말했지만, 만약 그가 그럴 수 있었다면 그는 제 마법이 고장 난 건 아닌지 의심해야 했을 것이다. 나조차도 내가 미친 게 아닐까 수상할 정도니까.

마른침을 넘기고 야트막한 심호흡을 몇 번이나 하고야, 입 안이 조금 정리되었다.

"나는 지금 내가 무슨 생각인지 정확히 모르겠어. 특수한 상황이라 이상한 감정을 느끼는 건지, 아니면 원래 그랬는데 몰랐던 건지 솔직히 분간이 안 돼."

이토록 비정상적인 상황에서 느끼는 마음이 온전히 정상이라고 믿는 건, 지나치게 안이할 테니까. 나는 조금 냉정한 상황에서 다시 생각해 봐야 했다.

"네 말대로, 너무 많은 일이 있었고, 마음이 너무 빨리 변했어. 이성적으로 이해할 수 없을 만큼. 그러니까…… 좀 안정적인 상태로 생각할 시간이 필요해."

"무슨 말이야."

"약혼 물러."

"그럴 순 없어."

바로 나온 즉답이 시원스러울 지경이다. 절로 입가에 헛웃음이 맺혔다.

"그럼 뭐가 미안하다는 거야. 미안하다는 말이 무슨 뜻인지는 알아, 녹턴?"

"너와 관계가 회복되길 기대하지는 않아. 그건 불가능할 테니까. 하지만 영영 보지 못하고 보내 줄 생각은 없어. 네게는 유감스러운 일이지만 나는―."

"나는 가능하다고 생각하는데."

"뭐……?"

녹턴의 얼굴이 멍해졌다.

"창피하지만, 너도 네 밑바닥까지 드러냈으니까 나도 말할게. 너도 나한테, 마냥 친구였던 것만은 아니야."

의연히 말하려고 했지만, 목소리는 갈수록 작아졌다. 틈틈이 녹턴이 속삭이듯 말하더라니, 그 또한 이런 이유 때문이었을까.

노골적으로 사랑 고백을 한 것도 아닌데 창피해서 얼굴 가득 열기가 몰려들었다. 바보 같은 짓임을 알면서도 나는 고개를 비스듬히 틀고, 얼굴을 향해 손부채질했다. 한겨울을 배경으로, 정말 어울리는 짓이었다.

"물론 확신할 수는 없지. 정확한 명칭은 모르지만, 원래 감금된 상태로 피해자가 가해자에게 호의를 느끼는 일이 종종 있다고 하잖아. 그러니까 나도 내마음이 내 건지 아니면 상황이 만들어 낸 건지 몰라."

"……두루아, 네 말은."

"그러니까 결정해. 관계를 진전시킬 수 있다는 가능성, 너는 발견하지 못했지만, 나는 찾아낸 가능성을 믿고 잠시 물러날 건지. 아니면 영영 제자리걸음혹은 점점 악화되는 채로, 이 의미도 없는 약혼을 유지하고 결혼까지 갈 건지."

필요한 말을 다 하고야, 나는 다시 고개를 돌릴 수 있었다. 사실 마음속에 들어찬 창피함은 여전히도 많았지만, 그걸 억누를 만큼 녹턴의 표정이 궁금했다.

그는 다소 멍한 얼굴로(한 대 얻어맞은 것처럼 얼빠진 표정이었으나, 그럼에도 멍청해 보이지는 않았다) 눈을 깜박거리고는 미간을 찡그리며 눈을 질끈 감았다. 희미하게 떨리는 손이 녹턴의 입가를 덮고, 그는 고개를 수그린 채 한참을 있었다.

나는 녹턴의 대답을 인내심 있고 끈질기게 기다렸다. 기다리는 것 외에, 달리 할 일도 없었지만.

바람이 몇 차례나 불고 호수의 물이 얼마만큼이나 흘러갔을까. 가늠하기 애매한 시간이 지나갔을 무렵, 마침내 나지막한 목소리가 정적을 깨뜨렸다.

"시간을 줘."

"……무슨 의미야."

"1년, 반년, 아니 3개월이라도 좋으니까 기다려줘. 지금처럼 에드가를 나서지 않은 채, 네 말대로면…… 감금당한 채로 있어 줘."

"기다리면?"

"파혼해 줄게."

녹턴의 안색은 종전보다 한결 창백해졌다.

나는 조금 놀라서 그를 바라보았다. 내가 권하기는 했어도 바로 받아들여질 거라 기대한 것은 아니었다. 거절할 거라고 확신한 것도 아니었지만. 조건이 걸려 있기는 한들, 내 말이 받아들여진 것이 놀라워 나는 느리게 눈을 깜박이다가 불현듯 깨달았다. 일종의 직감이었다.

"그냥 고집 때문에 나와 약혼한 게 아니구나."

"……."

"나한테 집착해서 끌어다 앉힌 거라면 결혼까지 했을 거야. 이제 와 네가 나를 기만하려고 몇 개월을 두고 볼 리도 없어. 내 제안을 승낙한 거라면, 3개월이라는 제한을 둘 리도……."

"두루아."

"이젠 너도 지루하겠지만, 다시 물을게, 왜 나와 약혼했어? 무슨 이유로 날 데려온 거야. 단순히 내가 좋아서 그런 것만은 아니지?"

"……그것도, 3개월 뒤에."

파혼을 입에 담을 때보다는 한결 가벼운 목소리로, 녹턴이 답했다. 내 직감에 대한 대답이었다.

녹턴에게는 나를 납치하듯 데려와 약혼한 이유가 있었다. 그리고 그것은, 이유를 듣기 전까지는 확신할 수 없겠지만 아마도 내게 해를 끼치기 위함은 아닐 것이다. 알 수 없듯, 나를 억압하듯 보였던 그의 행동에는 다 이유가 있었다. 그것이 내가 납득할 수 있는 이유든, 그럴 수 없는 이유든. 어쩌면 당연한 일이었지만, 그걸 깨달은 것만으로 마음의 많은 부분이 달라졌다.

"생명을 죽이지 않은 거, 나와 한 약속을 지킨 거라고 했지?"

"그래."

"그럼 이번에도 약속해. 3개월이 지나고, 내가 파혼하자고 하는 날 끝내기로."

"……그래."

바람 빠지듯 미약한 소리였으나, 그것으로 충분했다.

누가 돌아가자고 말한 것도 아닌데, 우리는 자연스럽게 멈추었던 걸음을 다시 놀렸다.

호숫가를 따라 크고 작은 두 개의 발자국이 이어졌다. 녹턴은 아무런 말도 하지 않았고, 나 또한 가만히 바람 소리를 들었다.

묻고 싶은 건 아직 있었다. 저택의 사용인들을 왜 세뇌했는지부터 소소하게는 그를 위해 주던 하녀 하인 아이들은 왜 저택에 없는지. 앨리스가 녹턴을 악당이라 지목했던 그 이유가 해소된다면, 우리는 정말 시간이 필요할 뿐 모든 것을 되돌릴 수 있을 테니까.

그러나 길고 긴 언쟁을 벌이면서는 나도 지쳤고, 혀도 더 움직이려 들지 않을 것이다. 그리고 언젠가는 또 말할 날이 올 것이라는 확신이 있었다. 오늘처럼, 끝까지 몰아붙여야 들을 수 있는 대답이라도 어떻게든 말을 나눌 수 있는 날이 올 거라고. 그렇게 생각하니 마음이 평온해져서, 나는 걸음을 옮기며 호수를 바라볼 여유까지 생겼다.

어린 날부터 공작저를 드나들면서 무수히도 봐 온 호수는, 여전히 같은 모습으로 그 자리에 있었다. 비록 달조차 뜨지 않은 밤이라 호수에는 새까만 하늘이 고스란히 담겼을 뿐이지만, 검은 물결이 멋대로 흔들리는 것만으로도 퍽 그럴싸한 풍경이었다. 그러한 광경을 보고 있으니, 뜬금없이 지나간 일이 생각났다.

"커프스 버튼, 아직도 저기에 있을까?"

"……뭐?"

"네가 버린, 내 첫 번째 생일 선물 말이야. 생일도 아니었다고 하지만 저기에 던져 버렸잖아. 바다도 아니고 호수니까 아직 저기 있을까 싶어서."

그가 생각하기에도 영 뜬금없다 싶었는지, 녹턴의 눈이 가늘어졌다.

"아니."

"그걸 네가 어떻게 알아."

사실 생각해 보면, 호수 밑바닥 어딘가에 있을 것 같기는 했다. 호수는 공작가를 중심으로 빙글 둘러싼 말발굽 모양이었다. 외부로 연결된 것도 아니니, 커프스 버튼이 어디로 나갈 리가 없었다. 그럼에도 녹턴의 목소리는 단호했다.

"커프스, 저기에 없어."

"그러니까―."

"내가 주웠으니까."

내가 주웠으니까……?

잘못 들었나 싶어 눈을 깜박였으나, 녹턴의 표정은 여전히 그대로였다. 나는 잘 걷던 걸음을 멈추고 성큼 걸어 그의 앞을 가로막았다.

"네가 주웠다고? 커프스를?"

"……그래."

"비슷한 거 사 놓고 거짓말하는 게 아니고?"

"그런 거로 거짓말할 이유 없어."

"그럼 어디 있는데."

별것도 아닌 걸 의심스레 캐물으면서도, 왠지 모를 기대감으로 심장이 뛰었다. 녹턴이 묘하게 눈길을 피하는 것이 거슬려, 나는 멱살을 잡는 것처럼 그의 옷깃을 쥐고 당겼다. 녹턴의 입에서 가느다란 한숨이 나왔다.

"내 방 서랍에."

"서랍에 있다고? 그럼 보여줘."

"지금……?"

"안 보여 주면 거짓말인 줄 알 거야."

내 윽박이 무서울 리 없었지만, 그는 선선히 고개를 끄덕였다.

그리고 커프스 버튼은, 정말로 서랍 안에 있었다. 녹턴이 서랍에 손을 대고 무언가 알 수 없는 일을 할 때만도 긴가민가했으나, 안에서 나온 검은 상자를 보고는 확신했다.

상자 안에는 커프스 버튼이 있었다. 연보라색 연기가 오로라처럼 퍼져 있는 검은 다이아몬드, 내가 10년도 전에 녹턴에게 주었던 첫 번째 선물이.

이상한 기분이 들었다. 마음 전체에 아지랑이가 피어난 것처럼 울렁거리는 묘한 기분이.

한참을 뚫어져라 커프스 버튼을 쳐다보자, 그새 정신 건강을 회복한 듯 녹턴이 비꼬는 말을 했다.

"진품 감정 중이야? 그렇게 기억력이 좋지는 않은 거로 아는데."

"이거…… 왜 주워 온 거야?"

"내가 다 대답할 필요는 없잖아."

밉살맞은 대답이었으나, 어쩐지 밉게 느껴지지 않았다.

그냥 웃음이 나왔다. 진이 빠지도록 언쟁을 나눈 것이 눈앞에 보이는 커프스 버튼 하나만 못했다. 마음속을 가득 채우는 반가움과 그리움과 눈앞에 있는 상대를 향한 애정 때문에, 입을 열면 마음이 다 흘러넘칠 것 같았다.

"그러네. 맞아, 네 말대로야."

그래서 속삭이는 것처럼 작은 소리로 답하고는 더는 아무런 말을 꺼낼 수가 없었다. 잃어버렸던 보물을 되찾은 기분이었다.

⚜

두루아가 방을 나간 뒤, 녹턴은 잠시 한가운데에 우두커니 서 있었다. 이상하리만치 현실감이 들지 않아서 얼굴을 쓸어 보고, 조금 걸어 보고, 두루아가 보고 간 커프스 버튼을 다시 꺼내서 손끝으로 매만져 봐도 붕 뜬 기분은 가시지 않았다.

생각지도 못한 일이 벌어졌다. 두루아에게 모든 걸 털어 놓으면 용서받을 수 있을까, 생각한 것이 며칠 전의 일이었지만, 당장 행동에 옮길 생각은 없었다. 너무 섣불렀고, 중요한 일은 미처 다 끝나지도 않았으니까.

그러나 그런 생각을 한 것만으로 입이 가벼워진 건지, 아니면 두루아의 기세에 말려든 건지, 녹턴은 결코 말할 생각이 없던 부분까지 전부 긁어내고 말았다. 심지어는 파혼까지도 제 입으로 약속해 버렸다. 그릇된 매듭을 잘라내고 관계를 되돌리기 위함이었지만, 약속의 무게는 변하지 않는다.

녹턴의 얼굴이 복잡한 빛으로 얼룩졌다. 두루아는 관계가 나아질 가능성을 제시했으나, 온전히 믿을 수는 없는 말이었다. 당장 그는 그녀의 말 중 어느 정도가 진심인지도 분간할 수 없었다. 마음을 읽을 수 없을 뿐 아니라, 간질거리는 희망이 이성적인 판단을 방해했으니까. 어쩌면, 당장의 약혼을 떨쳐 내기 위해 아무렇게나 내뱉은 말일지도 모른다.

그러나 애써 의심한다 한들, 녹턴의 미련에는 이미 싹이 피었다.

"너도 나한테, 마냥 친구였던 것만은 아니야."

서로의 마음을 할퀴고 긁어낸 잔여물은 거름이 되었고, 민망한 듯 붉어진 얼굴은 햇빛이 되었다. 그렇게, 미련의 다른 이름인 희망은 또다시 피어났다. 그 표정만으로 녹턴은 진실한 가능성을 얻어 낸 것 같았다.

생각이 부정적인 방향으로 흘러가는 것은 여러 번 경험했으나, 멋대로 희망이 부풀어 시야를 가리는 것은 처음 겪는 일이었다. 이상하게도, 정말로 모든 일이 다 잘될 것만 같았다.

그의 입매가 가늘게 길어지는 때, 노크 소리가 났다. 두루아일 리는 없는 이의 방문에, 어리석게 들떴던 마음은 조금 가라앉았다. 저택에 남은 이들 중, 두루아 외에 녹턴이 반기는 이는 없었다. 그는 조금 가라앉은 소리로 들어오라고 말했고, 곧 멍한 표정의 수하가 발을 들였다.

"조사를 전부 마쳤습니다."

그리 말하며 내민 서류철을 보자, 가슴께로 돌이 떨어진 기분이었다. 잠시 잊고 있던 일이 다시금 존재감을 과시하며 녹턴의 발목을 휘감아 왔다.

294년 5월 10일. Dur…….

녹턴은 아직, 두루아가 마신 마법 물약이 무언지 확인하지 못했다.

그는 내키지 않는 손길로 서류철을 받아 펼쳤다. 우스운 일이지만, 손끝에는 약간의 두려움마저 묻어났다.

그가 조사를 지시한 것은 크게 두 가지였다.

첫 번째, 다아즈 아클라툼. 패트시아 에드가가 사사로이 부리는 흑마법사였다. 그는 음지에서 몹시 유명한 이로, 흑마법사 하면 떠오르는 고정관념을 그대로 실체화한 사람이었다. 마을 부족 단위로 대량 학살을 벌인 건만 여럿에, 마법 물약을 이용해 곳곳을 들쑤시고 다니며 동방의 소국을 멸망 직전까지 몰아가기도 했다. 때문에, 대륙의 모든 나라에서는 이자를 잡으려고 특별 조약까지 맺은 상황이었다.

녹턴이 알고자 한 건 그의 계파였다. 비약의 제조법은 특수한 경우를 제외하고는 같은 계파에게만 전수되었으니까.

유감스럽게도, 그는 서류의 하단에서 아클라툼이 제로다이얼의 계파임을 확인할 수 있었다. 제로다이얼은 임페르펙티오를 만들어 낸 흑마법사였다.

두 번째로 조사한 것은 과거의 일이었다. 패트시아가 두루아에게 차를 타주던 때의 이야기. 서류에는 패트시아를 곁에서 모신 전속 시녀의 증언이 담겨 있었다. 전대 공작이 두루아에게 차를 타 주는 날에는, 찻잎조차 직접 가져왔고 차를 타는 동안에는 누구도 가까이 다가갈 수 없었다고 한다. 그게 마지막 장이었다.

낱장을 넘김과 동시에 서류가 엉망으로 구겨졌다.

끈적한 식감. 다아즈 아클라툼. 임페르펙티오.

두루아 발로즈가 임페르펙티오에 관해 물었을 때, 차가 끈적거린다고 말했던 걸 떠올렸을 때, 뼈대를 세운 가정이 녹턴의 목을 조였다.

'두루아가 마신 게 정말로…….'

목울대가 멋대로 울렁였다. 그게 성가셔서, 그는 커다란 손으로 제 목을 짓눌렀다. 손자국이 남도록 거센 힘에 숨이 막혔지만, 그 정도는 괴로운 일도 아니었다. 흰자위의 실핏줄이 터져, 눈 앞머리가 붉어졌다.

아니, 아직 확신할 일은 아니었다. 상황은 아주 조금, 미세한 정도로만 더 가정에 힘을 실어 줬을 뿐이다. 어쩌면, 아직은 '어쩌면'에 불과했으나 정말로 어쩌면 두루아와의 사이를 되돌리는 걸 넘어, 더욱 나은 관계로 나아갈 수 있는 때였다. 막 그런 희망을 삼킨 날이었다.

최악을 가정하지 말자.

두루아의 말마따나, 비관적으로 생각할 일은 아니었다. 그러나 애쓰려 해도, 깊숙이 뿌리내린 불안은 얄팍한 자기합리화 정도로 해소되지는 않았다. 녹턴은 결국 제 불안을 도려낼 때가 왔다고 생각했다.

상대가 준비를 마친 때, 그의 적을 모조리 제거할 수 있는 때, 그럼에도 홀로 남겨 둘 두루아의 안위가 염려되어 미루어 왔지만, 더는 그럴 수 없었다. 그는 일을 마무리해야 했고, 두루아에게 남은 진실을 토로해야 했으며, 그로서 그녀와 파혼하겠다는 약속을 지키고 새로이 떠오른 희망을 키워 내야 했다.

녹턴의 눈동자가 어둡게 빛났다.

생각해 보면 단추 하나에 불과했다. 셔츠의 소매에 달 뿐인, 주의 깊게 보지 않으면 생김새조차 알 수 없을 조그만 단추. 그런데 그게 뭐라고, 마음이 이토록 달라진 걸까.

새로운 아침을 맞이하면서, 나는 드물게도 기분이 좋았다. 알로이의 편지에 답신을 쓰면서도, 틈틈이 그 생각에 손을 멈출 정도로. 녹턴의 본심을 어느 정도 안 것도, 3개월만 지나면 저택을 나갈 수 있다는 것도, 오늘 애런이 온다는 것도 모두 좋은 일이었지만, 개중 가장 날 기쁘게 한 것은 커프스 버튼이었다.

아주 오래전에 내던져진 줄 알았던 마음을 그가 소중히 보관하고 있던 것만으로, 녹턴의 진심에는 신뢰가 쌓였다. 그가 나를 특별히 여긴다는 말이, 내게 소중한 감정을 품고 있다는 말이, 더는 비틀리게 들리지 않았다. 모든 것이 해결된 것처럼 느껴졌고, 실제로도 그리 다르지는 않을 것이다. 3개월이 지나면 일단은 녹턴과 파혼하겠지만, 그러고 나면…….

"아가씨? 몸이 안 좋으세요?"

"어, 새디, 왜?"

"얼굴이 빨개요. 또 감기에 걸리신 거 아니에요?"

"내가? 내 얼굴이 빨갛다고? 무슨 말을 하는 거야, 새디. 빨간 건 내 머리카락뿐이야."

"네? 하지만―."

"아프지 않으니까 중요하지도 않은 얘긴 그만하자. 아무렴, 그 정도로 허약한 체질은 아닌걸."

"네, 아가씨."

대답하면서도 석연찮다는 듯, 새디가 고개를 기울이는 것을 모르는 척했다. 그러면서 그녀가 내 얼굴을 살필 수 없도록, 나는 빠르게 새디를 앞서 걸었다. 얼굴이 화끈거렸다.

바보 같은 두루아 발로즈, 벌써부터 무슨 생각을 하는 거람.

똑 부러진 척, 지금 감정은 불확실하니 일단 파혼하자고 얘기해 놓고는, 벌써 파혼 뒤를 상상하며 얼굴을 붉히는 것이 꼴사나웠다.

많은 것이 달라지긴 했으나, 달라지지 않은 것도 많았다. 그의 본심을 들었더라도, 녹턴 에드가의 행동이 다 옳다고는 말할 수 없을 테니까. 다 옳기는커녕, 그른 행동이 훨씬 많았다. 일단은, 처음 만났을 때부터 내게 최면을 걸었고…….

그런데 내가 정말 최면에 걸리긴 했나. 녹턴이 말하는 걸 들어 보면, 내 체질에 대해서도 모르던데.

내가 저택에 드나든 결과만으로 최면에 성공했다고 믿는 모양이었지만, 내가 녹턴에게 접근한 결정적인 이유는 원작 때문이었다. 뭐, 세뇌에 걸리지 않았다고 하더라도 그건 녹턴의 의사가 아니라 내 체질 탓이니 그의 죄는 여전히…… 음, 컸다. 나뿐만이 아니라 셰릴 보르나인에게도 세뇌를…… 걸었지만, 그 경우에는 보르나인의 죄도 있으니 일단은 쌍방 과실로 해 둘까.

참, 애런에게 살의를 품기도…… 생각해 보면, 그때 애런을 질투한 거였나? 질투 때문에 사람을 죽일 생각까지 하다니, 무슨 소설 속에나 나올 법한데. 그건 정말 안 될 일이니까 나중에 다시 이야기해야겠다.

어쩌면 이제는 괜찮을지도 모르겠다. 사람을 죽이지 않는다고─그것도 나와 한 약속 때문에 그렇다고 했다.─ 몇 번이나 말했으니까. 그래도 애런을 각혈하게 했고, 사람을 죽일 마음마저 품었다는 건 잘못된 일이니까. 문학에서 미화되는 일이 종종 있지만, 결코 옳고 멋진 일은 아니었다.

아, 사용인들에게 세뇌를 건 죄도 있었다. 사용인뿐 아니라 그의 가족에게도. 하지만 이것도 좀 애매하긴 했다. 녹턴의 나이가 차 입지가 바로 서면서는 좀 좋아졌지만, 그가 아직 어린 소년일 때만 해도 그들의 행태는 정말 가관이었으니까.

"공자님, 죄송하지만, 첫째 공자님께서 그 책을 보고 싶다고 하셨습니다. 일단 돌려주시면, 프렐류드 공자님께서 책을 다 보신 뒤 다시 가져다드리겠습니다."

"발로즈 영애님, 차를 내왔습니다. 예? 아, 공자님께서는 차를 별로 즐기지 않으시는 듯하여 영애의 몫만 내왔습니다만."

"아…… 그리고 보니 문의 경첩이 고장 났다고 하셨죠. 최근 일이 바빠 잊고 있었습니다. 다음 주 내로 방문을 수리해 두겠습니다."

"왜 발로즈 영애님 같은 분이 셋째 공자님을 가까이하시는 건가요?"

녹턴은 언제나 표정 관리에 능하여 겉으로 제 굴욕감을 드러내지는 않았지만, 옆에 있을 뿐인 나는 수치심을 느꼈다. 처음에는 남의 저택에서 일을 벌이고 싶지 않아 참았지만, 나중에 가서는 내가 녹턴을 대신해서 화를 내고 난장을 부렸다. 그를 은근히 무시하던 사용인들이 정작 내게는 어쩔 줄 몰라 하며 고개를 조아려서, 더 기분이 나빠지긴 했지만. 그는 정말 안팎으로 모욕을 달고 살았다. 그러니, 나 같아도 그들을 가만두고 싶지는 않았을…….

아니, 뭘 일일이 변명해 주고 있는 거람.

나는 짝 소리가 나게 내 양 뺨을 때렸다. 새디가 놀란 눈으로 나를 봤지만, 그 또한 못 본 체했다. 이성적이고 냉정하게 생각하려고 갖은 애를 썼으나, 어떻게 해도 생각은 계속 녹턴을 변호하는 방향으로 흘렀다.

단단히 미쳤군, 두루아 발로즈.

내 마음이 이렇게 가벼울 거라고는 상상한 적도 없었다. 물론 지금의 내가 녹턴을 사랑한다는 이야기까지는 아니었다. 그를 좋아한 순간이 있었다고는 해도, 전날의 커프스 버튼으로 호감도가 많이 올랐다고는 해도, 사랑까지는 아니었다. 그러니까 예측하기로는…… 그 전 단계쯤? 아니, 전전 단계?

어쨌거나 사랑은 아니었다. 이렇게까지 구구절절하게 생각하니, 스스로가 좀 구차하게 느껴졌지만.

생각에 잠겨 잰걸음을 놀리다 보니, 금세 다이닝룸에 닿았다.

녹턴은 먼저 와 있었다. 다른 일이 있는 새디를 보내고, 나는 홀로 그의 앞으로 다가갔다.

인사를 해야 하는데 말이 안 나왔다. 요즘으로서는 매일 보는 얼굴인데도, 익숙한 장소에 나타난 익숙한 얼굴이 뭐 그리 어색하다고 입술이 달라붙어 떨어지질 않는다.

그러나 그는 내가 온 걸 확인하고는, 여상하게 인사를 건넸다. 붉은 기운 하나 없는 낯빛에, 눈이 떨리지도 않았다.

"안녕, 두루아."

또 나만 의식했지, 나만.

분하고 억울한 마음에, 속에 차올랐던 어색함이 단박에 무너져 내렸다. 무슨 생각을 했는지 절대로 티 내고 싶지 않아 나 또한 표정을 여유롭게 꾸미며 인사를 건넸다. 그러나 곧, 식사가 마련된 자리가 한 자리뿐임을 알고는 표정이 구겨졌다.

"왜 네 식사는 없어?"

"급하게 처리해야 할 일이 있어서 식사는 못 해. 그리고 사흘 정도, 저택을 비울 예정이니까 필요한 게 있으면 집사에게 말해."

"뭐야, 그럼 다이닝룸에는 왜 왔는데. 새디 통해서 말 전했으면 되잖아."

"얼굴 보고 싶어서."

갑자기 훅 들어온 소리가 심장에 꽂혔다.

잠시 숨을 들이켰으나. 당황한 티를 내고 싶지 않아서 바로 입을 열었다.

"……뭘 새삼, 맨날 보는 얼굴인데."

"맨날 보고 싶은 얼굴이라."

미쳤군, 녹턴 에드가도 미쳤어.

더는 티를 내고 말고 할 것도 없이, 온몸이 돌처럼 굳었다. 녹턴이 이따금, 이런 식의 화법을 쓰는 건 익숙한 일이었지만, 상황이 달라진 탓인지 말의 느낌도 아예 달라졌다.

그가 갑자기 내 쪽으로 오기 시작했다. 그가 한 걸음을 내디딜 때마다, 심장이 열 번, 아니 스무 번은 뛰는 것 같았다. 오지 말라는 말도 못 한 채 굳어 있으니 가까이 온 녹턴이 손을 뻗었다. 단단히 굳은 어깨가 나도 모르게 움찔 떨렸으나, 그는 흐트러진 머리칼을 넘겨줄 뿐이었다. 사뭇 가까워진 거리에서 녹턴이 입매를 늘였다.

"아무 짓 안 해, 말했잖아."

"아 뭐, 그렇지. 그랬지, 누가 뭐래? 나도 3개월 뒤까지 손도 못 대게 할 거거든?"

"그럼 3개월 뒤엔 손대도 괜찮아?"

오기 삼아 아무렇게나 내뱉은 말인데도 녹턴은 태연히 물었다.

손대도 괜찮으냐고? 괜찮을 리가 있나. 3개월 뒤면 파혼까지 했으니, 완전히 남일 텐데!

그런 생각으로 녹턴을 쏘아붙이려 했으나 갑자기 궁금해졌다. 나는 나도 모르게, 내 머리가 시키는 말과 다른 말을 했다.

"어디에 손댄다는 건데……?"

녹턴의 눈이 커지는 것을 보고는 뒤늦게 후회했으나, 이미 그의 웃음이 터져버린 뒤였다. 허리까지 구부리며 시원스럽게 웃는 모양이, 내가 아주 우습게 보인 것이 틀림없었다.

입을 잘못 놀린 건 나였지만, 원인제공을 한 건 녹턴이었다. 놀림받은 기분을 참지 못하고, 나는 때리기 좋게 구부러진 등을 때렸다. 있는 힘껏 휘둘렀는데, 돌을 때린 줄 알았다. 손바닥으로 누르기만 해도 자국이 남을 것처럼 눈 같은 피부로 덮였음에도 등이 너무 딱딱해서 손이 얼얼할 지경이다. 고통으로 허공에 뜬 채 굳어 버린 손을, 녹턴이 잡아챘다.

"손대지 않기로 하지 않았나, 두루아."

"그건 네가 한 말이고, 나는 아무 약속도 안 했는데?"

"내 파랑새는 부당 계약에 능숙하구나."

"억울하면 재판장에 가든가. 그리고 너도 손대고 있잖아!"

"이건 자기방어잖아. 네가 등을 만져서―."

"만진 게 아니라 때린 거! 두드린 거! 벌을 준 거! 말을 왜 마음대로 문란하게 바꿔? 그리고…….'

나는 빨갛게 익은 문어보다 붉어진 내 손바닥을 쫙 펴고 녹턴의 눈앞에 들이밀었다. 그 색을 보자, 새삼 억울한 마음이 치솟았다.

"이쯤 되면 네 등이 내 손을 때린 거 아니야? 딱딱한 네 등이 연약한 내 손바닥을 괴롭혔어."

"……멍청한 소리 같은데, 부정할 수가 없네. 봐."

"또 성수 뿌리려는 건 아니지? 그러지 마, 그건 나―."

―한테도 있다고 말할 뻔했다. 아무리 그래도 앨리스가 내게 성수를 쥐여 준 걸 이야기할 수는 없지. 괜히 앨리스가 고깝게 보일 수도 있고, 아직 일이 다 정리된 것도 아니니까.

그런 생각으로 서둘러 입을 닫았으나 부자연스러웠다. 녹턴의 의심을 샀나, 그의 얼굴을 살폈지만, 그는 그다지 개의치 않아 하는 것 같았다.

"그렇게까지 남아돌진 않아. 딱히 붓거나 상처가 난 것도 아니니, 금세 괜찮아지겠네."

대수롭지 않다는 듯, 그렇게 말해 놓고는 녹턴이 아무렇지도 않게 내 손을 끌어 갔다. 손바닥 안의 여린 살에 그보다 부드러운 것이 닿았다.

잠, 잠시만……!

입이 저절로 벌어졌다.

"너, 미쳤어?"

"유감인데 두루아, 손바닥보다는 입술이 부드럽잖아. 그러니까 네 논리대로면—."

"내 논리대로면 녹턴 에드가는 무조건 잘못됐어. 일이나 하러 가, 이 변태야!"

이번에는 손바닥이 아니라 주먹을 쥐고 그의 어깨를 때렸지만, 녹턴은 여전히 아픈 기색 하나 보이지 않았다. 그저 얄미울 정도로 태연한 표정으로 어깨를 한번 으쓱였을 뿐이다. 일이 바쁘다는 말이 거짓은 아니었는지, 그러고서 곧장 자리를 뜨긴 했지만.

녹턴이 사라지는 모습을 씩씩거리며 바라보다가, 홱 몸을 돌렸을 때 나는 하마터면 비명을 지를 뻔했다. 분명히 다이닝룸을 나갔던 새디가 묘한 눈으로 나를 바라보고 있었다.

"언제…… 왔어? 나 데려다주고 일 보러 가지 않았어?"

"죄송해요, 아가씨. 바로 말씀드리려고 했는데 대화가 바빠 보이셔서 전할 수 없었어요."

대화가 바빠 보이셔서…… 라는 건 다 들었다는 이야기지?

그런 내 생각을 눈치채기라도 한 것처럼, 새디가 웃었다.

"지금 나 비웃은 건 아니지?"

"아, 그럴 리가요! 저는 그냥, 아가씨가 전보다 좋아 보이신다고 생각했어요."

"좋아 보여?"

"네, 상황이 좋다고 할 수는 없지만, 그래도 아가씨께서 조금이라도 기운이 있으신 게 좋아서요. 언젠가는 발로즈에서 사람이 나와 아가씨를 구해 드리겠지만, 그래도 아가씨께서 괴로워하는 걸 보는 게…… 아, 죄송해요, 건방진 말을 했어요."

"건방진 게 아니라, 고마운 말이지."

계속 신경 쓰고 있었구나. 하기야, 새디는 내가 걱정되어 에드가로 따라온 아이였으니까. 그간 속내가 복잡해서 이 애를 별로 신경 써 주지 못했는데도.

미안함과 고마움을 담아, 나는 어깨를 움츠린 새디에게 웃어 주었다.

"그런데 무슨 일이야?"

"세상에, 잊고 있었어요. 아가씨, 클레이모어 경께서 도착하셨어요. 아가씨께서 식사 중이셔서, 일단 본관의 응접실로 모셔놓고 말씀을 전하러 왔습니다. 천천히 식사를 마치실 때까지 기다리겠다고 하셨어요."

아침 시간인데 애런이 벌써 왔을 줄이야, 그만큼 날 걱정하고 있던 걸까. 얼마 전, 앨리스를 만났을 때 느꼈던 감정이 다시 솟아나, 마음이 간질거렸다.

서둘러 식사를 마쳐야겠다는 생각으로, 나는 식탁을 내려 보았다. 어느새 다가온 에드가의 시종이 내가 앉을 의자를 빼 둔 채였다.

그러나 녹턴의 몫도 없이, 내 몫만 덩그러니 남은 식탁을 보자 생각이 바뀌었다. 그리 배고프지도 않았고 입맛이 돌지도 않았다. 기다리는 사람도 있으니, 이따 적당한 간식으로 때워도 괜찮겠지.

"아니야, 바로 갈게. 별로 배고프지도 않으니까."

"그럴 수 없습니다, 발로즈 영애님."

예상치도 못하게, 의자를 뺀 시종이 말참견을 해 왔다. 표정도 눈빛도 다른 이들과 조금도 다를 바 없는 이가. 밀랍 인형 같은 이들이 내게 먼저 말을 거는 일이 처음이라, 놀라 눈을 크게 떴다. 그런 내 반응에도 아랑곳하지 않고 그가 말을 이었다.

"식사를 마치기 전에 영애님을 내보내지 말라고, 각하께서 말씀하셨습니다."

"아침을 먹을지 말지는 내 마음이야."

"죄송합니다. 각하의 말씀을 어기실 수는 없습니다."

"작은 아가씨께 무슨 무례죠? 당장 비키세요."

"뭐라고 말씀하셔도, 각하께서 말씀을 거두지 않으시는 한 제가 드릴 말씀은 같습니다."

"제가 할 말도 같아요. 당장 아가씨의 앞에서 비키지 않으면—."

"괜찮아, 새디. 그냥 식사할게."

"……네, 아가씨."

새디가 억누른 소리로 답하며 물러났다. 분한 기색이 역력한 표정을 보니 마음이 아팠지만, 명령을 수행하는 인형을 상대로 말다툼을 벌여 봐야 의미 없는 일이다. 그녀를 달래려 어깨를 두드려주고, 나는 의자에 앉았다. 그러고야, 시종은 정중히 허리를 숙이고 물러났다.

약간의 불쾌함이 치솟았다. 시종이 아니라 녹턴 에드가를 상대로 한 감정이다. 저자야 어차피 명령에 따랐을 뿐이니, 태도가 부드럽지 않다고 탓할 일은 아니다. 다만 시종에게 그러한 명령을 지시했을 녹턴 에드가가 내 기분을 가라앉게 했다. 따지고 들 정도는 아니었지만.

사흘간 자리를 비운다고 했지, 그동안 내가 식사를 거를까 걱정한 걸 수도 있으니까. 다음에 볼 때, 내게 뭔가 강요하지 말라고 하는 것으로 충분했다.

그리 생각하며 식사를 시작했지만, 모래를 씹는 것처럼 입맛은 좋지 않았다.

달갑지 않은 일이 있던 탓에 처음만큼은 아니었으나, 나는 제법 들뜬 채 응접실을 열었다. 내가 다가오는 기척을 느꼈을 텐데도, 커다란 체격의 사내는 조금 당황한 얼굴로 눈을 깜박였다.

"오랜만입니다, 두루아. 그간…… 잘 지냈습니까?"

예상한 반응이 아니었다. 나는 좀 더 걱정으로 굳어진 얼굴을 상상했다. 애런은 나와 녹턴의 관계가 어떻게 뒤틀렸는지 알았으며, 그가 흑마법사라는 것도 알았으니까. 클레이모어의 동의를 받았다고는 해도, 파혼은 갑작스럽고 강압적으로 이루어졌을 것이 분명했다.

그럼에도 애런의 표정에서는 어색함과 미묘한 긴장, 그리고 희미한 죄책감이 번져 보일 뿐이었다. 당혹스러워져서 나는 그의 얼굴을 물끄러미 바라보았다. 다소 힘겨운 듯이 시선을 맞추던 애런이 더는 버티지 못하고 고개를 돌렸다. 그는 응접실의 곳곳을 살피는 척, 딴청을 부렸다.

"에드가의 응접실은 처음 와보는데, 생각보다 화려한 느낌은 아니군요. 고풍스럽기는 하지만."

"……오래된 곳이니까요. 저택의 다른 곳도 마찬가지잖아요."

"그건 그렇죠."

"조금 걱정하고 있었는데요. 애런, 자의로 파혼한 거죠? 녹턴한테 협박당한 거 아니죠?"

협박당하듯, 강제로 파혼한 거였다면 저런 표정일 리 없지. 아마도 애런은, 무슨 이유에서인지는 몰라도 녹턴의 제의를 순순히 받아들인 모양이었다.

어색하게 웃던 사내의 입꼬리가 단단히 굳었다.

"죄송합니다. 당신을 농락할 생각은 없었어요."

"농락이라고 생각하진 않았는데, 애런이 그리 말하니 다시 생각해 보게 되네요."

"……죄송합니다."

"녹턴에게서 뭔가 시험해 보고 싶다고 말했었죠? 그러기 위해서 파혼을 좀 미루었으면 한다고, 약혼을 유지한 채로 있는 게 더 효과적일 것 같다고요."

그런데도.

"제게 언질도 없이 갑자기 파혼하셨네요, 물론 발로즈에서도 동의했으니 가능했겠지만."

"그건―."

"응접실에 앉아계시는 동안에도 경직되거나 긴장한 표정도 아니고, 오히려 저를 좀 어색하게 대하시고. 저와 녹턴이 제 동의 없이 약혼하게 된 건 알고 있었나요?"

"두루아, 전―."

"앨리스는 저를 보자마자 도와주겠다고 말했는데, 당신은 뭔가 좀 어색해하고 죄책감을 느끼듯 행동하네요."

"……."

"그건 애런이 앨리스만큼 저를 소중히 여기지는 않아서일까요, 아니면 일이 이렇게 된 경위라든가, 관련된 다른 걸 알고 있어서일까요."

눈을 가늘게 뜨고 그를 추궁하자, 애런의 고개가 점점 수그러들었다. 나중에 가서는 그의 머리 가마가 정면에서 보일 지경이 되었다.

"하나만 대답해 줄래요, 애런. 당신이 어떠한 이득을 얻기 위해, 내가 불행해질 것을 알면서 파혼을 수락한 건가요?"

"그건 아닙니다! 저는―."

"그렇다면 됐어요."

"예?"

"당신 진짜 숨기는 데 재능 없네요, 더는 안 물어볼게요."

어차피 숨길 생각이라면, 캐묻는다 한들 답해 줄 사람도 아니니까.

느리게 내려온 눈꺼풀이 감겼다 올라갔다. 어안이 벙벙한 얼굴이 우스웠으나 즐거운 것은 아니었다.

"솔직히 실망했어요. 최근에야 마음이 좀 나아졌지만, 그전까지만 해도 기분이 계속 별로였거든요. 나는 당신이 강제로 파혼하게 됐고, 또 나를 걱정하고 있다고 생각했어요."

"죄송—."

"사과하지 말아요, 애런. 사과란 건 모든 자초지종을 털어놓고 반성해서, 다시는 같은 일을 반복하지 않을 자신이 있을 때 하는 거예요."

"……두루아."

"내 문제에서, 당사자인 나를 빼고 녹턴과 내 처우를 마음대로 쑥덕거렸지만, 지금 그 사정을 이야기할 마음은 없잖아요."

입에서 나는 목소리는 갈수록 차가워졌다. 갑작스러운 일에 놀라 받아들이는 것이 늦었지만, 말을 하면서 애런이 한 짓이 실감이 되었다. 직접 듣기도 했지만, 나를 불행하게 만들려고 작정하고 벌인 일은 아닐 것이다.

사실 그리 대단한 일도 아니었다. 예정되어 있던 파혼은 잠시 미루어졌을 뿐이니까. 처음부터 파혼을 목적으로 이루어진 약혼이었고, 애런이 연기하지 않았더라면 무도회가 중지되었던 그날 우리는 법적으로 남이 되었을 것이다. 그럼에도 마음속에 실망감이 차오르는 것은 어쩔 수 없었다.

친구가 되자고 말한 지는 얼마 되지 않았지만, 나는 생각보다 애런을 믿고 있었나 보다. 나를 지켜주겠다고 말한, 그러면서 내 의사를 직접 확인하는 일도 없이 파혼을 결정한 이 남자를.

"생각해 보면, 당신한테 미안하다는 말을 참 많이 들은 것 같아요. 그래서 이제 당신 마음의 짐을 덜어주는 일은 안 하려고 해요."

애런이 무어라 말할 듯 입술을 달싹였으나, 나오는 말은 없었다. 기사는 무겁게 고개를 끄덕였고, 그를 본 내 기분은 한층 더 가라앉았다.

"그럼 이제 이야기는 끝났나요? 경이 할 수 있는 말은 이제 끝난 거죠?"

"저는⋯⋯."

"친구를 만난다는 생각에 기뻤는데, 지금 내 앞에 있는 사람을 친구로 대하긴 어려울 것 같아요. 돌아가 줄래요, 경."

"⋯⋯두 분의 사이를 중재하고 싶었습니다."

두 분? 중재? 바로 와닿지 않는 말에 나는 눈가를 찡그리고 물었다.

"나와 녹턴을 말하는 건가요."

"예. 저번에 당신과 각하의 이야기를 나눌 때, 당신이 너무 괴로워 보여서, 만약 두 분 사이에 오해가 있다면 해소할 수 있도록 돕고 싶었습니다. 그래서 각하의 본심을 확인하려고—."

"경, 그건 경이 할 일은 아니잖아요."

구구절절 이어지는 말을 끊고 나는 잠시 숨을 들이켰다. 기가 막힌 일이었다.

"설사 오해가 있든 착각하고 있는 게 있든 그건 당사자끼리 풀어야 할 문제예요."

상대는 성인이 아니던가. 이런 이야기까지 직접 말해야 할 거라고는 생각도 못했다.

"내가 당신에게 녹턴에 대해 이러쿵저러쿵 떠들어댄 건, 우리의 갈등을 해결해 달라고, 진상이 뭔지 파헤쳐 달라고 한 말이 아니었어요."

"압니다. 하지만 간섭하지 않는다면 영영 되돌릴 수 없을 것 같았습니다. 당신이 안타까웠고⋯⋯."

애런은 잠시 말을 끊고 숨을 고르고는, 다시 이야기를 이어 나갔다.

"중재와는 상관없게 되었지만, 두루아 당신을 위한 일을 하게 되었습니다. 유감스럽게도 몹시도 중요한 일이라 기사의 맹세를 했습니다. 그래서 말하지 못할 뿐입니다."

"맹세라니 그건 또 무슨……. 내게는 아무것도 말해 주지 않고, 들킨 와중에도 아무것도 털어놓을 수 없으면서 나를 위해 한 일이라고요?"

"나중에 자세한 이야기를 들으시면 분명—."

"기만이잖아요."

예상치도 못한 말을 들은 양, 사내의 눈이 확 커졌다. 내 심정에 대해서는 조금도 생각지 못한 그 표정을 보자, 머리가 아파졌다. 나는 이마를 짚고 얕게 한숨을 내쉬었다.

"'나를 위해'라고 마음대로 판단하지 말아요. 그게 정말로 나를 위한 건지 어떻게 알아요? 경께서 저를 위한 일이라고 착각하시는 건 아니고요?"

"일이 다 끝나고 나면 말씀드릴 수 있습니다!"

"경께서 하는 말이 어떻게 들리는지 알아요? 클레이모어의 어른들께서는 당신이 누구하고도 결혼하지 않겠다는 걸 존중하지 않으신다고 했죠. 경이 조건 좋은 아무 여자와 결혼해서, 후계의 자리를 공고히 하길 바라신다고요."

"그 이야기가 왜—."

"같은 거잖아요. 그분들도 그게 경을 위한 일이라고 생각해서 강요하시는 거니까!"

언성을 높여 쏘아붙인 말에, 애런이 숨을 들이켰다. 백지장처럼 희게 질린 얼굴에서, 내 말을 반박하려는 듯 몇 차례 입술이 달싹거렸지만, 의미 없는 바람 소리만 툭툭 끊어졌다.

차를 마시려는 듯, 기다란 손가락이 찻잔의 손잡이에 얽혔으나 그는 그걸 들어 올리지도 못했다. 바싹 깎인 손톱이 테이블을 긁는 소리가 신음처럼 났다.

"기만……이라고요."

"클레이모어의 어른들이 당신을 기만한다고 말할 생각은 아니에요. 하지만 내가 모르는 데서 나를 위해 일을 벌였다고 말하는 건, 내겐 기만이에요."

커다란 손이 사내의 얼굴을 덮었다. 손에 미처 덮이지 못한, 눈썹의 끄트머리가 잘게 떨리고 있었다.

"그래요, 맞습니다, 두루아. 당신을 위해서가 아니에요."

입 밖을 나는 소리도, 숨결도, 얼굴을 덮은 손도 마찬가지다. 통제할 수 없는 떨림이 사내의 동요를 고스란히 드러내고 있었다.

"저를 위해 했습니다."

단단한 목울대가 크게 울렁였다.

"저를 위해, 당신을 돕는다는 핑계로 제 죄책감을 줄여 보려 했습니다."

"죄책감이라니, 그게 무슨."

"마음의 부채를 덜고 당신의 친구에게 다가가고 싶었습니다. 이게 얼마나 멍청하고 비논리적인 일인지 알면서도, 그런 식으로라도, 자기합리화를 해서라도 저는……"

"……지금, 앨리스의 이야기를—."

"맞습니다, 두루아."

얼굴을 덮은 손 아래로, 미처 가려지지 않은 턱밑으로 투명한 것이 툭툭 떨어졌다. 응접실의 카펫을 적시는 것은 분명 눈물이었다.

"그 사람을 사랑하니까."

예상치도 못한 일에 놀라, 나는 숨조차 죽이고 그 모습을 바라봤다.

사내는 참 조용히도 울었다. 끊임없이 떨어지는 것이 아니었다면, 사색에 빠져 있다고 해도 믿을 만큼.

차마 그만 울라고 달래지도 못하고, 눈물로 책임을 회피하느냐고 탓하지도 못한 채 나는 물끄러미 애런을 보기만 했다.

많은 생각이 나고 복잡한 기분이 들었지만, 5분가량이 지나서는 머릿속이 하얗게 비었다. 더는 화가 나지도, 짜증이 나지도 않았다. 이래서 사람의 눈물이 무기라고 하는 건지.

"다 울었어요?"

"……죄송합니다."

목이 잔뜩 잠긴 탓에, 울고 난 첫마디는 제대로 알아듣기도 힘들었다.

"몸이 커서 그런가, 눈물도 참 많이 나오네요."

"……."

"다 울었으면 이야기나 해 봐요, 울보 경."

가지고 있던 손수건을 꺼내어 내밀자, 애런은 창피한지 얼굴을 새빨갛게 물들이면서도 순순히 손수건을 받았다.

"당신의 말대로입니다. 제가 말했던 앨리스는, 리모란드 공작 영애입니다."

"여태 왜 모르는 척했는데요."

"말씀드릴 수 없습니다."

"……한 대만 때려도 될까요?"

"몇 대든 때리셔도 좋습니다만, 이건 제 이야기만은 아니라서 말씀드릴 수 없습니다."

뒷말은 듣지도 않고, 나는 일어나 그의 정강이를 찼다. 그리고 곧바로 후회했다. 정강이는 분명히 사람의 급소일 텐데, 무쇠를 찬 줄 알았다.

끙끙거리며 고통을 호소하자, 당황한 애런이 죄송하다고 말하는 것이 얄밉기 그지없었다. 오늘은 아픈 날인가.

나를 부축하려는 애런의 손을 뿌리치고, 나는 절뚝절뚝 걸어 도로 소파에 앉았다. 그러고는 태연한 척하며 테이블에 놓인 찻잔을 집어 들었다.

좋아, 조금 전 일은 없던 일로 하자.

나는 자신과의 합의를 마쳤다.

"경께서 비밀을 토로하신 김에 말씀드리자면, 앨리스와 저는 최근에 친구가 된 건 아니에요."

"예?"

"그 애가 에른하르트에 있었을 때부터, 우리는 친구였거든요."

애런의 눈이 둥글게 커졌다.

"들은 적 없어요?"

"……남작가의 셋째 영애에게 고위 귀족인 친구가 있다는 말은, 들었던 것 같습니다. 흘러 다니는 소문이라 그다지 믿지는 않았지만."

"앨리스에게 직접 듣지는 않았나 보네요. 나도 마찬가지예요. 그 애에게 경에 대해 들어 본 적 없어요."

"어떻게 된 겁니까. 에른하르트에서부터 알고 지낸 사이라니."

"경께 같은 대답을 들려드릴게요. 이건 내 이야기만은 아니라서 말해 줄 수가 없네."

어깨를 으쓱이며 말하자, 애런은 억울한 표정을 지었으나 곧 체념한 듯 한숨을 내쉬었다.

"사실, 앨리스에 대해 말할 수 없는 건 맹세 때문이기도 합니다. 그녀에 대해 침묵하겠다고 기사의 맹세를 했으니까요."

"네? 아니, 경은 맹세가 취미예요? 기사가 일생에 한 번 할까 말까라는 그 맹세를 그렇게……."

"제 딴에는 필요해서 한 일이었습니다."

"필요한 일이 참 많기도 하네요."

아무리 기사 가문이라고 하지만, 이런 사람이 클레이모어의 차기 가주가 돼도 괜찮을지, 걱정스러울 정도였다.

"잠시만, 그럼 앨리스를 모르는 척, 접근하지 않은 것도 맹세 때문이에요?"

"정확히는 앨리스의 정체를 알게 돼도 모르는 척하겠다는 맹세였습니다."

"그럼 반대는 가능하다는 말이잖아요. 모르는 척 접근해서, 당신이 앨리스가 알고 지내던 기사라는 걸 은근히 흘릴 수도 있고. 수련 여행을 에른하르트로 다녀왔다고 말해도 좋고."

"앨리스에게, 제가 그 출신을 알고 있다고 말할 수는 없었습니다. 리모란드에서도 비밀에 부치고 있고, 본인도 달갑지 않아 할 테니까요."

"하지만 모르는 척하더라도, 경이 알고 있다는 사실은 바뀌지 않아요."

"뭐라고 말할지 압니다, 기만이라고 하시겠죠."

잘 아네. 아는 사람이 왜 그랬대.

애런이 쓴웃음을 지었다.

"그렇게 생각해 본 적은 없습니다. 없었습니다, 적어도 조금 전까지는요."

"그래서 운 거였군요."

내 말에 정곡을 찔려 당황한 게 아니라, 저가 앨리스를 위해 한 일이 기만일 수도 있다는 것을 깨달아서. 그 와중에도 그 애를 떠올리며 깨달음을 얻다니, 어떤 의미로든 대단한 사랑이었다. 나는 길게 한숨을 내쉬었다.

"이제 어떻게 할 거예요."

"적어도 당신을 핑계로, 마음의 짐을 덜고 앨리스에게 다가가지는 않을 겁니다. 하지만 그 외에는…… 솔직히 모르겠습니다."

"궁금한 게 있는데, 맹세를 어기면 어떻게 돼요? 심장이 터져 죽거나, 다시는 검을 쓸 수 없게 된다거나."

"그건, 맹세가 아니라 저주가 아닙니까?"

"그럼 아무 일도 일어나지 않나요?"

"명예를, 잃게 됩니다."

"경에게 있어, 명예는 얼마나 중요한가요?"

선뜻 이해하지 못하고 눈을 깜박이는 모양새에, 나는 재차 물었다.

"사랑보다 순위가 높은가요?"

"……맹세를 어기고, 다 털어놓으란 말입니까? 앨리스가 원하지 않을 겁니다."

"그 또한 경의 생각일 뿐이죠. 경은 이미 그 애의 출신을 알고 있지만, 그 애는 아무것도 몰라요."

앨리스의 유년을 모르는 것과, 모르는 척하는 것은 엄연히 다른 이야기였다.

"물론 앨리스는 누구도 제 출신을 모르길 바랄 수도 있어요. 하지만 그 바람은 이미 조각났고, 경이 숨긴다고 해도 되돌릴 수 없어요."

"하지만……."

"그리고 상식적으로 생각해 봐요. 앨리스는 리모란드 공작 영애예요. 그렇게 자주는 아니라도, 무도회장에도 제법 얼굴을 비췄어요."

모멘텀에서 제대로 교육받지 못했을 뿐이지, 그 애는 결코 멍청하지 않으니, 분명히 그럴 가능성을 생각해 봤을 것이다.

"자기가 비밀리에 만나던 기사가, 리모란드 공작 영애를 보고 앨리스 모멘텀을 떠올릴 수도 있다고 가정했을 거예요."

그렇게까지 말했음에도, 애런의 얼굴에는 여전히 망설임이 가득했다.

하기야, 앨리스와의 일을 다른 관점에서 생각하게 되었다고는 해도, 말 몇 마디로 결심이 서지는 않을 것이다. 나머지는 알아서 하겠지.

한순간에 해결될 일이 아니라는 생각이 들자, 갑자기 모든 것이 귀찮아졌다.

"그 애에게 모든 걸 털어놓고도 차이면, 임페르펙티오라도 구해 먹든가."

"임페르펙티오…… 가 뭡니까?"

"몰라요, 기억을 조작하는 물약이라나. 혹시나 해서 하는 말인데, 농담이니까 찾아보진 말아요. 그거 범죄예요."

적당히 흘려 말하고, 나는 자리에서 일어났다.

"우는 남자 달래주느라 진이 다 빠졌어. 난 이제 가볼래요. 남은 일은 경이 알아서 해요."

분명히, 내가 애런에게 화를 내고 있던 것 같은데 왜 애런을 달래주는 상황이 되어 버린 걸까. 눈물이 그만큼 무서운 건지, 미인의 눈물이라 강력했던 건지. 다시는 넘어가지 말아야지, 속으로 혀를 차며 나는 애런을 내려다보고 말했다.

"그리고 아직도 얼굴 보기는 좀 싫으니까, 당분간 오지 말아요."

"당분간…… 이요."

"평생 보기 싫으면 말아요."

응접실의 문을 향해 걸어가자 뒤늦게 애런이 자리에서 일어났다. 그는 어찌할 바를 모르는 얼굴을 하다가, 곧 얼굴에서 당혹감을 지워냈다. 단단히 굳은 얼굴은, 내가 평소 보던 애런과 그리 다르지 않았다.

"죄송합니다, 두루아."

"그러니까 사과는―."

"전부 말씀드리겠습니다. 각하와 무슨 말을 했는지, 제가 무슨 일을 하려고 했는지도."

"맹세하셨다면서요."

"방금 말해 주시지 않았습니까. 맹세를 어긴다고 잃는 건 명예뿐이라고. 이제야 알았지만, 저는 당신을 기만하고 싶던 게 아닙니다. 그러니 모든 걸 털어놓고 진심으로 사과드리고 싶습니다."

저렇게 말하면 또 마음 약해지는데.

애런에게 직접 듣는 것은 포기했어도 녹턴을 통해 캐물을 생각이었다.―3개월까지는 기다린 뒤 물어야겠지만.― 맹세까지 했다는 사람을 닦달해 봐야 의미 없는 일이라고 생각했기 때문에.

그러나 종전의 일로 애런이 받은 충격은 내 생각보다는 컸던 모양이다. 아무런 답도 하지 않았지만, 그는 정말로 맹세를 어길 생각인지 곧바로 입을 열었다.

"제가 각하를 찾아갔을 때─."

"됐어요."

"……두루아."

내 말이 그의 사과를 거절하는 거라고 생각한 걸까. 애런의 얼굴이 괴롭게 일그러져서, 절로 한숨이 나왔다.

"당신의 비밀을 들은 값으로, 맹세 하나쯤은 지켜 줄게요. 기사의 명예가 너무 헐값이면 볼품없잖아요."

"두─."

"하지만 다음은 없어요, 애런."

눈을 마주치고 힘주어 한 말에, 붉은 눈이 흔들렸다. 곧 그가 느리게, 그리고 무겁게 고개를 끄덕였다.

"고맙습니다."

"그리고 다음에는 울어도 안 봐줄 거예요."

"……."

꽃 장식

두루아가 응접실을 나가고, 애런 클레이모어는 저택을 나가는 대신 녹턴의 집무실로 들어왔다.

서류를 처리하던 녹턴은 익숙한 기척에, 펜을 내려놓고 고개를 들었다. 애런 클레이모어가 들어올 것은 예정된 일이었기에, 녹턴은 사내의 등장에 놀라지 않았다. 그러나 클레이모어의 눈을 보고는, 놀라지 않을 수 없었다. 드물게도 녹턴은 그의 안위를 염려해 주었다.

"······두루아한테 맞았나요?"

클레이모어의 표정이 보기 좋게 일그러졌다. 퉁퉁 부은 눈으로 표정을 찡그리니, 아주 가관이었다. 녹턴이 혀를 차자, 그래도 수치심은 남았는지 클레이모어의 목덜미가 벌겋게 물들었다. 보기 좋은 광경은 아니었다.

"두루아의 표정이 생각보다 밝았습니다. 겁에 질린 것 같지도 않고, 그렇게 우울해 보이지도 않았습니다."

"내가 그 애의 얼굴이 어떻게 보이는지를 물었던가요."

"예상 밖이라서 말입니다. 혹, 각하와 화해라도 한 겁니까? 제 얘기를 모르는 걸 보면, 전부 아는 건 아닌 것 같았지만."

"경의 문제도 아닌데, 오지랖 넘게 굴지 마세요."

녹턴의 서늘한 말에, 사내가 쓰게 웃었다.

"맞는 말이군요. 그래서 오늘 보자고 말씀하신 건ㅡ."

"패트시아 에드가를 칠 때가 됐습니다."

"벌써····· 말입니까?"

"제위 의식에서 일을 벌였으니, 이미 준비는 끝났을 겁니다. 제 세력을 숨어내고 규합하기에 충분한 시간을 줬으니, 이제는 결실을 봐야죠."

패트시아 에드가를 멀쩡히 내려보낸 것 자체가 그 때문이었다.

공작령에 남은 많은 세력은, 사생아가 공작 위에 앉는 걸 달갑게 여기지 않았다. 패트시아만 먼저 쳐 낸다면, 그들은 쥐새끼처럼 숨어 있다가 기회가 되는 순간 목덜미를 물어뜯으려 들 것이다.

지켜야 할 것이 제 몸뿐이라면 녹턴도 그를 사양하진 않겠지만, 그는 두루아의 안위를 신경 써야 했다. 그러니 조금 시간을 들여서라도 제 적을 모조리 쳐내는 것이 맞는 선택이다.

이제는, 드디어 결실을 거둘 때가 왔다. 두루아에게 들키지 않고 빠르게, 그는 제 모친을 제거할 결심을 세웠다.

"선대 각하께서 어디에 계신지 아십니까? 파우스트는 상당히 넓은 땅―."

"내가 바보인 줄 아나요. 수족의 그림자에 마나를 심어 놨어요. 바로 찾을 수 있습니다."

"예? 최근에 그 수족을 만나러 가신 적이 있습니까?"

"파우스트로 내려보낼 때 한 건데, 왜 그치를 만나야 하나요."

"잠시만, 선대 각하께서 파우스트에 내려가신 지 벌써 몇 년인데, 그게 아직 남아 있을 리가……."

말을 끌다가 애런 클레이모어가 헛웃음을 터뜨렸다. 말의 본의를 이제야 알아들은 모양이었다.

"아닙니다, 제가 각하를 과소평가했군요. 그럼 기사단은 전부 준비된 겁니까?"

"헛소리는."

쓸데없이 수만 많고 거추장스러운 기사단을 동원할 이유는 없었다.

"기사단은 가지 않습니다. 동원할 병력이 모두 충원됐으니."

"아무래도 좋지만, 기사단이 아니면 어떤……."

녹턴이 물끄러미 애런 클레이모어를 바라봤다. 영문도 모른 채 시선을 마주치던 사내의 얼굴에 설마 하는 의혹이 떠오르는 찰나, 녹턴이 입매를 길게 늘였다.

"나와 경, 두 명입니다."

파우스트는 수도로부터 제법 거리가 멀었으나, 이동 마법 스크롤을 몇 장씩 찢은 덕에 금세 도착할 수 있었다. 거리가 조금 모자라서 잠시 말을 타긴 했지만.

녹턴이 올 걸 알고 있었는지, 아니면 언제나 만반의 준비를 해 놓는 건지 공작성의 앞에는 수십의 기사들이 정렬해 있었다. 그들의 필두에 에드가의 주요 가신 몇이 서 있었다. 험악하게 날이 선 기세는, 아무리 봐도 주인을 맞는 것처럼 보이지는 않았다. 함께 온 애런 클레이모어가 긴장으로 표정을 굳혔으나, 녹턴은 별말 없이 말에서 내렸다.

성큼성큼 걷기를 얼마간, 가신들의 얼굴이 보일 거리에서 녹턴이 걸음을 멈추었다. 귀족들을 호위하듯 선 기사들이 천천히 걸음을 옮기며 녹턴과 클레이모어를 둘러싸고 원을 그렸다.

"펜타클 기사단."

"기사단의 이름을 용케도 기억하시는군요"

내내 침묵하던 이들이 그제야 입을 열었다.

"간만에 뵙습니다, 녹턴 님. 저번에 작위를 계승할 때 둘러보신 이후로 처음이지요? 겁도 없이 기사 하나를 대동하고 오시다니, 용기가 참으로 대단하십니다."

"각하가 아니라 녹턴 님이라……. 주인의 이름을 입에 담는 게 꽤 자연스럽구나."

"당신이 파우스트의 주인이 될 수 없다는 건 아시지 않았습니까? 우리는 사생아를 주인으로 섬기지 않습니다."

노골적으로 모욕을 주려는 모양새가 우습다.

녹턴이 미소 지었다.

"헛소리가 요란도 하지, 언제부터 개가 주인을 골라 섬겼을까."

가볍게 되돌려 줬을 뿐인데도, 앞에 선 이의 얼굴이 와락 일그러졌다. 이름이 아크메 펠튼이었다. 펠튼 백작가는 에드가가 생길 때부터 함께한 가신 가문이었다. 그 덕에 충성심은 높았으나, 에드가의 명예를 제 것으로 생각해서 주제도 모르고 간섭하는 일이 잦았다. 녹턴은 아크메 펠튼이 얼마나 날뛰든 관심이 없어 내버려 두었으나 이런 날 이런 형태로 마주하게 되니, 더는 눈감아 줄 마음도 없었다.

"기껏 예의를 갖추어 줬더니 천출답게 주제도 모르는군. 더는 볼 것도 없다, 이자를 죽여라!"

"아크메 님, 녹턴 님은 그래도 지금의 공작 각하십니다. 섣불리 목숨까지는……!"

"각하께서 모든 걸 수습해 주실 거다. 저자가 수도로 돌아가면 처리하기 힘들어진다는 걸 왜 모르나, 미쳐서 혼자 몸으로 내려온 지금이 아니라면 더는 기회가 없어!"

"그래도 겨우 기사 하나만을 대동하고 오셨습니다! 파우스트를 믿고 오신 걸 텐데, 우리도 명예를 지켜야 합니다!"

"명예 같은 소리. 제가 여기서도 공작 대우를 받을 줄 알고 철부지 짓을 한 거겠지."

펠튼이 앞을 막아선 사내를 밀치며 외쳤다.

"쓸데없는 정의감을 부릴 양이면 타난, 자네도 물러서게! 아니면, 저치를 공작으로 떠받들 셈은 아니겠지?"

"그런 건 아니지만!"

저들끼리 언성을 높이며 다투는 모양새에, 녹턴의 눈이 가늘어졌다. 당사자도 아니면서 모욕을 느꼈는지 애런 클레이모어가 나서려고 했지만, 그조차 손을 들어 제지했다.

아크메 펠튼 백작과 타난 크레빗 백작, 에드가의 두 가신은 녹턴 에드가의 목숨이 제 손에 있는 양 다투고 있다. 녹턴을 경계하는 기색은 조금도 없이.

'이상한데.'

패트시아 에드가에게 녹턴에 대해 몇 마디만 들었더라도, 이러지는 않았을 것이다.

그러면 패트시아는 그들에게 녹턴의 마법에 대해 조금도 이야기하지 않았다는 말인가. 에드가를 되찾기 위해서라면 이들이 필요할 텐데도?

"뭣들 하나? 지금 타난과 내 권세를 따져 보며 명령을 고르는 건 아니겠지! 당장 저자를 죽여! 각하께서 안 계실 때, 권한을 위임받는 건 펠튼이다!"

마침내 시답잖은 언쟁이 끝나고, 아크메 펠튼이 녹턴을 가리키며 소리쳤다. 더는 말릴 수 없다고 생각했는지 타난이 눈을 질끈 감았고, 클레이모어는 허리춤의 검집에서 검을 빼내며 몸을 긴장시켰다. 그러나 기세 좋은 명령에도 불구하고, 누구 하나 움직이지 않았다.

"뭐 하고 있나! 당장 죽이란 말 안 들려! 에이벨트 경, 로멘스, 레이든! 어서 저자를 죽이란 말이다!"

목에 핏대를 세우며 아크메 펠튼이 외쳤다. 너무 목청이 좋아 귀가 따가울 지경이다.

녹턴은 눈가를 슬며시 찡그리고는 클레이모어를 비웃었다.

"검 쓸 일이 없다고 말하지 않았나요."

"예?"

"개랑 싸우다니, 그런 품위 없는 짓을 할 리가."

녹턴이 멈추었던 걸음을 재차 옮겨 갔다.

요란한 외침과 불안하게 수군거리는 소리, 숨소리조차 내지 않는 기사들. 그 사이를 여유로운 발걸음 소리가 가로질렀다. 마침내 녹턴 에드가가 아크메 펠튼의 앞에 섰다.

심상치 않은 기색을 느꼈는지 타난 크레빗이 아크메의 앞을 가로막으며 당혹스럽게 주위를 살폈다. 그러다가 뒤늦게 타난이 입을 벌렸다.

"기사들의 눈이……."

"정말로 아무것도 모르나. 당황스러울 정도야."

"죽여, 죽이라니까! 이놈들 뭣들 하는 게냐! 공작이라고 해 봐야 실상은―."

"그대가 아니라 내 말을 들어야지, 펜타클 기사단은."

더는 돼지 멱따는 소리를 들어 주고 싶지도 않았다.

"검을 뽑아."

녹턴이 손을 들어 아크메를 가리켰다. 그와 동시에, 눈썹 하나 움직이지 않던 기사들이 일제히 검을 빼 들고 아크메 펠튼을 겨누었다. 검이 검집을 나오는 일사불란한 소리에서는 청량감마저 느껴졌다.

귀를 시끄럽게 하던 소리가 한순간에 멈추고 찾아온 정적이 달가워, 녹턴이 기분 좋게 웃었다.

"이, 이게 무슨……."

사색이 된 사내는 금방이라도 목을 찌를 듯한 칼날에, 고개도 제대로 돌리지 못한 채 빠르게 눈을 굴렸다.

"이, 이게 무슨……. 레이든, 너 이 아비에게 무슨 짓을 하는 게냐……!"

"아, 자식이었나? 안타까운 일이지. 미친 사람은 가족을 구분할 수 없거든."

엄밀히는 미친 게 아니라 가벼운 최면에 당했을 뿐이지만.

한 번에 여럿의 정신을 사로잡는 것은 한 명을 상대로 할 때보다는 어려운 일이었으나, 불가능한 일은 아니었다. 최면을 오래도록 유지할 생각이 없다면, 더욱더 그랬다.

"미, 쳤다니, 네놈 레이든에게 무슨 짓을 한 게야!"

"아직 지껄일 여유가 남았다니 놀라운걸."

"이―."

아크메의 말을 듣지 않고 녹턴이 나긋이 말했다.

"레이든 펠튼, 부친에게 검을 거눠라."

펜타클에 걸린 최면 위로, '레이든 펠튼'을 대상으로 한 마법이 덧씌워졌다.

아크메의 아들이라고 하던, 레이든 펠튼의 검날이 부친의 피부를 얇게 스치고 지나갔다. 헉, 숨을 들이켜는 소리가 요란하다.

갑갑한 기분이 들어, 녹턴은 목에 매인 크라바트를 풀면서 얼어 있는 가신들을 훑어보았다.

"뭐하나, 무릎 꿇지 않고."

"그래서 패트시아 에드가의 행방을 아는 사람은 아무도 없다는 건가."

녹턴과 클레이모어는 공작성의 안으로 들어왔다. 본성의 중앙 홀, 가신들은 모두 무릎이 꿇려 있고 그들의 뒤에는 눈빛이 흐려진 기사가 검을 빼 들고 서 있었다.

다른 귀족들을 보호해야 할 기사들은 이제는 그들을 위협하고 있다. 이해할 수 없는 상황에 몸을 떨며, 귀족들은 서로를 향해 눈짓하기 바빴다. 대공작가의 가신들이라고 하기에는 지나치게 볼품없는 모양새였으나, 납득 못 할 일은 아니었다. 이들 중 거물이라고 할 만한 이는 펠튼과 크레빗뿐이요, 나머지는 권력도 위세도 어중간한 쭉정이들이었다. 너구리 같은 원로들은 나서는 일 없이 저마다 타지로 요양을 갔다고 하고, 참여한 귀족의 수도 예상치에 한참 못 미쳤다.

이렇게 되면 패트시아 에드가를 풀어 준 의미가 없는데.

혹 진짜 세력을 숨기고 위장용으로 내세운 건가 의심해 보려 해도, 펠튼은

허수아비로 낭비하기에는 조금 아까운 힘이었다. 주인이 멍청하기는 해도, 파우스트에서 가장 많은 사병을 보유한 가문이었으니까. 게다가 저를 속이려던 거였다면, 조금이라도 성의를 보였을 것이다. 녹턴 에드가가 겨우 기사 하나를 데리고 온다고 얕잡아 보고, 저들은 전력조차 제대로 꺼내지 않았다. 패트시아 에드가가 어떤 정보도 주지 않았다고밖에 생각할 수 없었다.

도대체 무슨 생각일까. 이들 없이는 에드가를 되찾기 힘들 텐데, 왜.

'설마 목적이 에드가가 아닌 건……'

녹턴이 내내 침묵하는 채로 그들을 내려다보자, 타난 크레빗이 애써 용기를 내었다.

"각하께서는 오해하고 계십니다!"

"저희가 패트시아 님을 설득하려던 걸 부정하지는 않겠습니다. 각하를 온전히 인정하는 것이 우려스러웠으니까요."

그것만으로도 죽을 이유가 충분해 보였으나, 녹턴은 이어지는 말을 들어 주었다.

"하지만 그분께서는 에드가를 되찾을 생각이 없다고 하셨습니다. 각하께서는 적법한 후계로서 자리를 물려받았으니, 그를 되돌릴 생각도 없다고. 마음에 들지 않아도 현실을 받아들이라고요."

"그대의 각하는 패트시아 에드가였던 것 같은데, 호칭을 바꾸는 속도가 놀랍구나."

"그, 그건……!"

"어머니께서 현실을 받아들일 마음이었다면, 쥐새끼처럼 숨어 도망치지는 않았겠지."

"쥐새끼라니, 각하의 모친이십니다!"

"아무렴, 개도 주인을 못 알아보는데 자식이 어미를 못 알아보는 일쯤이야.

더군다나, 패트시아 에드가의 말을 무시한 건 그대들이 먼저 아닌가."

타난이 어깨를 움츠리며 입을 다물었다. 말은 많은데 의지라고는 들풀만큼도 거세지 못한 사내였다. 녹턴이 한숨을 삼켰다.

패트시아의 의중을 알 수 없게 된 데 더해, 골치 아픈 일이 생겼다.

그는 분명 그녀의 거처를 알고 있었다. 그녀의 수족, 유시스의 그림자에 숨겨둔 마나를 이용해서. 그 흔적은 이 성에도 남아서 그를 좇는다면, 패트시아와 유시스가 거쳐간 모든 공간을 찾을 수 있을 것이다. 그러나 정작 중요한 패트시아의 거처는 알 수 없게 되었다.

그가 파우스트에 도착했을 때까지만 해도 느껴지던 기운은, 그가 성에 발을 내딛는 동시에 갑자기 사라졌다. 녹턴이 유시스의 그림자에 마나를 심어 둔 걸 눈치챈 것은 아닐 것이다. 그 기운을 눈치채고 지우려 한 것이었다면, 기운은 한순간에 사라지는 대신 서서히 줄어들었을 테니까. 그러나 전등의 불을 꺼 버린 것처럼, 한순간에 마나를 느낄 수 없게 되었다면 생각할 수 있는 방향은 하나뿐이었다.

'신전에 숨어든 건가.'

신성력으로 가득한 신전에서는, 흑마법의 마나로 누군가를 추적할 수 없다. 저가 여기에 도착한 걸 알자마자 마법적인 수단을 써서 신전으로 도망친 것이다. 파우스트의 세력을, 에드가를 내버린 채로.

그렇다면 패트시아 에드가가 진정으로 노리고 있는 건 무어라는 말인가. 표정으로 드러내지는 않으나 녹턴의 속은 갈수록 복잡해졌다. 그가 흘러내린 머리칼을 쓸어 넘기려 든 손에 시야가 가려지는 찰나, 무릎을 꿇은 이들 중 누군가의 눈이 빛났다.

"죽어라!"

아크메 펠튼이었다. 숨겨 둔 수가 있었는지 중년의 사내는 단검을 쳐들며 녹턴에게로 달려들었다.

그러나 근처에 다다르기도 전에 그는 비명을 지르며 쓰러졌다.

"크아악! 내, 내 팔이……!"

"펠튼 백작님!"

"괜찮으십니까, 각하."

"더러운 피가 튀었지만, 그럭저럭."

아크메 펠튼의 팔을 자른 검에서 툭툭, 피가 흘렀다. 얼굴에 튄 피를 손등으로 닦아 내며, 녹턴이 클레이모어를 보았다.

저와는 비할 바 없이 많은 피를 뒤집어쓴 사내는 검 날에 묻은 붉은색을 털어 내고 있었다.

"고맙다고 말해야 하나요?"

"필요 없습니다. 제 기분이 나빠 화풀이를 한 것뿐이니까요."

"오지랖은."

"더, 더럽고 비천한 천출 주제에 감히 내 팔을, 에드가를! 내가 어떻게 일구어 온 에드가인데, 이 더러운 놈들, 절대 용서하지 않을 것이다!"

아크메 펠튼이 제 팔을 부여잡고, 새빨개진 눈으로 그들을 노려봤다.

그의 감정이 녹턴에게로 선연히 와닿았다. 분노, 증오, 경멸, 억울함, 수치, 그리고 미약한 공포까지. 느껴지는 감정, 표정, 목소리가 모두 같다. 이렇게까지 솔직한 사람은 처음이라 녹턴이 입매를 비틀어 웃었다.

"용서? 그건 아랫사람이 입에 담을 말은 아니지."

패트시아 에드가가 무슨 생각이든 어쨌거나 이들을 정리하기는 해야 했다. 성과는 기다린 데 비하면 미미하기 짝이 없었지만.

겨우 이 정도의 불안을 제거하러 온 것은 아니었다. 그가 처리하고자 하는 가장 커다란 적은 패트시아였다. 그러나 패트시아 에드가가 파우스트의 세력을 규합할 생각이 없다면, 일단은 이 정도로도 충분할 것이다. 그가 사생아라는 사실에 앞뒤 분간 못 하고, 충동질만 하면 발을 구를 불소들은 치울 수 있을 테니까.

패트시아 에드가가 아니라면, 에드가를 되찾는답시고 파우스트를 뒤적거릴 직계는 없다. 그의 머릿속에 세뇌당한 형제들이 짧게 스쳐 지나갔으나, 그들은 이미 손아귀에 있었다.

녹턴이 고개를 들자, 경악 어린 표정의 가신들이 보였다. 일순간, 그의 눈이 빛나고 주인을 물려 한 개들의 목에 검은 사슬 문양이 새겨졌다. 저주였다.

"이빨을 드러낸 개를 중책에 둘 수는 없지. 목에 각인이 남은 이들을 지하 감옥으로 데려가."

"각, 각하! 용서해 주십시오! 저는 그저 펠튼 백작의 언변에 휘말려……!"

"살려 주십시오! 다시는 이런 일이 없을 겁니다! 제발 한 번만!"

외치는 소리가 요란했으나, 손끝을 퉁김과 동시에 애걸하는 말들은 고통스러운 비명으로 뒤바뀌었다.

"탈출할 생각은 않는 게 좋을 거야. 한 걸음이라도 감옥을 나온다면, 지금 같은 작열통이 느껴질 테니까."

벌레처럼 바닥을 바르작거리는 이들을 내려다보며 녹턴이 무감하게 말했다.

"이제부터는 감옥이 그대들의 천국이 되겠지. 10년 정도 얌전히 있으면, 그대들의 거처에 대해 한 번쯤은 고민해 주겠다."

눈빛이 흐려진 기사들이, 고통에 허우적거리는 이들을 끌고 가기 시작했다. 목적지는 지하 감옥임이 분명했다. 개중에는 눈빛이 원래대로 돌아온 기사 또한 있었다. 그러나 강렬한 공포 속에 다른 꿍꿍이가 끼어들 여지는 조금도 없었다.

수십의 공포를 한 몸에 느끼며, 녹턴이 몸을 돌렸다. 그의 걸음이 향하는 곳은, 유시스에게 남겨 둔 흔적이 남은 장소였다.

누가 말해 주지도 않았으나, 그는 흔적을 따라 성에 숨겨진 비밀 통로를 열고 공간 몇 개를 가로질렀다. 지도로 그린대도 쉽게 알아볼 수 없을 만큼 복잡한 길을 헤집은 끝에, 그는 램프 하나가 걸려 있는 벽 앞에 섰다.

램프 밑의 벽면을 누르자, 벽이 양옆으로 갈라지며 숨겨진 공간을 드러냈다. 패트시아 에드가가 은밀한 일을 진행하던, 비밀 집무실이었다. 망설임 없이 발걸음을 옮기려던 녹턴은 안에서 느껴지는 기운에 잠시 발을 멈추었다.

"잠시 여기에 있으세요."

내내 저를 따라오던 클레이모어에게 그리 말하고, 녹턴이 안으로 들어섰다.

숨겨진 공간은 제법 컸다. 햇빛이 들지 않아 어두웠으나, 측면에 등 몇 개를 달아 놓아 앞이 보이지 않을 정도는 아니었다. 바닥에 짙은 색의 카펫이 깔리고, 안쪽에는 원목으로 된 책상과 의자가 하나씩 놓여 있을 뿐이다. 한쪽 벽면은 커다란 진열장이 있어, 푸른 액체가 담긴 병과 백수정을 전시하고 있었다. 숨이 막히도록 흰 기운은 그곳에서 흘러나오고 있었다.

살갗이 따가운 느낌에 녹턴은 인상을 찡그리며 걸음을 옮겼다. 거슬리는 기분을 참고 진열장을 힘주어 밀어내자, 진열장의 뒷면에 있던 어렴풋한 보랏빛 연기가 사그라지는 것이 눈에 들어왔다. 게이트가 닫힌 흔적이다.

시간을 따져 보면, 저가 성에 들어오고 얼마 지나지 않아 바로 닫은 것 같았다. 이어진 곳을 추적할 수는 없었지만.

'싸울 준비를 했을 줄 알았는데, 도망칠 준비나 하고 있었군.'

그토록 제게 겁을 먹은 건 아닐 텐데. 녹턴은 눈을 가늘게 뜬 채 연기가 사라진 자리를 노려보다가, 문득 제 발치에 무언가 떨어져 있는 것을 발견했다.

붉은 끈에 묶여 있는 것은 상질의 양피지였다. 아마도 녹턴을 향해 남긴 것이 분명한 서신.

녹턴은 홀린 듯이, 그러나 어떤 불길한 예감을 느끼며 천천히 그것을 주웠다. 끈을 푸는 손끝이 이유도 없이 차게 굳어 있었다. 그러나 펴지 않을 수는 없었기에 그는 끈을 바닥에 내버린 채로 물건을 천천히 펼쳤다.

세 장의 양피지, 새끼 양의 가죽 안. 눈에 익은 유려한 필체가 시야를 사로잡았다.

안녕, 아가.

그간 잘 지냈니? 벌써 봄 냄새가 나더구나, 슬슬 차가운 손님이 떠나가려는 모양이다. 얼굴을 보고 이야기할 수 없어 유감이구나. 이토록 염려가 많은 나를 용서해 주렴. 마주 보는 채로 말할 수 없는 이야기는 서신으로도 나누지 않는 것이 내 원칙이지만, 그럼에도 호기심에 심장이 뛸 네 모습이 눈에 선해 이렇게라도 전해야겠다는 생각이 들었단다.

가여운 내 사랑, 특별한 이유도 없이 테롭스 안단테를 파우스트로 불렀으니, 네가 그자에 대해 알게 되었을 것은 짐작하고 있단다. 물론 내가 미처 처리하지 못한 어떠한 기록들도 발견했겠지. 너는 프렐류드, 단차처럼 어리석은 아이는 아니잖니?

그래, 서론이 너무 길었구나.

귀여운 내 아가야, Dur…… 가 누군지 궁금하니?

찢겨 나간 페이지에 쓰여 있는 약물이 무언지 알고 싶니?

너는 머리가 좋은 아이이니, 어쩌면 이미 짐작했을지도 모르겠구나. 내가 할 수 있는 일이 겨우 추측에 마침표를 찍어 주는 것뿐이라니, 분한 한편으로 기쁜 일이 아닐 수 없다.

아가, 내가 그 애에게 차를 타 주는 걸 몇 번이나 보았지?

내가 왜 그랬을 거라고 생각하니?

짐작하고 있겠지?

양피지의 첫 장은 그렇게 끝났다. 녹턴은 숨을 들이켠 채로, 하얗게 질려 있었다. 서신에는 다음 장이, 그리고 또 다음 장이 남았지만, 차마 첫 장을 넘길 수가 없었다. 심장이 뛰는 소리는 요란하고, 공포가 날뛰는 소리는 섬뜩했다. 차라리 읽지 않은 채로 찢어 버리고 싶었다.

그러나 그럴 수는 없었다. 그에게는 그 내용을 확인할 의무가 있었다. 들이켠 채로 멈춘 숨을 억지로 내뱉었으나, 끊어 낸 듯 짧은 숨결만이 허공으로 내동댕이쳐졌다. 그는 가까스로 첫 번째 양피지를 넘겼다.

그러고는 곧바로 후회했다.

294년 5월 10일. Duruah Valrose 임페르펙티오.

294년 5월 11일. Duruah Valrose 임페르펙티오.

294년 5월 13일. Duruah Valrose 임페르펙티오.

294년 5월 14일. Duruah Valrose 임페르펙티오.

294년 5월 21일. Duruah Valrose 임페르펙티오.

294년 5월 24일. Duruah Valrose 임페르펙티오.

294년 5월 27일. Duruah Valrose 임페르펙티오.

294년 5월 29일. Duruah Valrose 임페르펙티오.

294년 6월 1일. Duruah Valrose 임페르펙티오.

어떠니, 네가 생각한 답과 똑같지?

내가 기억을 어떻게 조작했는지도 말해 주고 싶지만, 안타깝게도 나도 정확히는 모르겠구나. 기억의 방향이라면 정해 뒀지만, 이상하게도 그 애는 물약이 잘 들지 않아서 한두 번 투약하는 거로는 부족했거든. 너무 약물을 남발한 탓에 어쩌면 부작용이 좀 생겼을지도 모른다더구나. 몸이 아파 보이지는 않았으니 그런 사소한 건 아무래도 좋겠지.

그러고 보니 한 가지를 더 적어야 했는데, 하마터면 잊어버릴 뻔했네.

까마득하게 적힌 글자가, 도저히 이해하고 싶지 않은 글이 옅은 색 눈동자를 투과해 들어와 선명하게 박혔다. 희게 질린 손끝에서 힘이 빠지고, 녹턴은 저도 모르게 뒷걸음질을 쳤다.

청년의 손에서 풀려난 세 장의 양피지가 흐느적거리며 떨어져 바닥에 펼쳐졌다. 교묘하게도, 마지막 장은 조금도 가려지지 않은 채로 바닥에 달라붙어, 제가 품은 내용을 녹턴에게 그대로 과시했다.

아아, 녹턴의 입에서 형체를 알 수 없는 신음이 새어 나왔다.

301년 11월 5일. Duruah Valrose 임페르펙티오.
불과 몇 달 전이지. 적으면서 놀랐단다. 벌써 해가 바뀌었다니, 시간이 참 빠르기도 하다.
네 호기심이 해결되었을지 궁금하구나. 사랑하는 아가, 답은 다음에 만날 때 들려주길 바라. 그럼 부디 건강하길.
세상에서 가장 친애하는 패트시아 에드가 씀.

마지막까지, 정말 끝의 끝까지…….
최후의 글자를 읽음과 동시에 구토감이 치밀어, 그는 허리를 꺾고 제 입가를 덮었다. 얼굴을 짓누르는 손에 너무 힘이 들어가, 손등에는 핏줄이 서고 턱이 아릴 지경이었다.

'사람을, 죽이지 않으려 했어.'

두루아와 약속했으니까. 그 애와 약속한 일이니까.

그래서 제 손으로 할 수 있는 일임에도, 굳이 애런 클레이모어를 데려왔다. 패트시아 에드가를 보고 혹 살의를 느낄까 봐. 견디지 못하고 패륜을 저지를까 봐. 그게 두루아에게 어떻게 보일지는 너무도 뻔한 일이었으니까. 그 애의 신뢰를 잃어버렸다고, 더는 관계를 돌이킬 수 없으니 마음껏 품에 가두고 두루아를 보호하는 한편으로 다시는 놓아주지 않겠다고.

그토록 굳게 결심했음에도 그는 아직껏 약속 하나에 매달려 있었다. 강제로 데려왔음에도, 다시 에드가 저택에 데려다 놓았음에도 녹턴이 뜻대로 할 수 있는 일은 아무것도 없었다. 그는 두려웠다. 더는 나빠질 수도 없을 것 같았지만, 그래도 무서웠다.

이제는 피를 토해도 다가와 걱정해 주지 않을까 봐.

말을 섞는 것만으로 역겨워 토악질할까 봐.

제가 보고 싶지 않아 끼니조차 거를까 봐.

키스한 것만으로 미움받을까 벌벌 떨었고, 불같이 화를 내던 두루아가 발등에 입을 맞춘 거로 얼굴을 붉히자 희망을 느꼈다. 그리고 그 희망은 끝내 꽃봉오리를 피우는 것 같기도 했다.

"나는 가능하다고 생각하는데."

"너도 나한테, 마냥 친구였던 것만은 아니야."

그랬는데, 분명히 그런 말을 들었는데 모든 일이 꿈처럼 느껴졌다.

입술이 떨렸다. 금어초라 하든가, 그런 꽃이 있었다. 필 때는 세상 무엇보다 화사한 빛깔로 피어 놓고는, 질 때는 해골처럼 추하게 지는 꽃이. 제 희망이란 것이, 제 미련이란 것이 그 짝이었다. 어떻게든 결국에는 좋아질 기회를 붙들었다고, 그러니 이제는 불안을 없애 버리자고 이곳을 찾아왔건만, 마주친 것은 결국 절망이다.

녹턴의 입가에서 헛웃음이 질질 새어 나왔다. 흐느끼듯 조용하고 허망한 웃음소리였다. 그는 얼굴을 일그러뜨리고 양손으로 온 얼굴을 감쌌다. 눈을 질끈 감았음에도, 양피지에 적힌 것이 눈 안쪽으로 따라붙는 것 같았다.

'차라리 몰랐으면 좋았을 텐데.'

심하게 요동치는 감정으로 인해, 기어이는 속에 품은 마나가 멋대로 울렁거린다. 제어하지 못한 힘은 녹턴을 조롱하듯 몸을 헤집고 돌아다녔고, 결국 피를 내비치게 했다. 감정을 제어하지 못해, 피를 토하는 꼴이라니……. 분에 차서 각혈이나 하는 모습이라니, 정말로 그 누가 말한 듯, 악마 새끼처럼 추하다.

울컥울컥 붉은 덩어리를 토하고는, 그는 비틀거리며 구부러진 허리를 바로 세웠다. 녹턴은 밀어낸 진열장으로 손을 뻗고, 손에 닿는 아무 병이나 쥐어 들었다. 마개를 열고, 푸른 액체를 아무렇게나 제 입에 부었다. 성수가 지나는 곳마다 속이 타는 고통이 느껴졌으나, 몸의 통증은 차라리 나았다. 심장을 터뜨릴 것 같은 마음의 통증에 비하면 비할 바 없이 좋았다. 그러나 실은, 본심으로는 그렇게 생각했다.

내게도 이것이 축복이었다면, 신의 선물이었다면 좋았을 텐데.

의미 없는 바람이었다. 다른 사람의 상처는 보듬고 치유했을 성수가 녹턴의 속을 더욱 엉망으로 헤집고 차가운 바닥으로 그를 무릎 꿇렸다. 눈앞이 희미해졌다.

녹턴 에드가는 제가 두루아에게서 빼앗은 것이 자유뿐만이, 친구뿐만이, 유년 시절뿐만이 아니라는 것을 깨달았다. 두루아 발로즈의 기억이, 어쩌면 그녀의 머릿속에 남은 일생 모두가 엉망이 되었으며 그것이 제 탓임을 절실히 깨달았다.

패트시아 에드가 벌인 짓이었으나, 제가 지은 죄나 다름없었다.

녹턴이 없었다면 벌이지 않았을 일이었다.

녹턴 에드가 때문이었다.

저 때문이었다. 저, 때문에 두루아는…….

심장이 터져 버릴 것만 같다.

너무 속이 뜨겁고 괴로워서 그는 두루아가 보고 싶었다.

더는 바라는 게 없이, 그 얼굴을 그저 보고 싶었다. 그것마저, 욕심이겠지만.

희미한 시야가 결국 눈꺼풀에 뒤덮였다.

잠깐의 안식이라는 이름으로, 새까만 밤이 찾아왔다.

3권에서 계속.

모든 게 착각이었다 2

초판 1쇄 인쇄 2022년 6월 8일
초판 1쇄 발행 2022년 6월 20일

지은이 과앤
펴낸이 김선식

경영총괄 김은영
IP개발 심미리 **상품개발** 윤세미
엔터테인먼트사업본부장 서대진
웹소설1팀 최수아, 김현미, 심미리, 여인우, 장기호
웹소설2팀 윤보라, 주소영, 주은영
웹툰팀 이주연, 변지호, 윤수정, 임지은, 채수아, 최하은
IP상품개발팀 윤세미, 송임선
디지털마케팅팀 김국현, 김그런, 김선민, 김호애, 김희정, 이소영
지식교양팀 김선옥, 김혜원, 백지은, 석찬미, 염아라, 이수인
저작권팀 한승빈, 김재원, 이슬
재무관리팀 하미선, 김재경, 안혜선, 오지영, 윤이경 **제작관리팀** 박상민, 김소영, 김진경, 양지환, 이지우, 최완규
인사총무팀 이우철, 김혜진, 황호준 **물류관리팀** 김형기, 김선진, 민주홍, 양문현, 전태연, 전태환, 한유현
외부스태프 크리에이티브그룹 디헌(디자인) 영수(일러스트)

펴낸곳 다산북스 **출판등록** 2005년 12월 23일 제313-2005-00277호
주소 경기도 파주시 회동길 490
전화 02-702-1724 **팩스** 02-703-2219 **이메일** dasanbooks@dasanbooks.com
홈페이지 www.dasan.group **블로그** blog.naver.com/dasan_books
용지 아이피피 **인쇄** 한영문화사 **코팅 및 후가공** 평창피앤지 **제본** 한영문화사

ISBN 979-11-306-9102-2 (04810)
ISBN 979-11-306-9100-8 (SET)